비움과 채움의 상상력

권희돈 평론집

박문사

저자 권희돈

비움과 채움의 상상력
책머리에

독자란 무엇인가. 독자 중심의 문학 이해란 무엇인가. 이는 필자가 석사학위 논문을 쓸 당시에 선생님께 받은 화두였다. 이 화두를 때로는 놓치고 때로는 집착하면서 무려 삼십여 년의 세월을 보냈다.

독자를 문학 이해의 중심에 놓았을 때, 독자에 대한 인식이 달라졌다. 작가, 작품, 독자의 삼각관계에서 단순히 수동적으로만 인식되었던 독자는 작품의 가치와 생명을 뽑아내고, 작품과 대화를 가지면서 문학의 역사를 형성하는 원동력이며, 작품으로 완성해가는 주체임을 확인할 수 있었다. 문학작품에 대한 인식도 선명하게 달라졌다. 문학작품이 책꽂이에 꽂혀 있을 때는 하얀 종이에 까만 글씨가 새겨진 물체에 지나지 않지만, 독자가 읽을 때 비로소 살아 있는 생물체가 된다는 사실을 알았고, 문학작품은 하나의 의미가 고정되어 있는 것이 아니라, 의미가 불명료한 채로 떠돌고 있는 문학텍스트임을 확인할 수 있었다.

그래서 시인은 비워내고 독자는 그 빈자리를 채운다는 생각을 가지게 되었으며, 시인은 상상력으로 비워내고 독자는 상상력으로 채운다는 생각에 이르렀다. 시인의 상상력은 무에서 유를 창조하는 신의 능력을 연상시킨다고 생각하기도 하고, 동시에 독자의 상상력 또한 신의 능력을 연상시킬 만큼 창조적이란 생각도 갖게 되었다. 이처럼 작품과 독자에 대한 생각이 진화와 확산을 거듭해 왔기에 삼십여 년 나의 글쓰기는 게을렀지만 즐거웠다.

이런 생각들을 바탕으로 필자의 오랜 글쓰기의 체험을 모아놓은 것이 「비움과 채움의 상상력」이란 이름을 갖고 태어난 이 평론집이다. 그동안 썼던 원고들 중 이 평론집에 넣을 원고를 결정하는 것이 참 어려웠다. 특히 오늘의 시점에서 읽히는데 부자연스럽게 느껴지는 글은 과감하게 빼버렸다.

제1부는 주로 시텍스트의 빈자리를 채워 읽은 글들이다. 대부분 개별 텍스트를 다루었거나 어느 특정시기의 텍스트들을 함께 다루었다.

제2부에서는 소설텍스트를 대상으로 다룬 글들을 실었다. 주로 90년대 소설이 대부분 채택되었다. 80년대가 역사적·정치적 상상력의 시대였던데 비하여, 90년대는 급격히 해체의 경향을 띤 시대였다. 그렇다보니 자연스럽게 다양하게 분화된 소설텍스트에 대한 탈중심적 글 읽기가 되었다.

제3부에서 서평쓰기의 가능성 시도와 독자(학습자) 중심의 문학교육을 다루었고, 특히 1980년대의 뜨거웠던 시대의 정치·사회학적 상상력을 오랫동안 기억해 두고 싶었기에 「잊혀지지 않는 1980년대 문학」을 여기에 담아두었다.

제4부는 네 편의 글을 실었다. 「독자가 구현하는 문학성」은 독자가 분석한 글을 텍스트로 삼아 정리한 글로 문학텍스트는 독자와 대화관계를 가지면서 문학의 역사를 이루어간다는 사실을 예로 들어본 것이며, 「인문지리, 문학지리의 가능성」은 위기에 처한 인문학의 대안으로서 충북지역의 문화와 문학을 대상으로 그 가능성을 진단해 본 글이고, 「공간의 이동과 서술상의 아나크로니」는 공간의 이동과 현상학적 시간을 중심으로 한 소설 읽기를 시도한 평론이며, 「문자서사 시대에서 영상서사 시대로」는 문자서사에서 영상서사로 넘어가는 분기점이 소설 「서편제」가 영화 「서편제」로 상영된 시점이라 보고 이 두 편의 서사구조를 비교 분석한 글이다.

제5부는 필자가 발문으로 썼던 것 중에서 몇 편을 골라 실었다. 장르별로 선별한다는 원칙을 세웠고, 동시대성과 문학사적으로 관심이 될 만한 글을 싣는다는 것이 다른 하나의 원칙이었다.

한 편 한 편 글을 쓸 때마다 영혼이 담긴 글을 써야겠다는 마음을 가졌는데, 지금 이렇게 한 곳에 묶어놓고 보니 체계가 서지 않는 것처럼 보인다. 뿐만 아니라 지나온 나의 흔적이 성글어 보이고 어지러워 보이기까지 한다. 그럼에도 불구하고 한 편 한 편마다 유정한 숨결이 배어 있는 듯하다. 다만 시인이나 작가가 공들여 설치해놓은 무대 위에서 마음껏 뛰어놀지 못한 아쉬움이 남는다. 시인이나 작가분들께 이 자리를 빌어 고맙고 미안한 마음으로 고개를 숙인다.

이제 여기에 실린 모든 글들은 나를 떠난다. 나를 떠나는 순간 여기에 있는 모든 글들은 나의 글이 아니다. 어느 독자가 있어 이 평론집 속의 어느 글을 읽는 순간 이 글은 생명을 찾게 될 것이고, 그 생명의 기운은 이 글을 읽는 독자의 혈액 속으로 들어가리라 믿는다. 그런 독자가 단 한 사람이라도, 다음 생애에라도 나타나기를 바라는 마음은 아무래도 나의 글에 대한 욕심이나 미련을 버리지 못한 탓인지 모른다.

이 평론집을 묶는데 여러 사람의 도움이 있었다. 청주대 박사과정의 김영도 군과 석사과정의 이해림 양, 행정학과의 정영훈 군, 영어영문학과의 박창완 군이 워드를 치고 원고를 꼼꼼하게 정리를 해주어 큰 도움이 되었다. 더딘 원고를 침착하게 기다려서 단아하고 예쁜 평론집으로 꾸며주신 제이앤씨 출판사 윤석원 대표님께 깊은 감사를 드린다.

2009년 9월
우암산 아래 513호 연구실에서
진희도

비움과 채움의
상상력
목 차

비움과 채움의
상상력

제1부

목욕합니다,란
텍스트

1 목욕합니다. 우리 주위에서 흔히 볼 수 있는 목욕탕 간판이다. 이는 의미의 확정성만 보장되어 있는 과학적인 문장같지만, 자세히 뜯어보면 독자가 상상적으로 뛰어놀 무대(공란)가 드넓게 펼쳐져 있는 문장이다. 텍스트 내에 공란이 있는 한 문학텍스트(이하 작품이라 칭함)이다. 작가는 목욕탕 주인이고, 작품은 목욕합니다,이며, 독자는 불특정다수의 고객이 된다. 이 작품의 공란(이하 빈자리로 칭함)은 작가, 작품, 독자 세 층위에서 모두 발생한다.

먼저 작품 자체에서 발생하는 빈자리를 채워보자. 이 빈자리는 주어부의 생략과 의미의 차원에서 발생하므로 완전한 문장으로 고치고 의미를 올바르게 파악하면 그 빈자리를 채우게 되는 셈이다. 생략된 주어부를 채워서 '오늘은 목욕합니다'라고 고쳐 쓰면 완전한 문장 완전한 작품이 된다. 또한 작품의 의미를 다음과 같이 달리 표현해보면 그 내용이 보다 선명하게 구체화 된다. '오늘은 영업하는 날입니다. 지금은 영업 중입니다. 오늘은 목욕하는 날입니다. 쉬는 날이 아닙니다. 당신은 지금 목욕할 수 있습니다.' 우리의 학교교육에서는 이렇게 내용중심으로 문학을 이해하는 관습이 오랫동안 지속되어 왔다.

둘째로 작가(목욕탕 주인)의 창작동기에서 발생되는 빈자리를 보자. 그 빈
자리는 작가 자신의 욕망과 관련되어 있으며, 작가의 욕망은 공휴일 제도와
관련을 맺고 작가가 독자에게 취하는 어조에서 구체화된다.

목욕탕의 공휴일 제도와 목욕탕 밖의 공휴일 제도는 판이하게 다르다.
가령 학교나 관공서 등이 주로 토요일을 반쯤 쉬고 일요일에는 온종일 쉬는
데 비하여, 목욕탕은 다른 사람들이 가장 열심히 일하는 요일(화, 수, 목 중
하루)을 공휴일로 한다. 그것도 첫째 주, 셋째 주 혹은 둘째 주, 넷째 주 또는
한 달에 한 번씩을 쉬는 날로 하고 있다. 메모광이라 할지라도 목욕탕 쉬는
날을 기억할 도리가 없다. 그런 혼란을 피하기 위하여 목욕탕 주인은 목욕
합니다,란 작품을 쓰기로 작정하고 불특정 다수의 손님을 향하여 작품을
발표한 것이다. 겉으로 보기에는 독자에게 서비스를 하는 작품인 것 같지
만, 실은 독자(손님)을 놓치지 않으려는, 그래서 자신의 수익을 높이려는 욕
망에서 비롯된 창작동기임을 알 수 있다.

이러한 작가의 욕망은 어조에서 더욱 분명하게 드러난다. '목욕합니다'는
'목욕+하+ㅂ니다'와 같은 형태소로 나뉜다. 중심말 '목욕'에 전성접미사의
어간 '하'와 'ㅂ니다'라는 존칭형 어미가 붙은 것이다. 그러니까 목욕이라는
체언에 하다가 붙어서 동사로 전성되었고, 'ㅂ니다'가 붙어서 존칭의 어조
로 발표된 작품인 셈이다. 여기서 주목되는 점은 존칭형의 어조이다. 작가
인 화자가 '목욕한다' 혹은 '영업 중'이라고 표현할 수 있을 터인데도, 독자
(불특정 다수의 손님)를 향하여 정중한 어조를 선택한 것은 작가의 인격적인
겸손과 관계가 있다기보다는 작가의 욕망과 관련된 상업적인 친절과 관계
가 짙다.

12

목욕합니다,란 작품을 읽은 독자의 선택은 두 가지 중 하나다. 독자마다 자신의 필요에 따라 선택을 할 것이다. 목욕하러 가든가 말든가. 만약에 독자가 이 작품을 읽고도 목욕하러 가지 않는 쪽을 선택했다면 이 글은 여기서 끝난다. 마치 주인공이 죽는 순간 소설이 끝나듯이. 기왕에 목욕탕 얘기가 나왔으니 목욕하는 쪽을 선택해 본다면 이 작품은 독자를 중심으로 하여 빈자리가 계속적으로 발생하고 그 빈자리를 채우는 해석적 행위는 지속된다.

욕실에 들어가기 위해서는 먼저 값을 지불해야 한다. 반달모양의 창구에 돈을 지불하면 티켓이 나온다. 티켓은 돈을 지불한 대가로 목욕탕에 들어가도 좋다는 허락의 의미를 갖고 있다. 물론 티켓을 가지고 목욕탕에 들어가도 좋고 안 들어가도 좋다. 그러나 티켓 없이 목욕탕에 들어가는 것은 문제가 되지만, 티켓을 가지고서 목욕탕 안으로 들어가지 않아도 작가(목욕탕 주인)은 말하지 않는다. 왜냐하면 목욕탕 주인은 자기의 목적(이윤추구)을 달성했기 때문이다.

우리는 삶의 매순간마다 선택을 하지 않으면 안 된다. 선택은 필요에 의해서 결정된다. 독자(손님)이 티켓을 사서 목욕탕에 들어가는 쪽을 선택하는 것은 자연스럽다. 우리는 목욕탕에 들어가는 순간 늘 절망을 체험한다. 남자는 남탕으로 여자는 여탕으로 갈라져서 들어가야 하기 때문이다. 아담과 이브처럼 아무 부끄럼 없이 함께 목욕을 즐길 수는 없을까. 아니면 어린 시절 반딧불이 밝혀 주는 마을 앞의 개울에서처럼 위쪽엔 아낙네가 아래쪽엔 남정네들이 노동 후의 피로를 씻듯 몸을 씻을 수는 없을까.

60년대만 해도 남탕과 여탕 사이의 벽은 반쯤은 터져 있었다. 가끔 남자들이 그 벽을 뛰어 오르다 여탕으로 떨어져 벌거벗은 여인네들로부터 벌거

벗은 남정네가 집단구타를 당하는 해프닝이 벌어지기도 했다. 70년대에 오면 그 벽이 완전히 차단될 뿐만 아니라 벽의 두께가 두터워져 두 세계는 완벽한 단절을 맞는다. 80년대에 이르면 아예 천상과 지옥으로 갈라져서 남자는 지옥으로 여자는 천상으로 올라가야 한다. 이 벽이야말로 불신과 단절의 상징이다. 문명이 발전할수록 인간 사이의 불신과 단절이 그 두께를 더해가는 상징인 것이다.

우리는 불신과 단절의 시대에 살고 있다. 아침 까치가 집 앞에서 울면 반갑기 그지 없는데 누군가 초인종을 누르면 가슴이 덜컹 내려 앉는다. 사람과 사람이 모여 살고 있으나 사람이 사람을 믿지 못한다. 그리하여 저마다 수십 개의 열쇠가 달린 꾸러미를 차고 다니며 꼭꼭 닫힌 자기공간에 갇혀버리고 말았다. 벽들은 마침내 인간의 의식을 지배하게 되었다. 보이지 않는 벽들이 높고 두텁고 단단하게 사방으로 쳐져 있어 인간을 옥죄어 오고 있다.

문명이라는 미명 아래 인간은 죄를 짓게 되었고, 문명의 크기에 비례하여 죄가 커지다 보니 부끄러움을 드러내고 싶지 않으며, 그러자니 자기 속에 꽁꽁 묶여 스스로 갇혀버린 인간이 되어 가고 있지 아니한가. 그럴수록 자아는 점차 균열되어 가고, 너와 나 사이엔 수많은 벽들이 존재하며 그 벽들은 사면에서 나를 향하여 조여들고 있지 아니한가.

가진 자와 못 가진 자의 벽, 학력의 벽, 학교의 벽, 서울과 지방의 벽, 혈연의 벽, 지연의 벽, 어른과 아이의 벽, 스승과 제자의 벽, 전라도와 경상도의 벽, 거기에 끼어든 충청도의 벽, 남북한의 삼팔선, G7국가와 제삼세계의 벽, 질투와 선망이 만들어내는 벽 등 온갖 벽들로 하여 세계는 온통 막혀있고, 인간들은 점차 폐쇄회로 속에 갇혀 병들어 가고 있다.

3

목욕탕에 들어가서는 누구나 의무적으로 해야 할 일이 있다. 남녀노소, 직위고하를 막론하고 모두 옷을 벗어야 한다. 그 공간은 벗는 공간이며 벗는 공간에서는 벗어야 자연스럽다. 옷은 일종의 페르소나이다. 즉 그림자이며 가면이다. 그러므로 옷을 벗는다는 것은 그림자 즉 가면을 벗는 것이다. 허위를 벗는 것이다. 객관사회에서 자신에게 부여된 모든 의미를 벗는 행위이며, 아울러 인간 본연의 자세를 회복하는 순간이기도 하다. 옷을 벗으면 원시적인 건강성을 느끼는 것은 단순히 걸친 옷을 벗어서라기보다는 자신을 구속하는 의미들을 벗어 던져 버렸기 때문이다.

체중을 달아보고 일회용 면도기, 칫솔, 수건 등을 챙겨 가지고 탕 속에 들어가면, 우리는 아주 특별한 사람을 하나 만난다. 모두가 옷을 벗고 있는데 단 한 사람은 팬티만 살짝 걸치고 있다. 이른바 때밀이이다. 그래서 탕 안에는 벗은 자와 벗지 않은 자가 존재한다. 벗은 자는 목욕하는 사람이요, 벗지 않은 자는 목욕을 시켜 주는 사람이다. 때밀이가 존재한다는 것은 벗은 자들의 목욕하는 방식이 두 가지 방식으로 구분된다는 것이나 다름 없다. ①스스로 목욕을 하는 사람과 ②때밀이에게 목욕을 맡기는 사람이다. 대부분의 벗은 자들은 ①의 방법을 선택한다. 형제, 부자, 혹은 처음 만난 사람끼리 서로 등을 밀어 주는 장면은 보는 사람으로 하여금 행복감을 느끼게 한다. 그러나 소수의 벗은 자들은 ②의 방법을 택한다. ①의 경우는 대체로 정신적으로 육체적으로 건강한 사람들이다. ②의 경우도 대상이 노약자라면 자연스럽다. 그런데 웬일인지 요즈음에는 소수가 다수로 변해 가고 피부(P)가 탄력(T)적인 사람들이 벌렁 누워 자기 몸을 맡기고 있는 광경을 자주 본다. 초등학교 어린이로부터 중·고 대학생에 이르기까지 다양하다. PT족들은 대체로 부모들의 경제력이 뿌띠부르조아 정도는 되는 것 같다. 그러나 경제적 여유가 있다고 해서 자녀들이 스스로 목욕하는 법조차 잃어버리게 하는 것은 자녀들을 정신적 불구로 만드는 것이 아닌가 하는 생각이 든다.

한편 때밀이에게 해석의 초점을 맞추어 보면 우리의 도덕성의 한계를 발견하게 되고, 우리의 사고를 보다 폭넓게 확장할 수 있는 계기를 얻는다. 때밀이는 가난하다,라는 유추가 가능하다. 웬만한 경제력만 있으면 때밀이라는 직업을 선택하지는 않았을 것이다. 그러니까 때밀이는 가난한 프로레타리아 계층에 속한다고 보아야 할 것이다.

직업인으로서의 때밀이에게는 피부가 늘어지고 쭈글쭈글한 노인을 목욕시킬 때보다는 PT족을 목욕시킬 때 유쾌한 기분이 들 것이고 그런 연유로 하여 때로는 직업에 대한 자부심을 갖게 될지도 모른다. 그에게 있어서는 정신적 건강성이니 하는 말은 모두 사치이며 때를 밀고자 하는 PT족이 많으면 많을수록 좋다고 보아야 한다. 그리고 경제적 여유가 있는 계층이 때밀이에게 목욕을 하게 함으로써 경제의 균점을 위해 공헌한다는 공리성도 분명히 있다.

때밀이라는 직업은 서비스업(3차산업 업종)이다. 물론 천한 직업은 아니다. 그렇다고 해서 젊은이들이 선망하는 직업도 아니다. 그가 프로레타리아라고 해도 룸펜프로레타리아(강도, 창녀, 소매치기, 거지)는 또한 아니다. 그러나 젊고 건강한 몸으로 농사를 짓고 노동을 하고 산업체에서 제품을 생산하는 근로자에 비하면, 때밀이의 이 사회에 대한 공헌도가 높은 편은 아니라고 여겨진다. 농촌 근로자나 산업 근로자들이 없으면 국가경제 전체가 흔들리지만, 때밀이라는 직업은 없어도 사회의 경제적 존립은 문제가 되지 않는다. 오히려 그런 직업이 없으므로 해서 사회는 그만큼 더 건강해진다고 볼 수 있다.

우리나라에서 소비향락산업이 번창하기 시작한 것은 80년대 후반부터이다. 시대의 조류를 타고 목욕탕은 전통적인 목욕탕의 형태를 벗기 시작하였다. 이제 목욕탕은 더 이상 때를 미는 공간이 아니다. 스트레스를 해소하기 위한 공간으로 자리잡고 있다. 그래서 요즈음의 목욕탕들은 대형화되고 시설이 멀티화 되고 있다. 이발소가 있고, 이발소의 커튼 저 쪽에 안마실이 있으며 거기엔 아리따운 안마사들이 기다리고 있다. 온종일 즐길 만한 오디오, 비디오 시스템이 갖추어져 있고, 마음만 먹으면 오랜 시간 오락을 즐길 만한 은밀한 공간이 제공된다. 밖의 사람들이 치열한 생존경쟁을 하고 있는 대낮에도 목욕탕 휴게실에서 깊은 잠에 빠져 있는 무리들은 정말 딴 세상 사람처럼 보인다. 목욕이 끝나면 목욕합니다,란 텍스트의 읽기를 모두 마치는 셈이다.

14

지금까지 목욕합니다,란 작품을 가지고 작가, 작품, 독자 세 층위에서 발생하는 빈자리를 살펴보고 그 빈자리를 채워보았다. 작가 중심이나 작품 중심의 해석방법으로서는 이해하기 힘든 독자 중심의 상상적인 글읽기를 해본 셈이다. 이는 독자의 특권이며 독자의 적극성에 따라서 그 상상력은 무한히 뻗어 나갈 수 있음을 발견하였다.

이제 독자는 단순히 작품의 의미파악이나 하는 수동적인 존재가 아니다. 즉 독자 스스로의 자율성을 확보하고 있는 존재이다. 작품을 단지 자르고 분석하며 젠 체하는 현학자는 더더구나 아니다. 작품의 가치를 결정하고, 작품에서 생명을 뽑아내며, 그릇된 평가를 바로잡을 뿐만 아니라, 독서과정을 통하여 새로운 작품으로 탄생시키며, 문화의 총체성을 앞서서 이해하고 구체화함으로써 작가, 작품, 독자 삼각관계에서 중심축을 이루는 존재임을 확인하였다.

능동적인 독자는 작품을 생산한 작가보다도 더 많은 상상력을 발휘할 수 있다. 상상력은 신이 인간에게 내려 준 특혜이다. 불행하게도 이 시대는 교육을 통해서 경쟁력만 키우고 있을 뿐 신이 인간에게 내려준 상상력은 모두 사상되고 말았다. 인간은 상상력을 잃어버리고 마침내 기계와 화폐의 노예가 되고 말았다. 문학이 아직도 학교교육에서 중요한 내용을 이루고 있다면, 독자(학습자)들에게 잃어버린 상상력을 도로 찾아 주는데 주안점을 두어 문학교육을 시켜야 할 것으로 믿는다. 부족한 것이 없는 세상에서 시인과 작가는 길을 잃었다. 그러나 이런 순간에는 독자가 활발하게 활동할 시기이다. 만약 신이 문학을 공부한다면, 시인과 작가가 펼쳐놓은 무대 위에서 자유로운 상상력으로 마음껏 뛰어놀 수 있는 독자의 길을 선택할 것이다. 尾

「풀」의 빈자리
채워 읽기

1

　「풀」은 김수영이 1945년부터 발표 해온 160여 편의 시 가운데 마지막 작품이다. 연보에 의하면 그가 세상을 떠나기 보름 전에 완성한 작품으로 되어 있다. 김수영이 독자들에게 외친 마지막 목소리가 되는 셈이다.

　「풀」은 김수영 시의 대표작이라 해도 과언이 아닐 만큼 폭넓은 독자층을 확보하여 왔고, 신동엽의 「껍데기는 가라」와 함께 60년대 민중시를 대표한다. 70년대 이후 역동적인 사회변동으로 말미암아 민중문학의 돌풍을 타고 「풀」의 독자층은 일거에 폭증하였다.

　한편 80년대 후반기 들어 본격적인 민중문학 논의가 일기 시작하면서 관념주의를 크게 벗어나지 못했다는 비판을 가하는 독자층의 반응도 만만치 않다. 역사적 현실의 극복을 위해 시가 적극적으로 현실에 뛰어들어야 한다는 당위성에 비추어 볼 때, 「풀」은 추상성과 관념성에 치우쳤다는 주장이 되겠다. 70년대까지 막연했던 민중의 개념이 80년대 후반 들어 민중이 역사의 합법칙성이라는 구체적인 개념으로 규정되고, 이에 따라 민중문학이 소재별로 혹은 작품생산자가 다양한 사회계층으로 변해 왔다는 사실을 인정할 때, 필자 또한 「풀」이 지니고 있는 추상성과 관념성을 부정할 용기는 없다.

그럼에도 불구하고 필자는 두 가지 면에서 위와 같은 견해에 도전적인 문제를 제기함으로써 이 글의 서론으로 대신 하고자 한다. 첫째 우리는 언제까지 문학작품을 문학의 밖에서만 그 가치를 규정하고 재단해야 하는가 하는 점이다. 문학과 역사와의 유대관계를 거부하는 것이 아니라, 역사 쪽에 절대적 가치를 둠으로써 문학의 가치를 제한하게 된다는 점을 지적하고 싶은 입장이다. 둘째는 문학작품이 일단 작가의 손에서 떠나면 독자의 것이 된다. 시대마다 새롭게 태어나는 독자들에게 여전히 읽힐 수 있는 작품은 바로 그 문학성이 판가름을 내 준다는 사실이다. 이때의 문학성이란 내용과 형식을 분리한 상태에서의 문학성을 뜻하는 것이 아닌 내용과 형식을 분리할 수 없을 정도로 구조가 발휘하는 힘의 문학성이다.

물론 이러한 태도는 마르크스 문학이론가들이 말하는 문학작품은 생산되는 순간에 분배·소비에 이르는 모든 것을 포함한다는 생각과는 다르다. 또한 문학의 자율성만을 고집하는 형식주의 입장과도 다르다. 문학과 역사를 융합하는 차원 즉 독자의 차원에서 문학과 역사의 관계를 파악하고자 하는 입장을 취한다.

12

시인은 결코 확언하지 않는다. 확언하지 않을 뿐 아니라, 현명한 시인은 자기의 시에 대해서 변명하지도 않는다. 변명하면 할수록 시의 의미가 축소되기 때문이다. 그러한 행위는 역동적인 구조를 지니고 있는 작품 스스로가 성장해가는 과정에 쐐기를 박는 꼴이 되고 만다. 대체로 죽은 작가나 시인의 작품을 연구하는 것이 바람직하다고 보는 생각은 이러한 사정과 무관하지 않다.

　문학작품은 본질적으로 양극의 구조를 갖는다. 한쪽에는 작품이, 다른
한쪽에 그 독자의 이해(해석)과정이 자리잡는다. 문학작품의 이해과정이란
작품과 독자가 대화해 가는 과정이다. 작품의 빈자리가 이 대화를 가능케
하는 요인으로 작용한다.

　'한 문학텍스트의 빈자리는 우리가 생각하는 것처럼 단순히 부족한 곳이
아니라, 텍스트의 효과를 위한 근본적인 계기가 되고 있다.(차봉희 편저, 현대사
조 12장, 문학사상) 문학작품의 빈자리가 크면 클수록 그 해석은 다의적일 수밖
에 없다. 문학작품이 지시하는 구조적인 방향선을 따라 독자가 채워가는
것, 그래서 작품을 완성시켜 가는 것이 심미적인 독서행위이다. 그러나 모
든 독자가 작품의 구조적인 방향성을 따라 빈자리를 채워 읽지는 않는다.
그러한 정석만을 밟아가지 않는 것이 문학수용자의 특성이기도 한다. 같은
작품을 두고도 시간적으로 공간적으로 독자마다 의미 부여가 다른 까닭을
주의 깊게 새겨 두어야 한다. 문학작품에 대한 심미적 판단이 단순히 작품
내재적 특성만으로 결정된다는 의미를 넘어서 이해하는 주체의 특정한 사
회적 맥락과도 연관되어 있음을 암시하기 때문이다.

　　풀이 눕는다
　　비를 몰아오는 동풍에 나부껴
　　풀은 눕고
　　드디어 울었다
　　날이 흐려서 더 울다가
　　다시 누웠다

　　풀이 눕는다
　　바람보다 더 빨리 눕는다

바람보다 더 빨리 울고
바람보다 먼저 일어난다

날이 흐리고 풀이 눕는다
발목까지
발밑까지 눕는다
바람보다 늦게 누워도
바람보다 먼저 일어나고
바람보다 늦게 울어도
바람보다 먼저 웃는다
날이 흐리고 풀 뿌리가 눕는다.
　　　　　　　　　　－「풀」전문

　「풀」이라는 제목의 이 시를 읽고 있는 독자는 쉬운 낱말로 씌어져 있지
만 의미가 확연히 들어오지 않기 때문에 적지 않게 당황한 모습으로 첫
순간을 맞이하게 된다. 도대체 이 시에서 풀이 의미하는 것이 무엇이며,
풀이 승리한다는 얘기인가 아니면 패배한다는 얘기인가. 승리하든 패배하
든 그런 상식적인 말은 아닐 것이라고 생각하면서도, 작가의 세계관을 뜻하
는 것인지 당연한 역사의 합법칙성을 이렇게 뒤틀어 놓은 것인지 숱한 질문
속에 파묻히게 된다.
　언뜻 보기에 아주 단순한 것 같은데도 웬만큼 정신을 차리지 않으면 시적
화자의 목소리를 엿들을 수가 없다. 시적 화자(극적 발언자)는 신처럼 냉혹하
다. 전혀 육성을 드러내지 않고 있다. 2연의 2, 3, 4행과 3연의 4, 5, 6,
7행이 주관이라면 그 나머지는 객관이다. 이를테면 전체적으로 주관을 객
관화한 셈이다. 마치 소설의 관찰자 시점(3인칭 객관적 시점)과 같이 사실을
사실대로 보여주면서 자기의 주관을 조심스럽게 드러내 보임으로써 독자의

상상력에 판단을 맡긴다. 이와 같이 극적 발언자의 목소리로부터 이 시의
빈자리는 시작되고 있다. 독자는 극적 발언자의 혼잣말을 주의 깊게 들어야
하는 수고를 감수해야 한다. 더구나 극적 발언자를 뒤에서 조종하던 내포된
작가(김수영)의 육성도 들을 수 없는 처지다. 독자는 정말로 오관을 집중하지
않으면 안 된다.

　「풀」은 평범한 시어로 짜여져 있지만 문학적 수사로 꽉 차 있다. 이에
대한 구체화가 선행될 때 극적 발언자의 목소리를 들을 수 있다. 예컨대
풀과 바람의 상징, 대립, 비교, 점층, 반복, 의인, 반어, 역설, 아이러니 등
거의 모든 수사법을 집중시켜 놓은 듯하다. 다양한 수사적 문체를 지녔다는
것은 이 시는 일상적 사유 형식으로는 해독해 낼 수 없을 만큼 큰 빈자리를
지닌 시라고 보아도 무방하다. 그만큼 독자가 상상적으로 빈자리를 채워야
할 책무도 커진 셈이다.

1 3

　이 시의 중심어는 풀이다. 풀의 행위에 바람의 행위가 대비된다.
풀과 대립·비교 관계에 놓인 바람이 동시에 거느리는 동사들을 보면, 그
중심어가 확연히 드러난다. 눕는다/일어난다/웃는다/운다 등은 모두가 풀
과 바람의 동태와 정태이지만 풀을 중심으로 진술하고 있다. 그러므로 풀의
상징성은 목질형의 식물적 의미를 떠나 눕고 일어서는 동작과 웃고 우는
정서를 지닌 인간적 모습으로 의인화되었음을 알 수 있다. 풀은 언제 어디
서나 잘 자라고 군집해서 사는 특성이 있다. 모든 식물 중에서도 가장 작고
흔하고 연약하면서도 끈질긴 생명력을 갖는다. 일시적이고 한정적인 것이
아니라 꾸준한 삶을 유지한다. 줄기는 땅 위에 두고 뿌리는 땅 속에 박고

있다. 이와 같은 풀의 속성과 유사성을 지닌 인간은 계급적으로나 신분적으로나 남의 시선을 집중시키는 사람이 아니다. 그는 선남선녀 혹은 필부필녀와 같이 소박한 계층인 것이다. 명예, 권력, 학식, 재산 어느 것 하나 떳떳하게 소유하지 못했으나 연약하고 소박하면서도 끈질긴 생명력으로 영원성을 지니고 있는 민중의 이미지로 풀의 의미를 옮겨 놓은 셈이다.

풀이 가지는 또 하나의 속성은 직립성이다. 태양빛을 향해 일어서 있을 때 가장 자연스럽다. 그러나 비를 몰고 오는 동풍과 구름 낀 날씨가 풀의 자연스러운 직립을 묵과하지 않는다. 무게를 동반하고 수직으로 하강하는 비, 햇빛을 가리는 구름은 모두 바람과 같은 유사계열의 언어들이다. 이들은 풀을 둘러싸고 있는 암담한 현실을 뜻한다. 비와 바람 그리고 구름은 풀로 하여금 일어설 기회를 좀처럼 주지 않는다. 풀이 처한 어두운 현실을 뜻한다. 어두운 현실 가운데서 움츠려 떨고 있을 뿐이다. 이러한 상황에서 풀이 유일하게 할 수 있는 행동은 누워서 우는 일이다(풀이 비바람을 맞고 서로 부딪치며 사각거리는 소리).

바람은 우리의 시각이나 청각으로 감지할 수 없다. 어떤 형태를 갖추지 않았기 때문이다. 바람은 강도와 방향만을 가지고 있을 뿐이다. 그래서 우리는 촉각으로 바람을 느낄 수 있으며, 바람의 세기와 방향에 의한 사물의 움직임을 통해서 우리는 바람의 존재를 감지한다. 이처럼 모습 없는 존재가 곧 바람이다. 이 모습 없는 존재인 바람이 이 시에서는 울고 웃고 눕기도 하는 인간적인 모습으로 의인화되었다. 모습이 없음에도 불구하고 바람은 풀로 하여금 풀일 수 없게 하는 힘을 가지고 있고, 오로지 풀을 눕게 하는 일을 위해서만 전력을 쏟고 있는 듯이 보인다. 압력을 가해오지만 모습이 보이지 않는다는 점에서 풀의 바람에 대한 공포감은 더 크다고 할 수 있다. 이렇게 보면 바람의 상징성은 억압하는 자·억누르는 자·지배하는 자·권력자 · 가진자 · 파시스트 · 부르주아 등으로 그 의미가 확산된다.

따라서 1연은 주체인 풀과 객체인 바람과의 관계를 암시한 것으로 단정된다. 즉 풀과 그것을 둘러싸고 있는 세계(바람 · 비 · 구름)와의 사이에 화해할 수 없는 단절의 벽이 가로놓여져 있음을 본다. 풀은 거대한 힘(바람) 앞에서 겁에 질려 누워 버린다. 누운 풀은 슬프다. 슬픔을 못 이기고 풀은 울고 있다. 즉 바람이 가하는 억압의 사슬을 벗어나지 못하는 풀의 연약함으로 정리될 수 있겠다.

풀과 바람으로 상징되는 두 세계 사이의 대립 양상은 이 시 전체의 표면 구조를 이룬다. 풀/바람 · 웃는다/운다 · 눕는다/일어난다 · 빨리/늦게 등 명사 · 동사 · 부사에 이르기까지 모두 대립관계에 놓여 있다. 주체와 객체 사이의 대립은 승자와 패자를 함축하고 있다고 보아도 무방하다. 풀은 무려 아홉 번을 눕고 바람은 두 번 누웠다. 풀은 무려 네 번을 울었는데 비해 바람은 두 번 울었다. 풀이 바람에게 패배하였음을 뜻한다. 눕는다는 말은 패배를 뜻한다. 강자의 힘에 억눌려 눕는 것이다. 풀은 또한 슬픔과 괴로움 때문에 우는 것이다. 바람의 막강한 힘은 풀을 발목까지/발밑까지/눕게 하고, 마침내 풀뿌리까지/눕게 하였다. 이러한 행위는 바람과의 대립관계에서 풀이 완전히 패배했다는 것을 의미한다. 대립관계라기보다는 일방적인 패배다. 강자의 힘에 눌린 약자. 혹은 폭력적인 세계에 의해서 숨조차 쉬지 못하는 양심세력, 혹은 지배이데올로기의 위세에 맥을 못추는 순수 이데올로기에 비유될 수 있겠다. 민중의 완벽한 패배 이것이 곧 이 시의 표층을 이루고 있는 구조이다.

그러나, 그렇게 단순한 의미만을 형성하고 있는 것이 현대시가 아니라는 것은 거의 상식에 가깝다. 이 시의 극적 발언자가 독자에게 은근한 속말로 전달해 주고 있는 것은 놀랍게도 곁에서 큰 소리로 떠드는 것과는 정반대편

에 존재한다. 현실의 암담한 현실이 극에 달했던 1연의 풀과는 달리, 2연에
이르면 우선 심하게 뒤틀려진 시적 구조에 독자는 어리둥절할 수밖에 없어
진다. 바람 · 비 · 구름에 정체성을 잃었던 풀의 정서와 동작에 익숙해진 독
자는 놀라운 충격을 맞는다. 러시아 형식주의자들이 중요한 개념으로 내
세우는 낯설게 하기가(빅토르 쉬클로프스키로 대변되는 러시아 형식주의자들이 내세운
핵심적인 개념으로 詩作의 의도, 혹은 시인 의식의 실체를 밝혀보려던 개념. 이들은 후에
이 개념을 예술의 정의로 확대시켰다. 즉 대상을 낯설게 만들기 또는 인식의 갱신 · 행위의
기계적 습관(자동화)을 파괴하여 새로운 경험의 세계를 인식케 하는 것이다.)시작되는 대
목이다.

　여기서 독자는 표층적으로 드러난 약자의 완전한 패배라는 의미의 방향
선을 일단 수정해야한다. 풀은 눕지만 바람보다 빨리 눕고, 울지만 바람보
다 빨리 울며, 일어나지만 바람보다 먼저 일어난다. 놀라운 의미의 반동이
일어난 것이다. 수동적이고 연약하기만 했던 풀이 갑자기 역동성을 띠는
장면이다. 풀은 바람보다 먼저 눕고, 일어서고, 우는 탄력성을 띤다. 풀의
모든 동작이 바람의 모든 동작들보다 민첩하고 유연하다. 바람의 일시적인
폭력에 맞서지는 못하지만, 그렇다고 해서 바람에게 굴복하는 것도 아니다.
다만, 끊임없이 닥쳐오는 강한 시련을 지혜롭게 견뎌내는 탄력성과 유연성
과 민첩성을 획득했다는 의미를 내포한다. 텍스트의 의미흐름을 역전시킨
조용한 혁명을 시도한 대목이라 하겠다. 2연에서 얻은 탄력성으로 말미암
아 3연의 다음과 같은 네 행의 의미가 자연스럽게 이어진다.

　　　바람보다 늦게 누워도
　　　바람보다 먼저 일어나고
　　　바람보다 늦게 울어도
　　　바람보다 먼저 웃는다

주술적 리듬을 타고 흐르면서 의미가 완벽하게 역행된다. 표층구조상으로는 3연의 풀은 발목까지/ 발밑까지/ 뿌리까지 눕는 상황이지만, 심층적으로는 바람보다 먼저 일어나고/ 웃는 정상의 정서 상태와 모양을 회복하는 것이다. 이를테면 수직성의 풀이 바람에 의해 눕는 기울기가 클수록 제자리로 돌아가는 속도가 빨라진다는 것을 의미한다.

이렇게 해서 우리는 3장이 시작되는 부분에서 내세웠던 질문들에 해답을 얻은 셈이다. 즉 완전한 패배는 완전한 승리를 뜻한다는 역설이다. 즉 약자(풀)의 완전한 패배는 완전한 승리를 뜻하며, 강자(바람)의 완전한 승리는 완전한 패배를 의미한다. 지배자의 억압은 강하나 일시적이고, 민중의 힘은 약하나 영원한 역사성을 지닌다. 결국은 민중의 승리를 암시하는 것이다.

1 4

이상은 「풀」이 지닌 구조와 내재화된 의미를 찾는 과정을 통해서 시적 빈자리를 채워가는 작업을 해 본 것이다. 그 결과 우리는 시가 끝난 자리에서 다시 의미가 시작되는 열린 시를 본 셈이다. 진정한 의미의 독서는 시의 끝자리에서 다시 시작된다는 사실을 확인도 하게 되었다. 형식으로부터 내용을 결코 분리할 수 없다는 유익한 체험도 가질 수 있었다. 마지막 순간의 의미전도가 주는 놀라움에 시를 읽는 재미도 얻었다. 문학작품의 내용은 작품 속에 감추어진 의미가 아니라, 작품의 구조가 발휘하는 힘이며 심미적인 해석은 이 구조적인 힘을 체험한다는 새로운 사실도 알게 되었다.

영·미 계통의 신비평의 눈으로 보면 역설적으로 잘 짜여진 시적 긴장감을 끝까지 유지한 시로 평가될 것이다. 구조주의적인 눈으로 보아도 표층구조의 의미와 심층구조의 의미가 낯설게하기로 전도되어 문학적 효과를 잘 드러낸 시로 평가될 것이다. 절제된 언어로 근대적 사고를 효과적으로 담고 있다는 점에서 모더니즘이라는 시각으로부터도 찬사를 받을 수 있다. 리얼리즘적 입장에서는 다소 불만스럽다. 민중은 역사의 합법칙성이라는 대전제 하에서 볼 때 계급적 투쟁이 실천적으로 드러나지 않고 관념의 상태에 머물러 있다고 보기 때문이다.

그러나 문학작품의 효과는 그 빈자리의 크기에 두고 문학작품과 독자는 대화적 관계에 놓여 있으며, 독자(수용자)의 기대지평에(수용이론의 핵심적인 개념, 독자의 이해력의 총화 또는 역사적 사회적 상황의 관심과 필요성·바람·기대·사전지식 등.) 따라 심미적 차이(수용미학적 연구에서 〈지평의 변환〉 과정에서 생기는 미적 인식의 차이를 말함. 이는 낡은 것과 새로운 것을 새롭게 만든 역사적 계기가 결정한다.)가 발견된다는 수용미학적 입장으로 보면, 사정이 달라진다. '문학텍스트 이해의 마지막 지평은 〈의미〉일 수도 없으며 작가가 의도한 어떤 방향으로 고정될 수도 없다.'(차봉희, 수용미학, 문학과 지성사) 과거의 작품을 이해한다는 것은 현재 수용자의 질문과 과거 작품의 응답이 올바르게 설명됨으로써 〈과거의 지평〉과 〈현재의 지평〉을 융합하는 변증법적 차원이기 때문이다. 이때의 질문은 독자로부터 작품으로 향하며,(이러한 흐름을 역행하는 질문 즉 작품에 미리 주어진 대답과 연결된 교리문답과 같은 질문은 대화 속에서 질문과 응답을 이루지 못한다. 고정된 대화를 나눌 수밖에 없기 때문이다.) 현재의 독자는 현재의 역사적 지평에 둘러싸여 있기 때문에 원천적인 지평(과거의 작품이 출현한 당시의 역사적 지평.)에 머무를 수 없다.

이와 같은 작품 해석에 관한 새로운 인식을 경험하면서 우리는 첫 번째의 해석이 남긴 불만을 질문으로 던져볼 수 있게 되었다.

과연 김수영이 민중은 승리한다는 역사적 합법칙성을 말하기 위하여 「풀」을 썼는가. 사실이 그렇다면 독자는 「풀」의 패배는 완벽한 승리의 순간일 수 있다는 것을 알고는 만족해야 하는가. 김수영이 인식하고 있는 세계관은 이렇게 단순한 이분법적 사고에 그치고 있는가. 풀은 바람과 끊임없이 투쟁하고 치열한 투쟁 끝에 승리를 구가하는가. 민중이 승리하는 것으로 해석할 때 풀은 승리하기까지 어떤 싸움을 하고 있는가.

이 질문을 간단명료하게 요약하면, 「풀」에 나타난 구조가 근본적으로 대립구조인가 아니면 화해구조인가를 성찰하는 데서 출발한 물음이다. 만약에 우리가 「풀」을 읽으면서 대립구조만으로 의미를 확장시켜버릴 경우 이 작품은 그 순간 생명을 잃어버릴 위험에 처하기 때문이다.

앞에서 말한 바와 같이 풀은 주체이며 바람은 객체이다. 주체인 풀과 바람의 상징성은 다의적이고 모호해서 여러 가지로 의미의 확산이 가능하다. 의미화된 문맥에 따라서 독자는 풀과 바람 모두가 어떤 사회적 계층의 인간을 뜻하고 있음을 알았다. 즉 인간과 인간의 어떤 관계를 암시하고 있음은 의심의 여지가 없는 것이다.

그러나 그 관계가 반드시 대립관계로 설정된 것이라고 보기 어렵다. 의인화된 풀과 바람이 거느리고 있는 동사들을 살펴보면, 그 숨겨진 의미가 풀의 행동이면서 동시에 바람의 행동이라는 사실이 드러난다. 1연에서는 일방적으로 풀이 눕고 울지만, 2연에서는 풀도 바람도 다같이 눕고/ 울고/ 일어난다. 단지 풀이 바람보다 더 빨리(먼저) 눕고/ 울고/ 일어날 뿐이다. 다시 말하면 풀과 바람이 같은 세계에 공생하는 관계라는 사실이다. 3연에 이르면 바람의 행위보다 풀의 행위가 2연에서보다 적극적이고 유연성 있게 전개된다. 여기에 쓰인 네 개의 동사는 풀과 바람 중 어느 하나가 승리하거나 패배하는 대립적 의미라기보다는 풀이 바람에 대응하는 자세인 것이다. 이것은 주체인 내가 객체인 타자에게 취하는 태도에 다름 아니다. 그 태도가 서로 투쟁관계에 있지 않다는 것이다. 문맥의 의미를 이탈하지 않는 범위 내에서 네 개 동사의 의미를 바꾸어 놓아 보면 풀과 바람은 대립관계가 아닌 풀의 바람에 대한 대응 자세라는 사실이 확연하게 드러난다.

> 눕는다 — 자세를 낮춘다
> 일어난다 — 자세를 높인다
> 운다 — 슬프다
> 웃는다 — 기쁘다

눕고, 일어서고, 울고, 웃는 행위를 바람보다 먼저 할 수 있다고 하는 것은 겸손과 그리고 무소유의 기쁨을 터득한 품격을 풀이 지니고 있었기 때문에 가능한 것이다. 그래서 자세를 낮출수록 스스로 높아지고 슬퍼할수록 스스로 기쁨을 맞이할 수 있는 역설적 상황이 가능한 것이다.

첫번째의 독서에서 아직 완전히 채워지지 않은 의미를 찾기 위해, 시의 끝으로부터 다시 처음으로 거슬러 올라가 되돌아 보자. 이러한 작업의 과정을 겪으면서 전체적으로 윤곽만 잡혔던 의미들이 보다 명백하게 밝혀질 것이다.

날이 흐리고 풀뿌리가 눕는다,는 마지막 행은 풀이 자기 자신의 존재를 완벽하게 무화無化시키는 몸짓이다. 완전한 자기부정의 태도를 가질 수 있다는 것은 어떤 외부의 강한 자극도 포용할 수 있는 여유를 갖는다. 이른바 자기로부터의 혁명인 셈이다. 이러한 포용력과 이해력의 바탕에 풀이 서는 한, 애써 전체하는 바람과 싸울 필요가 없어진다. 그렇기 때문에 이 마지막 행이 거느리고 있는 바로 위의 네 행의 의미로 자연스럽게 거슬러 올라갈 수 있다.

바람보다 늦게 자세를 낮추어도
바람보다 먼저 자세가 높아지고
바람보다 늦게 슬퍼해도
바람보다 먼저 기뻐한다

철저한 자기 부정의 수행을 닮은 풀의 고매한 마음의 광장에서는 시간 같은 것은 문제가 되지 않는다. 즉 늦게든 먼저든 상관없이 자유롭고 자연스럽게 슬픔과 기쁨을 누릴 수 있는 여유를 갖는다. 결국 인간의 진정한 해방이란 타인의 싸움에서 해방되는 것이 아니라 자기 자신으로부터의 해방임을 암시한다. 환언하면, 인간을 정말로 구속하고 있는 것은 외부세계가 아닌 자기의 내부세계에 존재한다는 말이 되겠다.

2연으로 거슬러 올라가도 이러한 의미의 맥락은 다치지 않는다. 오히려 더 탄력성이 있고 유연성이 있다. 바깥 세계에 대한 유혹을 떨치고 자신의 마음 속에 있는 탐욕을 버림으로써 바람보다 〈더 빨리〉 겸손하고 기뻐하고 높아지는 법을 스스로 깨우친 것이다. 마치 맑은 거울과도 같은, 아니면 은인자적하는 성자와도 같은 풀의 품격은 필경 1연의 그 순수성에 귀착된다. 그악스럽고 포악한 환경(비를 몰고오는 동풍)에 처해 있으면서 풀은 분노하거나 맞대항하여 싸우기보다는 오히려 낮은 자세를 취하면서 슬픈 몸짓을 할 뿐이다. 슬퍼해야 할 대목에서 슬퍼하는 것이 슬픔의 순수성이다.

슬퍼하는 자는 복이 있나니
저희가 永遠이 슬플 것이요
— 윤동주 「팔복」 중에서

암담한 현실을 극복하는 의지가 부족하다고 탓하기 전에 가난한 마음과

자비심 그리고 깨끗한 영혼으로부터 비롯되는 풀의 순수성임을 알아야 한
다. 풀은 투명한 심성과 순수한 영혼을 지녔기 때문에 생명이 길고 역사를
새롭게 창조한다. 풀은 이와 같은 심성을 바탕으로 수미일관하여 외부세계
에 대응하는 자세를 취한다. 대립·갈등·투쟁의 대타관계가 아닌 슬퍼하
며 겸손하며 용서하는 자세로 화해하는 성격을 가진다. 1, 2, 3연의 첫 행이
모두 풀이 눕는 일로부터 시작된다. 시의 진행방향이 끝에 다가갈수록 풀의
자세는 점층적으로 낮아지는 외면적 구조를 갖고 있으면서, 바람과 치열한
투쟁 없이도 대타와의 관계에서 앞서는 내연적 구조를 견지함으로써 시적
긴장감을 끝까지 유지하고 있다.

15

「풀」의 빈자리를 살펴보고 그 공란을 두 가지 읽기 방식으로 채
워 보았다. 첫 번째 독서과정에서는 시의 첫 행에서 마지막 행에 이르는
전개과정에서 풀의 민중적 성격과 역설적 구조가 발휘하는 힘을 중심으로
구체화 해 본 것이다. 그러나 첫 번째 독서과정을 통한 1차적인 해석에서
필자는 그런 해석이 오히려 시의 생명을 단축시키는 위험을 안고 있다는
사실을 감지하고 새로운 독서를 시도해 보았다. 새로운 독서는 시의 마지막
행으로부터 첫 행까지 거슬러 올라가며 공란을 채우는 작업을 시도해 본
것이다. 그 결과 주체인 풀과 객체인 바람을 대립관계로 파악했던 첫 번째
독서에서의 지울 수 없었던 불만족이 두 번째 독서 과정을 통한 구체화
과정에서는 점차 사라지기 시작하였다. 독자를 둘러싼 현재 지평으로부터
작품으로 향하는 질문에 작품은 스스로 대답해 주고 있었기 때문이다. 첫
번째 독서에서 전체적인 윤곽만이 잡혔던 것이 두 번째 독서를 진행하는

과정에서 부분적인 것과 조화를 이룬다는 사실이 현실로 받아 들여졌다. 즉「풀」은 인간과 인간 사이의 관계에 있어서 대립과 투쟁관계가 아닌 화해 관계에 설 때 그 관계는 역사 창조의 원동력이 될 수 있다고 발언한다.

그러므로 김수영의「풀」에 대한 두 번째 독서는 즉자와 대자와의 투쟁을 끊임없이 겪으면서 생성 소멸해 간다는 서양식 사고방식이 아닌 무위자연과 같은 동양적 사고방식을 표현하고 있었음을 확인한 셈이다. 즉 자기인격 수양과 자비심 그리고 순수한 영혼을 바탕으로 타자를 포용하는 동양적 사고체계를 시적구조의 힘을 빌어 쓴 것으로 정리할 수 있겠다. 尾

이천 년대에 다시 읽어보는
「껍데기는 가라」

1 「껍데기는 가라」를 읽는 두 가지 기준

7 · 80년대의 흥분이 가라앉자마자 90년대에 들어서는 문학의 위상이 약화되었다. 성적쾌락에 탐닉하고, 감각주의의 잔재미에 빠졌다. 한편으로는 예술에 손을 잡고 또 다른 한편으로는 은근히 상업주의에 손을 잡았다. 내일은 없다는 식의 세기말 정신으로 독자를 혼미케 하고, 성급히 이성을 포기한 채 신을 찾아 미지의 세계로 떠났다. 흔들리고 파괴되는 현실에 대한 연민조차 없이 저항할 줄도 부정도 할 줄 몰랐다. 자연 문학은 힘을 잃고 말았다. 현실도 역사도 모두 다 무겁고 엄숙해서 싫단다. 손바닥에 올려놓고 후 불면 날아갈 듯 가볍다.

문학의 이같은 가벼움과 상업주의와의 결탁은 2000년대에 들어 더욱 노골화되어 버렸다. 그리하여 90년대에 희미하게나마 남아 있던 사회적 역사적 상상력이 2000년대에는 완전히 수면 아래로 잠기고 말았다. 오직 즉흥적인 재미와 쾌락만을 위한 만화적 상상력만이 미덕 일 뿐이다.

30년 전, 신동엽(1930-1969)은 이런 문학은 껍데기라 했다. 그는 김수영과 함께 60년대의 대표적인 참여시인으로 70년대의 김지하에게 그 정신을 고스란히 인계하였다.(80년대는 그 계보를 김남주 · 박노해가 이어받음.)「詩人精神論」을 비롯한 10여 편의 평론 및 시극, 오페레타 그리고 「錦江」으로 대표되는

70여 편의 시를 10여 년간에 걸쳐 창작하였다. 그러나 그의 문명을 세상에 널리 알려 준 작품은 「껍데기는 가라」이며, 그 작품으로 말미암아 여타의 작품들도 평가다운 평가를 받기에 이르렀다. 신동엽의 문학세계나 작가론을 논하는 자리마다 「껍데기는 가라」를 빼놓지 않는 까닭이 여기에 있다.

「껍데기는 가라」에 관한 논의는 신동엽의 지명도에 비해 놀랍게도 적은 편이나, 평가는 대체로 긍정적인 편이다. 신동엽의 시에는 우리가 오늘날 참여시에서 바라는 최소한의 모든 것이 들어 있다. 강한 참여의식이 깔려 있고, 시적 경제를 할 줄 아는 기술이 숨어 있고, 세계적 발언을 할 줄 아는 지성이 숨 쉬고 있고, 죽음의 음악이 울리고 있다(김수영, 참여시의 정리, ≪창작과 비평≫)고 한 김수영은 이 작품의 첫 애독자인 셈이다. 조동일은 과학적 추상, 예술성과 사상성의 일치, 민족적 감수성과 역사성 그리고 내용과 형식의 일치성을 들어 참여시의 최고 단계(조동일, 시와 현실참여, ≪52인 시집≫, 신구문화사)라면서, 참여파의 시적 가능성을 피력하는 중요한 대상으로 삼았다. '한 편의 시를 통해 현실, 전통, 역사, 종교, 우주에 걸치는 어려운 문제를 캐어보는 일은 서양에서 T·S 엘리엇트의 작품을 두고 생겨나는 일과 같은 것(구중서, 신동엽론, ≪창작과 비평≫, 창작과 비평사)으로 파악한 구중서는 이 시가 갖고 있는 무한량의 내재성을 인정하고 광범위한 해석의 가능성을 열어놓고 있다. 그리고 '민족적 순수성 회복의 시'(신경림, 역사의식과 순수언어, ≪한신대학보≫), '시의 본질을 생명의 발현으로 파악하는 신동엽의 포괄적인 시정신이 성공적으로 구현된 시'(이영무, 신동엽의 시세계, ≪문화비평≫)로 평가한 신경림과 이영무의 평가도 주목할 만하다. 이러한 평가에 비해 홍정선(홍정선, 역사적 삶과 비평, 문학과 지성사)은 신동엽의 타 작품과 관련하여 껍데기 계열과 알맹이 계열의 언어를 중심으로 구체화함으로써 「껍데기는 가라」를 폭넓게 이해할 수 있는 길을 안내하였고, 수용자가 작품을 읽는 시점에서 과거의 작품을 바라봄으로써 풍부한 해석을 시도한 백낙청의 글(백낙청, 민족문학의 새 단계, 창작과 비평사)은 지금까지의 「껍데기는 가라」에 관한 연구의 새로운 지평을 제시하였다. 신경득은 신동엽의 세계관을 ① 원수성 ② 차수성 ③ 귀수성으로 연결 전개하면서 하늘찾기가 계속되는 것으로 정리한 다음 「껍데기는 가라」의 내면의 울림을 묘파하였다.(신경득, 한민족문학사상론, 살림터)

「껍데기는 가라」를 독서하는데 있어서 기준 삼을 만한 덕목 두 가지를 밝히면 이렇다. 「껍데기는 가라」는 그의 다른 시들이나 타 장르 글들이라 할지라도 거의 모두가 껍데기와 알맹이라는 단순명료한 문법을 가지고 있으며, 이 틀 속에 껍데기와 알맹이가 누누히 반복되고 있다는 점이다. 그러므로 「껍데기는 가라」는 4연 17행밖에 안 되는 짧은 시이지만 신동엽의 모든 글을 응축해 놓은 신동엽 파일이라고 해도 무방하다. 엄청난 양의 정보를 내장하고 있으므로 그 내포된 정보를 가능한 최대한 많이 꺼내 볼 작정이다. 단순한 틀을 갖고 있지만 불확정성이 큰 작품이기 때문이다. '불확정성의 정도는 작품의 미학적 작용 수준을 결정하고 예술성이 규정될 수 있기 때문이다.'(차봉희, 앞의 책)

두 번째 기준은 독자의 이해력으로 독서를 한다는 점이다. '작품을 이해하는 모든 능력'을 이해력으로 규정한다면, 「껍데기는 가라」는 1967년의 작품이지만 이를 이해하는 독자는 작품을 받아들이는 시점에서 이해를 한다는 사실이다. '과거의 작품은 우리에게 아직도 할 말이 있는 것으로 나타난다. 왜냐하면 예술성이란 한 특정한 시대의 증언으로서 실제적인 기능을 발휘하고 있고, 시대의 전환을 초월하여 우리에게 말할 수 있게 하고 또 현재화될 수 있게 하는 작품의 의미를 발산하고 있기 때문이다.'(차봉희, 앞의 책) 문학작품 자체는 작품이 출현한 동시대의 요구와 밀접한 관련을 맺고 생산되지만, 그것을 읽는 독자는 당대의 독자만 읽는 것이 아니라 시대마다 새롭게 탄생하는 독자에 의하여 새롭게 읽혀진다. 그러므로 문학작품을 읽는 행위는 문학작품과 독자와의 대화이며, 그 대화의 역사가 문학의 역사이다.

1 2 첫 번째 독서 – 존재의 내용을 감싸는 형식

껍데기는 가라.
四月도 알맹이만 남고
껍데기는 가라.

껍데기는 가라.
東學年 곰나루의, 그 아우성만 살고
껍데기는 가라.

그리하여, 다시
껍데기는 가라.
이곳에선, 두 가슴과 그곳까지 내논
아사달 아사녀가
中立의 초례청 앞에 서서
부끄럼 빛내며
맞절할지니

껍데기는 가라.
漢拏에서 白頭까지
향그러운 흙가슴만 남고
그, 모오든 쇠붙이는 가라.

　　　　　　　　　　　　　　　－「껍데기는 가라」 전문

이 시의 제목을 접하면서 독자는 먼저 시적자아의 단호한 명령조의 음성을 맞이한다. 껍데기는 가라고 하는 음성은 마치 중죄인을 다루는 재판관의 음성 같다. 그리고 끊임없는 의혹이 생긴다. 껍데기는 누구를 환유한 것이며, 껍데기의 죄목은 도대체 무엇일까. 껍데기가 있으면 알맹이도 있을 터인데 그렇다면 알맹이는 또 누구를 환유한 것인가. 껍데기는 가라고 꾸짖는데 그렇다면 껍데기가 가야 할 '여기'는 어디이며, 알맹이가 남아야 할 '여기'의 당위는 무엇인가. 시적화자의 지엄한 꾸짖음은 껍데기에 국한하는가 혹은 알맹이에게도 해당하는가, 이 시를 읽고 있는 독자에게도 해당하는가.

이처럼 「껍데기는 가라」라고 하는 제목을 읽고 품었던 여러 가지 의문들은 본문을 읽기 시작하면서부터 하나하나 풀리기 시작한다.

이 시는 기·승·전·결의 형식을 갖고 있으며, 각 연마다 四月, 東學年, 中立, 漢拏, 白頭 등과 같은 한자로 표기된 시어가 배치되어 있음이 첫눈에 띤다. 한글로 씌어진 바탕에 확연히 돋보이는 한자어로 표기된 시어는 강음부호와도 같다. 그러나 이 언어들이 중심어임에는 틀림없지만 껍데기와의 대립관계인 알맹이라는 의미는 아닌 듯하다. 독자의 의구심은 과연 알맹이에 속하는 언어들은 어떤 것들인가에 관심을 가질 수밖에 없다. 시적자아가 반복해서 껍데기는 가라고 외치고 있는 것을 보면, 시적자아의 진실된 목소리 찾기는 기·승·전·결의 의미가 갖는 형식상의 기능보다 껍데기와 알맹이를 계열별로 우선 집결시켜 놓는 것이 우선순위일 듯싶다.

반복과 점층의 의미로 강조되다가 '그, 모오든 쇠붙이'에 결집되는 껍데기는 거부해야 할 대상이지만 문면에 좀처럼 모습을 드러내지 않는다. 이에 비하여 四月의 알맹이, 東學年 곰나루의 아우성, 아사달과 아사녀와 같은 알맹이는 향그러운 흙가슴에 집결하여 비교적 그 모습을 구체적으로 보여준다. 그러나 이 알맹이도 포괄적 이미지로만 다가오고 있지 확연히 정체를 나타내는 것은 아니다. 알맹이의 의미가 제대로 밝혀져야 껍데기의 의미가 밝혀질 터인데 여전히 불명료한 채로 남아 있다. 그것은 물론 독자의 몫이다. 분명한 것은 껍데기와 알맹이가 대립항을 이루나 갈등하지 않고, 시적 자아의 지고지엄한 목소리만 울려온다는 점이다. 이처럼 이 시의 첫 번째 독서는 외형적 특성을 먼저 살피는 가운데 이 시의 불확정성의 정도를 파악하는 시도로부터 시작하였다. 불확정성은 작품의 효과를 나타내는 척도이고, 작품 속의 빈자리이므로 빈자리의 크기를 가늠해 보는 빈 그릇이라 할 수 있겠다.

1 3 두 번째 독서 – 떠도는 의미들의 응고화

〈껍데기는 가라〉, 定言命令과도 같은 위엄을 지닌 목소리를 지르고 〈四月도 알맹이만 남고 껍데기는 가라〉고 다시 큰소리를 지른다. 두 번째 〈껍데기는 가라〉는 四月의 껍데기에 대한 경고인 셈이다. 독자는 여기에서 다시 시적자아의 불확실한 외침에 대하여 스스로 질문을 던질 수밖에 없다. 〈四月도〉의 〈도〉에 주의를 기울인다면, 四月은 모두가 알맹인 줄 알지만 그렇지 않고 껍데기도 있으니 그 껍데기는 가라고 명령하기 때문이다. 그렇다면 그 四月은 무엇인가. 죽은 나무 가지에서 생명이 움트는 봄을 뜻하는가. 기독교인들의 명절인 부활절을 뜻하는가. 독재에 항거하며 학생들이 거리로 쏟아져 나왔던 4.19 학생혁명을 뜻하는가. 초근목피로 연명하던 보릿고개 四月을 뜻하는가. 혹은 독자의 四月과 관련된 개인적 체험의 연상적 상상력으로 떠올린 그 무엇을 뜻하는가. 이와같이 四月이라는 시어가 풍기는 의미는 떠돌고 있을 뿐이다. 다만 독자가 여기서 최대한 이해하고 갈 수 있는 해석은 '四月이라고 해서 다 알맹이는 아니다, 四月 중에도 껍데기가 많다, 그 껍데기들은 알맹인 척한다'이다. 그러니 四月의 알맹이만 남고 껍데기는 가야 한다,는 것 뿐이다. 그러므로 첫 연을 읽고 독자는 떠도는 의미(四月에 대한 여러 가지 의미)를 확정할 수 없기 때문에, 불명료한 채로 두 번째 연의 지평 속으로 옮겨가야 한다.

제 2연의 첫머리 〈東學年 곰나루의, 그 아우성만 살고〉를 읽는 순간, 방금 읽고 의혹을 가졌던 四月에 대한 독자의 의문이 풀린다. 그리고 1연과 2연은 정신적으로 한 줄기의 연장선상에 놓여 있음을 알게 된다. 즉 동학정신의 계승이 4·19정신임을 암시하고 있는 것이다. 東學年은 의심의 여지 없이 1894년 東學革命을 뜻한다. 그렇다면 四月이란 계절로써의 四月이나 復活節을 뜻하는 四月이나 개인적인 연상적 상상물과 관련을 갖는 것이라기보다, 1960년 4·19 학생혁명으로 의미를 확정지을 때 자연스럽게 東學年과 연결된다. 즉 四月과 東學年은 모두 역사적 상상력을 이끌어내는 시어임이 확인되었다. 이렇게 해서 독자는 다시 첫연으로 올라가 ① 〈四月도 알맹이만 남고〉가 풍기고 있는 빈자리(四月의 알맹이)를 채울 수 있게 되었고, ② 팽팽한 긴장감을 자아내고 있는 東學革命과 四月革命 사이의 긴 시간적 공백(빈자리)을 채워야 한다는 의무감을 갖게 되었다.

四月革命은 1960년 4월 19일 3·15 부정선거를 규탄하고 일인(일당)장기집권에서 오는 부패와 자유민주주의에 반하는 독재정권에 맨몸으로 항거하다 쓰러져 간 학생혁명이었다. 처음에는 대학생으로부터 시작을 하였지만 점차 고등학생 중학생으로까지 번져갔다. 독재정권은 끝까지 버티다가 대학교수들의 시위가 있자 사태의 심각성을 깨닫는다. 마침내 4월 25일 258명의 대학교수들이 '학생들이 흘린 피에 보답하자'는 프래카드를 들고 가두시위를 한 다음 발표한 시국선언문은 이승만 독재정권의 종지부를 찍는 결정적인 역할을 하였다.

"① 마산·서울·기타 각지에서의 학생데모는 주권을 빼앗긴 국민의 울분을 대신하여 궐기한 학생들의 순진한 정의감의 발로이며 ② 이 데모를 공산당의 조종이나 야당의 사주로 보는 것은 고의, 곡해이며, 학생들의 정의감을 모독하는 것이다. ③ 평화적이요 합법적인 학생데모에 총탄 폭력을 퍼부어 대량의 유혈참극을 빚어낸 경찰은 대한민국의 국립경찰이 아니라, 불법과 폭력으로 권력을 유지하려는 일부 정치집단의 사병이다. ④ 이 민족적 대참극을 초래케 한 대통령을 위시하여 여야 국회의원 및 대법관 등이 그 책임을 지고 물러서지 않으면 학생들의 분노가 가라앉기 힘들다. ⑤ 3·15 선거는 부정선거이다. 공명선거에 의해 정·부통령 선거를 다시 실시하라…(이하 생략)…."

― 「시국 선언문」

독자는 신동엽의 시로 해서 과거의 혁명적 사건을 되돌아 볼 수 있는 값진 기회를 얻었다. 대학교수들의 13개조에 달하는 시국 선언문은 4·19 학생혁명의 본질을 가장 극명하게 나타낸다. 이틀 뒤 4월 27일 이승만 대통령은 사임서를 국회에 제출하고 국회에서 즉각 수리된다. 5천년 민족사 이래 최초로 국민의 힘으로 독재권력을 무너뜨린 쾌거였다. 그런데 본문에서는 〈四月도 알맹이만 남고 / 껍데기는 가라〉 한다. 그런 혁명도 알맹이와 껍데기가 있다니 무슨 말인가. 알맹이는 무엇이고 껍데기는 무엇이란 말인가. 4월 학생혁명에 대한 독자의 사전지식을 일거에 무너뜨리는 발언이기 때문이다.

이에 대한 해답, 즉 四月의 알맹이와 껍데기를 구분하는 일은 〈東學年 곰나루의, 그 아우성〉을 구체화 할 때 비로소 명확하게 드러난다. '동학이란 종교 내지 동학사상에는 처음부터 근대지향적인 혁신성과 민중과 결합할 수 있는 사회개혁적인 사상기반을 지니고 있었다. 즉 거기에는 외세의 침투에 의한 민족적 배외사상, 외래종교에 대한 반서학 사상, 전통적 지도이념에 대한 반성리학 사상, 봉건적 조선왕조사회를 부정한 후천개벽 사상, 평등주의를 표방하는 천인일여(天人一如, 人乃天)사상 등 혁신적이고 진보적인 민중상을 지니고 있었다.'(김창수, 동학사상과 동학혁명, 청아출판사) 안으로는 봉건주의와 밖으로는 외세와 대항하면서 죽창을 들고 일어섰던 농민들의 함성이 동학년 곰나루의 그 아우성인 셈이다. 반봉건, 반외세, 반성리학, 반서학, 평등주의의 기치 아래 온갖 권력에 맞서 떨치고 일어선 농민 중심의 혁명이 동학년 곰나루의 그 아우성이다. 미완의 혁명이었지만, 그 함성의 순수성은 역사의 전통으로 면면히 이어지는 민족정기로서의 알맹이라고 할 수 있다. 물론 동학의 주체를 억압하는 모든 지배권력과 외세는 동학년의 껍데기일 터이다. 그러니까 四月의 알맹이는 이런 함성과 맥을 같이 한다는 의미일 것이다. 다시 말하면 四月의 알맹이는 단순히 의회민주주의의 입헌정치나 자유민주주의 혹은 학원사찰반대, 3·15 부정선거 규탄 등에 국한되지 않고, 오히려 그보다는 갑오농민전쟁 당시의 함성, 즉 외세에 물들지 않고 권력에 오염되지 않은 민족 고유의 순수성을 회복하고자 하는 함성과 맥이 닿아 있는 것이다. 학생 중심의 4·19 정신은 군사독재에 저항하면서 70년대와 80년대까지 이어져 마침내 국민의 참정권을 회복하기에 이르렀다. 이러한 반독재 투쟁은 100년 전의 미완의 혁명이었던 동학혁명을 완성해 가는 과정이라 할 것이다. 그러나 아직도 우리는 외세로부터 자유롭지 않은 민족적 과제를 남기고 있다.

다시 본문으로 돌아가보자. 四月과 東學年의 알맹이와 껍데기가 무엇인가를 파악하였으나 의문은 여전히 남는다. 東學과 四月 사이에 민족사적 사건인 3·1 운동이 빠져 있기 때문이다. 이는 분명 시인이 고의적으로 처리한 빈자리인 셈이다. 이 점에 대하여 백낙청 교수는 그 고의성을 명확하게 짚어내고 있다.

"4·19 이전의 민족사적 대사건을 이야기하는데서 3·1운동이 빠져 있습니다. 왜 빠져 있느냐? 짧은 시니까 중요한 것이라고 다 넣을 수 없는 것이 사실입니다 …… 단순히 그것이 시기적으로 중간에 끼어들기 때문이 아니라, 3·1운동의 경우는 '폭력'의 문제라든가 또는 밑바닥 민중의 봉기라는 성격이 동학혁명에 비해서 그다지 분명하지 않습니다."

— 백낙청, 앞의 책.

신동엽이 1960년에 발표한 「阿斯女」나 1967년에 발표한 장편서사시 「錦江」에서 3·1 운동을 중요한 역사적 사건으로 다루고 있는 것으로 보아 짧은 서정시라는 그릇의 한계를 느껴 고의적으로 3·1 운동을 건너 뛴 것이 틀림없다. 만약 3·1 운동이 중요한 사건이라 해서 억지춘향 격으로 끌어넣었다면, 서정시다운 맛을 잃었을 것이다. 오히려 그것을 생략함으로써 시적 긴장감을 더해주는 효과를 보았다. 독자가 채워주기를 바라는 의미에서 공란으로 남겨놓은 무대라고 할 수 있다.

四月十九日, 그것은 우리들의 祖上이 우랄高原에서 풀을 뜯으며 …… 하늘 고흔 半島에 移住해오던 그날부터 …… 매듭 고흔 흰 허리들의 줄기가 三·一의 하늘로 솟았다가 …… 오늘 우리들의 눈 앞에 솟구쳐 오른 阿斯達 阿斯女의 몸부림, 빛나는 앙가슴과 물구비의 燦爛한 反抗이었다.

— 「阿斯女」

1919년 3월
우리는
우리 가슴 성장하고 있음 증명하기 위하여
팔을 걷고, 얼굴
닦아보았느니라.
더 많은 피 흘렸느니라.

— 「錦江, 後話〈2〉」

  위의 시에서 보는 것처럼, 신동엽은 3·1 운동은 민족사의 맥을 이루는
찬란한 민족정기의 분출이요 이러한 분출의 이미지는 푸른 하늘이었다. 푸
른 하늘의 뜻을 받들기 위해 일어선 3·1 만세소리는 우리 민족의 성장을
증명하는 사건인 셈이다. 그럼에도 불구하고 식민지 백성의 울분을 만세로
표출한 3·1 운동은 동학혁명과 4·19 혁명에 비해 그 저항의 내용이 깊이
와 폭에 있어서 한계를 갖는 것임에 틀림없다.

  이제 우리는 1연 4·19 혁명과 2연 동학혁명, 그리고 그 사이 3·1 운동
을 통해서 이 시의 출발점인 4·19의 껍데기와 알맹이를 구체화 할 수 있게
되었다. 반봉건·반외세·반매판의 고유하고 순수한 민족, 민주정신이
4·19의 알맹이라면, 민중의 자유를 억압하는 독재자들, 독재 권력을 옹호
하기 위해 학생들의 가슴을 겨눈 총뿌리, 거기에 편승하여 권력을 향유하는
자들, 나아가서 분단 상황을 고착화시키는 정치이념(자유민주주의를 가장한 독재
권력) 등은 모두 4·19의 껍데기들인 셈이다.

  껍데기가 많기는 동학혁명 당시에도 마찬가지였다. 외세를 끌어들여 기
득권을 유지하려는 봉건세력, 봉건세력을 도와 이 땅을 침탈하려는 외세,
그들이 갖고 있는 온갖 권력과 무기에 비하면, 압박과 울분 속에 나라를
찾고 참다운 인간됨을 찾고자 하는 농민들의 아우성은 그대로 4·19의 함
성으로 맥을 이루어 우리가 지금 회복하고 살려내야 할 순수성인 것이다.
불행하게도 역사가 중첩될수록 껍데기들이 무수히 불어나므로 시적자아는
끊임없이 반복하여 껍데기는 가라고 외쳐댄다. 그러니 껍데기는 가야 하고
껍데기를 물리쳐야 하는 것은 지금 이 시를 읽고 있는 우리들의 지상과제로
남아 있다고 할 수 있다.

  〈그리하여, 다시 껍데기는 가라〉 3연의 〈그리하여〉는 〈그러므로〉로 바
꾸어 놓아도 무관하다. 동학년의 껍데기와 3·1 운동 당시의 껍데기 4·19

의 껍데기 그리고 1967년 시적화자가 서 있는 시점에서의 껍데기, 이 시를
읽고 있는 2000대의 껍데기 그리고 3연에서 다시 확인된 껍데기 모두를
포함한다. 특히 1967년의 시적화자는 5 · 16의 껍데기로 말미암아 4 · 19 혁
명을 바탕으로 해서 민족의 장래가 더 뻗치지 못하고 좌절하고 만 사정이
바로 어제의 일처럼 느껴졌을 터이다. 4 · 19의 기본 정신이 5 · 16 쿠데타
로 하여금 무참히 짓밟히고, 1964년 한 · 일 굴욕적인 회담 반대투쟁이 군사
정권 하의 6 · 3 계엄령에 의해 또한 무참히 짓밟히고 난 상황이므로 여기에
서의 껍데기는 군사정권의 무기와 군사문화 그리고 독재권력과 매판자본(천
민자본주의)와 신식민지 형태의 외세침략 등이 추가된다. 그렇다면 3연에서
다시 확인된 껍데기는 무엇인가. 한자로 표기된 中立이란 말 속에 이 껍데
기의 정체가 함의되어 있다. 일상언어 생활 속에서도 중립이라는 말을 사용
하기는 하지만, 동학농민혁명 정신과 4 · 19 학생혁명 정신과 같은 맥락으
로 이해한다면 이는 국제 정치이데올로기를 표방하는 정치적 용어라고 할
수 있다. 이를 증명할 수 있는 구절들은 신동엽의 여러 시와 글들에서 보인
다. 가령 다음과 같은 시와 글을 보면, 그의 中立적 정치이념에 관한 신념
이 얼마나 확고했는지를 알 수 있다.

> 피 다순 쭉지 잡고
> 너의 눈동자, 嶺 넘으면
> 緩衝地帶는,
> 바심하기 좋은 이슬 젖은 안마당
> ─「緩衝地帶」 3연

> 비로소, 우리들은 萬邦에 宣言하려는 거야요. 阿斯達
> 阿斯女의 나란 緩衝, 緩衝
> ─「주린 땅의 指導原理」 10연

> 그 반도의 허리, 개성에서
> 금강산에 이르는 중심부엔 폭 십리의
> 완충지대, 이른바 북쪽 권력도
> 남쪽 권력도 아니 미친다는
> 평화로운 논밭.
>
> ─「술을 많이 마시고 잔 어제밤은」3연

> ···(전략)··· 남북한 양 지역의 상층부 기성세력(정치적인)이 누룩때가 되어 우리의 앞날을 덮고 있음을 알 수 있다. ···중략··· 날짜를 택해 판문점이나 임진강 완충지대에 그리운 사람들끼리 모여 아리랑을 합창해보자고 제의하는 사람이 남북을 통해 아직 없다는 것은 쓸쓸한 일이다. ···(중략)···우리는 아무에게도 이용당하고 싶지 않다는 것을 남북공동으로 선언하자. ···(하략)···
>
> ─「傳統精神 속으로 結束하라」에서 발췌

위의 시와 글에서 완충지대는 중립을 객관적 상관물로 메타포화 하고 있다. 완충지대는 바심하기 좋은 순진한 공간이요, 아사달 아사녀의 나라는 완충국(중립국)임을 만방에 선언하고, 남쪽과 북쪽의 어느 쪽 권력도 침투하지 못하는 평화로운 공간이다. 그리고 남북 양쪽의 정치권력으로부터 억압받고 싶지 않고 세계의 어느 나라에게도 이용당하고 싶지 않는 순수한 공간인 것이다.

이렇게 본다면 여기서의 중립이란 반공을 국시의 제일로 삼는 남쪽의 정치 지배이데올로기와 북쪽의 전제적 정치 지배이데올로기를 제거한 중립을 뜻하는 의미로써, 양쪽의 정치 지배이데올로기를 정면에서 부정하고 거부한 강력한 발언인 것이다. 세속적인 법칙을 종식시키고 이상주의적인 꿈을 펼치기 위해 지배적인 도덕의 금기를 붕괴하고자 하는 시인의 원대한 정신이 깃든 대목이다. 동학의 껍데기, 4·19의 껍데기, 60년대의 껍데기인 남북 양쪽의 독재권력을 물리쳐 버린 이곳이기에 3연에서는 알몸의 아사달 아사녀가 중립의 초례청 앞에서 부끄럼 빛내며 맞절하는 아름다운 장면이 펼쳐질 수 있는 것이다.

3연의 〈알몸〉 〈아사달 아사녀〉 〈中立의 초례청〉 〈맞절〉 등의 시어들은 독특한 심상을 지니고 있을 뿐 아니라, 시어들 간의 연관관계가 자연스럽다. 특히 中立이라는 정치적 용어와 초례청이라는 풍속적인 언어의 결합은 시적화자의 기상奇想에서 나온 결과이다. 전혀 어울리지 않을 듯한 두 언어가 결합되어 충돌하지 않고 시적 향취를 높이고 있다. 이는 신동엽 시인의 원숙한 정신세계의 승리이며 참여시의 서정적 가능성을 유감없이 발휘한 대목이라고 할 수 있다.

아사달 아사녀가 중립의 초례청 앞에서 맞절하는 상황은 시인의 상상력과 상징성이 가장 빛나는 대목이다. 아사달은 도읍을 정하고 새로 나라를 세워서 국호를 조선이라 부른 곳 (「삼국유사」)이고, 현진건의 역사소설 「無影塔」으로 잘 알려진 백제 석공이며, 그는 또한 고향에 사랑하는 아내 아사녀와 기약 없는 이별 중에 있는 남편인 것이다.

그러나 이제 아사달 아사녀는 더 이상 과거 속의 인물만은 아니다. 아사달·아사녀는 동학혁명, 3·1 운동, 4·19 혁명의 주체자들이며, 오늘의 싯점(2000년대)에서 볼 때, 5·18, 6·10 민중항쟁의 주체자들이고, 철조망 곁에 쓰러진 임부, 동화 애길 재잘거리다 저격받은 열두 살짜리 소년들(「왜 쏘아」), 입에 쌀이 하루 세 사발씩 들어가는 떡쇠(「이야기 하는 쟁기꾼의 大地」), 북부여가인(北扶餘佳人)들의 장삼자락 맨 몸(「阿斯女의 울리는 祝歌」), 우랄 고원에서 풀을 뜯던 조상·삼한·백제·고려의 사람들(「阿斯女」)이기도 하며, 미래에 새로 태어날 외세와 문명에 때 묻지 않을 후손들이기도 하다.

그러므로 아사달 아사녀의 상징성은 시간과 공간을 역사적으로 원초의 시대까지 확장시키고 단군 이래의 우리 민족의 치열하고 순수한 감정을 고조시키기에 충분하다. 뿐만 아니라 아사달과 아사녀가 사랑하지만 헤어져 있는 비극적인 상황, 즉 헤어져서는 아니 될 두 사람이 떨어져 있는 상황은 바로 지금 우리의 모순에 처한 민족적 현실의 상징이다. 그러기에 中立이라는 정치용어가 초례청 앞에 수식어로 붙는 일이 가능했던 것이며, 두 사람의 결합이 알몸으로 이루어지지만 그 부끄러움이 빛난다는 상황 설정 또한 가능한 일인 것이다.

따라서 3연에서의 껍데기는 현재 남북한의 독재 권력자들이 지배이데올로기로 삼고 있는 정치적 이념이요. 알맹이는 정치적 중립을 이룩한 아사달 아사녀(남북의 민중)라고 할 수 있다. 남쪽에서는 자유민주주의의 이데올로기라는 껍질을 벗고 북쪽에서는 사회민주주의의 이데올로기라는 껍질을 벗어 던지고, 오로지 단군 이래의 순수하고 정결하고 뜨거운 삶의 정신으로 다시 하나의 민족으로 동질성을 회복하여 재결합해야 한다는 염원을 담고 있다. 즉 '정치적 중립노선에 의한 분단의 극복을 의미하고 있는 것이며, 그 분단의 극복이 외세가 물러간 상태 속에서 순수한 우리 민족의 화합된 힘으로 이루어지기를 바란 것이다.'(홍정선, 앞의 책.) 전설 속의 아사달과 아사녀는 끝내 서로 만나지 못하고 비극적인 죽음을 맞이했지만, 현실 속의 아사달 아사녀(남북의 민중)은 四月과 東學의 알맹이를 되찾고 있으므로 그럴 수 없다는 뜻이 되겠다.

> 껍데기는 가라
> 漢拏에서 白頭까지
> 향그러운 흙가슴만 남고
> 그, 모오든 쇠붙이는 가라.

　마지막 4연은 결구로써 1·2·3연의 모든 껍데기와 알맹이를 종합하고, 현재의 시간과 공간을 시적화자가 위치한 1967년의 한반도라는 시간과 공간임을 구체적으로 제시한다. 동시에 독자가 이 시를 읽고 있는 2000년대의 한반도인 것이다. 껍데기는 동학년의 껍데기, 3·1 운동의 껍데기, 4·19의 껍데기, 60년대의 지배 이념의 껍데기, 5·18, 6·10의 껍데기를 묶어서 〈그, 모오든 쇠붙이〉인 것이며, 〈향그러운 흙가슴〉으로 결합되는 알맹이는 동학년의 아우성·사월의 함성 그리고 아사달 아사녀가 알몸으로 中立의 초례청에 서는 행위 모두를 포함한다. 1967년의 분단된 조국의 현실에서 분단 모순을 극복하기 위하여 봉건주의 불식과 외세의 척결, 정치적 중립이 중요할 터인데, 그러기 위해서는 민족의 결합을 앞에서 가로막고 있는 껍데기인 양쪽의 독재정권을 먼저 타도해야 한다는 것이다. 이러한 현실인식은 2000년대 지금의 경우도 여전히 유효하다.

　반복되는 얘기지만, 「껍데기는 가라」는 짧은 서정시이지만 신동엽의 여타의 모든 창작품들의 압축파일이다. 그의 문학 정신의 알맹이인 셈이고, 여러 장르의 글들에서 풀어헤쳐 놓은 것을 이 한 작품에 응축해 놓았다고 해도 과언이 아니다. 그러므로 마지막 연에서 내포되고 있는 껍데기(그 모오든 쇠붙이)와 알맹이(향그러운 흙가슴)를 그의 시정신과 관련지을 때, 보다 더 구체적이고 풍부한 의미를 얻어낼 수 있다고 본다. 그의 다른 작품들과 관련하여 쇠붙이로 상징되는 껍데기들은 장르의 구분 없이 여러 작품들에 나타난다.

　〈모자〉·〈철조망〉·〈지뢰〉·〈쇠붙이〉·〈군사독재〉·〈자유민주주의〉·〈외세〉·〈미제〉·〈아메리카〉·〈은행〉·〈천민자본주의〉·〈특권층〉 등이 껍데기를 표상하는 언어들이라면, 〈맨몸〉·〈알몸〉·〈아사달 아사녀〉·〈흙가슴〉·〈씨앗〉·〈동학〉·〈3月〉·〈4月〉·〈금강〉·〈하늬바람〉·〈中

立〉·〈민중〉 등은 알맹이를 표상하는 언어들이다.

이들에서 보는 바와 같이 껍데기의 상징은 문명적(작가의 말을 빌리면 次數性
의 世界)인 것들의 폭력을 암시하고 있다. 강대국이라는 외세, 정치 지배이
데올로기, 매판자본, 군사독재권력, 자본과 권력의 매음과 같이 폭력적인
것에서 위선·위악적인 것에 이르기까지를 가라, 가라고 단호하고 당당하
게 외치는 것이다. 반면 알맹이가 상징하는 것을 보면 대지를 튼튼히 밟고
건강하게 살던 태초의 세계(原數性의 世界)로 회귀하고자 하는 歸數性的 태
도를 지향한다. 우리 조상이 우랄 고원에서 풀을 뜯으며 한반도로 이동하기
시작한 이래, 귀수성적 의지를 지닌 맨몸의 민중들이 우리 역사의 강물을
이뤄왔음을 암시한다. 그리고 어쩌면 신동엽은 철모, 철조망, 총알, 지뢰를
녹여 평화롭게 흙을 캐는 호미를 만들어 평화로운 낙원을 꿈꾸고 있었는지
모른다. 그의 「詩人精神論」은 잃어버린 낙원을 찾기 위해 그의 시밭에 뿌
려놓은 씨앗이라고 할 수 있다.

> "시란 바로 생명의 발현인 것이다 …… 그래서 하나의 시가 논의될 때 무엇
> 보다도 먼저 그것을 이야기해 놓은 그 시인의 인간정신도와 시인혼이 문제되어
> 져야 하는 것이다. 철학, 과학, 종교, 예술, 정치, 농사 등 현대에 와서 극분업화
> 된 이러한 인간이 가질 수 있는 모든 인식을 전체적으로 한 몸에 구현한 하나의
> 생명이 있어, 그 생명으로 털어놓는 정신어린 이야기가 있다면 그것은 가히 우
> 리 시대 최고의 시가 될 수 있을 것이다. 시인이란 인간의 원초적, 歸數性的
> 바로 그것이다."
>
> — 신동엽, 시인 정신론(전집)

시는 생명을 움트게 하는 것이므로 고향을 버리고 대지를 이탈한 문명인
의 次數性世界에서, 열매 여물어 땅에 쏟아져 돌아오는 씨앗인 歸數性世

界의 마음을 혼으로 삼아야 한다는 이상인 것이다. 여름의 무성한 잎과 같은 次數性的 世界(문명의 건축)에서 땅에 누워 있는 씨앗의 마음인 原數性의 世界인 봄으로 돌아가는 계절이 가을(歸數性的 世界)이듯이, 이제 시인은 차수성세계의 잡다한 현란함을 버리고 문명 이전의 원수성의 세계 속으로 돌아가야 한다는 뜻이겠다.

따라서 「껍데기는 가라」의 마지막 연은 차수성의 세계에서 귀수성의 세계로 돌아가야 한다는 발언인 셈이며, 다가올 봄을 준비하기 위하여 원래의 평화로운 공간으로 떠나가는 가을의 이미지인 셈이다. 3연까지 반복되던 껍데기를 〈모오든, 쇠붙이〉로 대치하고 알맹이를 〈향그러운 흙가슴〉으로 포괄한 것은 全耕人的인 歸數的인 知性이 합일된, 즉 原數性世界의 완전한 인간을 지향하는 세계인 것이다.

14 동시대의 스승은 영원한 스승

「껍데기는 가라」를 읽고서 필자는 몇 가지 새로운 사실을 깨달았다. 그 첫 번째는 인간을 자유롭지 못하게 하는 정치에 관심이 없는 문학가가 사실은 더 정치적이라는 점이다. 이는 역사가 세계의 모든 민족이나 국가에게 동일하지 않다는 것을 전제로 할 때, 동시대인의 자유를 구속하는 정치지배이념을 부정하고 그들에 대한 저항의 태도로 문학을 하는 것은 너무도 당당하며 그런 문학이야말로 힘을 발휘하는 문학이라는 것이다. 제2의 자연인 사회를 우리가 자연이라고 부르는 제 1의 자연처럼 자연스럽게 가꾸는 사회가 유토피아가 아닐까. 그런 사회를 만드는 것이 문학의 지향점이고 신동엽이 그리던 이상적인 세계가 아니었을까.

두 번째는 위대한 시인은 동시대의 스승일 뿐만 아니라 시대가 바뀌어도 영원히 스승일 수 있다는 신념이다. 시인 신동엽은 이 한 작품만으로도 우리들의 영원한 스승이다. 그는 우리 한반도만은 정치를 하지 않는 자연의 상태를 회복하는 평화로운 땅이기를 꿈꾸었다. 그는 우리에게 민족정기를 되찾은 푸른 하늘을 보여주었고, 투쟁과 저항의 휴머니즘을 생각케 해 주었다. 그의 이러한 시인정신이 가장 명료하게 구현된 「껍데기는 가라」는 그 생명력이 면면이 이어지리라 예견된다. 가슴까지 파고드는 정감어린 흙가슴과 같은 독자들이 면면이 이어져 새롭게 탄생하기 때문이다. 그것은 단지 「껍데기는 가라」가 우리들의 과거 문화유산으로 남아 있기 때문이 아니라 과거의 문화유산이지만 지금 우리에게도 후세의 독자들에게도 여전히 삶의 근원적인 질문을 던져 작용할 것이기 때문이다.

100년 전 東學年의 함성, 3·1 운동의 만세소리, 4·19 영령들의 피울음, 타는 목마름으로 민주주의 만세를 외치던 '70년대의 함성, 식민지 반봉건주의·신식민지 국가독점자본주의를 역사 현실인식의 출발점으로 삼고 독재 타도를 외치던 '80년대의 함성들이 「껍데기는 가라」를 읽고 이 글을 쓰는 동안 환청처럼 울려 왔다. 아직 끝나지 않은 100년 전 미완의 혁명이 완료형으로 끝맺음되기를 간절히 기다려 본다. 그러나 새로운 세기를 목전에 두었지만 그 마침표를 찍는 순간은 더욱 멀게만 느껴진다. 눈 앞의 껍데기는 사라졌으나 껍데기인지 알맹이인지 구분할 수 없는 껍데기들이 괴물처럼 엄청나게 크고 험한 모습으로 현실은 급변하고 말았기 때문이다. 尾

주관적인 개인성과 객관적 사회성을
중재하는 시어

11 스스로 소리 내는 언어

시인은 확언하지 않는다. 확언하면 시인이 아니다. 시인의 문체는 리얼리티 그 자체가 아니기 때문이다. 만약 어떤 시의 문체가 리얼리티의 일면만을 재생산한 것이라면, 그 시의 문체는 이미 실패한 것이다.

시의 언어는 시와 사회를 가장 깊은 곳에서 중재하는 특수한 언어이다. 출렁거리는 주관적 감정을 보편적 사회성과 관련을 맺게 해 준다. 이처럼 시의 언어는 이중적 기능을 갖는 언어이다. 이 두 기능의 일치가 시의 성패를 가름한다. 극단적 주관의 개인성이 동시에 사회적 객관성을 획득하는 언어일 때, 시로써 성공을 거둔다. 따라서 훌륭한 시는 소재적인 잔재를 드러내지 않고, 언어 속에서 울려 언어 스스로 소리내게 하는 경우라고 할 수 있다. 시의 교과서는 환유와 상징을 말하고, 관조와 성찰 그리고 뒤집기와 무의식을 강조하지만, 사실은 그 이전에 인간에게 있어서 언어란 무엇인가에 대한 성찰이 선행되어야 한다.

언어가 스스로 울리므로 시는 그 울림의 파장만큼 빈자리를 만들어 놓는다. 이 빈자리가 클수록 시어로써의 기능을 충실히 하기 때문에 훌륭한 시가 된다. 이 때의 빈자리는 독자가 뛰어놀 무대이며, 뛰어난 시인이 커다란 빈자리를 만들어 내듯이 적극적이고 능동적인 독자는 자신이 뛰어놀 무대를 크게 발견하고 그 무대를 다채롭게 채운다.

12 관조와 성찰

깊은 관조와 깊은 성찰을 바탕으로 하는 언어는 어떤 대상이라 할지라도 대상에 대한 감정과 대상 너머의 세계를 효과적으로 중재한다. 이런 시일수록 독자는 그 감정을 공유하고 새롭게 환기된 의미를 공유한다. 더 나아가 시인이 발견하지 못한 의미를 굴착해 내며 창조적 독자로 성장할 수 있는 발판을 마련해 준다.

> 아득한 옛 추억 같은
> 흑백영화 같은 여운의 그림이 그냥 나는 좋다
> 술 때문에
> 손이 떨린다는 말을 듣고
> 속으로 얼마나 울었던가
> 그 손떨림이 마침내
> 그림이 되었구나
> 대명천지 허허백지 앞에 맨 정신으로
> 떨리지 않고
> 어찌 사람이겠느냐
>
> ─ 정희성, 「검은 소묘」 전문(≪유심≫, 2008년 봄호)

위의 시는 덧칠하지 않은 과거의 어느 순간이 사람다웠다고 회상하는 주제적 내용을 담고 있다. 그러나 소재의 잔재가 일체 드러나지 않고 언어가 그 자체로 소리를 내는 울림의 시이다. ─좋다, ─떨린다, ─울었다 등과 같이 화자의 감정은 출렁거리고 있지만, 화자를 불안하게 했던 객관적 사회는 드러나지 않는다. 즉 사회성을 지니고 있으나 사회성은 언어표현 속에 용해되고 주제적 내용으로 기술되지 않는다. 손이 떨리도록 술을 마실 수밖에 없었던 객관적 사회에 대하여 직접적으로 말하지 않는다. 오히려 주체 자신의 불안을 표현함으로써 주체를 불안에 떨게 하는 사회의 이미지 가 더욱 강력하게 표출되었다.

> 낙타를 타고 가리라, 저승길은
> 별과 달과 해와
> 모래밖에 본일 없는 낙타를 타고,
> 세상사 물으면 짐짓, 아무것도 못 본 체
> 손 저어 대답하면서,
> 슬픔도 아픔도 까맣게 잊었다는 듯.
> 누군가 있어 다시 세상에 나가란다면
> 낙타가 되어 가겠다 대답하리라.
> 별과 달과 해와
> 모래만 보고 살다가,
> 돌아올 때는 세상에서 가장
> 어리석은 사람 하나 등에 업고 오겠노라고,
> 무슨 재미로 세상에 살았는지 모르는
> 가장 가엾은 사람 하나 골라
> 길동무가 되어서.
>
> — 신경림, 「낙타」 전문

세상을 등지고 청산에 드는 은자를 연상시키는 시이다. 저승길은 낙타를 타고 가고 누군가 있어 저승에서 다시 세상에 나를 내보낸다면, 아예 낙타 가 되어 나오겠다는 뼈대를 갖는다. 그러나 이 뼈대가 사회성은 아니다.

객관 사회는 슬프고 아프고 눈 가리고 살고 싶은 그런 사회이다. 그래서 그런 사회에서 다시 사는 기회가 주어진다면, 낙타가 되어서 가장 어리석은 사람 하나를 골라 등에 태우고 가장 가엾은 사람 하나를 골라 길동무를 삼아 오겠다는 것이다.

화자를 슬프게 하고 아프게 하는 객관 세계를 구체적이거나 직접적으로 말하지 아니한다. 직접적으로 말하지 않기에 객관 세계가 더 사악하고 비극적이며 영악스러워 보인다. 차라리 눈을 감는 게 나을 세계이다.

「검은 소묘」의 언어는 속울음의 깊이에서 객관 사회와 중재하고 있으며, 「낙타」의 언어는 이승과 저승을 넘나드는 낙타의 눈으로 화자와 이승(세계)를 중재하고 있다._이처럼 주관적 감정과 객관적 사회를 깊은 곳에서 중재하면서 시적 빈자리를 마련해 놓는다.

이 두 편의 시는 중재하는 대상은 다르지만, 객관 세계에 대한 태도는 분명한 공통점을 갖고 있다. 대명천지 허허백지 앞에 맨 정신으로/떨리지 않고/어찌 사람이겠느냐,고 「검은 소묘」가 '깨어 있는 정신'을 단호하게 발언하고 있다면, 「낙타」는 '어리석은 자와 가엾은 사람'과 같은 낮은 자에게 시선을 두고 있다. 즉 객관세계에 대한 태도가 건강성을 지니고 있다는 점이다.

「검은 소묘」가 어느 한 때의 객관 사회를 대상으로 하고 「낙타」가 이승이라는 객관 사회를 대상으로 하고 있다면, 다음 시의 언어는 한 인물을 객관 대상으로 삼아 중재하고 있다.

> 너무 무서워서 자꾸만 자꾸만 술을 마시는 것
> 그렇게 술에 쩔어 손도 발도 얼굴도 나날이 늙은 거미같이 까맣게 타고
> 말라서 모두 잠든 어느 시간 짚검불처럼 바람에 불려 세상 바깥으로 가고
> 싶은 것

그 적의 어느 으슥한 밤 쪽으로
선운사 동백 몇 송이도 눈 가리고 떨어졌으리

받아주세요 두 손으로 고이
어디 죄짓지 않은 마른 땅 있으면 잠시 쉬어가게 해 주세요

젊은 스님의 애잔한 뒤통수와 어린 연둣빛 잎들과 살구꽃 지는 봄밤 같은
것을
어떻게든 견뎌보려는 것이니까요

― 김사인, 「박영근」 전문(≪창작과 비평≫, 2008년 봄호)

　시적 대상인 박영근의 객관 세계는 대체로 이런 것일 터. 출생과 죽음 그리고 그 사이 학력, 직업, 시력, 다섯 권의 시집 그리고 가족과 친지와의 관계 등. 만약 이러한 그의 객관 세계를 누군가 기술한다면 사건들이 인과 관계에 의해 촘촘하고 일목요연하게 정리될 것이다.

　그런데 위의 시에서는 그런 연대기적 객관 세계는 일체 숨겨놓고, 그에 대한 극단에 가까운 주관적 감정의 언어로 전달하고 있다.

　화자에 의하면 박영근에게 있어서 세상은 술을 마시지 않고는 견딜 수 없을 만큼 무서운 곳이다. 하여 그는 술을 마시다가 죽었다. 윤리적, 실용적인 차원에서 보면 잉여적 가치밖에 없어 보이는 그런 대상을 화자는 은근슬쩍 선운사 동백꽃과 동일시하여 그의 순수성을 환기시킨다. 그리고 우주의 주재자에게 죄짓지 않은 마른 땅에 쉬어가게 해 달라고 청원을 한다. 이 청원이 객관 사회의 모순을 역설적으로 폭로하는데 결정적 기능을 한다.

　이렇게 주관적인 언어로 매개된 객관 사회는 다음과 같이 유추된다. 시인을 맨 정신으로는 버티지 못하게 하는 사회, 그 사회는 순수성으로는 살수 없을 만큼 속된 사회인 것이다.

13 뒤집기와 관찰

관조와 성찰의 경우와 같이 뒤집기와 관찰은 아무리 강조해도 지나치지 않을 시 쓰기의 기본이다. 뒤집어서 생각할 때, 혹은 다르게 보고 다르게 생각할 때, 시의 언어는 중재적인 언어로 변하고 시는 스스로 자신을 비워낸다.

냇가의 돌 위를
민달팽이가 기어간다
등에 짊어진 집도 없는 저것
보호색을 띤, 갑각의 패각 한 채 없는 저것
타액같은, 미끌미끌한 분비물로 전신을 감싸고
알몸으로 느릿느릿 걸어간다
햇살의 새끼손가락만 닿아도 말라바스라질 것 같은
부드럽고 연한 피부, 무방비로 열어놓고
산책이라도 즐기고 있는 것인지
냇가의 돌침대 위에서 午睡라도 즐기고 싶은 것인지
걸으면서도 잠든 것 같은 보폭으로 느릿느릿 걸어간다
꼭 술통 속을 빠져나온 디오게네스처럼
물과 구름의 運行따라 걷는 운수납행처럼
등에 짊어진 집, 세상에 던져주고
입어도 벗은 것 같은 衲衣 하나로 떠도는
그 우주의 발걸음으로 느리게느리게 걸어간다

그 모습이 안쓰러워 아내가 냇물에 씻고 있는 배추 잎사귀 하나를 알몸 위에 덮어주자
민달팽이는 잠시 멈칫거리다가, 귀찮은 듯 얼른 잎사귀 덮개를 빠져나간다

치워라, 그늘!

— 김신용, 「도장골 시편」의 「민달팽이」 전문

관찰과 뒤집기가 돋보이는 3연으로 된 이 시에는 세 가지의 눈이 보인다. 화자의 눈, 아내의 눈, 민달팽이의 눈이다, 1연의 눈은 화자가 각종 수사를 동원하여 민달팽이의 모습, 색깔, 촉감, 행동 등을 묘사하고, 2연의 눈은 민달팽이에게 연민의 정을 가진 아내의 행위를, 3연의 눈은 민달팽이의 지엄한 눈이다. 아무리 수려한 수사를 늘어놓았어도 1연으로 끝났다면 그저 그런 시로 그쳤을 것이다. 아내의 눈으로 끝났다면 감정의 유로에 그쳤을 터, 그런데 민달팽이의 눈으로 시선이 이동되면서 놀라운 시적 형상을 구축하였다.

치워라, 그늘! 이라고 민달팽이가 외치는 순간 화자의 시선과 아내의 시선 즉 화자의 세밀한 관찰과 아내의 연민의 정은 일거에 그 한 마디 말 속에 녹아버린다. 알렉산더 대왕에게 자기의 햇빛을 가리지 말라고 일갈했다는 디오게네스의 당당함을 연상시킨다. 더 나아가서 인간의 눈으로 판단하는 우주는 얼마나 유한한 것이며, 아주 작은 풀잎과 우주 공간의 거대한 항성이 균등한 가치를 지닌다는 사실을 환기시킨다. 이러한 의미 확장은 다음 시에서 더욱 구체화된다.

식전 산책 마치고 돌아오다가
칡잎과 찔레 가지에 친 거미줄을 보았는데요
그게 참 예술입니다
들고 있던 칡꽃 하나
아나 받아라, 향(香)이 죽인다
던져주었더니만
칡잎 뒤에 숨어 있던 쥔 양반
조르륵 내려와 보곤 다짜고짜
이런 시벌헐, 시벌헐
둘레를 단박에 오려내어

툭!
떨어뜨리고는 제 왔던 자리로 식식
돌아가는 것이었습니다
식전 댓바람에 꽃놀음이 다 무어야?
일생일대 가장 큰 모욕을 당한자의 표정으로
저의 얼굴을 동그랗게 오려내어
바닥에 내동댕이치고는
퉤에!
끈적한 침을 뱉어놓는 것이었습니다

— 이 안, 「치워라, 꽃」 전문

「민달팽이」가 인간의 눈에서 민달팽이의 눈으로 바뀌면서 뒤집기가 시도된 작품이라면, 「치워라, 꽃!」은 처음부터 거미의 눈으로 뒤집어 시적 전개가 이루어진 작품이다. 거미와 인간 사이에 어떤 틈도 발견되지 않을 만큼 동격으로 설정되어 있다. 거미와 인간은 똑같은 우주적 공동체이다. 그리하여 거미줄이 아니라 거미의 집이고, 그 집의 주인 거미는 쥔양반인 것이다.

이 시는 화자와 거미의 대화체로 표현되어 있다. 그래서 두 대상 간의 대화가 등가인 것같이 보인다. 그러나 좀 더 세심하게 들여다보면 시적 대상인 거미가 중심이 된 표현방식이다. 이처럼 인간의 생각에 초점을 맞추지 않고 거미의 눈으로 인간을 바라보기 때문에 거미가 하찮은 곤충이 아니라 인간과 공존해 가야 하는 생명으로 살아나는 것이다. 칡꽃이 인간에게는 아름다운 빛깔과 향기를 품은 대상이지만 거미에겐 무단 침입자이며, 무단 침입자에 대한 주인의 분노와 폭언이 가능한 것이다.

대상에 초점을 맞추어 표현한 한 편의 시를 더 보자. 이는 인간의 눈이 아닌 다른 사물의 눈에 초점을 맞춤으로서 상상력이 확장되고, 사물과 현상의 진실을 보게 되며, 아울러 언어가 주관 세계와 객관 세계를 어떻게 중재하고 있는지를 살피는 계기가 될 것이다.

나는 바위이므로 할 말이 너무 많아 아예 입을 다물었다
벙어리의 길만 찾아 걷다가 여기까지 왔다
사람들의 속내를 다 보았으므로 눈 감고 귀 막아도
솔바람소리에 얼핏 고개 돌리는 그대 모습 잘 보인다
높은 데서 하늘을 마주보며 혼자 누워 있어도
저 아래쪽에서 올라오는 사람들이 나는 늘 마음에 걸린다
갑오년이라든가 관군에 쫓기던 동학패가
산을 넘어 사라진 뒤
모두 잡혀 효수되었다는 소식을 소나기가 전해주었다
내 몸도 찢어질 듯 떨었다
저녁 무렵 혼자 서서 지는 해 바라보던 혁명가도
소년 병사도 토벌대도 나무꾼도 경배자도
지금은 모두 사라져 산에 보태는 흙이 되었다
나는 밤새도록 검은 울음을 참느라 가슴에 큰 응어리가 생기고
굳어질 대로 굳어져 단단한 살결로 남았다
예나 지금이나 사람 사는 일 험하고 어렵지만
사람들은 퍼질러 앉아 쉬거나 노닥거릴 때 있느니
누군가는 웃고 떠들고 누군가는 한숨짓고 누군가는
울음을 터뜨려도 내려가면 모두 언제 그랬냐 싶게
부지런히도 살며 또 희망을 걸며
조금씩 조금씩 죽음을 향해 다가가는 것을 알겠다
나는 모두 알아버렸으므로 나는 바위이므로
사람들이 남긴 숨결로 언제나 나를 가득 채운다
나는 예민해져서 인기척에 자주 놀라지만
끝내 그대를 노려보거나 각을 세우지 않는다
　　　　　　　　　－ 이성부, 「마당바위」 전문(≪작가≫, 2008년 봄호)

　바위는 인간에 비해 말할 나위 없이 긴 시간성을 갖는다. 인간의 눈으로
본 역사적 사실이나 인간 개개인의 삶과 욕망은 지극히 제한적이나 바위의
눈으로 그것들을 보면 그 시간성이 무한히 확장된다. 무한한 시간성은 무한
한 역사성을 담아낸다. 인간은 자기 중심적으로 모든 대상을 해석하지만,
바위는 침묵하는 듯해도 우주적 관점에서 총체적으로 해석한다. 진실에 도
달한 해석인 셈이다. 그래서 바위는 '나는 모든 것을 알아버렸으므로'라는
표현이 가능하며, 유한한 인간의 역사와 삶이라는 객관세계를 한 눈에 바라
볼 수 있게 된 것이다. 부분으로 보는 전체는 부분으로 보이지만, 전체로는
보는 부분은 단지 부분일 뿐이라는 말일 것이다.

　「민달팽이」, 「치워라, 꽃!」, 「마당바위」의 언어가 뒤집기 즉 시선 바꾸기
를 통해 주관 세계와 객관 세계를 중재하고 있다면, 이지현의 「해가」의 언
어는 대상에 대한 섬세한 관찰을 통해 두 세계를 중재한다.

거실 유리창 하나를 남겨두고 있다
이곳을 지나면 하루가 진다
창에 몰입하는 빛을 쬐려고
최대한 쪼그리고 집중한다
유리는, 틈만 보이면
지옥까지도 가는 빛의 속성을 알고
재빨리 재단(裁斷)한 나를 유리창에 끼운다
완벽하다
나는 틈 없는 어둠처럼 틈 없는 빛으로
몇 분간의 삶을 부여받는다

는개같이 내리는 빛,
머리에서 내려와 가슴으로, 아니

가슴에서 머리로 전이되는 듯한 아슴푸레함
어디가 진원지며 발상지인지
전혀 의식하지 못하는 감미로움 속에서도, 온통
온 몸이 반응하는 이 경이로움
야릇하게 피어오르는
그래서, 시나브로 세계를 지피는
뜨겁지도 차지도 않은 불길
정말, 무엇이라고 해야 하나
서서히 퍼지는 독?
이름할 수 없는 신비 속에, 나는
가장 행복한 사람이 된 듯
안락과 함께한 만찬을 떠올린다

잠시, 지그시 감은 눈을 뜬다
하루는 검고 딱딱한 겨울 그림자를 걷어
우리 집을 뜨고 있다

ㅡ 이지현, 「해가」의 전문(≪창조문학≫, 2008년 봄호)

　　화자가 겨울 저녁 무렵 창문에 남은 빛이 사라질 때까지의 짧은 순간에
사라지는 빛 속에 들어가 빛과 함께 작아진다,는 객관적 경험을 담고 있는
시이다. 얼마나 관찰이 치열한지 대상인 햇빛이 백기를 들고 달아날 때까지
지속된다. 지옥까지 가는 빛의 속성을 유리가 안다는 표현이나, 틈 없는
어둠 같은 빛이라는 표현은 이처럼 무서울 정도의 관찰이 아니면 나오기
힘든 표현이다. 섬세하고 예리한 관찰은 새로운 발견을 낳는다.

　　관찰을 바탕으로 화자는 빛과 함께 스스로 작아져 빛 속에 녹아버림으로
써 주관과 객관이 완벽한 일체감을 갖는다. 마침내 시적 자아는 원초적인
환희의 세계로 뻗어간다. 그 순간은 마치 뜨겁지도 차지도 않은 어머니의

자궁 속처럼 완벽한 행복감을 주는 순간의 체험이다. '이름할 수 없는 신비의 체험'이며, '가장 행복한 사람'으로서의 체험이었기에 화자는 이 체험을 통해 '안락과 함께 한 만찬'을 떠올릴 수 있었던 것이다.

1 4 사과의 안쪽

인간의 가장 깊숙한 곳에서 객관세계와 중재하는 언어는 무의식의 언어일 것이다. 무의식은 물속에 잠긴 빙산의 거대한 몸통 같은 것이다. 그러니까 우리의 삶이라는 것은 어쩌면 아주 작은 수면 위의 얼음조각과 같은 것일지도 모른다.

> 내가 사과의 바깥쪽에서
> 사과의 껍질을 벗기고 있을 때
> 사과의 안쪽에서는
> 무슨 일이 일어나고 있을까
>
> — 박순원, 「주먹이 운다」의 자서

이 내용을 문자 그대로 받아들이면, 사과의 입장에서 자기 몸에 가해지는 칼질에 관한 내용을 이루는 글로 해독해야 할 것이다. 그러나 의미를 좀 왜곡하여 사과의 바깥쪽은 현실로, 사과의 안쪽은 무의식으로 받아들여 보자. 경험적 사실은 모두 무의식의 내용을 이룬다. 그러니까 사실은 사과 껍질 안의 총체가 무의식과 같은 것인지도 모른다. 인간이 태어나서 어머니 단계, 아버지 단계, 실재의 단계를 거치는 동안 특히 좌절된 욕망은 무의식의 강력한 에너지로 작용하여 꿈으로 분출한다.

프로이트의 말을 빌리면 꿈은 잠재적인 꿈과 명시적인 꿈이 있다고 한다.

잠재적인 꿈은 꿈의 진짜 의미를 담고 있는 꿈이며, 명시적인 꿈은 잠재적
인 꿈이 왜곡된 꿈인데, 우리는 왜곡된 꿈 즉 명시적인 꿈을 기억한다는
것이다.

　잠재적인 꿈을 명시적인 꿈으로 바꾸는 기제를 프로이트는 응축과 치환
이라 하였고, 라깡은 은유와 환유라는 용어로 대체하였다. 잠재적인 꿈보다
명시적인 꿈이 짧아지는 것을 응축이라 하고, 잠재적인 꿈에서는 중요한
요소가 명시적인 꿈에서는 주변적이거나 부수적인 요소로 표현되는 것을
치환이라 명명하였다. 무의식은 언어처럼 짜여져 있다,라는 명제는 라깡의
중요 명제다. 그러니까 무의식은 은유와 환유라는 언어적 법칙 내지는 규칙
으로 짜여져 있음을 뜻한다.

　　짜장면을 시켜놓고 먹으러 가다가 꿈에서 깨어났다.
　　중국집에 갔는데 홀은 몹시 지저분했고 주인은 게으
　　른 사람이었다 이것저것 고르다가 삼천 원짜리 짜장
　　면을 시켜놓고 자전거를 끌고 나왔는데 바퀴에 바람
　　이 없어서 잘 달릴 수가 없었다 비가 내리다 말다 했
　　는데
　　비가 내리다 말다 하는데 사랑이 쏟아져 흠뻑 젖고 다
　　시 마르고 하는 시를 중얼거리며 잘하면 이것이 시가
　　될까 어쩔까 하는 생각을 하며 달렸다 둑을 따라 미루
　　나무 숲까지 꽤 멀리까지 갔다가 짜장면을 시켜놓고
　　나온 생각이 나서 다시 돌아오는데

　　내가 나온 시골 중학교를 지나게 되었다 마침내 옆에
　　자전거포가 있어 바람을 넣으려고 들어갔다 아들녀석
　　이 있길래 너 왜 여기 있느냐고 했더니 앞으로 영화
　　공부를 하고 싶은데 여기에서 먹고 자면서 기계부터

배우는 중이라고 또박또박 대답했다 초등학교 삼학년
치고는 참 맞는 말이라고 생각하고 너무 귀엽기도 하
고 서운하기도 해서 한번 안아주었다 그래도

일단 바람부터 넣고 펌프가 튕그러질 정도로 힘주어
가득 넣고 그래도 집으로 가야되지 않겠느냐고 언제
나타났는지 모르는 딸까지 둘을 태우고 페달을 밟으
려니 자전거가 잘 나갈까 어쩔까 조심조심 가야지 짜장
면을 시켜놨다 먹으러 가자 그러다가 깨었다

　　　　　　　　　　　　　　－ 박순원, 앞의 시집 「자전거」 전문

위의 시 「자전거」는 완성되기까지 두 번의 응축 과정을 거쳤다. 첫 번째
의 응축은 잠재적인 꿈이 명시적인 꿈으로 전환될 때 일어났고, 두 번째의
응축은 명시적인 꿈을 현실의 언어로 정리할 때 일어났다. 따라서 「자전거」
는 화자의 진짜 꿈 즉 현실로 성취되기를 바라는 욕망의 표현이라고 할
수 있다. 즉 욕망의 환유이다. 그리하여 아들딸과 함께 자장면을 먹고, 사랑
에 흠뻑 젖는 시도 중얼거리고, 똑똑한 아들의 장래 포부도 듣는 아주 행복
한 소망성취 형태의 꿈으로 완성된 것이다.

그러나 왜 이런 꿈을 꾸었을까 하는 본래의 물음으로 돌아가 본다면, 이
는 현실의 압박감과 전혀 무관한 내용이 아니다. 현실에서의 욕망 즉 아들
딸을 잘 거두어야 한다는 욕망과 훌륭한 시를 쓰고 싶다는 욕망이 화자를
억압하고 그 억압된 욕망이 무의식의 세계에 잠겨 있다가 꿈으로 분출된
셈이다.

욕망이라 할 것도 없는 당연한 내용 같아 보이지만 화자에게는 분명 억압
된 내용으로 작용했다고 본다. 어쩌면 지극히 당연한 또는 사소한 일일지라
도 그것을 성취하는 데 불안을 느낄 만큼의 특수한 상황이었기 때문이라고

말이다. 그러므로 이 꿈을 꾼 현 상태의 화자는 심리적으로 불안한 처지에
놓여 있다는 유추가 가능한 것이다. 이에 비해 다음의 시는 보다 더 복잡한
심리상태를 보인다.

> 방은 나를 자꾸만 빨아들이고 나는 착한 짐승처럼 세 번째 눈을
> 찌른 후에 아늑한 한 때를 보내는데 백 년도 더 지났을지 모를 꿈이
> 얼음 무지개처럼 선명하다. 날마다 구멍을 찾지만 거하는 시간은 도
> 화(桃花)의 시간이라서 다시 나오는 찰라까지는 헤아릴 수 없는 아
> 득함이 있다. 지금은 짐승의 구멍이 열리는 중음(中陰)이다. 다시 소
> 리를 벼락같이 지르며 나갈 때까지 나는 알 수 없는 어머니라는 짐
> 승의 섬이 있는 희고 깊은 바다를 떠돈다.
> ─ 김병기, 「아홉 겹의 벽이 있는 짐승의 방」 부분(≪딩아돌하≫, 2008년 봄호)

위 시의 시적 대상은 어머니이며, 어머니의 몸속에 들어가 있을 때 평온
의 상태를 유지한다는 주제적 내용의 환유이다. 꿈의 내용은 아니지만, 모
자이크한 꿈 조각보다도 더 난해해 보인다. 그 까닭은 몇 가지 이유가 있는
데 첫 번째로 뒤집기의 정도가 아주 심하다는 점을 들 수 있다.

어머니는 성모마리아처럼 성스럽다는 고정관념을 깨고 그와는 정반대인
짐승의 이미지로 환기되어 있다. 그러나 그 짐승의 이미지도 고정관념적인
야만스러움이 아니라 '나'에 의해 짐승처럼 고단한 삶을 살고 있음을 표상하
고 있다. '나'로 인해 짐승이 되었으므로 '나'또한 짐승인 것이다.

또 한 가지 이유는 사내가 어머니의 단계에서 겪는 외디푸스 콤플렉스의
차원과는 다른 어머니와 '나'의 관계라는 점이다. 오히려 아버지의 단계 즉
언어의 단계에서 욕망의 좌절로 말미암아 어머니라는 근원을 찾아 나서게
된 것이다.

따라서 여기에서의 자아 역시 현실적으로 심리적 불안 상태에 있다고

할 수 있다. 어머니의 자궁이라는 낙원에의 지향은 현실에서의 불안을 해소
하려는 심리적 방어기제인 셈이다.

1 5 시인은 인류의 마지막 사람

시의 언어는 주관적 개인성과 객관적 사회성을 중재한다는 명제
하에 몇 항목의 소제목을 달아 2008년도 봄에 나온 시를 개관하였다. 관조
와 성찰, 뒤집기와 관찰, 사과의 안쪽 등이 그 소제목들이었다. 시의 본질을
지향한다는 면에서 이렇게 설계를 해놓고 보니, 몇 편의 시를 선택하는 데
도 어려움을 겪었다. 이런 어려움 때문에 처음 시작할 때는 가급적 문예지
에 실린 작품만으로 대상으로 삼을 작정이었으나, 근간에 출간된 시집에서
몇 편의 시를 추가할 수밖에 없었다.

시를 선택하는데 어려웠던 다른 한 가지 사정은 작품들이 다 고만고만한
점도 있었다. 문예지는 참 많았지만 작품의 수준도 천차만별이었다. 어떤
잡지들의 시는 단정하게 정리되었는가 하면 어떤 경우는 참 난감한 경우도
있었다.

그럼에도 불구하고 나는 이 글을 쓰는 동안 행복했다. 일면식도 없는 시
인의 시를 보고 그의 향기를 맡을 수 있었고, 목소리를 들을 수 있었다.
그를 만나서 주식이나 펀드나 쇠고기에 대한 화제 대신 시를 화제 삼아
대화를 할 수 있다는 상상만으로도 나는 즐거웠다. 튀잉 튀잉 울어주는 시
가 함박눈처럼 쏟아졌으면 좋겠다. 새벽녘에서야 한 줄 싯구를 건져 올리는
시 중독자들이 있는 한 인류는 희망이 있다는 생각이 들었다.

그래서 프로이트가 이런 말을 했나보다. 시인의 가슴 속에는 시인이 살고
있다. 그 시인이 죽었을 때 인류의 마지막 사람이 죽는 것이다, 라고. 尾

아버지의 초상,
기억의 저편

1 1 시를 보는 눈

2008년 여름에 나온 시들을 읽으며 눈에 띠는 특징 두 가지를 발견하였다. 하나는 아버지를 대상으로 하는 시가 두드러졌으며, 또 하나는 단형시들의 시적 성취도가 높았다는 점이다.

아버지는 가족의 중심이고 사회의 중심이다. 아버지라는 중심이 무너질 때 가정이 무너지고 사회가 무너진다. 아버지가 아버지 노릇을 하지 못하고 자식의 근심이 된다면 참된 아버지라고 할 수 없을 것이다.

시의 중심은 단형시이다. 시가 그 본래의 응축성을 무너뜨리고 산만하게 늘어지거나, 산문적인 내용을 그저 행 가름하는 정도이거나, 대중적 아포리즘의 낭송용 시는 논의의 대상에서 제외시켰다.

아버지가 아버지 노릇을 제대로 하고 있느냐 하는 것이 아버지를 바라보는 건강한 시선이듯이 시가 시 노릇을 제대로 하고 있느냐 하는 것이 시를 바라보는 건강한 시선일 것이기 때문이다.

1 2 좋은 아버지, 나쁜 아버지

아버지 앞에 좋은 혹은 나쁜과 같은 수식어가 붙는 것은 옳지 못하다. 좋은 아버지라도 나쁠 때가 있고, 나쁜 아버지라 하여도 좋을 때가 있다. 그래도 어떤 기준을 정해야 한다면 이런 기준을 설정해 본다. 자식을 근심하는 아버지는 좋은 아버지이고, 자식이 근심하는 아버지는 나쁜 아버지일 것이다.

죽은 사람과 관련된 옛말을 나는 믿지 않는다 죽은 사람이 꿈에
나타나면 몸이 아프다느니 일이 제대로 풀리지 않는다느니 죽은
사람은 산 사람에게 전혀 도움이 되지 않는다느니 따위의 말은 나와
상관없다

하루 일과에 지쳐 정신없이 곯아떨어진 날이면 어김없이 나타나
는 아버지, 이불을 훌렁 걷어치우며 방금 떠오신 인왕산 약수를
건넨다 어서 벌컥벌컥 들이 마시고 정신을 차리라는 말씀도 빠뜨리
지 않는다 짙은 안개에 가려 앞이 잘 보이지 않는 길을 찾느라 종
일 헤매는 날에도 어김없이 나타나 성큼성큼 앞서 걸으며 어서 따
라오지 않고 뭐 하느냐며 역정을 내신다 까랑까랑한 음성이며 힘
있는 걸음걸이는 여전하시다

이 못난 막내딸이 안쓰럽고 미덥지 못해 꿈속에까지 따라와 일일
이 챙겨주고 잔소리하시는 아버지 저승에서도 편히 눈 감지 못하고
24시간 대기 중인 아버지 리모컨으로 원격조정하시는 아버지

나는 아버지의 레이더망에 걸려서 절대 빠져나올 수 없다
　　　　　　　　－박남주, 「아버지와 내가 링크되어 있어」(≪창조문학≫, 2008년 여름)

「아버지와 … 」는 죽은 아버지가 산 아버지처럼 자식을 근심하는 시이다. 영적 세계와 현실적 세계가 이원론적으로 구분되어 있지 않고 일원론적인 하나의 우주에 속해 있음을 보여준다. 꿈속에 찾아온 아버지이지만 너무

도 생생하여, 화자는 죽은 사람과 관련된 속설 따위는 믿지 않는다고 단언한다. 안 되면 조상 탓 잘 되면 내 탓이라는 속담에 내재된 관습적 사고방식을 화자는 일거에 부정하고 나온다. 아버지가 자신과 같은 우주에 속해 있으므로 산 자와 같은 감정과 사고를 가지고 자신의 삶에 일일이 관여한다고 확고하게 믿는다. 죽은 아버지를 산 아버지처럼 생각하는 것은 아버지의 영혼 혹은 조상들의 영혼은 자식(후손)이 잘 되기를 바란다는 생각과 다르지 않다.

살아 있을 때와 같이 아버지는 늘 나의 정신적 지주라는 사실이 이 시의 주제라 할지라도 독자는 여기에서 한 발 더 나아갈 수가 있다. 그것은 독자의 권리이다. 그러나 텍스트와 전혀 관련 없는 해석이나 억지춘향격의 해석은 권리의 남용일 터이다.

이를테면 왜 아버지가 꿈속에 자주 나타나는가 하는 점에 초점을 맞추어 보자는 것이다. 이는 주체의 현실적인 삶이 불안하기 때문이다. 현실의 아버지가 불안한 자식을 더 염려하듯 꿈 속의 아버지도 불안한 자식을 더 찾게 될 것이다. 이를 역으로 생각하면 의미가 더욱 확연해진다. 주체의 현실적인 삶이 견실하다면, 현재의 삶이 행복감을 갖는다면, 아버지가 꿈에 나타나서 시시콜콜 잔소리를 하거나 역정을 내는 일은 없을 터이다.

「아버지…」가 부녀 간의 인연이 사후까지 지속된다는 인식을 바탕으로 씌어진 작품이라면, 다음의 「물결」은 그 인연의 끈이 끊어지는 순간의 본능적 욕구를 포착하여 인연의 흐름을 객관화 한 작품이다.

광활한 이 우주 공간에서
아버지와 나는 부녀의 연을 맺고
이별하였다 이별은 아버지의 무덤을 남겨놓았고

무덤 속에 든 아버지의 눈빛은 세상에 다시 보이지 않는다
보이지 않아도 마음에 핀 꽃이 아버지 가슴복판에 닿아서
팔 벌려 안아주시던 어제와 같이
사랑할 수 없는
나는

배가고프다살아있구나

― 홍성란, 「물결」(≪현대시학≫, 2008년 7월)

　　부녀 사이의 만남과 이별의 인연은 광활한 우주 가운데 이루어진 기적적
인 사건이다. 그런 인연으로 맺어졌기에 아버지의 죽음은 단순한 이별이
아니라 더할 수 없는 슬픔과 아쉬움을 남긴다. 질기디 질긴 끈의 단절이다.
그러나 그것은 현상적인 단절이다. 다가갈 수 없지만 아버지가 마음 속에
피워 준 꽃으로 연결되어 있다.

　　다가갈 수 없기에 슬프고 아픈 순간에 화자가 포착한 것은 배고픔이다.
누구든 한 번쯤은 경험해 보았음직한 역설적인 상황이다. 아버지의 죽음이
라는 이 엄숙한 순간에 딸은 배고픔을 느낀다. 죽은 자는 산 자의 본능까지
데려갈 수는 없다. 이 엄연한 현실에 내재된 의미가 「물결」의 발언하고자
하는 내용이다.

　　가령 마지막 행 '배가고프다살아있구나'를 주목해 보자. 이 행은 띄어쓰
기도 무시하고 문장 사이의 마침표도 찍히지 않았다. 띄어쓰기의 무시는
무의식적으로 흘러나온 말을 뜻하며, 마침표의 생략은 두 문장이 같은 의미
를 갖는다는 뜻이다. 즉 살아 있기 때문에 배고프고, 배고프기 때문에 살아
있는 것이다. 아버지와의 이별의 고통이 죽음처럼 깊었다는 문맥적인 의미
는 강조되고, 마침내 배고픔이 대를 잇는 물결의 모티프가 된다는 주제에
가 닿는다.

화자에게 있어서 아버지에 대한 기억은 마음에 핀 꽃이다. 그렇기에 이별의 슬픔이 죽음만큼 깊었는지도 모른다. 부녀 간의 사랑의 간격이 한 치의 빈틈도 보이지 않는 좋은 아버지가 있는가 하면, 「벤치」에 나타난 아버지는 자식을 불안하게 한다.

> 아버지가 앉았던 자리에 다른 아버지들이 앉아 있다 다른 아버지들에게 앉을 자리 내준 아버지가 구천을 떠돌고 있다 아버지를 밀어내고 보리수 그늘 아래 앉으신 다른 아버지들이 턱수염을 어루만지며 껄껄 웃고 있다 아버지는 그때 궁지에 몰린 대마 앞에 일찌감치 돌을 던졌다 빠져나갈 구멍이 묘연해진 다른 아버지들이 뚫어져라 바둑판을 쳐다보고 있다 뚫어진 바둑판이 땅 밑으로 가라앉고 있다 구천을 떠돌던 아버지가 용케 바둑판을 부여잡고 있다 턱수염을 어루만지며 회심의 한 수를 둔 다른 아버지들이 삐걱 웃고 있다 저녁 드시러 가자고 찾아온 젊은 아버지들이 늙은 아버지들 사이로 머리를 쑤셔박고 있다 골똘히 빠져나갈 구멍을 살피던 젊은 아버지들이 어느새 희끗해진 손발로 삐걱삐걱 바둑판을 노저어 가고 있다
>
> ─ 최영철, 「벤치」(《작가세계》, 2008년 여름)

벤치는 권력의 자리를, 바둑판은 권력으로 얻은 지배 영역을, 바둑을 두는 아버지는 정치가를 환유한다. 그러므로 이는 우리 최근세의 정치적 상황을 알레고리화 한 작품이라고 할 수 있다. 바둑 게임을 통하여 벤치에 앉을 권리를 빼앗고 빼앗긴다. 바둑은 바둑판을 놓고 맞수끼리 앉아서 흑백으로 싸우는 게임이다. 바둑은 한 편이 반드시 이기는 게임이다. 처음 판은 늙은 세대가 맞수끼리 싸우다가 다음 판에는 젊은 세대에게 물려준다. 늙은 아버지들이 벤치를 차지하는 과정이나 젊은 아버지들에게 물려주는 과정이 모두가 부자연스럽다. 자연스럽게 획득하는 권리가 아니고, 자연스럽게 흐르는 물결과 같은 세대교체가 아니다. 그렇기 때문에 모든 아버지의 모습이

위선적으로 보이고, 모든 아버지들이 이끄는 세상이 위태로워 보인다.

늙은 세대의 아버지들이 벤치를 차지하기 위해 바둑을 두는 모양을 들여다 보자. 이쪽도 저쪽도 평범한 사고로 바둑을 두는 게 아니다. 한쪽의 아버지가 대마를 잡히는 큰 실수를 한 다음 게임을 포기했고, 다른 아버지들이 회심의 한 수로 게임을 이겨서 벤치를 차지하였다. 그러나 벤치를 차지한 그들의 바둑판은 땅으로 가라앉는다. 패자인 아버지는 겨우 목숨을 부지했으나, 승자인 아버지는 불안한 웃음을 짓는다. 패자는 목숨이 위태롭고 승자는 승리했으나 불안하다. 왜 이런 일이 가능한가. 왜 승자도 패자도 다같이 위태로운가. 불합리한 방법으로 얻은 권력이기에 승리했지만 불안하고 위태로운 것이다.

늙은 아버지들은 이렇다 쳐도 다음 세대의 젊은 아버지들이 앞의 아버지들과 다를 게 없다는 것이 자식들의 불행을 낳는다. 이들은 늙은 아버지들에게 머리를 쑤셔박는 행위를 서슴지 않는다. 젊은 아버지들은 저두평신(低頭平身)하여 늙은 아버지들로부터 권력을 이어받았다. 젊은 아버지들의 이런 몰주체적이고 비전이 없는 태도가 또한 자식에게는 불안 거리이다. 늙은 아버지들로부터 벤치를 이어받았지만, 그것을 바라보는 자식들은 여전히 불안하고 위태로운 것이다.

젊은 아버지들이 머리를 쑤셔박는 행위로 권력을 이어받았으니 바둑판을 제대로 운영할 수가 없다. 결국 늙은 아버지들처럼 바둑판을 삐끗거리며 운영하게 되고, 그러는 사이 그들도 늙은 아버지가 되어버렸다. 세대에서 세대로 이어지는 암담한 정치적 상황을 냉소적인 어조로 표현한 작품이다.

13 수상하고 기괴한 봄

앞장에서 우리는 좋은 아버지와 나쁜 아버지를 보아 왔다. 좋은 아버지에게선 가슴 뭉클한 감동을 얻었고, 나쁜 아버지에게선 우리의 불행한 역사의 한 단면을 보았다. 3장에서는 지금 이 시대를 환유한 시들을 살피고자 한다. 동시대성의 표현은 언제나 동시대의 현실 가운데 결핍된 현실이 주제가 된다.

> 얼다 녹은 냇물에
> 또 살얼음 낀다
> 살얼음 밟듯 목숨 걸고 봄이 오는지
> 궁금한 수심(水深)을 길어올리는
> 피라미 한 마리
> 하얀 뱃바닥으로 살얼음 만져보고
> 갸웃거리며 다시 가라앉는다
>
> ─ 정 양, 「입춘」(≪작가≫, 2008년 여름)

우리에게 2008년 봄은 어수선했다. 한 차례의 선거가 있었고, 숭례문이 불탔다. 쇠고기 파동이 온 나라를 뒤흔들었다. 꽃들은 한꺼번에 피어나고, 땅 속의 두꺼비가 놀라 거리로 뛰쳐나오고, 파충류는 날쎄게 나무 꼭대기로 올라갔다. 물가는 망둥이처럼 뛰었고, 주식은 반동강 났다. 잠잠할 만하면 대운하를 판다고 으름장을 놓는 바람에 국민들은 짜증이 났다. 참으로 수상하고 기괴한 봄이었다. 이런 와중에 가장 고통받는 이는 피라미와도 같은 서민 대중이었다.

이 시는 표면적으로 보면 절기상의 입춘 무렵의 한 자연 현상을 고도의 응축된 언어로 이미지화 한 시처럼 보인다. 그러나 다시 한 번 눈을 뜨고 보고, 다시 한 번 귀를 열고 들어보면, 예사롭지 않은 작품이란 생각이 든

다. 지난 봄 우리에게 찾아온 수상함과 기괴함과 연결되어 있음을 감지할
수 있기 때문이다.

춘래불사춘(春來不似春)이라던가. 봄이라도 봄 같지 않은 봄이다. 얼다 녹
은 줄 알았는데 다시 살얼음이 언 세상이다. 고통과 불행이 끝난 줄 알았는
데, 구금의 세월이 풀리는 줄 알았는데, 또다시 밖으로 향하는 통로가 막혀
버렸다. 이런 상황에서 피라미가 할 수 있는 유일한 행동은 뱃바닥으로 살
얼음을 만져보고 갸웃거리다 다시 가라앉는 것이다. 피라미는 이미 감내해
야 할 계절이 아직도 남아 있음을 알아버렸다.

그랬다. 피라미 같은 대다수의 순진한 백성들은 선거만 치르면 모든 고
통이 사라질 줄 알았다. 부자는 더 부자가 될 것이라 믿었고, 가난한 사람들
은 부자가 될 것이라 믿었다. 그래서 아무것 묻지 않고 투표를 하였던 것이
다. 그런데 돌아온 것은 다시 얼음으로 막힌 세상이었다. 아버지에게로 향
하는 모든 문은 닭장차로 포크레인으로 모랫자루 가득 실은 덤프트럭으로
물대포로 막혀 있었다. 굳게 닫힌 아버지의 문 앞에서 촛불은 몇 날 며칠
어둠을 밝혔다. 알 수 없는 것은 봄이 가고 여름이 가고 가을의 문턱에 들어
섰지만, 살얼음이 풀릴 기세는 보이지 않는다.

그리하여 어떤 시인은 이렇게나마 외쳐보는 것이다. 피라미가 뱃바닥으
로 살얼음을 만져보고, 궁금한 수심을 길어 올리듯 시인은 다시 세상을 이
끌어 갈 예언의 나팔을 불기를 목청껏 외쳐보는 것이다.

하늘 아래, 나그네여
예언의 나팔을 불어라

시인은
슬픔의 친구가 되어 살지만

기쁨의 노예로는 살지 않는다.
　　　　　　　　－ 김준태, 「시인들을 위한 墓碑銘」(≪작가≫, 2008년 여름)

　윤동주는 시를 쓰는 일이 슬픈 천명(天命)이라 하였다. 슬픔을 천명으로
여기는 시인이 참된 시인이라는 말이겠다. 그때 시인은 「슬퍼하는 자 복이
있나니」(윤동주의 「八福」에서)라고 스스로 말할 수 있으리라. 윤동주는 시를
쓰는 일이 슬프지만 하늘이 내려준 사명이라고 조용한 목소리로 말하고 있
지만, 김준태는 '기쁨의 노예'가 아닌 '슬픔의 친구'로 살 것을 만천하에 공공
연히 선포하라고 권유한다.
　자신의 안일을 위한 삶이 기쁨의 노예로 사는 삶이라면, 핍박받는 사람과
함께 하는 삶은 슬픔의 친구로 사는 삶일 것이다. 눈치만 보다가 어정쩡하
게 현실에 타협하는 삶이 아니라 찬바람이 불어오면 꼿꼿이 일어서는 터럭
같은 마음이 슬픔의 친구로 사는 첫걸음이 될지도 모른다.

　　　　처서가 지나면 나의 팔의 터럭에 가을이 온다
　　　　생땡볕이 렌즈를 통과하는 빛으로 바뀔 때 나는
　　　　그 속으로 통과하는 청벌레들의 울음을
　　　　깎는다 그리고 나는 전봇대처럼 선다 그 다음
　　　　나는 더 이상 걸어갈 엄두를 내지 못한다
　　　　백로가 오면 나의 팔은 터럭에서 더 예민해져
　　　　풀대처럼 이울며 까칠하게 모근엔 샘이 말라,
　　　　주인 모르게 햇살과 바람에 흔들리고
　　　　나는 다른 나로 태어나는 나를 두 눈으로 본다
　　　　저리 터럭도 한쪽으로 머리를 향하는데
　　　　나는 살짝 그것들의 가을을 핏빛 눈길로 본다
　　　　　　　－ 고형렬, 「서 있는 터럭에 대한 감상」(≪유심≫, 2008년 여름)

비겁하게 살면 삶이 편안할 텐데 고고함을 버리지 못하는 자신을 팔뚝의 터럭에 비유하여 서술한 시이다. 똑같은 팔과 터럭인데 털의 각도가 날씨가 더 추워짐에 따라 기울면서 다르게 보인다. 하찮아 보이는 터럭도 주위의 기운에 따라 변하는데 자신은 현실에 타협하지 못하고 오히려 그런 터럭을 핏기어린 눈으로 바라보는 것이다.

처서가 지나서 찬 기운이 나면 전봇대처럼 일어서는 나. 그러나 한 걸음도 나아가지 못한다. 일어서기는 하지만 붙박혀 있다. 백로가 와서 더 찬 기운이 나도 나는 전봇대처럼 서 있다. 하찮은 터럭도 찬 기운을 알고 한쪽으로 기울 줄 아는데 터럭만큼도 세상과 타협할 줄 모르는 자신이 한심스러울 뿐이다.

기울임이 세상 사는 법의 터득이라면, 핏빛 눈길은 그렇지 못한 자신을 자책하는 감정의 농도일 것이다. 표면적으로는 감상적으로 보이지만, 내면적으로는 강인한 의지를 지니고 있다. 처서와도 같은 혹은 백로와도 같은 즉 어떤 추운 기운이 와도 꼿꼿하게 살겠다는 자아의 확인일 터이다. 이와 같이 주체가 타자 특히 객관사회와의 관계에서 분명한 입장을 취할 때 시적 건강성을 획득한다.

14 따뜻한 기억, 추운 기억

인간은 늘 기억하면서 살아간다. 꿈 속에 나타난 아버지, 아버지가 피워준 마음 속의 꽃, 입춘 무렵 피라미가 뱃바닥으로 살얼음을 만져보고 다시 가라앉는 모습, 처서가 지나면 일어서고 백로가 오면 고개 숙이는 팔뚝의 터럭, 모두 과거의 기억이다. 명상가들은 과거는 지나갔고 미래는 오지 않았으니 현재를 충실히 살라고 한다. 그러나 곰곰히 따져보면 명상가의 말도 진리는 아니다. 진리가 아니기에 부분적으로 옳고 부분적으로는 그르다. 명상가가 아닌 구십 구점 구 퍼센트의 인간에게 기억은 추억이 되기도 하고 증오의 재현으로 나타나기도 한다. 어떤 기억이든 시적 승화를 거치면 추억으로 변화하고, 이 때의 추억은 삶의 기둥줄기와도 같다. 시의 힘은 여기에 있다.

> 그의 손은 내 손이 아니니 잡아보고 싶은 것을
> 내 손은 그의 손이 아니니 그가 잡아주었으면 하는 것을
> 꽃이 지고 달이 질 때에야 알았다
> 세수를 하고 책을 보고 가방을 들고 가는
> 머언 그와
> 자다가 불현듯 일어나 시를 쓰는
> 날 새면 허공을 나는 새 같은 나
> 우리들은 꽃을 스쳐도 꺾지 못한다
> 바람이 불고 별이 뜨는
> 멀고 차갑고 따사로운 그와 나의 손
>
> ─ 이인해, 「손」(≪딩아돌하≫, 2008년 여름)

윗 시에 등장하는 두 사람은 지근거리에 있었던 듯싶다. 화자는 그가 '세수를 하고 책을 보고 가방을 들고 가는 것'을 일일이 관찰한다. 같은 집이거나 아니면 낮은 담장을 경계로 하는 이웃집의 '그'라는 유추가 가능하다.

그토록 가까운 거리에 있는 그를 잡고 싶었지만 바라만 보다가 혼자서 애태운 연모의 정이 잘 나타나 있다. 그가 먼저 손을 잡아주기를 기다릴 만큼 소극적인 소년(혹은 소녀)였는지 모른다. 오랜 시간이 지나서야 자신의 그에 대한 연모의 감정임을 깨닫는다.

오랜 시간이 흐른 후에도 그때의 애틋한 마음을 밤새 시로 적어보지만,

그와의 거리는 스치는 꽃의 거리에 놓여 있어 안타깝다. 수 없이 바람이 불고 별이 뜨듯 마음을 일렁이게 하는 흑백사진 같은 추억이다.

이런 추억은 단지 과거에 대한 기억의 차원을 넘어 과거가 현재 삶의 원동력으로 작용하는 추억이라고 할 수 있다. 회상의 순간에 생체험의 순간보다 더 강력한 이미지로 떠오르는 추억이기 때문이다. 이 추억은 현실적으로는 피지 못했으나 마음 속에서는 늘 피어 있는 꽃이다.

그러나 수 많은 과거 가운데에는 차라리 기억하고 싶지 않은 과거가 존재한다. 시간을 돌려 준다 해도 돌아가고 싶지 않은 그런 과거 말이다.

> 족제비가 뒤를 돌아가는 소리도 들릴 만하게 조용하고 무섭고
> 세상의 모든 검은 열매를 모아 즙을 내놓은 듯 캄캄하고
> 누군가 마당에 문득 들어선 듯 굵은 눈이 막 듣고
> 너는 누이의 몸에서 이불을 끌어내려 너의 곯은 배를 덮고
> 너의 아버지는 꺼져가는 새벽 아궁이에 굵은 산솔잎을 지피고
> 너의 아버지는 소의 등에 덕석을 올리고 낮에 기운 털옷을 입히고
>
> 옆이라도 이런 옆은 없었으면 싶게 옆이 어는 날이면
>
> 곯은 너의 배와
> 너의 아버지와
> 막막하게 추운 하늘을 소의 눈알처럼 끔벅끔벅 올려보던 굵은 눈
> — 문태준, 「추운 옆 생각」(≪창작과 비평≫, 2008년 여름)

이 시는 두 가지 점에서 독자의 시선을 끈다. 혹독했던 상황에 대한 표현이 그 하나요, 서정적 자아를 '나'에게서 '너'로 이동시켜 놓은 것이 다른 하나다.

무서움, 적막감, 캄캄함, 추움, 굶주림 등의 정서를 장면이라는 객관적상 관물로 대치함으써 정서적인 깊이를 배가시키고 있다. 족제비가 먹잇감을 포획하기 위하여 발자욱 소리를 죽이는 장면은 조용하고 무섭다. 세상의 검은 열매를 모두 모아 즙을 낸 듯한 밤은 찐득찐득한 어둠이다. 누이의 이불을 끌어내려 나의 곯은 배를 덮는 장면은 나의 배고픔을 더욱 고조시키 고, 아버지가 새벽 아궁이에 산솔잎을 지피는 광경이나 소의 등에 덕설을 입히는 광경은 더욱 한기를 느끼게 한다. 그리하여 조용하고 찰진 어둠 속 의 서정적 자아는 더욱 무섭고 춥고 배가 고픈 것이다. 내가 무섭고 춥고 배고픈 것처럼 내 옆의 아버지도 누이도 소도 모두 무섭고 춥고 배가 고픈 것이다.

그런데 이런 혹독한 상황 속의 '나'를 마치 남의 이야기를 하듯 '너'로 바 꾸어 놓은 데 시적 묘미가 있다. 너무도 혹독했던 기억인지라 기억하고 싶 지 않은 것이다. 주체인 '나'를 타자의 위치에 놓음으로써, '나'가 갖는 불만 족감을 해소하려는 일종의 심리적 방어기제(자리바꿈Displacement)인 것이다. 나의 경험이지만 마치 타자의 경험인 것처럼 말하면서 심리적 위안을 얻는 소망적사고(Wishfullthinking)라고 할 수 있다.

주체가 심리적 방어기제를 사용할 능력을 상실했을 때, 절망과 우울에 빠지게 된다. 미래는 캄캄한 복도의 저 끝에 있는 문이 굳게 닫힌 것과 같 고, 마음에 꽂힌 과거의 칼이 시퍼렇게 번쩍거릴 뿐이다. 오직 죽음만이 달콤한 친구가 된다. 천사도 이런 이의 손은 가끔 놓친다고 한다.

마음 속에 꽂힌 칼 한 자루보다
마음 속에 꽂힌 꽃 한 송이가
더 아프다 할지라도

비록 지옥 말고는 갈 데가 없다고 할지라도
자살하지 말라
천사인 나도 가끔 자살하는 이의 손을
놓쳐버릴 때가 있다

— 정호승, 「천사」(≪유심≫, 2008년 여름)

「천사」의 주제는 천사조차도 자살하는 사람은 구원할 수 없으니 절대 자살하지 말라,일 것이다. 5행까지가 자살하는 이의 자살동기를 말하고 있다면, 마지막 2행은 자살하지 말해야 하는 까닭과 관련을 맺는 내용이다. 그러니까 5행까지의 자살 동기와 마지막 2행 자살하지 말아야 하는 이유를 밝히는 것이 주제의 구체화라 할 수 있겠다.

천사는 '마음속에 꽂힌 칼 한 자루'보다 '마음속에 꽂힌 꽃 한 송이'가 더 아프다고 한다. 꽃 한 송이가 더 아프므로 지옥 말고는 갈 데가 없다고 한다. 그러니까 자살 욕구의 가장 큰 동기는 '마음속에 꽂힌 꽃 한 송이'가 되는 셈이다.

마음속에 꽂힌 칼은 칼을 품은 마음이다. 칼을 품은 마음은 불만족과 복수심으로 가득 찬 마음이다. 인간이든 사회이든 대상에 대한 복수심을 갖는다. 복수심에서 나오는 행위는 위악적일 수밖에 없다. 아이러니하게도 이런 마음은 삶에 대한 욕구를 강하게 갖는다. 복수를 해야 하기 때문에 살아야 하고 살아서 성공해야 한다고 믿는다.

마음 속에 꽂힌 꽃 한 송이는 연약한 마음이다. 언제든지 누구에게나 꺾이는 나약한 마음이다. 타자의 잘못도 자기 탓으로 돌린다. 타자에게 대항할 힘을 잃어버린다. 그리고 스스로 자기 밖의 세계와 담을 쌓는다. 무기력에 빠져 삶의 의욕을 상실하고 자신이 유일하게 갈 길은 죽음뿐이라는 생각을 갖는다. 천사가 경계하는 사람은 바로 이런 사람이다.

15 반성적 시 읽기

남을 탓하기는 쉽지만 자기를 들여다보면서 살기는 힘들다. 필자는 이 글을 쓰면서 스스로를 들여다볼 수 있는 기회를 얻었다. 시를 읽고 평한다는 것이 평소에 알고 있었던 시에 관한 지식을 단순히 확인하는 것이 아니라 시를 읽으면서 나 자신이 모르고 있었던 것을 배워 새로운 나로 다시 태어난다는 사실을 발견하였다. 그리고 한 편 한 편마다 내용의 깊이를 가늠하는 동안 내 자신의 내부를 들여다 볼 수 있었던 것도 기쁨이었다. 숱한 작품들을 읽고 뽑아내고 하는 과정과 쉽게 몸을 내보이지 않는 작품과 씨름하고 시간에 쫓기는 중에도 천천히 아주 천천히 작품들의 내부가 드러날 때마다 나는 거기에 비례하여 내 안도 조금씩 조금씩 열리는 느낌을 받았다.

이런 경험은 나의 글쓰기와 실존적 자아인 나에 대한 질문을 던지게 했고 스스로 던진 질문에 대한 답변은 나 자신을 놀라게 하였다.

나는 어떤 평론을 써 왔으며 어떤 평론을 쓰고 있고 어떤 평론을 쓸 것인가.

나는 어떤 아버지였으며 어떤 아버지이고 어떤 아버지일 것인가.

이렇게 질문을 던져 놓고 보니 나 자신이 얼마나 부끄럽고 참담하던지. 하지만 다행스럽게도 아직은 만회할 시간이 남아 있다는 게 여간 고마운 일이 아니었다. 그리고 단순하나마 해답을 만들어 보았다. 시는 사유가 깊을수록 난해해지지만 평론은 난해한 시를 독자에게 쉽게 전해주어야 한다는 것과 아버지로서의 실존적 자아는 늘 깨어 있어야 한다는 자각이었다.
尾

비움과 채움의
상상력

11 시인과 독자

시인은 비워내고 독자는 채운다. 시인은 언어를 도구로 빈 그릇을 만들어내고, 독자는 시인이 만들어 놓은 빈 그릇을 의미로 채운다. 시인과 독자 모두 언어로 빈 그릇을 만들고 언어로 빈 그릇을 채우지만 빈 그릇의 공간엔 상상력이 자리잡는다. 그러니까 시인은 상상력으로 비워내고, 독자는 상상력으로 채우는 셈이다. 시인의 상상력은 무에서 유를 창조하는 신의 능력을 연상시킨다고 하는데, 사실 따지고 보면 독자의 상상력 또한 신의 능력을 연상시킬 만큼 창조적이다.

다만 둘 사이에 경험의 매개가 다를 뿐이다. 시인은 우주에 널려 있는 잡다한 재료를 취합하고 선택하여 그릇을 만들어 낸다. 이에 비해 독자는 시인이 만들어 놓은 시적인 그릇을 매개로 하여 상상력을 발휘한다. 시인이 우주에 대한 경험과 우주에 대한 사유가 넓고 깊을수록 좋은 그릇을 빚어 내듯이, 넓은 경험과 깊은 사유를 가진 독자 또한 그 그릇 안을 알차게 채운다.

12 존재와 존재하는 것

창문, 능수버들, 원고지, 컴퓨터 등 우주 내의 모든 것들은 '존재하는 것'이다. 존재하는 것들 그 너머에 존재가 있다. 그것을 어떤 철학자는 시간이라고 보았다. 종교가들은 신 혹은 부처라고 부른다. 존재하는 것은 현상에 불과하나 존재는 사물들이 존재케 하는 원리로 작용한다. 존재하는 것에 귀 기울이면 그 이야기가 들려온다. 이야기의 끝에는 언제나 존재가 있다. 「창문의 완성」은 창문을 통해 비친 '존재하는 것들'의 현상을 파악하고 현상 너머의 존재(본질)을 발견한 작품이다.

> 다음 계절은 한 계절을 배신한다
> 딸기 꽃은 탁한 밤공기를 앞지른다
> 어제는 그제로부터 진행한다
> 엎어놓은 모양으로 덮거나 덮힌다
> 성냥은 불을 포장한다
> 실수는 이해를 정정한다
> 상처는 상처를 지배한다
> 생각은 미래를 가만히 듣는다
> 나중에 오는 것은 모두 아득한 것
> 네가 먼저 온다 시간은 나중에 온다
> 슬프게 뭉친 창문으로 나중까지 오는 것이다
> 희부연 가로등 밑으로도 휑한 나뭇가지로도 온다
> 한번 온 것은 돌아가는 길을 생각하지 않으며
> 어떤 시험도 의심치 않는다
> 시간은 나중에 오는 것이다
>
> ─ 이병률, 「창문의 완성」(≪문학과 사회≫, 2008년 가을)

창문은 현상 그대로를 비친다. 창문을 통해 들어오는 것도 현상 그대로

이다. 그러나 화자는 현상 너머의 본질을 보고 있다. 본질은 진리이며 그 진리를 표현하기에 가장 적합한 형식은 역설이다. 그래서 한 계절이 한 계절을 배반하고 딸기향이 밤공기를 앞지르며 시간이 나중에 온다는 역설이 가능한 것이다.

이와 똑같은 이치로 실수, 상처, 생각은 뒤에 오는 이해와 또 다른 상처와 미래를 정정하고 지배하고 가만히 듣게 된다. 이해나 상처나 미래나 다 황혼을 나르는 미네르바의 부엉이처럼 뒤늦게 온다. 창문을 통해 비치는 현상들보다 시간이 나중에 오는 것처럼.

시간은 나중에 오지만 현상들 뒤에 숨어서 현상들을 지배한다. 이 지배원리가 역설적 순환원리이다. 시간은 나중에 온다는 말을 반복하여 강조하고 있는 것은 시간이 우주의 순환을 작동하는 원천적인 힘임을 강조하는 말에 다름 아니다.

> 저 나무들은 하늘로 뻗어 오르지 않고 고개 숙여 안을 들여다보고 있다
> 물끄러미 자기 발등을 내려다보고 있는 능수버들 아래 서면 비가 오는 듯하다
> 능수버들은 바라보는 나무가 아닌 그 아래 들어야만 하는 나무,
> 초록비가 내린다 겨울에도 주룩주룩 긴 장대비를 내리는 버드나무의 안쪽
> 물을 향해 가지를 드리우는 버드나무 잎들 아래로, 아래로 어둠이 즐비하다
> 어둠은 초록의 긴 빗소리에 휘감긴다 밤엔 길들이 하얗게 떠오른다
> ─조용미, 「능수버들 안쪽」, (≪충북작가≫, 2008년 상반기)

능수버들의 특이한 형상에서 모티프를 얻어 그 안쪽의 의미를 구체화한 시이다. 그러니까 이 시의 빈 공간은 능수버들의 특이한 형상에서 '그 안쪽'까지의 공간이 되는 셈이다. 화자가 들여다 본 능수버들의 안쪽은 초록장대비가 겨울에도 내리고, 물 아래 깊이로 갈수록 어둠이 즐비하며, 어둠은

초록의 긴 빗소리에 휘감기고 밤엔 길들이 하얗게 떠오르는 안쪽이다.

초록빛깔의 비, 초록빛깔의 소리는 켜켜이 쌓인 어둠조차 초록으로 물들인다. 초록은 생명의 빛이다. 능수버들은 생명의 빛과, 생명의 빗물을 안으로 안으로만 향하여 물들인다. 밤낮 없이 계절을 가리지 않고 생명의 빛깔로 물들이는 능수버들의 공력은 끊임없이 지속된다. 이런 공력이 쌓여 능수버들은 어두운 밤조차 길들을 하얗게 낼 수 있는 것이다.

13 인연이 끊어진 자리

아무리 하찮아 보이는 것일지라도 나와 연(緣)줄이 이어져 있다. 연줄이 끊어진 자리에는그리움, 회한, 눈물, 애틋함, 슬픔, 아픔 등으로 채워진다.

> 골목이 사라졌다 골목 앞 라디오
> 수리점 사라지고 방범대원 딱딱이
> 소리 사라졌다 가로등 옆 육교
> 사라지고 파출소 뒷길 구멍가게
> 사라졌다 목화솜 타던 이불집
> 사라지고 서울 와서 늙은 수선소집
> 목포댁 재봉틀소리 사라졌다 마당
> 깊은 집 사라지고 가파른 언덕길도
> 사라졌다
> 돌아가는 삼각지 로터리가 사라졌다 고전
> 음악실 르네상스 사라지고 술집 석굴암이
> 사라졌다 귀거래다방 사라지고 동시상영관
> 아카데미하우스 사라졌다 문화책방

사라지고 굴레방다리 사라졌다 대한 늬우스
사라지고 형님 먼저 아우 먼저 광고도
사라졌다
세상에는 사라진 것들이 왜 이리
많은가 나도 나를 버리는데 반생이
걸렸다 걸려 있는 연(緣)줄 무슨
연보처럼 얽혀 있다 저 줄이…… 내 업을
끌고 왔을 것이다 만남은 짧고 자국은
깊다 누구나 구멍 하나쯤 파고 산다는
것일까 사라진 것처럼 큰 구멍은 없다
　　　　－ 천양희, 「사라진 것들의 목록」(≪문학의 문학≫, 2008년 가을)

　　인연은 사람 이외에도 자신이 경험한 모든 대상과 관련이 있다. 생이 길어질수록 나와 연을 맺는 것들이 쌓일 수밖에 없다. 연이 끊어져 생기는 구멍 또한 생애의 길이만큼 쌓인다.

　　화자는 세상에 사라진 것들이 많다고 말한다. 자신도 자신을 버리는데 반생이 걸렸다고 한다. 그 반생이 업을 끌고 온 시간이라 한다. 그 연을 끊고 보니 자국이 구멍처럼 깊었다고 한다. 그리고 사라진 것처럼 큰 구멍을 없으며, 누구나 구멍 하나쯤은 파고 살 것이라 생각한다.

망자를 생각하면 봄이 온 것 같지 않다
봄날이 왔으나 꽃을 볼 수 없었던 것은
내가 망자와 같이 있었거나
망자와 일체가 되어 지냈음이라
봄날, 꽃이 꽃으로 보이려면
나를 붙들고 있는 망자 속에서
내가 나와야 함이니

꽃이여, 가엾구나
오늘은 나 말고
다른 이를 위해 어여삐 피었거라
이 봄날 내 눈치 보지 말고
지천으로 피었거라

－ 김종해, 「망자를 그리며」(《딩하돌아》, 2008년 가을)

잃어버린 대상이 분명하다. 나와 같이 있었거나 일체였던 대상이다. 어쩌면 나의 분신일지도 모르는 대상이다. 이런 사람을 이승에서 떠나보낸 화자의 슬픔이 선연하게 비쳐나온다. 사랑하는 이를 잃은 슬픔의 크기가 얼마나 컸던지 봄이 와서 화사한 봄꽃조차 즐길 수 없다,고 하였다.

그래서 봄꽃에게 미안한 것이다. 자기의 눈치를 보지 말고 지천으로 피라고 말을 걸어보는 것이다. 슬프다고 강조하는 것보다 이처럼 꽃에게 미안한 마음으로 말을 걸어보는 화자의 슬픔이 독자에게는 더욱 커다란 슬픔으로 다가온다.

화자의 육신은 객관세계에 놓여 있는데 그의 객관세계는 텅 비어 있다. 객관세계 전체가 횅한 구멍으로 뚫려 있다. 객관세계에 살면서도 그의 영혼은 망자의 영혼과 일치를 보인다. 이승과 저승이 구별된 이원론적 세계가 아니라 일원론의 원(圓) 속에 함께 놓여 있다.

두 줄로 흘러내리는 콧물
훌쩍훌쩍 단숨에 들여마시며
더듬거리며 말을 건네주던
야,이,까만 눈동자의 계집애야

가슴은 봉긋하게

꽃망울 피어오를 때 쯤
훌쩍 어디론가 떠나버린 후로
아스라이 흘러간 30여년 세월

바다처럼 깊어진 눈동자 위로
파도는 그새 조용히 밀려와
날개 접은 갈매기의 속울음으로
나는 너를 그리워했다

옛 정을 마시듯 기울이는
술 잔 속에 뛰어든 두 마음은 어느덧
조개껍데기 수놓던 사연으로 돌아가
귓불에 인연으로 걸어본다

— 이부녀, 「소꿉친구」(≪시문학≫, 2008년 11월)

위의 시는 연이 끊겼다가 다시 이어지는 구조를 갖는다. 연의 시작인 코흘리개 때는 말과 행동을 가리지 않고 서로 격의 없이 지냈다. 그러나 둘 사이는 30여 년간 연이 끊어져 있을 때는 그리움이 바다처럼 깊어가는 눈동자 위로 파도처럼 밀려오는데 그런 형상이 마치 갈매기의 속울음 같았다고 하였다.

그러나 연이 다시 이어져 만났을 때, 30여년이란 시간적 공백이 있었음에도 불구하고 이내 30여 년 전의 소꿉친구로 돌아간다는 이야기를 적고 있다. 조개껍데기로 수놓는 것과 같은 순수한 연(緣)의 이어짐에 관한 이야기이다.

삶이란 만남의 연속이다. 이해관계의 만남이나 스치듯 만나는 만남과는 달리 소꿉친구와의 만남은 시간적 공백 같은 것은 문제가 되지 않는다. 그리고 나이와 성별이나 직위나 신분 등 인위적인 조건들을 초월해서 만남

그 자체로 일체감을 갖는다.

14 자아의 확인과 삶의 여정

인간은 어느 순간에 자아를 확인하고 싶어 한다. 삶이 무엇인가를 성찰하기도 한다. 그리고 자신의 삶이 어디로 향하고 있는지 확인하고 싶어 한다. 철학, 사상, 종교 등이 종종 이에 대한 해답을 내놓곤 한다. 시 역시 이런 명제에 답하기 위해 존재하는 것인지도 모른다.

> 나의 공격이 한순간에 끝날 것을 아는지
> 천둥이 쳐도 서로 떨어질 수 없다는 것인지
> 등 위에 올라탄 녀석도 아래에 깔린 녀석도
> 피하지 않는다
>
> 오히려 화살처럼 내리꽂히는 오줌 줄기를 내가 맞는다
>
> 축하는 못해주면서 왜 훼방을 놓는가
> 저들의 붉은 배를 왜 시샘하는가
>
> 부끄러움이 들어 오줌 줄기를 틀고
> 논물처럼 차가운 비단개구리 한 마리를 업었다
>
> ─맹문재, 「비단개구리」(≪현대문학≫, 2008년 11월호)

자아의 참모습이 가장 잘 드러나는 때는 타자와 비교할 때이다. 위의 시는 비단개구리가 타자로서 나의 비교대상이며, 비단개구리의 행위와 나의 행위의 비교를 통해서 나의 참모습을 보게 된 시이다.

나는 사랑에 열중하고 있는 비단개구리에게 오줌 줄기를 내리꽂지만 비

단개구리는 꿈쩍도 않는다. 오히려 내가 오줌줄기를 맞고 나서 자신이 그들
의 사랑을 시샘하고 있었음을 부끄러워 하며 자신이 비단개구리를 시샘하
는 까닭을 밝힌다.

논물처럼 차가운 비단개구리 한 마리를 업는 행위가 곧 바로 그 시샘의
까닭이다. 누군가를 사랑하는데 내가 사랑하는 사람은 논물처럼 차갑다.
사랑은 서로가 뜨거워야 하는데.

오줌발이 내리꽂혀도 천둥이 쳐도 꿋꿋이 견디어 내며 뜨거운 사랑을
하는 비단개구리와 외롭고도 차디찬 사랑을 할 수밖에 없는 나의 사랑이
흑백화면처럼 선명하게 대조된다. 화자의 위치에 어느 누구를 갖다 놓아도
상황은 변함이 없으리라. 관습과 제도와 타자의 눈이 두려워 사랑하고 싶지
만 사랑하지 못하는 인간들의 사랑을 꼬집은 것인지도 모른다.

뚜벅뚜벅 말없이 걸어간다
하루 24시간 쉬지 않고 걸어간다
그렇게 40년 가까이
어디로 가는 걸까?
목적지도 모르고 간다 그냥 간다
가고 또 가기만 한다
높은 산이 있었을 거야
깊은 골짜기는 물론 강물도 건넜을 거야
요즘은 사막의 중간쯤 가고 있겠지
다리가 아플 거야
숨도 차오를 거야
이봐 친구, 이제 좀 쉬엄쉬엄 가지 그래!
그래도 대답 없이 가기만 한다
힘이 부치는 걸까?

발자욱 소리가 많이 작아졌다
친구, 먼저 가서 기다려 줘
우리 다시 만나서 놀게.

— 나태주, 「괘종시계」(≪현대시학≫, 2008년 10월)

거실 한 켠에 우두커니 걸려 있는 괘종시계가 보인다. 그리고 그 시계를 40년 가까이 바라본 노년의 화자가 보인다. 둘 사이는 친구 사이로 동화되어 있다. 아니다. 더 이상 타자가 아니라 화자와 완벽하게 동질화 되어 있다.

그렇기 때문에 화자가 인생길의 목적지가 어딘지 모르고 가는 것처럼 시곗바늘도 목적지도 모르고 그냥 간다. 화자처럼 높은 산도 넘고 깊은 골짜기도 지났고 강물도 건넜다고 생각해 본다. 그리고 지금은 사막의 중간쯤 가고 있는 것이다. 이렇게 가다 보니 힘에 부치고 숨이 차기도 한다.

세월과 함께 사위어 가는 인생길의 쓸쓸함이 애틋하게 가슴에 스며든다. 함께 늙어간 시계에게 저 세상에서도 친구가 되어달라는 권유는 그 쓸쓸함을 더욱 고조시킨다.

창자가 흘러나온 개구리를 던져놓으면
헤엄쳐 간다
오후의 바다를 향해
목숨을 질질 흘리면서
알 수 없는 순간이
모든 것을 압수해갈 때까지
볼품없는 앞발의 힘으로
악몽 속을 허우적거리며
남은 몸이 악몽인 듯 간다
잘들 살아보라는 듯 힐끔거리며 간다
다리를 구워 먹으며

> 아이들은 무럭무럭 자라
> 도시로 헤엄쳐 갔다
> ― 김일영, 「바다로 간 개구리」(≪실천문학≫, 2008년 가을)

　도시로 간 시골아이와 바다로 간 개구리와의 동질화가 시적 공란을 제공한다. 즉 시골에서는 개구리를 잡아먹었으나 도시에 나가서는 개구리처럼 잡아먹힌다는 의미이다. 시골아이들에게 몸을 찢긴 채 몸으로 바다로 향하는 개구리와 도시로 간 시골아이의 처절한 도시적 삶이 완벽하게 일치를 보인다.

　어떤 존재 있어 그 생을 끝내버릴 때까지 도시적 삶이란 이처럼 악몽 속을 허우적거리는 것과 같다. 육신을 심하게 훼손당하고 남은 육신으로 살아가야 하는 이의 눈길에 타자의 삶은 냉소적일 수밖에 없다.

> 집시처럼 떠돌며 살아가는 풀을 보았다
> 온몸을 축구공처럼 둥글게 말아가지고
> 사막을 굴러다니다가
> 일 년에 한두 번 비가 오면
> 그 자리에 얼른 뿌리를 내려
> 생명을 퍼뜨리는
> 덤블링플렌트
>
> 폭양을 쪼아먹고 사는 새처럼
> 황금빛 뼈와 날가로운 가시만 남은
> 가벼운 검불
>
> 오직 부재로 가득한 바람 속을
> 부서질 듯 부서질 듯

구르고 굴러
사뭇 경건한 힘 하나를 이어가고 있었다

그는 식물의 자서전이 아니라
떠돌이 고행자의 경전을 쓰고 있었다

산다는 것은 무엇인가
혼신을 다해 떠도는
황홀한 생애
나 그만 사막에서 보고 말았다

— 문정희, 「떠돌이 풀」(≪작가세계≫, 2008년 가을)

　화자가 목격한 것은 사막의 풀 덤블링플렌트이다. 단순히 보았다기보다는 주시했다고 보아야 옳다. 이 풀은 집시처럼 떠돌다가 일 년에 한두 번 비가 내리면 얼른 뿌리를 내려 생명을 퍼뜨리는 식물이다. 황금빛 뼈와 가시만 남은 가벼운 검불이며 바람 속을 부서질 듯 구르며 경건한 힘을 얻는다.

　이런 덤블링플렌트를 화자는 인간사회의 고행자와 동질화시킨다. 떠도는 것이 운명이기라도 한 듯이 혼신을 다해 떠도는 고행자. 삶의 무대는 사막과 같은 곳이다. 덤블링플렌트가 고행을 하듯 사막 같은 세상에서 덤블링플렌트처럼 사는 고행자이기에 황홀한 것이다. 그리하여 고행자의 생애가 황홀한 것이다.

15 주체와 객체를 연결하는 언어
태초에 말로 세상을 창조한 것처럼 인간은 언어를 갖고 있기 때문에 신이 될 수 있다. 인간이 동물과 다른 것도 인간만이 언어를 갖고 있기 때문이다. 인간이 사용하는 이 언어는 의미를 가짐으로써 언어일 수 있다. 언어 이전의 느낌, 생각, 경험 등은 그냥 그대로 있다. 언어로 표현될 때 비로소 올바른 인식에 이르고, 언어는 객체와의 거리를 논리적으로 연결한다.

> 그대 내게로 오는 말이 있습니다
> 그대 내게로 오기 위해
> 감춰버린 말이 있습니다
> 어둠보다 깊은
> 내게서 그대에게로 가다
> 멈춰버린 말이 있습니다
> 그리고 먼 훗날
> 폭우 속 먼 들판
> 멀리 가는 기찻길을 따라 흩뿌려질
> 말
> 다시 돌아오지 않기 위한 말
> 사람이 세상에서 가장 무섭다는
> 사람의 말이 있었습니다
> 잠깐이라지만.
>
> ─박흥식, 「떠나는 말」(≪창작과 비평≫, 2008년 가을)

두 개의 말이 있다고 한다. 내게로 오기 위해 감춰버린 그대의 말과 그대에게로 가다 멈춰버린 나의 말이다. 두 말의 공통점은 떠나는 말이다. 어둠보다 깊고 미래에 추억의 파편으로 남을 말이다. 다시 돌아오지 않기 위한 말이다.

그 말은 '세상에서 사람이 가장 무섭다'이다. 사람에 대한 절망을 이보다 더 적절하게 표현한 말은 없을 듯하다. 즉 절망 상태의 두 주체 사이의 논리적 거리를 분명하게 제시하는 말이다.

이렇게 말하는 시간은 '잠깐'이라는 순간에 끝난다. 그러나 그 잠깐의 말이 이별이라는 엄청난 결과를 낳는다. 삶이란 어쩌면 순간의 말로 연속되는 것일지도 모른다. 과거에서 현재로 현재에서 미래로 연결되는 삶이 이처럼 눈 깜짝할 사이의 말에 의해서 지탱된다는 것이 아슬아슬하고 놀랍지 아니한가.

> 사방에서 사방으로 부는 바람 속에서
> 입을 다물면 비로소 귀로 살아갈 수 있습니다
>
> 노랫소리와 날카로운 비명이 들려옵니다
> 두 소리는 거의 다르지 않습니다
>
> 바람이 부네, 중얼거려 보는 까닭은
> 잠시 바람을 잊어두고 싶기 때문입니다
> ─ 조원규, 「바람소리」(《세계의 문학》, 2008년 가을)

소리는 어디든지 존재한다. 시장바닥이나 절간이나 소리는 존재한다. 나에게 들려오는 소리는 누군가 말을 하기 때문이다. 소리는 사방에서 바람을 타고 들려온다. 화자는 입을 다물면 귀로 살 수 있다고 한다. 입을 다물고 소리에만 집중하여 소리의 중심에 들어가겠다는 뜻이다.

소리의 중심에 들어가 화자가 얻어낸 것은 즐거움의 노랫소리와 괴로움의 비명소리가 거의 같다는 점이다. 좋은 소리와 나쁜 소리가 분별되지 않고 모두 소리로만 들리는 것이다. 소리를 들으면서 소리를 잊어버린 상태의 화자이다.

그러나 다시 화자는 입을 열어보는 것인데, 까닭인즉 바람을 잊고 싶기 때문이라고 한다. 귀로도 살지 않겠다는 의미일 것이다.

16 시인의 언어

모든 사람의 가슴 속에는 소리가 있다. 소리를 듣는 순간 가슴은 움직인다. 이러한 현상은 어린아이도 노인도 마찬가지다. 시인이 거대한 우주에서 소리 하나를 꺼내놓으면, 독자는 자신의 경험으로 그 소리를 갈무리한다. 시인이 본 것도 독자가 보는 것도 다 다르기 때문에 시 속에 떠도는 소리는 우주의 의미처럼 그 한계가 없다.

시인은 시를 통해 존재하는 것의 소리를 듣고 존재하는 것 너머의 소리까지 듣는다. 존재하는 것의 소리를 이야기하고 존재하는 것을 통해 자아를 찾기도 한다. 인연의 이어짐과 그 인연의 공백을 찾아낸다. 바라봄, 자아찾기는 모두 인연의 공백을 만들어 놓는다.

그러나 분명한 것은 시인은 말과 소리와 말하는 것과 듣는 것 그리고 말하지 않는 것과 듣지 않는 것까지도 사실은 모두가 언어의 표현한다는 것이다. 이는 언어로 하는 이야기 속에서 신을 찾는 행위이다. 신을 찾아 자아를 완성으로 이끌어가기 위한 욕망의 한 표현인지 모른다. 尾

비움과 채움의
상상력

제2부

채워 넣기 독서법에 의한 소설의 이해
이분법적 사고에의 도전
세기말의 허무와 절망
탈출구를 잃은 시대

채워 넣기 독서법에 의한
소설의 이해

2 1 문학작품은 한 시대의 금기Taboo를 붕괴시켜 왔다. 세속적인 법
칙이 종식되는 곳에 문학의 법칙은 새로 시작된다. 새로운 것은 〈심미적〉
인 요소만이 아니라 〈역사적〉인 요소가 되기도 하며, 새로운 기준을 얻어
내는 독자에게만 문학적 사건이 된다. 그러므로 전통을 형성하는 데 있어서
수용은 영향으로부터 분리할 수 없다. 이는 야우스의 수용미학적 입장을
단 네 문장으로 압축해 본 것이다. (권희돈, 「창조문학」 창간호)

문학과 역사의 종합을 시도함으로써 문학연구의 시야를 넓힌 야우스에
비해, 이저는 독서행위 시의 현상학적 이해를 작품의 의미구성을 이루는
축으로 보기 때문에 좀 제한적이다. 이 때의 제한적이라 함은 독자의 기대
지평에 의해서라기보다는 작품의 구조가 발휘하는 힘에 이저의 견해가 과
중하게 의존한 듯하여 쓴 표현이다. 그렇게 볼 때 이저가 주장하는 독자의
상상력은 작품의 구조가 지시하는 방향선 안에서만 허락되는 셈이다.

이러한 특징은 그의 주요논문들을 주의깊게 뜯어보면 잘 나타난다. 주요
논문들로는 (A)「텍스트의 호소구조 Die Appellstruktur der Texte」(1970)
(B)「독서과정 Der Lesevorgang」(1972) (C)「내포된 독자 Der Impizte Leser」
등을 꼽을 수 있다. (A)는 문학텍스트(이하 문학작품을 문학텍스트 혹은 텍스트라

칭함.)의 효과를 이루는 것은 불확정성Undeterminacy임을 역설하고 역사적으로 불확정성이 증가된 예를 들어 설명한 논문이다. (B)는 독서행위를 인식행위로 보고 후서를의 현상학을 빌어 독서행위를 설명한 논문이다. (C)는 내포된 독자는 문학텍스트의 구조에 얽혀 짜여 있는 독자 즉 허구의 독자를 설명한 글이다. (A)(B)(C) 이 세 논문의 내용을 종합하여 다시 요약해 보면 불확정성에 대한 이해와, 현상학적 독서행위 및 심미적 독서행위를 이해해야 할 이론의 골격으로 삼고 있음을 알 수 있다.

> "텍스트와 독자의 유대관계는 어떻게 시도될 수 있는가? 여기에 대한 응답은 세 단계로 시도되어야 하겠다. 첫째 단계는 문학텍스트의 특성을 다른 종류의 텍스트와 구별하여 간단히 스케치하는 것이다. 두 번째 단계는 문학텍스트의 기본적인 효과조건들을 열거하고 분석하는 것이다. 세 번째 단계는 18세기 이래의 문학텍스트에서 볼 수 있는 현상인 불확정성의 증가를 설명하는 것이다."
>
> ― 이저, 「텍스트의 호소구조」

문학텍스트와 비문학텍스트(문학 외의 다른 종류의 텍스트)와의 근본적인 차이는 불확정성과 확정성의 문제라고 생각한다. 즉 문학텍스트가 수행언어Language of performance로 씌어지는 데 비해, 비문학텍스트는 진술언어Language of statement로 씌어진다는 차이인 것이다. 예컨대 우리들의 행동양태를 규정하는 법률텍스트나 객관성·논리성을 금과옥조로 삼는 과학적 논문 등은 모두 진술언어로 씌어진다. 이러한 텍스트들은 용의주도하게 문맥 속의 빈틈을 줄여야 확정성을 높일 수 있다. 그래야만 텍스트 내에서 독자가 상상할 수 있는 공란이 없어지고, 텍스트 자체가 의도하는 지식과 정보의 전달을 효과적으로 수행하게 되는 것이다.

이에 비하여 수행언어로 씌어지는 문학텍스트는 의미자체가 불확정적이라는 특징을 갖는다. 시인은 확언하는 법이 없고, 소설의 의미도 문장 너머에 떠돌고 있다. 언어의 일탈 및 각종 기교와 장치 등으로 해서 문학텍스트의 의미가 불명료하게 된 것을 뜻한다. 그러므로 불확정성이란 문학텍스트 자체의 결함이나 미숙함을 뜻하는 것이 아니라 문학텍스트의 효과를 낳는 요인인 것이다. 문학텍스트 내의 공란은 바로 이 불확정성 때문에 생긴다.

현대에 이를수록 문학텍스트의 불확정성은 확대되어 왔다. 이는 점차 작가와 독자와의 거리가 멀어져 왔다는 뜻이다. 작가와 독자와의 전달관계에서 직접성이 강했던 과거의 문학과는 달리 오늘날의 시나 소설이 난해하다는 소릴 듣는 것은 바로 이 양자의 거리가 멀어졌음을 반증한다. 이 난해하다고 하는 것이 곧 불확정성이 증가됐음을 말하는 것이며, 불확정성의 증가는 필연적으로 문학텍스트와 독자 간의 관계를 변화시킨다. 왜냐면 문학텍스트가 불확정적일수록 공란의 폭은 커지고 독자는 상대적으로 그 빈 공란을 채우는데 적극적으로 참여하기 때문이다. 이 공란이야말로 독자들이 상상력을 발휘하여 활동하는 무대인 셈이다. 적극적이고 능동적인 독자일수록 그 공란을 크게 벌려놓고 그 무대를 화려하게 장식한다.

다음 두 문장을 비교하고, 확장성과 불확정성의 차이를 구분해 보자.

(A) 지구는 돈다
(B) 박제가 되어버린 천재를 아시오.

(A)의 문장은 확정성이 높은 과학적인 문장이다. 이것은 사실명제로써 독자에게 신뢰성 있게 전달된다. 확정성과 직접성이 강하기 때문에 어떤 틈이 보이지 않는다. 그러나 (B)의 문장은 전혀 다르다. (A)처럼 독자에게 직접적으로 와 닿지 않는다. 수행언어(수사적인 문장)으로 씌어졌기 때문이다.

여기에서 쓰인 모든 수사는 이 문장의 불확정성을 낳는 요인이 되었고 이로 말미암아 공란이 생긴 것이다. 이 공란은 독자의 역량에 따라 크고 작게 발견되고 채워진다. 어느 정도 문학적 교양을 갖춘 독자라면, 나는 본디 천재였는데 지금은 박제가 되었습니다,로 고쳐 읽는다. 좀 더 세심한 독자는 박제를 무가치·무생명·고정성 등의 의미로 확산시켜 읽을 수 있는 능력을 갖는다. 그러니까 천재의 무가치화·무생명성이 「날개」가 독자들에게 들려주는 첫소리인 것이다. 이 첫 문장에는 여러 가지 수사적 기능 외에도 사실주의 소설에서 심리주의 소설로 넘어가는 소설사적 지평변동을 암시하는 내용까지를 담고 있다.

이광수, 염상섭과 같은 사실주의 작가에서 30년대 이상의 심리주의에 이르면 문학텍스트의 불확정성이 눈에 띠게 커진다. 기존의 사실주의적 질서를 완벽하게 흔들어 놓고 있기 때문에 사실주의 소설을 읽는 방식으로는 해독이 쉽지 않게 된다. 50년대의 손창섭, 60년대의 이청준의 소설들이 어느 정도 이상의 뒤를 잇고는 있지만, 80년대의 이인성·최수철에 와서야 이상의 본격적인 후계자들이 나타났다고 보여진다. 그들의 소설은 단선적으로 진행되는 이야기 구조조차 해체시키고 있어 소설 속의 공란이 이만저만 커진 게 아니다. 전통적인 독법 자체를 해체시키고 소설속의 한 구조로 독자가 참여해야 해독이 가능한 것이다. 말하자면 소설의 변화에 따른 독자의 변화를 초래한 셈이다.

그러나 이저는 텍스트의 공란을 채워가는 독자의 상상력을 자의적으로 한 없이 뻗어가는 것이 아니라 구조가 지시하는 방향선을 따라야 한다고 했다. 이른바 독서의 매순간이 회상과 예측의 변증법으로 지속된다는 현상학적 독서 이론이라 할 것이다. 독서과정 중 먼저 읽은 부분에 대한 기억과 앞으로 읽을 부분에 대한 예측이 매순간 진행된다는 뜻이다. 그러나 확정성이 높은 글과는 다르게 문학텍스트는 불확정적이기 때문에 독서과정 중 순간순간 기억과 예측이 일치하지 않는 특징이 있다. 이는 문학텍스트의 구조가 끊임없이 독자의 기대를 배반하면서 전개된다는 양상을 일컫는 말이다. 덧붙여 말하면 독자는 독서과정 중 끊임없이 기대와 상상을 수정·보완하면서 뜻밖의 결말Suprising End에 이르러서는 처음의 가설을 대폭 수정해야 하는 국면을 맞이한다는 것이다. 확정성을 높여야 하는 비문학텍스트에서의 가설의 대폭 수정은 독자로부터 신뢰성을 잃게 되지만, 불확정성을 높여야 하는 문학텍스트에서의 가설의 대폭 수정은 독자에게 신비감과 경이감의 기쁨을 주는 효과가 있다.

이렇게 보면 이저가 말하는 심미적 독서행위도 결국은 독자의 기대지평과의 관계라기보다는 문학텍스트의 불확정성(효과를 낳는 구조)과 밀접한 관련이 있는 듯이 보인다. 이때의 〈심미적인 것〉은 내용을 지니지 않는 빈 상태의 구조를 의미하는 것이요, 심미적 효과의 본질은 기존의 어떤 것에 합치되는 것이 아닌 창의적인 것이라 할 수 있다. 그렇기 때문에 독서행위가 의미파악이라는 직선적인 한 방향으로 고정되어 버릴 때, 그러한 독서행위는 필연적으로 심미성을 잃고 만다. 이런 의미로 보면 텍스트의 개념을 밖으로부터 규정하고 들어오는 독서행위도 심미적인 독서행위라고 보기 힘들다. 그러므로 심미적 독서행위는 문학텍스트의 〈무엇〉을 파악하는가에 달려 있는 게 아니라 〈어떻게〉 파악하는가의 문제에 달린 셈이다.

지금까지 살펴 본 이저의 수용미학적 입장이 좀 현학적인 듯이 보이기는 하지만 알고 보면 그다지 어려운 논리를 펴고 있는 이론이라는 생각은 들지 않는다. 야우스의 입장보다 오히려 덜 철학적이고 제한적이어서 단 한 문장으로도 압축이 가능하다.

문학텍스트 내의 불확정성은 심미적 효과를 낳는 요인이며, 불확정성에 의한 문학텍스트 내의 공란Blank을 독자가 상상적으로 채워가는 것이 독서의 심미행위이다.

이제 볼프강 이저의 이론을 빌어 한국 소설 몇 편을 읽어 보려니와 여기서는 독서과정 중의 두 가지 효과(지연과 결말의 효과)와 그의 수용미학이 갖고 있는 한계를 살피는 것으로 이 글의 끝을 맺고자 한다.

2

소설을 예술답게 만드는 여러 가지 불확정적인 요소들 가운데 가장 근본적인 것은 이야기 구조이다. 이야기의 강점은 독자에게 호기심을 준다는 데 있다. 호기심이야말로 인간의 원초적 정서다. 소설가는 이 호기심을 지연시킴으로써 독자를 소설의 끝까지 붙들고 가는 전략을 세우는 사람들이다. 세헤라자데(『천일야화』에서 왕에게 이야기하는 여자·후에 왕비가 됨.)는 이 호기심을 지연시키는 지혜를 지니고 있었기 때문에 포악한 왕으로 하여금 평정심을 갖게 할 수 있었다.

신문연재 소설은 이러한 불확정성(호기심의 지연방법)을 가장 특수하게 이용한다. 즉 시간적인 공란을 두어 지연효과를 걷는 전략이다. 그러므로 시간적 공란을 두어 지연효과를 얻는 전략은 신문의 독자층을 확보하는 장치로서 연재소설의 특수한 기능이라 할 수 있겠다. 신문연재 소설이 오늘날에도 여전히 잔존하고 있는 이유가 여기에 있다. 우리 근대문학의 발흥은 바로 신문연재소설로부터 시작되었다고 보아도 과언이 아니다. 「혈의 누」(1906)·「무정」(1917)이 모두 연재소설로 발표되었다. 신문 연재소설의 기교적 특징은 절단테크닉으로 진행된다는 데 있다. 매회 일정분량으로 나뉘어 독자에게 제공된다. 연재는 일반적으로 긴장이 농축된 곳에서 끊어진다. 혹은 어떤 해결책을 찾아야 할 곳에서 또는 방금 읽은 것이 어떻게 전개되어 나갈 것인가 궁금해 할 만한 곳에서 끊어진다. 그래야만 독자의 호기심이 지속되고 시간적 공백을 독자가 상상적으로 채우기에 적합하다.

> "문 앞에 서서 방 안을 들여다 보던 고양이가 지붕의 참새를 보고 '야옹'하면서 뛰어간다. 형식의 떨리는 손은 마침내 그 봉투의 한편 끝을 찢는다. 찢는 소리가 대포소리와 같이 세 사람의 가슴에 울렸다."
>
> ─「무정」의 49회 절단 부분

영채가 형식에게 남기고 간 유서를 뜯는 장면이다. 어쩌면 곧 끔찍한 자살소식을 알릴 것 같은 긴박감을 준다. 그러나 작가는 음험하게도 고양이를 등장시켜 독자의 긴장감을 고조시키고 그 분위기에 어울리게 세 인물의 긴장된 심리를 묘사해 놓고 끊어버렸다. 독자는 아쉬운 마음으로 다음 연재를 기다리지 않을 수 없다. 독자는 필연코 사건의 진행에 이루어질 수 있는 정보를 얻어 내려고 노력하게 된다. 과연 영채가 대동강 물에 빠져 죽었을 것인가? 형식은 과연 영채를 구할 수 있을 것인가? 이와 같이 독자들은 기대와 예측을 하면서 텍스트의 내용에 적극적으로 참여하게 된다. 말하자면 독자들은 텍스트의 한 구조로서 연루되어 작가와 함께 공동저작의 길을 걷게 되는 것이다.

영채는 몸을 팔아 부친에 대한 효도를 다하려고 했다. 그러나 부친이 죽었다. 이제 영채의 의무는 남편감인 형식을 위해 정절을 지키는 것이다. 그러나 뭇남성들에 의해서 정조를 빼앗긴다. 부친에 대한 효심과 남편감에 대한 정절을 지키지 못한 영채는 한 여성으로서의 존재가치를 상실한 것이라 생각한 끝에 유서를 남기고 죽음의 길로 떠난 것이다. 독자의 마음은 심청이의 효심과 춘향이의 정절을 한 몸에 간직하고 있는 영채의 생사문제에 쏠려 있는데도 춘원은 무려 36회 동안이나 영채에 관한 정보를 제공하지 않는다. 독자들이 궁금증에 못 이겨 아무리 안달을 해도, 이때야말로 작가로서는 독자를 가르칠 수 있는 최적으로 시간을 확보한 셈이다.

36회나 되는 커다란 공란을 춘원은 예의 생명사상이나 신적인 자의성을 지닌 남성세계에 여성이 희생양이 되어갔던 과거윤리의 문제 그리고 평양의 풍물들을 상세히 소개한다. 독자는 오랫동안 설교를 듣고 있자니 지루하다. 거기에다가 영채가 그토록 사랑했던 형식이 딴전(선형과의 약혼)을 피우게 함으로써 독자들을 더욱 불안하게 한다. 그럼에도 영채의 생사에 관한 권한은 작가에게 있으니 독자는 오늘 혹은 내일 하면서 영채가 나타나기를 기다릴 수밖에 없는 것이다.

> "이제는 영채의 말을 좀 하자. 영채는 과연 대동강의 푸른 물결을 헤치고
> 용궁의 객이 되었는가."
>
> ─「무정」86회

'아직 죽지 않았다. ≪매일신보≫ 연독자連讀者는 열광하였다. 독자는 영채의 죽음을 바라지 않았다.' 김동인은 그의 「춘원연구」에서 당시 독자들의 반응이 어떠했는가를 이처럼 흥미 있게 전하고 있다. 이광수는 이미 조선소설이나 신소설의 도식적인 형태에 익숙해져 있는 독자의 상상력에 일단 제동을 걸어놓고, 영채의 생사에 관한 정보를 암시함으로써 독자를 놀라게 한다. 잠시 후 독자는 바짝 긴장을 하게 된다. 독자는 이미 형식이 선형과 약혼한 관계임을 알고 있고 옛 애인 영채가 나타남으로써 첨예한 갈등이 벌어질 것을 예측하기 때문이다. 이 대목에 이르러 독자는 한 편으로는 과

거로 지향하면서 삼각관계에 놓인 세 사람을 기억하게 되고, 다른 한 편으로는 미래를 지향하면서 삼각관계의 갈등이 어떻게 해결될 것인가를 예측하거나 기대하게 되어 있다. 과거에로의 지향과 미래에로의 지향 즉 이중의 지연효과를 낳는 것이다.

이런 점에서 「무정」은 전대소설과 확실히 다르다. 전대소설에 비해 문학적 가치가 뛰어나다는 말이 되겠다. 그것은 시간적으로 뒤에 나타났다는 사실 때문이 아니라, 전대소설에 비해 불확실성이 현저하게 증가됐다는 요인에서 찾아야 할 것이다. 지연의 효과 외에도 새로운 인물의 도입·인물성격의 이중성·서술순차의 변화·서술의 속도와 인물의 공간이동 등 숱한 불확실성들이 「무정」에는 나타난다. 같은 계몽주의 소설에 속하면서도 신소설들에 비해 「무정」에 관한 수용텍스트의 양이 현격하게 증가하고 있는 양상은 이러한 사실을 잘 반영하고 있는 셈이다.

2.3

피카레스크식 소설의 경우도 시간적 공란을 두어 지연의 효과를 거둘 수 있다. 가령 윤흥길의 작품집 「아홉켤레의 구두로 남은 사내」를 보자. 이 작품집은 네 편의 중단편 즉 「아홉켤레의 구두로 남은 사내」·「직선과 곡선」·「날개 또는 수갑」·「창백한 중년」을 한데 묶어놓은 것이다. 물론 이 네 편의 작품들은 문예지를 통해 일정한 시간적 간격을 두고 발표되었다. 각 편마다 이야기되는 인물은 각각 다르지만, 네 편 전체를 관통하면서 이야기되는 인물은 권기용 씨다. 그러니까 그 연작집의 진정한 주인공은 문제적 인물→ 속물적 인물→ 문제적 인물로 성격의 변화를 거치는 권기용 씨라고 할 수 있다.

이 작품집에서 우리들의 관심을 끄는 것은 세 번째 작품「날개 또는 수갑」의 마지막 장면이다. 사장 비서실에 대기하고 있는 민도식을 권기용 씨가 험악한 표정으로 제치고 사장실로 뛰어드는 사건이다. 제복착용의 반대 투쟁을 전개 중인 민도식이 동료와 밀담을 나누는 다방 한 구석에 가끔 보였을 뿐인 권기용 씨였다. 이런 모습 외에는「날개 또는 수갑」에서 독자가 권기용 씨에 대해 받은 정보는 거의 없다. 그러나 작가는 즉각 권기용 씨의 돌발적인 행위에 대한 이유를 밝히지 않고 소설을 끊어버렸기 때문에 독자는 그 장면을 목격하고 있는 소설 속의 인물들보다 훨씬 더 놀라게 된다. 독자는 이미 권기용 씨에 대한 과거 행적을 속속들이 다 알고 있기 때문이다.

내세울 자존심이라고는 혈연(안동 권씨)과 학벌(대졸출신)뿐인 소외자 권기용 씨·병짓에 가까운 자존심을 투영시키고 있는 아홉켤레의 구두·부인의 출산비를 마련하기 위해 주인집에 들어가 강도짓을 하다가 발각당한 후 작부와 동반자살을 꾀했으나 미수에 그쳤던 권기용 씨다. 구두를 몽땅 태우는 번제의식을 통해 세상과 타협하며 살기를 결심한 끝에, 교통사고를 당해 위자료대신 사고 낸 차주의 회사에 잡역부로 취직한 권기용 씨였다.

독자는 다음 작품이 나오기까지의 시간적 공란을 이와같이 권기용 씨의 과거 행적에 대해 회상으로 채운다. 그리고 권기용 씨의 돌발적 행위의 원인을 궁금해 하며 상상력을 발휘하는 것이다. 왜 그랬을까. 오만한 사장에게 기만당했음을 항의하러 들어간 것일까. 또 다른 이유가 있다면 그것이 무엇일까.

마지막 작품「창백한 중년」은 독자들의 이같은 궁금증을 풀어주는 즉 돌발행위에 대한 해답을 내리는 작품인 셈이다. 여기서 이야기되는 인물은 미싱공 안순덕 양인데, 그녀는 폐병에 걸려 있다. 그러나 어머니의 약값과

동생의 학비를 벌기 위해 자신의 병을 사용자 측에 숨기고 있다. 신체검사를 통해 그녀의 폐결핵은 중증으로 판명되고 마침내 회사에서 쫓겨난다. 며칠 후 그녀는 그녀의 자리에 새로 들어온 미싱공과 다투다 팔이 잘린다. 권기용 씨는 그녀의 불행을 가장 가까이서 목격하고 심정적으로 자신과의 동일성을 갖는 소외자임을 깨닫는다. 독자는 마지막 작품을 읽어가는 동안 문제적 인물에서 점차로 속물적인 인물로 변했던 권기용 씨에 대한 기억을 수정하게 된다. 생존권을 박탈당하고 불구가 된 여공의 비참함을 목격하면서 다시 타락한 사회를 초월하고자 하는 문제적 인물로 탈바꿈했기 때문이다.

그러니까 권기용 씨는 마음 속에 두 개의 카메라를 지니고 살았던 셈이다. 그 하나의 카메라에 잡힌 피사체가 비극적인 생존의 현장이라면 다른 하나의 카메라로는 획일화를 반대하며 자유를 추구하는 현장을 피사체로 잡았다. 한 마디로 말하면 자유냐, 생존이냐 하는 문제다. 즉 빵을 달라와 빵만으로 살 수 없다,의 선택을 요구하는 것일 터이다. 권기용 씨의 선택(보다 정확한 표현으로는 우선 순위일 것이다)은 생존의 현장을 담은 피사체였다. 권기용 씨의 선택이 생존으로 확정되면서 독자의 선택도 확정된다. 그러므로 세 번째 작품의 끝 장면은 이런 말이나 다름없다. 야이, 이 배부른 놈들아, 한쪽(육체근로자)에서는 먹을 것 입을 것을 얻기 위해 일하다 죽어가고 있는데, 너희들(하이칼라)이 싸우고 있는 자유라는 명분은 사치에 불과하지 않느냐.

이렇게 보면 첫 편에서 철거민들이 시위 도중 참외를 실은 트럭이 뒤집히자 시위를 그치고 참외를 게걸스럽게 먹던 장면에 대한 의혹이 풀린다. 이 장면은 마지막 작품에서 안순덕 양이 밥과 반찬을 한 곳에 쏟아놓고 정신없이 먹던 일과 오우버랩 되면서 수미일관하게 생존의 문제가 부각되기 때문이다. 이 순간은 자유냐 생존이냐 하는 불확정적인 물음에 대한 대답을 독자가 스스로 결정할 수 있는 계기가 된다. 그러므로 권기용 씨가 살기등등한 모습으로 사장실에 뛰어든 세 번째 작품의 마지막 장면은 이 소설의 모든 불확정성을 확정짓는 순간이라고 해야 할 것이다.

2 4

「아홉 컬레의……」뿐 아니라 대부분의 소설들이 뜻밖의 결말 Suprising End을 냄으로써 독자의 기대를 전폭적으로 수정하게 만든다. 이런 기교는 독자로 하여금 깜짝 놀라게 하는 효과를 준다. 독자가 소설을 읽는 즐거움을 만끽할 수 있는 곳이며, 독서과정을 통해 떠돌았던 의미들이 고정되는 순간이기도 하다. 이저는 소설의 끝은 하나의 이념적인 또는 이상적인 어떤 해답이 구체적으로 설명되는 것으로 보았다. 그러나 그것은 채워지는 것이 아니라 뜻밖의 사건으로 처리된다는 데 소설의 미적 가치가 살아 남는다. 독자의 기대를 대폭 수정케 한다든가 이념적인 해답이 주어진다는 말은 소설이 결말 부분에 와서 역설적 상황으로 바뀐다는 의미에 다름 아니다. 그렇게 보면 '여행이 끝나자 길은 다시 시작되는 것'이 소설의 형식이라고 정의내린 루카치의 견해는 탁견인 듯싶다. 역설적 본성을 지닌 소설은 이야기하기 위해서 씌어진 기호이면서 동시에 이야기에 대한 반성을 요청하는 성질을 갖는 텍스트이기 때문이다. 사실은 독서과정 중의 텍스트 이해에 대한 독자의 반성일 뿐 아니라 나아가서는 삶에 대한 반성으로 확장되기도 한다.

이제 앞에서 밝힌 바 있는 「날개」의 첫 구절을 상기하면서 그것이 뜻밖의 결말과 어떤 관계에 놓이는지를 구체화해 보자.

"다만 몇 시간 후에 내가 미쓰꼬시 옥상에 있는 것을 깨달았을 때 …… 뚜하고 정오 싸이렌이 울었다 …… 그야말로 현란을 극한 정오다 …… 나는 불현듯이 겨드랑이가 가렵다. 아하, 그것은 인공의 날개가 돋았던 자국이다."

— 「날개」의 종결 부분

캄캄한 밤에서 낮의 한 복판인 정오로, 밀폐된 나의 방에서 고층 옥상으로의 비상이다. 즉 가장 폐쇄되었던 시간과 공간의 위치를 가장 열려진 극점의 위치로 바꿔놓는다. 수평적 확장과 수직적 상승이라 할 것이다. 손수건만한 햇빛을 즐길 수밖에 없던 나는 현란을 극한 빛의 한 가운데서 신이 들려주는 듯한 사이렌 소리를 듣는다. 시각·청각·촉각을 회복하면서 마침내 날개의 날 수 있는 제 기능(일상성에로의 회귀)을 되찾고 죽은 모습으로 일정한 곳에 붙박여 있는 박제를 신비롭게 비상시킨 것이다. 이는 사실주의 소설의 독법에 익숙한 독자들의 글 읽기가 비참하게 배반당하는 순간이다. 이렇게 비참하게 당하는 배반일지라도 독자는 소설읽기의 참맛을 만끽한다.

윤흥길의 다른 소설 「장마」도 이 뜻밖의 결말을 멋지게 처리해서 크게 효과를 본 작품이다. 이 이야기는 빨갱이 손에 죽은 국군 아들을 둔 외할머니와 국군에게 쫓기는 빨갱이 아들을 둔 할머니 사이의 대립과 갈등을 기본 골격으로 하고 있다. 세차게 퍼붓는 빗줄기에 대고 외할머니가 빨갱이들을 저주하는 소릴 할머니가 듣자 둘 사이의 갈등이 첨예화 된다. 초코릿을 짓밟으며 국군 정탐원이 작중 나레이터인 나를 심문하는 장면은 이 소설의 중심축을 이루는 부분이다. 독자는 배고픈 어린애 앞에서 초코릿을 군홧발로 짓이기는 사내의 포악성에 분노심을 품게 된다. 그리고 그 포악성에 굴복하여 삼촌의 행적을 발설하며 흘리는 눈물을 보면서 가슴이 짓찢이는 아픔을 겪는다. 이 일로 갈등은 더욱 날카로와져 위기국면에 처한 삼촌의 행방은 묘연해졌고 할머니는 무당을 찾아간다. 「아무 날 아무 시」에 반드시

아들이 돌아온다는 신탁이 내려진다. 한 달 동안 할머니가 아들을 맞기 위한 온갖 정성을 다한 끝에 마침내 아무 날의 아침이 왔다. 오전 내내 기다려도 아들은 오지 않는다. 독자의 궁금증은 긴박감으로 변해간다. 오 후 세시쯤 돼서 갑자기 대문간 주위가 어수선하더니 집안으로 돌멩이가 날아 들어온다. 독자는 빨갱이의 집에 던져지는 돌멩이인 줄로 착각에 빠진다. 대문간으로 무엇인가 들어오는 것을 향해서 던져지는 돌멩이였다. 그것은 그토록 애타게 기다렸던 아들이 아니라 시커먼 구렁이었다. 할머니는 기절하고 온 집안이 혼란에 빠진다. 이 혼돈사태를 냉정하게 수습하는 사람이 외할머니다. 외할머니는 구렁이를 사돈댁의 아들이 죽어 변한 화신이라 생각하며 그 영혼을 위로하고 숲속으로 보낸다. 기절해서 깨어난 할머니와 외할머니는 두 손을 맞잡는다.

할머니가 무당의 신탁을 워낙 견고하게 믿었던 터라 독자 또한 그의 아들이 돌아오리라는 기대를 갖는다. 그러나 독자의 기대와는 전혀 다른 구렁이를 등장시켜 독자를 놀라게 하는 것이다. 독자의 기대는 물론 다른 것일 수도 있었다. 하루 내내 아들이 돌아오지 않아서 할머니가 낙심을 한다든가 혹은 어떤 인물을 등장시켜 전사통지서를 갖고 오게 한다든가 등등의 결말처리 말이다. 그런 독자의 기대와는 상반되게 아들의 끔찍한 죽음을 징그러운 구렁이의 출현으로 대치시킴으로써 비극적인 사실을 신비적으로 체험하게 하는 효과를 준다.

그럼에도 불구하고 「장마」를 재미있게 읽은 독자의 한 사람으로서 강한 불만을 지울 수 없다는 생각이 든다. 곰곰이 따져보면 그 불만의 원천을 「장마」가 낭만적으로 내린 해답에서 찾게 되고, 드디어는 이저의 〈심미적 독서행위〉를 어느 정도까지 받아들여야 하는가에 대한 불만으로까지 전이된다.

다 아는 대로 우리 전후 소설사의 한 복판을 가로지르고 있는 것은 6·25를 소재로 한 소설들이다. 이러한 현상은 우리 사회의 모든 모순점들이 종국에는 분단모순에 귀착된다는 세계관의 인식으로부터 나온 결과일 터이다. 다시 말해서 이는 우리사회의 결핍된 요소 가운데 민족의 분단모순이 차지하는 중량감을 표현한 반응이요, 또한 그것을 극복하고자 하는 의지의 표현인 셈이다. 독자 또한 마찬가지여서 한국의 독자라면 누구나 민족통일에 대한 기대를 의식적이든 무의식적이든 간직하고 있다. 그러므로 민족통일에 대한 기대의 한 방식을 제공한다는 의미로 6·25를 소재로 한 작품들이 쏟아져 나온 것이다. 「장마」의 경우도 예외는 아니다. 그렇다면 이저의 이론대로 「장마」의 구조가 발휘하는 방향선의 종착지점에서 독자에게 제공된 마지막 공란을 채워보자.

두 인물(할머니와 외할머니)을 대립과 갈등의 관계에서 화해의 관계로 이동시킨 모티브는 두 가지 사건이다. 두 노인의 아들들 즉 국군과 빨갱이의 죽음이 그 하나요, 외할머니가 구렁이를 달래서 보낸 사건이 다른 하나다. 이 두 사건이 만드는 공란은 이렇게 구체화된다. 좌우 이데올로기를 버리고 우리 민족의 순박하고 토착적인 정서(민간신앙)를 회복할 때, 혈육(민족)간의 진정한 화해에 도달할 수 있다.

이러한 구체화에 대한 허구는 작품의 구조에서 시선을 조금만 텍스트 밖으로 향해도 드러난다. 사실 껍데기처럼 걸친 이데올로기를 벗을 수만 있다면, 그리고 우리 민족이 순수하게 간직했던 토착적인 정서를 회복할 수만 있다면, 오늘날 우리의 현실에 문제될 것은 아무것도 없다. 그러나 그것은 이상일 뿐이지 현실로 실현될 가망성은 전혀 없다. 부적처럼 지녀온 이데올로기를 버린다는 것도 기대할 수 없는 노릇이요, 그것을 버리고 순박한 정서로 화해의 국면을 기대하는 것도 너무나 소박한 견해다. 과학과 역사의 시대에, 과학과 역사에 대한 작가의 과문 탓으로 돌릴 수밖에 없다. 적어도 민족의 화해를 지향하면서 6·25를 소재로 형상화 해 본 작품이라면 좀더 치밀한 문제의식을 담아냈어야 했다. 예컨대 화해의 조건으로써 레드 콤플렉스는 어째서 문제가 되는가, 화해의 주체는 누구여야 하는가, 정치적 이데올로기와 철학적 이데올로기를 변별한 가치는 없는가, 화해를 지향하는 과정상의 걸림돌들은 어떤 것들인가를 작가는 주의깊게 성찰했어야 했다. 물론 이러한 요구는 좀 무리일지도 모른다. 그러나 문학텍스트의 참가치는 사실에 대한 단순한 반응이나 기교에 그치는 것이 아니라, 사실에 대한 깊은 통찰력에서 나온다는 사실을 명심할 필요가 있다. 그러므로 오늘날의 한국의 독자는 「장마」의 뜻밖의 결말에 대한 즐거움을 다시 수정해야 하는 불행한 시대에 살고 있는 셈이다. 제1차 독서의 경험에서 얻은 기쁨을, 제2차 독서에서는 맛볼 수 없는 것이 「장마」에 대한 솔직한 느낌이다.

2·5 앞에서 말한 바와 같이 「장마」에 대한 독자의 불만은 이저의 수용미학의 한계성에도 그대로 연결된다. 독서행위가 텍스트와 독자 간의 경험적 구조 곧 대화행위임을 강조하지만, 독자의 기대지평을 지나치게 제한함으로써 스스로 독자의 개방성을 차단하고 보다 풍부하게 내릴 수 있는 해석의 공간도 막고 있다. 이러한 결과로 이저의 독서이론은 오히려 참다운 의미의 심미적인 독서에 이르지 못하게 하는 한계를 갖는 셈이다.

물론 텍스트 자체의 공란을 세밀히 관찰하는 능력을 길러주는 데는 효과적이다. 즉 문학교육의 1차적 효과를 성취시키는 방법으로서는 매우 타당성을 갖는다. 그러나 문학을 폭넓게 이해하는 차원에서는 너무도 그의 이론

이 제한적이기 때문에 성찰하는 과정이 요청된다. 현상학적이란 수식어가
붙어있는 한, 텍스트 구조의 안案으로서만 독자의 존재가치가 부여되고, 심
미적이란 수식어가 붙어있는 한 문학의 본질에 이르는 미의식을 왜곡할 우
려가 있다. 말을 바꾸면, 문학텍스트의 효과가 구조의 힘에서 발휘된다는
사실을 부정할 수는 없으나, 그것은 어디까지나 일차적인 것이요, 그것보다
더 아름다움을 느끼는 것은 독자가 처해 있는 삶의 현장에서 결핍된 것을
채워주는 것이다. 그러므로 이저의 수용미학은 야우스의 수용미학적 입장
의 한 부분으로 받아들여야 좋을 듯하다.

왜냐하면 그의 이론을 무턱대로 지지할 경우 독자 자신의 자의식을 거세
당할 위험에 처하게 되며, 문학행위는 극단적 개인화로 치달아 문예학은
학문을 위한 학문으로 상아탑 속에서만 존재할 위험도 알고 있기 때문이다.
尾

이분법적 사고에의
도전

2 1 「경마장 가는 길」의 문법

'분단모순 극복을 위한 소설'은 한국전쟁 이후의 한국소설을 포괄적으로 개념화 할 수 있는 말이다. 문학에 희망을 건다면 꿈이 있기 때문이라고 할 때, 분명 이 말 속에는 한국소설의 꿈이 간직되어 있다. 실제로 한국전쟁 후 한국소설의 한복판을 관통해 온 소설은 주로 한국전쟁을 소재로 다루고 있는데, 이들은 모두 통일에의 꿈이 내재화 되어 있다. 50년대의 「수난이대」, 60년대의 「광장」, 70년대의 「노을」·「남과 북」·「장마」·「한씨연대기」, 80년대의 「붉은 방」·「태백산맥」등은 모두 6·25를 소재로 하여 문학적 성공과 대중적 성공을 함께 거두었다. 이러한 작품들은 현재 결핍되어 있는 민족공동체의 집단적 요구(통일)을 효과적으로 발언했다는 안정적 평가를 받아 오기도 했다.

그런데 90년대를 전후하여 한국 소설계의 기상변화가 크게 일기 시작했다. 한국전쟁이 점차 소설의 소재 영역에서 사라져 갈뿐만 아니라 기존의 소설문법까지도 과감하게 해체시키는 새로운 소설들이 쏟아져 나오기 시작한 것이다. 이러한 현상은 모더니즘과 리얼리즘 즉 이분법적 사고에 도전장을 내는 문학적 사건인 셈이다. 달리 말하면 엘리트주의적인 예술지상주의를 지향했던 모더니즘과 이념을 중시했던 리얼리즘의 해체로써 후기 산업

사회의 삶의 양식을 다양한 소설형태로 표현하고 나온 것이다.

80년대 중반 이인성과 최수철을 첫 출발로, 80년대 후반에는 김수경・장정일・장석주・하재봉 등의 소설이 쏟아져 나오고, 급기야 90년대 벽두부터 하일지의 「경마장 가는 길」이 나오면서 대중적 관심을 증폭시키기에 이르렀다. 「경마장 가는 길」이 세상에 첫 출현하는 순간부터 비판과 긍정의 화살이 작가 하일지에게 퍼부어졌다. 특히 우리의 관심을 끄는 점은 「경마장 가는 길」이 '박래품' 혹은 '외래품'이라는 감정적 평가에 관해서다. 이는 물론 하일지 한 작가에게 국한되어 가해지는 비판은 아니다. 새로 출현한 작품들이 전통적인 책읽기로는 감당할 수 없는 형태상의 큰 변화 때문만도 아니다. 그런 비판의 근저에는 새로 나오는 소설들이 너무나도 한국적 현실을 외면하고 있다는 점에서 찾을 수 있다.

비판도 긍정도 독자의 성향에 따라 자유롭게 할 수 있다. 그러나 비판을 위한 비판을 하는 독자가 무책임한 독자인 것처럼, 긍정을 위한 긍정을 하는 독자도 무책임한 독자라고 할 수 있다. '가치를 판단하는 차원'이 아닌, '이해의 차원'에서 작품과의 대화를 시도할 때, 작품은 스스로의 의미를 드러낸다. 그와 같은 성실한 대화의 현장은 작품과 독자와의 참된 만남의 현장이라 할 수 이다.

하일지의 첫 소설 「경마장 가는 길」은 '공통적이고 거대한 것은 우리의 허상이며' '구체적이고 절실한 것이 진실'이라는 세계관으로부터 시작되고, '현실을 소설보다 더 허구적'이라는 인식론으로부터 구체화 된다.

「경마장 가는 길」에서 우리는 그 어떤 숨겨진 존재도 발견하기 어렵다. 인간존재의 허구를 벌거벗겨 놓기 때문이다. 전통적인 소재(인습적인 소재・친숙한 소재)를 거부하고 감각적인 소재를 과감히 선택하였다. 플롯은 일직선이지 않고 끊임없이 반복이 있을 뿐이다. 일상의 수많은 디테일들이 스토리의 여기저기에 끼어들면서도 일체의 해설이나 설명이 주어지지 않는다. 즉 계속해서 독자들을 관찰시키고, 독자 스스로 발견해야 한다는 과제를 독자에게 부여하고 있는 소설이다.

'현실을 작가의 의도에 따라 왜곡한다면 독자들은 현실에 대한 잘못된 견해를 가질 수 있는데 그것은 작가가 도의적 책임을 져야 한다'고 그는 말한다. 그러므로 '어떻게 하면 현실을 있는 그대로 그리느냐 하는 것'이 자신의 글쓰기의 과제임을 밝히고 있다. 이와 같은 작가의 글쓰기에 대한 태도는 그대로 작중인물이 소설 속에서 소설을 쓰는 태도와 일치되는 모습으로 나타난다.

> "나는 이 서울이야말로 송두리째 하나의 소설이라는 생각이 들어 …(중략)… 나는 이따금 내가 날마다 보고 듣고 느끼고 하는 것들을 하나도 빠짐없이 낱낱이 기록해 두면 세상에서 가장 완벽한 소설이 되리라는 생각이 들어."
>
> (218~222면)

위의 인용문에 보듯이, 작가는 소설의 형태가 정해져 있는 것이 아니라, 현실 그 자체가 허구적이기 때문에 그것을 소설적 허구화를 하지 않고 있는 그대로 표현해야 소설이 된다는 것이다. 그러므로 작가가 의도에 집착할수록 허구의 세계가 훼손되며, 그만큼 독자가 상상적으로 참여할 수 있는 영역이 제한된다는 인식으로부터 그의 소설은 시작된다.

「경마장 가는 길」에 등장하는 인물들은 고유명사인 이름을 갖지 않는다. 알파벳의 첫 글자 R・J・E・M 등으로 표기하거나, '아랑드롱을 닮은 남자', '뚱뚱한 사나이', '40대 여자의 쉰 목소리' 등과 같이 외형적인 모습으로 불려진다. 이와 같이 표현함으로써 한 인간에 대한 편견을 사상하고 존재 그 자체를 확연히 드러내려는 의도를 보인다. 달리 말하면 인물에게 고유명사

가 붙여짐으로써 인물이 본질적으로 갖고 있는 존재가치보다는 이름으로
명명된 만큼 본질이 왜곡되고 제한된다는 뜻이 되겠다. 그러므로 이 소설에
서의 주동인물 R과 J는 자신만의 고유한 가치(개성)을 잃어버린 현대인들의
초상인지도 모른다. 또한 포부를 갖고 유학을 갔다가 꿈을 지니고 귀국하여
일자리를 찾지 못하고 부유하는 젊은 지식인의 한 초상일지도 모른다. 작가
가 쓰고 있는 소설과 작중인물 R이 쓰고 있는 소설이 일치하고 있는 것을
보면, 소설적 인물이 곧 현실적 인물이라는 사실이 확연히 입증된다. 작중
인물 R이나 R이 쓰고 있는 소설속의 K 그리고 두 인물 모두를 뒤에서 조종
하고 있는 내포적 작가로서의 하일지가 동일선상에 놓인다. R이든 K이든
작가든 혹은 독자든 서로 어떤 위치로 바꿔 놓아도 같은 이름이라는 동일성
을 갖는다. 따라서 이 소설은 소설 속의 세계가 소설 밖의 세계가 되고,
소설 밖의 세계가 소설 속의 세계가 되는 현실과 허구의 동시성 — 고리를
형성하는 것이다.

「경마장 가는 길」은 철저히 삼인칭 객관적 시점을 견지한다. 은유와 상
징 그리고 수식어가 생략된 문장을 쓰고 있다. 그러면서도 현실을 왜곡하지
않고 그린다는 작가의 의도가 사물과 인물과 장면을 집중적으로 묘사하는
대목에서는 치열하게 나타난다. 작중 인물 R이 본 것이나 그의 행위를 그대
로 독자에게 보여줄 뿐, 사건의 전말이나 인물의 심리에 대한 일체의 정보
도 독자에게 제공되지 않는다. 독자는 답답증을 느끼지만 결국 작품 속에
깊이 관여하지 않으면 안 되는 상황에 빠진다. 사물이나 장면에 대한 묘사
가 아무리 치밀하다 하더라도 묘사가 치밀할수록 공란이 크게 남는 특징을
보인다. 가령 이 소설 전체를 통하여 가장 장황하게 묘사되고 있는 두 장면
을 보자.

"두 번째 방의 보르네오 옷장 위에는 일제 코끼리 전기밥통이 든 박스와 커피 셋트가 든 박스, 반상기 셋트가 든 박스, 손잡이가 떨어진 커다란 트렁크, 병풍, 석유풍로가 든 박스, 그밖에 내용물을 알 수 없는 크고 작은 박스들이 첫 번째 방의 고동색 옷장 위보다 더 조직적으로, 더 반듯하게, 더 촘촘히 얹혀 있다. 이 물건들은 완전히 보르네오 옷장과 천정 사이의 공간을 매우고 있었다."(A)

"J는 이제 베개를 등받이로 하고 두 다리를 쭉 뻗고 비스듬히 앉아 있는 R의 페니스에 자신의 젖가슴을 갔다 대고 문질렀다. 그녀는 자신의 젖꼭지를 거기 다 정확하게 맞추려고 애쓰지만 번번히 빗그러져 애를 태우는 표정이었다. 그 러다가 그녀는 그것을 자신의 입속으로 밀어 넣었다. 그리고 세차게 빨기 시작 했다. 이 때 그녀의 두 볼은 움푹 들어가고 목덜미에는 굵은 핏줄이 솟아올라 있었다."(B)

인용문 (A)는 R이 프랑스 유학에서 5년 반 만에 돌아와서 본 자신의 가족 이 사는 전세방에 대한 묘사의 일부다. 작가는 부모님이 거처하는 첫째 방 과 아내와 아이들이 거처하는 둘째 방에 빽빽이 쌓인 물건들을 묘사하는데 무려 네 쪽을 할애하고 있다. 외면상으로 보면 이것은 R의 가족이 남루하게 살고 있음을 보여주는 대목이다. 그러나 여기서 작가가 기대하는 효과는 가난을 숨기지 않고 헐벗겨 놓으면서 동시에 밖으로 향하는 출구를 찾지 못하는 R의 답답한 내면세계를 간접적으로 시사한다. R자신이 부양해야 할 부모와 이혼해 주지 않는 아내에게 자신의 발목이 잡혀있기 때문에 J와의 불화관계가 지속될 것이며, R자신의 진정한 가치인 글을 쓰며 사는 일이 순탄치 않을 것임을 예고하는 대목이다.

인용문 (B)는 R이 프랑스에서 돌아와 끊임없이 J와 조화로운 섹스를 요 구하던 끝에 겨우 이루어지는 장면이다. 묘사되고 있는 장면 그 자체만을 떼어놓고 보면 분명 배설적이고 외설적인 장면임에 틀림없다. 그러나 작품 전체 구조와의 연관 아래에서 보면 필연적으로 독자가 채워야 할 여백을 제공하는 부분구조이다. 앞에서도 말한 바와 같이 R의 진정한 삶의 욕망은 자신의 일을 하는 것이다. 그러기 위해서는 건강이 필요한데 건강을 유지하기 위해 규칙적인 식사와 섹스가 요구되며 또한 돈이 필요하다는 것이다. 즉 기쁨을 주는 섹스는 건강을 허락하며 거기에서 얻은 건강으로 자신의 일을 해낼 수 있으므로 섹스는 결국 인간행동력의 원동력이 된다는 의미로 해석된다. 그러므로 J와의 섹스관계가 불만족스러울 때 R이 무의식적으로 쓰고 있는 경마장이라는 구절은 섹스에 대한 원초적인 갈망의 표현이며 동시에 경마장은 현실적 공간에 위치한 것이 아니라 작가의 내면에 상상적으로 흐르는 글쓰기의 공간임을 알 수 있다.

R과 J와의 과거사를 속속들이 알고 있는 독자는 이때의 조화로운 섹스가 두 사람의 관계를 정상의 차원으로 끌어올릴 것이라는 기대를 갖게 되어 있다. 그러나 작가는 여기에서 독자의 기대를 여지없이 깨뜨려 버리고 만다. 이를 계기로 두 사람의 관계가 정상적으로 유지될 것이라는 독자와의 기대와는 반대로 J의 태도가 또다시 돌변하고 말았기 때문이다. J는 R과 섹스를 가지면서 R의 건강을 걱정하고 식사를 걱정했으며 또한 함께 프랑스로 가자는 R의 제안을 받아 들였었다. 그러나 며칠 후 R이 J에게 전화를 걸었을 때는 계속해서 불통이었다. 그후 R은 J를 어렵사리 만났고, 그때 J는 모든 것을 거부하는 처음의 자세로 돌아간 것이다.

그러므로 이 대목이야말로 「경마장 가는 길」의 모든 불확정성을 확정짓는 순간이며, 도덕 또는 사랑으로 포장되어 있는 인간관계라는 것이 얼마나 형식적이고 허황된 것인가를 폭로하는 대목인 셈이다.

「경마장 가는 길」에서 볼 수 있는 또 하나의 특징은 공간과 작중인물 R의 공간 이동이 작품의 효과를 높이는 기법으로 작용한다는 점이다. R에게 있어서 한국은 모순 투성이의 공간인 반면에 프랑스는 이상적 공간으로 설정되어 있다. 그리고 그의 공간이동은 R의 내면심리를 간접적으로 시사한다.

R은 프랑스 체류 기간 자신의 진정한 가치를 추구하며 살 수 있었다. 그는 거기서 박사학위 논문 두 편과 문학평론 한 편을 썼다. 그 결과 자신이 박사학위를 받고 J에게는 박사학위와 함께 문학평론가라는 지위를 얻게 하였다. 그 짧은 기간 그렇게 의욕적으로 글을 쓸 수 있었던 원동력은 조화로운 섹스, 규칙적인 식사 그리고 돈이 충족되어 있었기 때문이다. 즉 그가 자신의 일을 하는 데 필요한 모든 결핍이 제거된 상태였다. 머리가 부족한 J에게 R은 자신의 머리를 채워주고, 돈이 부족한 R에게는 J가 그것을 채워주었다. 그러니까 그들은 서로가 서로를 필요로 했던 것이다. 서로를 필요로 하는 상황에서의 섹스는 조화로웠다.

그러나 R이 한국에 돌아왔을 때 모든 사정은 원점으로 돌아오고 말았다. R의 진정한 삶을 방해하는 모든 요인들이 제거되지 않은 채 잔존하고 있었기 때문이다. J는 돌변했고 아내는 이혼해주지 않는다. 섹스와 식사 그리고 돈이 충족되지 않으니까 자신의 일이 성취되지 않는다. J는 전형적인 한국의 쁘띠브르주아(졸부)로, 자신에게 확보된 지위와 명성을 빼앗기지 않으려는 중산층의 자기기만적 인물로 바뀌어 있었다. 이제 R에게 있어서 한국이라는 공간은 결핍과 막힘 즉 의식의 폐쇄공간으로 변하고 만 것이다.

이 소설의 끝부분에는 주인공 R이 숨막히게 공간을 이동하는 장면이 보인다. 광주·승주·선암사·순천·벌교·장흥·작은 읍·산꼭대기·진주·지리산·목포 등으로 R이 빠르게 이동을 한다. 이러한 상황설정은 공간의 빠른 이동을 통하여 시간의 흐름을 암시하고 아울러 J와 이별한 후 R의 혼돈스런 심리상태를 암시하는 것으로 보인다. 즉 공간이동의 속도와 인물의 불안심리가 비례관계에 놓임을 알 수 있다.

하일지의 첫 소설 「경마장 가는 길」은 기존의 모더니즘과 리얼리즘의 영향을 받은 소설들과는 확실히 다르다. 소설기법상의 금기라 할 수 있는 이분법적 사고의 틀을 명쾌하게 깨뜨린 실험정신이 돋보이기 때문이다. 종래의 소설들이 사실을 포장하여 독자들에게 삶에의 환상을 보여주려 했다면, 이 소설은 일상적인 삶에서 독자들이 스스로 진실을 찾는 노력을 유도하고 있다.

즉 「경마장 가는 길」은 우리 소설사의 새로운 지평을 열어 보인 작품이며, 새롭게 태어나는 독자들과의 대화가 오랫동안 지속되어, 흔치 않게 성장해가는 소설이 될 것이라 여겨진다.

2 2 소설의 부드러움을 위하여

「쓰바루」라는 일본의 문예지 주체로 「한일문학토론회」가 10여 년 전 일본에서 열렸다. 거기에서 토의된 내용들은 오늘 우리들에게도 매우 중요한 점을 시사하고 있다. 일본 문학은 존재의 가벼움을 한국 문학은 존재의 무거움을 다룬다는 차이가 있다는 것이다. 일본 문학은 고민이 없는 것이 유일한 고민이며, 대중문학과 순수문학의 구별이 없어지고, 개개인의 일상을 미세하게 그리는 미니멀리즘의 경향을 띠는데 비하여, 한국 문학은 분단과 정치상황 때문에 엄숙주의와 선언주의를 중시한다는 것이다.

이 토론회에서 토의된 양국 문학에 대한 구별은 일견 보기에는 정확한 통찰력을 갖고 판단을 내린 듯이 보이지만, 사실은 그렇지 않다. 90년을 전후하여 한국의 문학도 눈에 띌 만큼의 변화가 생겼기 때문이다.

소설의 경우(이하 주로 소설을 예로 하여 논지를 펴 나갈 것임), 전후 한국 소설의 가장 핵심 줄기를 이루어 왔던 6·25를 소재로 한 소설들이 급격한 퇴조현상을 보였다. 이는 한국 문학계의 크나 큰 지평 변동인 셈이다. 80년대까지만 해도 우리 문학계의 주조음은 무엇을 위해 문학이 복무해야 하는가에 초점이 맞추어져 있었다. 이른 바 민족모순, 계급모순, 정치모순, 교육모순, 반미운동 등의 무거운 주제들을 중심적으로 다루었다.

그러나 90년대에 들어와서는 신세대 작가들에 의하여 가벼운 작품들이 쏟아져 나오면서 독서층의 새로운 반응을 얻기 시작하였다. 예컨대 장정일의 「아담이 눈뜰 때」, 「나에게 너를 보낸다」, 이인화의 「내가 누구인지 말할 수 있는 자는 누구인가」, 박일문의 「살아남은 자의 슬픔」, 주인석의 「희극적인 너무나 희극적인」 등 신세대 작가들의 작품들이라고 할 수 있다.

이들의 작품은 즉흥적이고 쾌락적이며 패러디 혹은 혼성모방 등 기존의 작품들이 금기시했던 내용과 기법들을 과감히 다루고 있다. 즉 기존의 작품들이 주로 다루었던 현실의 공동체적 삶 대신에, 자기 정체성을 잃은 현대인들의 존재 유희를 표현하거나, 인간의 삶을 불안에 기초한 인생유전을 주로 다루고 있다. 존재의 유동성과 가변성에 관하여 발언을 하고 있는 것이다.

이러한 태도는 기존의 작가들에 대한 반동이며 또한 리얼리즘과 모더니즘이라는 문학적 사조와 그러한 소설 문법에 대한 강력한 도전이요 해체인 것이다. 문학이 어떤 무엇의 예속화로부터 자율성을 찾겠다는 의지의 표현이요, 문학의 도구화, 무기화, 거대화에 반해서 문학의 사유화, 대중화, 미시화를 지향하는 시도로 보아도 무방하다. 그렇게 보면 90년대를 기점으로 보았을 때 한국 문학과 일본 문학이 두부모 자르듯 명확하게 구분이 되는 게 아니라 오히려 비슷한 조류 속에 있다고 보는 것이 좋을 듯하다.

물론 이러한 소설의 경향에 대하여 우려하고 염려하는 목소리들 또한 만만치 않다. 우리 사회의 모순과 결핍과 넘치는 것들을 선두에 나서서 조정하고 바로 잡아야 할 문학이 오히려 그러한 임무를 포기하고 앞장서서 혼탁한 조류를 조장하는 것이 아니냐는 것이다. 그래서 그들은 신세대 작가들을 천박한 언어유희에 빠져 있다고 혹독하게 비판하고, 심약한 지식인에 어울리는 파멸이며 허무주의에 침전되어 진정한 고민을 하기 보다는 쉽게 청산주의를 선택했다고 비난한다. 그리고 그렇게 비판하는 사람들은 그들이 리얼리즘으로 정직하게 돌아올 것을 요구한다.

그러나 필자는 그러한 비판이 도로에 그칠 것이라는 사적인 견해를 피력하고자 한다. 이미 우리 사회도 초기 산업화 시대를 넘어서 후기 산업화 시대로 그리고 정보화 시대로 넘어가는 단계에 있다는 사실을 간과할 수 없기 때문이다. 그러므로 기성세대들의 신세대 작가들에 대한 비판과 비난은 염려와 우려의 차원을 넘어서 빠른 변화에 적응하지 못하는 열등감의 소산일 수 있으며, 아니면 케케묵은 사고방식을 버리지 못하는 우물 안 개구리식의 논리일 수도 있다는 것이다. 산업화 시대에는 산업화 시대의 윤리가 있다. 농경사회의 윤리로는 지탱하기 어려운 윤리이다. 그러니까 기존의 군사부일체라든가 삼강오륜 혹은 사단四端의 정신 등이 무너질 것은 당연하다. 가부장의 의미도 약화되었고, 냉전 이데올로기의 의미도 약화되었다. 오직 미덕이라면 산더미처럼 쌓이는 생산품들을 소비하는 게 미덕일 뿐이다. 여기서 여자들은 오랫동안에 걸친 남자들의 사슬에서 풀려나오게 된다. 생활의 편리를 위해 생산된 도구들은 여자를 밥 짓고 옷 짓고 빨래하는 일에서 해방시켰고, 핵가족화 함으로써 남자들과 똑같이 교육을 받을 기회가 주어지면서 여성들의 불평등한 삶의 조건을 사유할 수 있는 능력을 갖게 된 것이다. 페미니즘문학 즉 여성편향주의 문학이라는 것도 알고 보면 산업사회가 낳은 생산물인 셈이다.

70년대의 인기 품목이었던 호스티스물들은 그러한 진정한 의미에서의 페미니즘 문학이라고 보기 힘들다. 그것들은 소비문학이요 성에 대한 금기가 상품화 되는 문학이었다. 이와는 달리 90년대에 들어와 인기 품목으로 등장한 여성 문학들은 여성의 문제들을 깊이 있게 다루면서 예술로 승화시키는 데까지 이르렀다고 본다. 90년 이후 연극계(「엄마는 50에 바다를 발견했다」, 「자기만의 방」, 「다리 밑에서 주웠지」, 「톱걸즈」)를 비롯해서, 소설계(「무소의 뿔처럼 혼자서 가라」, 「나는 소망한다 내게 금지된 것을」, 「꿈꾸는 인큐베이터」, 「여자가 여자에게」, 「혼자 눈 뜨는 아침」), 텔레비전 드라마 계(「아들과 딸」)를 강타한 작품들이 그 예에 속한다.

정보화 시대는 산업화 시대보다 더 많고 빠른 변화의 속도를 갖는다. 우리의 의식과 삶의 구조는 뿌리째 흔들릴 것이고, 산업화 시대만 해도 이곳 저곳 눈치를 보며 표현했던 성의 문제가 백일하에 노출되면서 가정이라고 하는 성역에까지 변화의 물꼬가 터질 기세이다. 산업화 시대가 소비를 미덕으로 삼는 시대였다면 정보화 시대는 쓸모없는 것이 쓸모 있는 것으로 인정을 받게 된다. 본래의 기능을 중시하는 것이 아니라 얼마나 재미를 주느냐에 물건의 가치를 두게 된다. 가령 시계의 경우를 예로 들어보자. 시계의 주요 기능은 시간을 정확하게 알려주는 것이다. 그러나 시간을 정확하게 알려주는 팔목시계보다 다른 사람만 볼 수 있도록 만들어진 귀걸이 시계가 훨씬 가치를 인정받는다. 중요한 것은 이러한 귀걸이 시계를 누가 더 빨리 만드느냐 하는 것이 관건이다. 그것은 이 시대의 가치관이 달라졌음을 시사한다. 고정된 진리는 받아들여지지 않고, 가치의 양립도 존재하지 않는다. 다가치, 다진리, 즉 다원화라는 말이 가장 잘 어울리는 시대가 정보화 시대인 것이다.

다원적 가치라는 말속에는 개인화라는 의미를 내포하고 있다. 개인의 가치를 인정한다고 하는 것은 삶 자체가 가벼워지고 부드러워졌다는 의미를 갖는 것이기도 하다. 남에게 죄가 되지 않는 장난기가 보편적으로 인정되는 시대로 가고 있는 것이다. 곰곰이 생각해 보면 그동안 우리의 삶은 너무도 무겁고 딱딱하고 차갑고 심각하지 않았나 싶다. 그래서 쾌락적이요 오락적이라면 무조건 부정적인 의미로만 받아들이는 습성으로 길들여졌는지 모른다. 인생을 즐겁게 살자고 하는 것은 누구든지 갖는 꿈일 터인데도 말이다. 그렇게 보면 90년대 들어와서 소설이 좀 가볍고 얇아졌다 해서, 함량미달이라고 몰아부칠 것만은 아니라는 생각이 든다. 심각하게만 살다가 이제 좀 장난기를 부리며 살 수 있다는 것이 즐거운 것처럼, 엄숙한 소설만을 읽다가 가벼운 소설을 읽는 것 또한 즐겁지 아니한가.

　반복되는 얘기지만 다원주의 사회에서는 교조주의적이고 선언적인 목소리를 외면한다. 그런 소설들은 아무리 작가의 의도가 고상하고 역사의 당위규범을 역설한다손 치더라도 독자들이 기피한다는 사실이다. 딱딱하고, 차갑고, 무거운 이미지를 싫어하는 대신에 따뜻하고, 부드럽고, 가벼운 이미지를 신세대의 독자들은 요구한다. 그러므로 순수문학과 대중문학과의 구별이 모호해졌다고 하는 것은 이제 이웃나라 일본의 사정만은 아니다.

　소설 손자병법으로부터 시작된 소설 동의보감, 소설 토정비결, 소설 목민심서니 하는 것들은 모두 가볍고 부드러움을 원하는 대중들의 요구를 반영한 작품들이다. 소설이라는 부드러운 틀 속에 딱딱하고 무거운 손자병법, 동의보감, 연암 박지원, 목민심서니 하는 내용들을 용해시켜 넣음으로써 대중에게 가치로운 것을 부드럽게 할 수 있었다고 생각한다. 그러므로 소설이 아닌 것을 소설화 시킨 신드롬은, 물론 출판사의 상업성과도 무관하지 않지만, 역으로 생각하면 그러한 상업성을 통하여 독자층의 폭을 넓혀 놓았다는 공로 또한 인정하지 않을 수 없다. 뿐만 아니라 가공할 컴퓨터 디스크 책이

나오기 시작하는 시점에서, 가볍고 부드러운 문학의 공로가 되는 셈이다.

소설이 이처럼 가벼워지고 엷어지는 것은 미구에 닥쳐올 디스크 책의 공격으로부터 강렬하게 대항하는 몸부림일지도 모른다. 그러나 분명한 것은 아무리 디스크 책이 막대한 정보량을 농축하여 빠른 속도로 공격해온다 할지라도 종이책을 완전히 정복할 수는 없다고 본다. 한 예로 텔레비전과 종이책과의 관계를 살펴보자. 텔레비전은 독자들로부터 책을 읽는 시간을 빼앗아 갔는지 모른다. 그렇다고 해서 텔레비전이 나오기 이전보다 종이책이 덜 찍혀 나온 것은 아니며, 독자들이 종이책을 덜 읽는 것은 아니다. 오히려 텔레비전으로 해서 독서량이 현저하게 증가됐다고 볼 수 있다. 다만 종이책의 내용이 부드럽고 가벼워졌을 뿐이다.

우리가 스스로 문학에 대한 편견에서 한 발짝만 물러서서 본다면, 지금이야말로 문학이 문학다운 시절을 맞이하고 있다는 생각이다. 언뜻 보기에는 소설 쓰기가 무정부 상태인 것같이 보이지만. 사실은 소설 쓰기의 참가치를 발휘할 때라고 여겨진다. 지금까지 독자들은 소설의 지나친 수단화에 식상해 왔고, 또한 소설가들이 지나치게 허구화에 의존해 온 것에 식상해 있다. 그래서 오늘날의 독자들은 소설가가 쓴 소설보다 소설같은 삶을 산 사람들이 쓴 진솔하고 소박한 글을 읽기를 더 좋아한다. 그러니 이제 소설이라고 해서 매양 무겁고 딱딱하고 차가워야 할 이유가 없는 것이다.

소설뿐만 아니라 문학은 본래 부드러운 속성을 갖는 것이 특징이다. 그 부드러움으로 독자를 감동시키며, 그 감동으로 독자의 삶의 질을 변화시킨다. 그것이 문학이 세상에 태어난 목적이다. 즉 역사History가 남성(아니마)적 속성을 띠고 있다면, 문학은 여성적(아니무스)적 속성을 갖고 있는 Herstory인 셈이다. 그런 의미에서 세계적인 고전인 「아라비안나이트」는 배울 점이 많다. 부드럽고 가볍고 따뜻하면서도 이 이야기 속에는 인간의 소박한 꿈과 이야기 문학의 효능이 극대화 되어 나타나 있다.

아내의 부정과 여자들의 화냥기에 분노한 왕이 매일 저녁 처녀 하나씩을 불러들여 날이 새면 목을 쳐버리는 폭력으로부터 이야기는 시작된다. 남성의 이기심과 신적인 자의성에 희생당하는 무고한 백성을 구해야겠다는 데에서 「아라비안나이트」의 창작 동기가 발생한다. 분노한 왕의 진노는 천일 밤 동안이나 이야기를 듣고 가라앉았다. 그의 진노를 가라앉힌 것은 어떤 막강한 힘이 아니고 지혜로운 여인 세헤라자데의 부드러운 이야기였다. 그녀는 오직 인간이 지니고 있는 호기심을 무기로 하여, 그 호기심을 지연시킴으로써 포악한 왕으로부터 자신의 생명을 구하고, 온 나라의 처녀들을 구하고 또한 한 나라의 평정을 되찾아 놓은 것이다. 그녀에게는 힘도 권력도 없었다. 단지 문학적 소양만을 지니고 있었다. 그것은 강한 자를 굴복시키는 부드럽고 재미있는 이야기였다. 그 이야기의 힘은 강한 자를 패망시킨 것이 아니라 원래의 상태에 갖다 놓은 지혜를 동반하고 있었다. 이것이 바로 부드럽고 가벼운 문학의 위력이다. 문학적 이상이라는 것, 문학적 행복이라는 것, 혹은 문학적 전망이라는 것은 엄청나게 커다란 어떤 주의나 철학이나 사상 속에 있는 것이 아니다. 우리가 진정 문학을 사랑한다면, 문학에의 순수한 꿈과 열정을 잃지 않는다면 문학은 지금보다도 더 무게를 줄이고 더 엷어져야 하며, 더 부드럽고 따뜻해져야 할 것이다. 尾

세기말의
허무와 절망

2 1 패자의 기록

90년대의 소설은 80년대의 소설에 비해 다양한 스펙트럼 속에 반사하고 있다. 이른 바 신세대 소설을 비롯하여, 내면으로 파고드는 소설, 여성주의 소설, 신을 찾아 떠나는 소설, 생태학적인 소설, 후일담소설 등이 다채롭게 선을 보였다. 이러한 소설들은 진보적 민족문학 작가들의 소설과 미학적 예술 소설을 고수해 온 기성작가들의 권위를 무너뜨리고, 90년대 소설의 새로운 지형도를 구축하였다. 여기에 사이버 소설이 등장하여 소설과 현실과의 경계를 무너뜨리고 가상현실을 창조하여 그 영역을 무한대로 넓혀 놓기도 하였다.

그럼에도 불구하고 대부분의 소설들이 절망적인 인간의 사건을 다루고 있다는 사실들이 놀랍다. 인간의 인간에 대한 절망은 소설이란 장르가 불문율처럼 간직해 온 주제이다. 희망을 꿈꾸고 있으나 갈수록 인간의 상처가 덧나고 깊어지는 까닭에 절망이 소설의 중요한 주제가 되어 온 것이다. 인류가 시작된 이래 끊임없이 생겨난 승자와 패자 중, 역사가 승자의 기록이라면 소설은 패자의 기록이라 할 수 있다. 패자의 절망을 말하고 있으나한 줄기 빛과 같은 희망을 비춰주고 있어 소설은 가치가 있는 것이다.

고병돌의 『마지막 귀족』(「창조문학」, 가을호)은 인간의 본능이 햇빛에 드러날 때 얼마나 처참하고 비속한 것인가를 독자에게 던져준다. 사랑하는 아들에게 맡겼던 젖무덤을 아들이 보는 앞에서 술손님에게 맡기는 어머니, 그 어머니로부터 황량한 세상에 내던져지는 아들에 관한 이 이야기는 독자를 끝없는 절망의 늪으로 빠뜨려버리고 만다. 어머니에 대한 순종과 희생의 이미지와 성聖스러움의 이미지가 일순에 무너진다. 절망의 병균은 화폐이며, 인간과 인간 사이에 화폐가 끼어들어 틈새를 벌려 놓고 마침내 인간과 인간 사이의 끈을 끊어버린다. 어머니에 대한 환상, 가족과 이웃에 대한 신뢰를 사정 없이 부숴버린다. 늘 궂은 일로 천시를 받으면서도 휴머니즘을 잃지 않는 곰네가 없었더라면, 이 소설은 균형을 잃었을 것이다. 현실에서의 패자인 곰네가 흔들리는 세계를 떠받치고 있기에, 판도라의 상자에서 마지막으로 튀어나온 희망처럼 인간에게 내일을 살아볼 용기를 주고 있다.

박무상의 『없던 날들의 기억』(「문학과 사회」, 가을호)은 소설의 픽션적 성격을 상당부분 허물어뜨린다. 시처럼 여백이 큰 소설이어서 그 여백을 독자가 채워주기를 기대하는 소설이다. 또한 사변적이어서 독자가 오관을 집중해서 독서할 것을 요구한다. 그래서 외형적으로는 앞의 소설과 매우 큰 차이가 있어 보인다. 그러나 인간에 대한 절망을 이야기하면서, 인간으로부터 소외당한 패자에게 희망을 부여한 점에서 앞의 소설과 같은 맥락에 속한다. 책을 주체로 한 우화적 기법으로 가벼워지고 타락해가는 인간에 대한 절망. 제도의 폭력에 무고하게 희생되는 현대인. 가치 있는 것이 가치 없이 여겨지고, 반대로 가치 없는 것이 가치 있게 받아들여지는 인간들에게 독자는 또한 절망하지 않을 수 없다. 그러나 캄캄한 어둠 속에서도 한 줄기 희망을 포기하지 않고 있는 것이 이 작품의 자랑이다. 절망으로부터 탈출하는 길은 굳어진 제도로 상징되는 대학도서관으로부터 책을 빼내는 것이다. 이는 각질화된 제도의 껍질을 파괴시킬 때 인간에게 희망의 불씨가 살아 난다는 암시일 터이다.

이들 두 작품에 비하면 배수아의 『한나의 검은 살』(「현대문학」, 9월호)은 세상을 보는 눈이 시니컬하고 허무하고 세기말적이다. 작품의 배면에 죽음의 검은 그림자가 짙게 깔리고 있어 그로테스크하기까지 하다. 세상으로부터의 소외를 극복할 방법을 죽음에서 찾는 허무가 독자를 정말 절망케 한다. 인간에 대한 애정과 진지해야 할 사건은 위선으로 치부된다. 선과 악의 경계가 단지 무너진 게 아니라 위선적인 것이나 위악적인 것까지도 모두 방치되어 있다. 우리에게 내일은 없다,는 어조로 일관한다. 객관세계에 대한 비판적 거리가 확보되지 못하여 자기기만에 빠지고 방향성을 잃었다. 즉 절망으로부터 탈출구가 보이지 않는 20세기말의 떠도는 존재유희이다. 한 시대가 끝나고 새 시대가 시작하는 것이라는 명제가 아니라, 한 시대가 그냥 끝나는 절망이며 허무이다. 승자가 되기 위한 패자의 기록이 아니라, 희망의 여지를 남겨둔 절망의 기록이 아니라, 희망을 포기한 육신과 영혼이 다 함께 병든 젊은이들에 관한 기록인 셈이다. 세상 읽기가 지나치게 절망으로 채색된 듯하다.

김호창의 『나누어진 하늘』(「창작과 비평」, 가을호)은 비무장지대에서 경비를 서고 있는 병사들의 캐릭터를 통해 패배한 민족의 절망을 담아내면서 미완결 상태의 우리 현실을 자각시킨다. 세기말 사조와 서구 문화의 감염 그리고 상업주의에 휩쓸려 극단적인 사유화에 치닫고 있는 90년대에, 이 소설은 아직도 우리 소설이 건강할 수 있다는 희망과 우리 사회와 민족이 희망을 가져야 한다는 강력한 의지를 보여준다. 하늘에서 바라본다면 왜낫에 베인 손가락의 선혈보다 더 밝고 짙은 금으로 나뉘어져 있으리라,든가 반세기가 다 되도록 요참腰斬을 당한 땅의 허리께에서 개구리는 겨울을 견디는 방법을 배웠다는 구절에서 독자는 비감하지 않을 수 없다. 경계병들에게 닥친

한파로 상징되는 민족의 고통을 절망스럽게 전달하면서도, 모순으로 가득 찬 우리의 현실을 깨닫게 하는 힘을 갖고 있다. 그 깨달음은 민족모순을 극복하고자 하는 꿈으로 발전한다. 북쪽에서 흘러나오는 노래 '조선은 하나다'와 남쪽에서 흘려보내는 서태지와 아이들의 '발해를 꿈꾸며'가 소란스레 뒤섞이고 있지만, 이 극단적으로 이질화된 양쪽의 노래는 이질적이나 호소력 있는 하모니를 이룬다. 그것은 망원경으로 바라다 본 북쪽 병사들의 얼굴 생김새나 체형은 말할 것도 없고 생활마저 똑같다는 대목에서 보는 바와 같이 한 핏줄을 타고난 형제이기 때문이 아니겠는가. 같은 핏줄이기에 핏금을 지우고자 하는 소망이 담겨 있고, 그 소망으로 말미암아 경계병들의 총탄이 비무장지대에서 얼음지치기를 하는 아이들을 비껴가게 한 것이다.

어느 시대나 과도기인 것처럼 어느 시대나 절망적이다. 절망을 담보로 소설을 소비화시킬 만큼 우리는 유복하지 않다. 그러므로 인간의 진정한 자유와 사회의 올바른 변화를 꿈꾸는 목표설정은 우리 소설계에 여전히 유효하다.

2 2 거울 속에 비친 병든 사회

소설은 시대의 거울이다. 이는 소설의 정의 가운데 가장 소박한 정의일 것이다. 계절에 따라 옷의 색깔이 바뀌듯이 시대의 변화에 따라 삶의 방식들이 바뀐다. 시대마다 소설의 모양이 달라지는 것은 이처럼 삶의 모양이 바뀌기 때문이다. 어느 장르보다도 소설은 이렇게 변화하는 시대를 정직하게 비춘다.

1997년 계간지 겨울호에 실린 소설들을 보면, 소설이 시대를 얼마나 정직하게 비추고 있는지를 실감할 수 있다. 이들 거울에 비친 시대는 한 마디로 위기에 처한 상황인 것이다. 사실은 소설이 위기에 처한 것이 아니라 우리 사회가 위기에 처해 있다고 보아야 할 것이다.

시도 때도 없이 성의 유희가 등장하고 폭력이 난무한다. 미움과 질투가 삶의 한복판을 가로지르고 소외와 욕망이 인간을 불행으로 안내한다. 견딜 수 없이 나른한 일상, 의사소통의 단절, 인간의 도구화 물질화가 삶을 끝없는 절망으로 떨어뜨린다. 어디 이것뿐인가. 신념은 퇴락하고 의식까지 물질화되어 인간 사회는 몽땅 교환가치의 대상물로 전락하고 말았다. 병든 사회란 이런 것을 두고 하는 말인가보다.

그러므로 지금이야말로 소설에 대한 근본적인 물음을 던지고 가야할 시점이다. 소설이 인간 사회에서 가치 있는 것이 되고자 한다면, 잘못 흘러가고 있는 시대에 대하여 정면으로 도전장을 낼 때인 것이다. 소설가가 인간 사회에서 참으로 가치 있는 스승으로 존경받고자 한다면, 지금 이 시대에 소설은 무엇인가를 뼈아프게 다시 묻고 출발할 때인 것이다.

이대훈의 「길 위에서 독백」(『창조문학』)은 의사소통의 단절로 나른하고 지루한 일상을 읽어낸다. 학창시절의 옛여인을 추상하며 새로운 흥분을 느끼지만 순간뿐이다. 삶 자체의 싱거움과 나태를 극복하지 못한다. 모범적인 가장으로서의 사립학교 교사라면 우리 사회의 가장 평균적인 계층이라 할 수 있다. 그러나 그는 그런 흥분을 감추어야 한다. 아내라는 벽이 존재하기 때문이다. 충격을 맞을 때마다 아내의 등은 푸르고 거대한 고래의 등으로 둔갑한다.

소통의 단절이 남편과 아내로 끝나는 것이 아니라 가정 밖의 인간관계에서도 마찬가지라는 점에서 주인공의 삶은 비극적이다. 소설 속의 인물은 소설 속에만 국한된 인물이 아니다. 소설 밖 사회의 어느 한 계층을 대변한다. 이 작품이 보여주는 바와 같이 인간과 인간의 숲으로 나아가는 통로가 첩첩산중으로 막혀 있음, 이것이 현대의 비극인 것이다.

누구보다도 의사소통이 활발해야 할 부부사이의 단절은 박완서의 「너무도 쓸쓸한 당신」(「문학동네」)에서 더욱 애틋한 모습으로 다가온다. 소설의 끝자리에 이르러서 아내가 남편의 쓸쓸한 모습에 동정심을 보임으로써 부부사이가 제자리를 회복한 듯이 보이지만, 이미 오랜 세월을 단절된 각각의 개체로 살아온 상처를 치유할 수는 없는 것이다. 군부독재의 시녀로 혹은 가부장적이며 권위주의적인 남편에 대한 거부감이 단절을 낳는 요인이었지만, 그래서 내내 별거를 하며 촌스럽고 답답한 사람이라고 남편을 냉소적으로 대했지만, 그녀 스스로 그것을 극복하려는 어떤 노력도 없었던 것이다. 소통불능 상태를 소통원활 상태로 회복하고자 하는 과정이야말로 참으로 인간적일 터인데 철없는 젊은이들처럼 모방충동적인 행위를 통해 어느 한 순간에 남편을 불쌍하게 여기는 아내의 의식 또한 추레하기 짝이 없다.

한창훈의 「숭어」(「한국문학」)는 개성 있는 문체로 독특한 인물의 성격을 형상화한 작품이나 부부관계의 단절은 이미 위험수위를 넘어섰다. 뭍에서 떨어진 섬이라는 공간이 극한 상황의 조건이며 외지에서 온 아내가 섬 생활에 동화하지 못함으로서 생기는 부부사이의 단절이다. 그런데 주인공(문환)이 결별의 순간을 성행위라는 원시적인 방법으로 극복하고 있다. 성이라는 것은 삶의 전체가 아니라 잡다한 것들 가운데 일부인 것이다. 인생의 모든 것을 해결하는 만병통치가 아니라 삶의 어느 한 부분을 채우는 것이다. 그러므로 성 자체를 터부시하는 것도 속 좁은 생각이지만 그것을 지나치게 확대해석하는 것도 바람직한 현상은 아니다.

인간과 인간 사이에는 친숙한 관계를 맺기까지 여러 해 시간이 걸린다. 그리고 어려운 일들을 참아내야만 가능하다. 그러나 그렇게 어렵사리 쌓은 신뢰가 깨지는 것은 순간이다. 가까운 사이일수록 그런 위험이 더욱 크게

도사리고 있는 사회, 이것이 인간사회이다. 점차 위험은 가속도가 붙어 마치 깨지기 쉬운 유리그릇 같아졌다. 소설이 어떠해야 할 것인가를 묻고 넘어가지 않을 수 없는 까닭이 여기에 있다.

백민석의 「뷰티플 피플」(「한국문학」)은 폭력이 난무하는 인간군상을 다룬 작품이다. 남성을 수컷으로 비하시켜 동물화 하고, 인간의 생명을 동물의 생명쯤으로 가볍게 생각하는 병든 인간을 빗대서 표현하고 있다. 끔찍한 일들이 아무렇지도 않은 듯이 자행되고 있는 장면들이 화끈하지만 그로테스크하다. 마치 인간에 살과 피와 심장을 모두 추려낸 프라스틱과 같은 드라이한 인간세계를 폭로한다. 성선설을 주장하던 사람들은 모두 사라지고 성악설을 주장하는 사람들만 살아남은 듯한 세계의 위험성을 폭로한다. 어느 한 구석도 인간의 참된 모습을 발견하기 어렵다는 점은 분명 이 소설의 인간세계에 대한 과장된 표현만은 아닐 것이다.

김승희의 「백중사리」(「창작과 비평」)는 보다 멀리 보다 넓은 미국 땅에서 그것도 자본주의의 원조인 나라에서 병들어가는 자본주의의 모습으로 정보를 제공한다. '지하나 변두리에 있는 비천함은 문명사회의 특징인 체계와 균등성과 안정성을 공격함으로써 상징계를 거부한다.'여기에 우리의 90년대가 배면에 깔려 있고, 80년대 재야운동가였던 언니가 역사의 밀물 속으로 무기력하게 함몰되어가는 비애를 담고 있다. 백중사리로 상징되는 90년대의 외국자본의 거대한 물결은 미친사회(5공)를 초월하려 했던 진정한 가치와 '87의 6월 축제와 이한열의 장렬한 죽음을 애도하는 만장을 뒤덮어 버렸다. 그러나 무엇이 남았는가. 선택은 그대로 휩쓸려 가느냐 아니면 다시 맞서야 하느냐. 아니면 모든 주변적인 것을 중심부에 놓는다거나 원초적인 것으로 생명의 존엄성을 살려 내든가, 어쨌든 우리는 선택의 기로에 놓여 있음을 암시한다. 일찍이 칼 마르크스가 제국주의 자본의 그물망이

전 세계를 향해 던져진다고 말했을 때, 우리는 정말로 주의 깊게 들었어야 하지 않았을까.

윤대녕의 「장미창」(「세계의 문학」)은 인간의 이중성의 문제를 고발한 듯이 보인다. 그러나 그의 지나친 이국취미 내지는 감각주의적인 글쓰기로 말미암아 문제의식이 증발하고 말았다. 작중인물들이 하는 대부분의 언어가 슈베르트니 모차르트니 하는 외국낱말들이다. 우리의 삶은 지금 여기에 있지 아니한가. 상반된 이미지를 결합하는 능력은 가히 시적이다. 그러나 세상을 진지하게 꿰뚫는 성찰적 자세가 요구되는 작품이다. 일테면 한국에서는 모든 행동거지를 조신하게 처신하면서 밖(유럽)에 나가서는 전혀 다른 속성을 드러내는 이중성 말이다. 아니면 내면과 외면의 다름 혹은 빛과 어둠 속의 각기 다른 행동 들이 그것이다. 함량이 미달인 채 포장이 지나치게 화려하면 상업주의와의 결탁이란 오명을 쓸 우려가 있다.

하성란의 「양파」(「문학과 사회」)는 벗겨도 벗겨도 껍데기뿐인 인간들을 메타포화한 소설이다. 그런 인간들이 나를 겹겹이 외워싸고 있는 세상인지라 자신의 의지와는 상관 없이 공교롭게 운이 나빠 당하는 불행은 결국 나를 죽음까지 몰고 간다. 도처에 폭력이 감추어져 있으며 불륜이 남발하고 끔찍함이 눈앞에서 벌어지고 있어, 언제 누구에게 불행이 닥칠지 모르는 불확실한 세상에 우리는 살고 있다.

그러므로 하성란에 의하면 인간과 인간의 만남은 껍데기와 껍데기와의 만남과 헤어짐을 반복하는 것이다. 작은 껍데기는 보다 조금 큰 껍데기가 감싸고 있고, 보다 조금 큰 껍데기는 좀 더 큰 껍데기가 감싸고 있다. 껍데기들이 층층이 또는 켜켜이 쌓여 있는 세상이다.

이청해의 「지금 서울에는 비가 내린다」(「창작과 비평」)는 2인칭 소설로 1인칭소설보다 감정절제력이 탁월하고 3인칭소설보다 친근감을 준다. 친한 친구의 입으로 하는 얘기이므로 정감이 간다. 그러나 여기서는 작중화자의 문제를 장황히 얘기할 처지가 아니므로 소설 속의 인물들이 빚어내는 쓸쓸하고 애절한 삶을 들여다 보고자 한다.

한 여자는 사랑하다 결혼해서 아이를 낳고 이혼을 당한다. 또 한 여자는 남편이 갑자기 자살해버려 혼자 남는다. 둘은 대학 동창으로 동병상련의 정을 느끼기도 하고 은근한 질투심도 갖다가 서로 틈이 벌어지기도 한다. 결국 혼자 남거나 재혼을 하거나 한 여자들의 세상살이의 고단함을 담담하게 펼쳐놓은 이야기다. 고단한 삶을 살아가는 여성들의 신풍속이라고 해야 옳겠다.

불행한 사람들의 편에 절대 들지 않는 현대인들. 그 중에서도 나와 가장 가까운 사람들이 가장 동정적이지 않다는 냉혹한 현실에서 이혼녀나 재혼녀가 살아남기가 얼마나 힘겨운가. 떠난 여자는 남겨두고 온 자식들 때문에 마음이 아프고 버려진 자식들은 평생을 가슴에 한을 품고 산다. 이는 분명 당사자들의 비극이고, 이런 가정이 기하급수적으로 늘어가고 있는 것은 우리 사회의 비극이다. 그리고 대체로 이혼을 다루는 소설들은 작가가 여성들이어서 그런지는 모르지만, 그 책임이 남자 쪽에 일방적으로 문제가 주어져 있다. 집안일에 무성의하다든지, 다른 여자를 보았다든지, 보수적이라든지 혹은 권위적이라든지 해서 쉽게 이혼을 해버린다.

소설이란 거울이 비추는 세상은 분명 병든 세상이었다. 여기서 우리는 진지하게 소설에 대한 되물음을 해 보아야 한다. 세상이 병이 드니까 소설도 병든 세상을 써야 할 것인가, 아니면 소설은 병든 세상을 치유하는 소설을 쓸 것인가. 한 때 소설로 세상을 구원하고자 했던 공산주의자 싸르트르가 문학은 개떡 같은 것이라고 집어치웠다고 하지만, 그것은 싸르트르의 문제이지 우리의 문제는 아니다. 그러나 독자를 향하여 외친 그의 소설쓰기에 대한 태도는 지금 우리를 향한 외침인지도 모른다. '소설을 쓰되 주변의 몇 사람이 읽는다고 생각하고 쓰지 마라. 전 세계인이 독자라고 생각하고 써라. 소설은 대중의 자유를 위해서 쓰는 것이다.'

폭력에 폭력으로 대응하지 않고, 타락함을 타락함으로 받아들이는데서 그치지 않고, 절망을 희망으로, 불행을 행복으로, 남루함을 우아함으로, 소통단절을 소통원활함으로 이르게 하는 지혜가 오늘 우리 소설들에게 기대되는 바이다.

섹스와 폭력과 자본이 판을 치듯이 극단적인 사유화와 쾌락주의가 판을 치는 세상이다. 그러다가 IMF의 벼락을 맞았다. 문학도 덩달아 춤을 추다가 흥미중심으로 흘러서 마침내 상업자본주의의 거품을 양산하였다. 21세기도 성큼성큼 가고 있다. 이제는 문학도 거품을 거둬내고 차분하게 자기 자리로 돌아와야 한다. 尾

탈출구를
잃은 시대

2 1 운명을 거부하는 소설의 운명

인생을 여러 겹 살아보고 깨달음을 얻으려고 고민해본 이라면,
인생은 거역할 수 없는 운명의 프로그램 속에 매여 있는 존재임을 믿게
될 것이다. 신들의 노여움을 사 무거운 형벌을 받는 내용의 신화는 인간을
지배하고 관리하는 신들의 세계가 있음을 암암리에 선포하고 있다.

인간의 운명을 지배하는 것은 신들만이 아니다. 신들의 자리를 빼앗은
물질, 여자라는 운명, 어머니라는 운명, 화석화된 관념들조차 인간을 지배
하는 운명으로 치부되어 왔다. 부정할 수 없는 일이다. 물론 어느 하나도
거역해서는 아니 된다. 거역하면 그에 상응하는 벌이 따를 뿐이다. 이것이
비극이다.

소설은 이러한 운명을 거부하면서 세상에 태어났다. 운명에의 거부가 소
설의 운명인 셈이다. 신들의 질서나 인간을 지배하는 권력의 질서를 거부하
는 인간을 다루는, 거부할 수 없는 운명을 소설은 피해갈 수 없다. 그것은
인간이 신의 질서나 지배자의 질서에 길들여져 인간 스스로의 삶을 살지
못하고 신이나 지배자의 삶을 대신해서 살아야 하는 고통으로부터 인간을
해방시켜야 하는 것이 소설의 몫인지도 모른다.

문정희의 「하얀 십자가」(『창조문학』, 1998년 봄호)는 시지프스의 끊임없는

절망과 고뇌가 상징적 공간으로 자리잡는다. 여자라는 운명에 순종하는 삶을 살았던 귀여운 여인(올렌카)이 자아를 찾기 위해 일생의 습관을 버리고 가정을 떠난다. 그러나 자기 이름으로 자기 삶을 살기 위해 가정 밖을 나가서 경험한 것은 시지프스처럼 바위덩어리를 굴려 올리는 고통의 연속이 자아라고 하는 존재론적 한계였다. 운명이라는 거대한 벽 앞에서 습관적으로 나날을 살아가는 허망함으로부터 벗어나는 길은 아이러니하게도 거역할 수 없는 운명에 처한 것이 인간임을 깨달은 것이다. 깨닫지 못하고 바위덩어리를 굴려 올리는 행위는 고통이고 절망일 수 있지만, 인간의 존재론적 한계를 분명히 인식한 뒤에는 바위덩어리를 굴려 올리는 일이 행복일 수도 있는 것이다. "그녀는 시지프스의 바위를 끌어올리던 이는 자신이 아니라 바로 제 아이였다는 사실을 알았다. 그녀는 다시 바위를 밀어 올리기를 결심을 하였다. 시지프스의 경우와는 정반대인, 그녀 스스로 원하여 바위를 올리는 일이었다." 이는 바위덩어리가 떨어지는 것을 보고 절망하기보다는 다시 굴려 올려야 할 바위덩어리가 들판으로 떨어지는 것을 흐뭇하게 바라볼 수 있는 시지프스의 행복한 마음과 같다. 또한 이는 어떤 절망 가운데서도 희망을 잃지 않는다는 의미가 아니라, 고통 자체를 행복으로 받아들일 수 있는 새롭게 거듭난 시지프스를 의미한다 하겠다. 그러므로 결국 자아찾기란 타인과의 관계 속에서 얻어지는 게 아니라 자아의 거듭나기를 통해서 얻어지는 것임을 시사하는 것이다.

　한동림의 「귀가」(『문학동네』, 1998년 봄호)는 어머니라는 운명이 마치 자신의 삶인 것처럼 살아가는 두 어머니를 오우버랩 시키고 거기에 자식의 회한을 바탕에 깔고 있는 작품이다. '여자는 약하나 어머니는 강하다'는 누구나 한 번쯤은 들어봤음직한 격언이 소설적 장치를 통해서 독자의 가슴을 출렁이게 하는 효과를 보고 있다. 겉이야기와 속이야기가 교차하면서, 불구의 자식을 둔 두 어머니가 강인하게 살아가고 있는 모습은 운명을 거부하지 못하는 상식적인 이야기지만 때로는 독자의 눈물샘을 자극하기도 한다. 어머니가 아니면, '그 막중한 무게의 피로'나 '진절머리 나는 가난의 냄새와 허기와 절망의 냄새'를 견딜 사람이 있을까. 어머니이기 때문에 허기를 숙명처럼 받아들이고 단 한 순간도 자신만의 인생이 아닌 자식의 인생을 살수 있었던 것이다.

어머니의 자식에 대한 희생에 비하여 노년의 어머니를 두고 벌이는 자식 간의 갈등은 초라한 모습으로 비쳐진다. 자식 간의 어머니에 대한 인륜의 깊이가 얼마나 이기적이며 하찮고 비루한 것인가를 보여준다. 만약 어머니라는 운명을 거부하지 아니하고 자신의 삶 전체를 자식에게 바치는 어머니와 이기적이고 비속한 자식들을 병치시켰더라면 이 작품은 훨씬 품격과 무게를 더할 수 있었으리라 여겨진다.

망원경적인 이데올로기가 우리의 관심 밖으로 사라지면서 우리는 이제 야말로 삶의 질을 높일 수 있는 근본적인 문제들로 접근할 수 있게 되었다. 지난 시대에는 지배이데올로기로 치부되었던 효의 문제가 다시금 우리 사회의 중심과제로 떠오르고 있는 것은 물질이 인간 사이의 관계를 끊어 놓고 있는 파편화된 사회의 심각성을 드러내고 있기 때문이다. 인륜을 쓰레기 버리듯 던져버린 산업화시대의 물화된 운명을 이제 다시 소설은 거부할 차례가 되었다.

공선옥의 「타관사람」(『창작과 비평』, 1998년 봄호)은 산업화의 희생양이라 할 수 있는 뿌리뽑힌 자의 삶이 얼마나 힘겨운지를, 그리고 어느 한 곳에 정착한다는 것이 얼마나 어려운지를 그리고 있다. 가정과 고향을 모두 상실한 작중 주인공이 하나 남은 피붙이인 조카와 함께 한촌의 허물어져 가는 집을 얻어 뿌리를 내리고자 하나 도처에 장애요인들이 나타난다. 영악한 시골

인심이 그렇고, 학교 선생의 무서운 고정관념이 그렇다. 떠도는 존재유희, 연약하고 불안하게 떠도는 자에게 가혹행위를 서슴치 않는 정착한 자들의 폭력 앞에서 독자는 우리가 살고 있는 사회의 비정함을 느낀다.

이 작품은 그러나 한 가닥 희망을 제시하면서 끝자리에 이른다. 작중 주인공 갑철의 떠도는 영혼을 '섬진강사랑횟집' 여자가 붙잡아 주는 것이다. 그녀 역시 타관사람일 터, 뿌리 뽑혀 떠돌다가 섬진강 가에 와서 뿌리를 내려 보려는 소외자일 터, 다시 떠나려는 갑철은 그녀의 외로운 젖가슴으로 착근될 것이라는 기대감을 갖게 한다. 소외자끼리의 만남인 셈이다.

김호방의 「달님이 달 속으로 들어간 이야기」(『실천문학』, 1998년 봄호)는 인간세계의 불공평한 운명을 폭로한다. 기존의 진리라는 가치들에 대하여 정면에서 이의를 제기한다. 성실성을 강조하기 위한 우화 거북이와 토끼의 이야기는 애초부터 이루어 질 수 없는 게임임을 밝히고, 세상에는 운명적으로 부지런해야 살 수 있는 사람이 있다고 운명의 부당성을 지적한다. 그리고 성실함과 금과옥조처럼 여기던 관념에 일침을 가한다. 현대의 서울에서의 삶이란 성실함을 살아갈 수 있는 곳이 아니다. 그리고 성실함이란 얼마나 이기적인 삶인가를 꼬집고, 성실을 삶의 중요한 덕목으로 여겼던 기성적인 가치관을 야유하고 있다. 부지런하고 성실한 사람들은 공통적으로 여유가 없고 남을 위해 시간과 금전을 할애하는데 인색하다고 항변한다. 현대인들은 성실을 가장하고 주위를 외면한다. 자아는 독선에 빠져 있다고 비판한다.

작중화자의 어머니와 반지하에서 세를 들고 있는 달님이 아버지가 성실의 주인공들이라면, 작중화자와 달님이는 운명으로부터 부당하고 불공평하게 희생당하는 인물들이라 하겠다. 이는 현대사회가 안고 있는 깊은 병일 수도 있다. 작가는 이렇게 깊이 병들어 있는 사회를 치유할 수 있는 대안을

제시하지는 않는다. 다만 문제로 세상에 던지고 있을 뿐이다. 이렇게 문제
를 부여받는 것만으로도 독자는 유복하다. 기계적인 일상으로부터 깨쳐 나
갈 수 있는 통로를 얻기 때문이다.

그러므로 작가는 자신의 친숙한 사상이나 습관에서 떠나야 한다. 소설의
운명을 향하여 소설의 몫이 무엇인지를 되돌아보아야 한다. 그래야만 진보
가 가능하다. 그것은 우리를 옭아매고 있는 운명에 과감히 도전장을 내는
일이다.

2.2 구겨지는 인생, 추락하는 욕망

나이가 들어갈수록 종잇장처럼 구겨지기 쉬운 것이 인생인가. 세
상은 그렇게 구겨진 삶을 살아갈 수밖에 없도록 흐르고 있는 것인가. 젊은
날엔 그래도 뚜렷한 좌표를 정해놓고 하루하루를 의미로 채워가던 사람도
삶의 무게와 흔들림을 감당하지 못하고 주름처럼 구겨지며 늙어간다. 차라
리 이렇게 구겨지는 것은 아름답다. 변절이라 할지라도 성숙이라는 다른
이름으로 포장될 수 있다.

문제는 인생의 좌표를 정해야 할 세대들이 간단없이 구겨진다는 데 있다.
인생의 모범이 될 만한 모델을 모방하려는 부자연스러운 욕망조차 가지지
않는다. 무겁고 복잡하고 부담스러운 것은 싫다. 진지한 모든 것은 관심
밖이다. 내일은 없기 때문이다. 우리에게는 오늘만이 있을 뿐이다. 막다른
골목길에 처한 오늘 우리에게 탈출구는 없다는 듯이 일회적으로 그날그날
살아간다. 그렇게 살아가는 이들에게는 섹스와 폭력이 마지막 비상구이다.
순간적인 나의 욕망을 위해서라면 타인의 죽음은 장식용일 뿐이다. 그러므
로 타인에 대한 폭력은 불가피하며, 나의 생명조차 쾌락을 위한 대상일 뿐

이다. 극단적인 사유화의 욕망은 이렇게 하여 추락한다. 일순의 쾌락을 향해 질주하던 욕망은 느닷없이 천인단애로 허망하게 떨어진다.

김영하의 「비상구」(『문학과 사회』, 1998, 여름)는 비상구가 없는 젊은이들의 한탕주의식 불안한 삶이 펼쳐지고 있다. 룸살롱과 카페와 여관 외에는 사회의 모든 곳이 그들에게 차단되어 있다. 거대한 사회의 한복판에 음습하게 숨겨져 있는 섬에 유배되어 사람의 눈을 피해가며 사는 것이나 마찬가지이다. 미래에 연관되어 새날을 기대하고 기다리는 삶이 아니라 하루하루가 숨막히는 생존의 전쟁이다. 타자를 향한 시선은 싸늘하고 냉소적이다. 그렇다 해서 사회를 증오하거나 반목질시하지 않는다. 자기들 삶을 운명이란 이름 아래 슬퍼하지도 않는다. 삥치기, 삐끼, 뻑치기 등 빛의 수면 아래서 벌어지고 있는 행위를 자연스런 삶의 방식으로 받아들인다는 데 문제가 있다. 자아에 대한 반성과 빛으로 향하는 탈출구를 찾지 않는 것이다. 스물한 살 나이에 벌써 인생을 다 산 사람처럼 구겨져 있다.

공지영의 「조용한 나날」(『실천문학』, 1998, 여름)은 공적 감정이 사적 감정에 의해 간단없이 묻혀져 버리는 심리를 다루었다. 사랑했기 때문에 받은 상처로 말미암아, 사랑보다 미움이 커진 탓으로 말미암아, 공적인 나는 죽고 사적인 나의 감정만이 수면 위로 떠오른다. 타인과의 관계에서 상처를 받는다. 그 타인이 잠자리를 같이 하는 부부인 경우 상처는 더욱 크다. 가깝기 때문에 소중한 존재가 아니라 가깝기 때문에 기대하고, 기대하기 때문에 상처를 받는다. 상처가 상처를 입히고 내 자신이 나를 상처 입힌다. 상처를 받은 사람들은 대부분 운다. 대부분의 사람들은 다 가끔 운다. 그것을 삶이라 부른다.(뒤세) 지우개로 지울 수 없는 만질수록 덧드려지는 상처를 안고 사는 사람들과 상처를 받고 생을 마치는 사람들과 상처를 다시 만들어 가는 사람들의 끔찍하고 불안한 하루하루가 '조용한 나날'이라는 역설로 표현되고 있다.

김한수의 「그대, 기차 타는 등 뒤에 남아」(『창작과 비평』, 1998, 여름)는 고단하고 고독한 젊은 날의 삶이 빚어낸 비극이다. 세상에 혼자 남는 것이 불안하고, 무서운 세상이 젊은이의 정신세계를 흔들어 놓는다. 가난이 중죄인 세상에서 무능한 남편을 떠나는 아내를 이별여행 중 강렬한 섹스 끝에 목 졸라 죽이는 이상성격의 주인공 또한 몹시 구겨진 인생이다. 너무도 아름다운 사람이었던 아내(따뜻한 봄아, 가난하고 추운 집에 먼저 가라고 하던)의 목에 붉은 손자국을 남겨 아내의 목숨을 제 손으로 거두는 주인공은 자기에게 남겨진 고독이 무서웠던 것일까. 아내가 목숨처럼 세상의 모든 것이었던 여자였다면, 목숨을 걸고 떠나는 그녀를 붙잡아야 하지 않았을까. 그러나 세상의 냉대가 무서운 그는 그 냉대를 딛고 일어설 의지 대신 목숨에 값하는 그녀를 죽이고 마는 것이다. 인생이 구겨졌다는 것은 이를 뜻한다. 의지박약한 시대의 젊은이들. 미래는 불 꺼진 터널처럼 캄캄하다.

아주 사소하고 사적인 것이지만 흥미로운 문체로 표현되어 있어 독서의 재미를 주고 있는 성석제의 「해방」(『창작과 비평』, 1998, 여름)의 인물들도 윤기 없기는 마찬가지다. 작중 나레이터인 술주정뱅이, 까닭 없이 눈물을 흘리는 30대의 여인(예술가), 그 주위에서 침묵으로 앉아 있는 기자, 연극인, 나이를 짐작할 수 없는 사내 등 모두가 구겨져 있다. 살아움직이는 동물적인 모습이 아니라 단지 목숨만을 부지하고 있는 식물처럼 조용하다. 발기하지 않는 화자의 성기처럼.

추락하여 더 이상 욕망을 꿈꾸지 못하는 파탄을 성기性器의 이상異常으로 상징하는 현대의 비극은 권현숙의 「인간은 죽기 위해 도시로 온다」(『작가세계』, 1998, 여름)에서도 잘 나타나 있다. 에조틱한 정서, 감각적 이미지의 화사함, 기대하기 때문에 타인으로부터 받는 상처 등이 모두 도시에 와서 죽어간다는 주제를 지닌 작품이다. 죽음의 비등점에 미셀 시몽(주인공 여자가 이제 막 사랑하게 된)이 세미노마(성기 암)에 걸려 깊은 고뇌에 빠지는 장면으로 음산하게 배치되어 있다. 미켈란젤로의 다비드 상처럼 영원히 발기되지 않는 시몽에게는, 성욕이 사라지니 사랑이 식고 인생이 식는다. 죽음의 요소를 골고루 갖춘 도시공간이 만들어낸 비극이다. 그렇다. 여자를 사랑할 수 없는 남자는 남자를 사랑할 수도 없다. 인간이 인간을 사랑할 수 없게 만드는 공간이 바로 도시공간이다. 질주하던 욕망은 어느 순간 천인단애로 추락한다. 그래서 현존하는 공간에는 모델이 없다. 인간이 본받아야 할 중개자가 없는 셈이다. 중개자는 책 속에서만 존재한다. 비상구가 없는 곳으로 세상은 황폐화되어 가고 있는 것이다.

김탁환의 「황금질주」(『상상』, 1998, 여름)는 진정한 중개자가 없는 시대의 황폐화된 인간성을 장형비란 인물로 대신하고 있다. 선의 논리보다 악의 논리에 순종하는 것이 자신의 욕망을 성취할 수 있다는 믿음을 갖고 에덴동산의 뱀에서 중세의 마녀, 근대의 매독, 현대의 에이즈에 이르는 역사의 논리 편에 선다. 그러나 이미 도시에 뻗혀 있는 악마의 뿌리는 상상 이외로 거대하여, 그로 하여금 질주하던 악에의 욕망은 금새 추락당하는 불운을 겪는다. 카프카의 「심판」에서 게오르그와 같은 제3의 존재, 즉 한없이 순진하지만 또한 한없이 악마적인 것이 인간 본성임을 작가는 독자에게 내세우고 있지만, 순진한 본성은 사라져 버리고 악마적인 본성이 득세를 하는 현대 사회의 위기를 속언어로 전달하고 있다.

우리시대의에 탈출구는 정말 없는 것인가. 탈출구는 없다. 여자의 성기가 탈출구가 될 수 없는 것처럼 남자의 성기가 인간의 욕망 그 자체일 수 없다. 욕망의 육체화, 물질화에서 벗어나지 않는 한 인간은 그대로 멸망의

길로 휩쓸려 가는 길밖에는 없다. 인간이 인간의 힘으로 세워가야 할 뜻을
잃어버렸다. 인간의 뜻을 세우기에는 '나'라고 하는 존재가 너무 커져버렸다.

2 3 딴 길로 들어서는 세상

인간은 누구나 자기가 가지 않은 길을 가고 싶어 한다. 그러나
막상 가던 길 대신 다른 길로 가라고 하면 두려워하는 것이 또한 인간이다.
가던 길로 가지 않고 다른 길로 서슴없이 가기 때문에 소설은 재미있다.
여러 장르 가운데 소설은 인간들이 자꾸만 자기 길을 가지 않고 탈선하는
일들을 그려내는데 알맞은 장르이다. 때로는 탈선을 부추기는 듯이 보이기
도 하고 때로는 탈선을 지엄하게 꾸짖기도 하면서 성장해 왔다.

그럼에도 불구하고 세상은 그 꾸짖음을 듣지 않고 더욱 더 딴 길로 들어
서는 듯하다. 세상의 흐름은 깊은 강물과 같아서 사람들도 덩달아 딴 길로
들어서다 번갯불을 맞는다. 번갯불을 맞을지언정 딴 길로 고집스럽게 가는
사람이 있는가 하면 번갯불이 무서워 피뢰침을 설치하고 딴 길을 두리번거
리는 사람이 있다.

최일남의 「우리말 역순 사전」(『실천문학』,1998, 가을)은 딴 길로 가는 세상과
딴 길로 가지 않으려는 작중인물 사이의 긴장관계를 탁월한 작가의 말솜씨
로 독자를 흡인하는 작품이다. 중년을 넘어선 주인공이 생각과 마음이 따로
노는, 독자들이 흔히 일상에서 경험하는 사실을 다정한 친구에게 말하듯이
도입합으로써 독자를 자연스럽게 소설 속으로 끌어들인다. 비아그라를 이
구아나로 발음하게 된다든가 타향사람이 터를 잡고 사는 역순 사전과 같은
고향을 이야기하면서 다양성 사회가 갖는 해체의 아이러니를 전달하는 것
이 이 작품에 입혀진 외피이다. 세상의 모든 대상들이 정명(正名)의 실체가

있듯이, 세상의 일이란 어떤 기본적인 흐름이 있을 터인데 세상은 그렇지 못하고 아예 전도된 가치로 치닫고 있음을 폭로하는 것이 속내인 것이다. '일의 웬만한 이치가 그처럼 거꾸로 되어간다는 사실'을 작품 밖의 작가가 강진동 씨를 관찰함으로써 '세상의 일'에 대한 객관성을 획득한다. 이는 내가 겪고 경험하는 사실을 화자가 세상과의 일정한 거리를 두고 남의 이야기를 하듯 함으로써 비틀어지고 왜곡되는 '세상의 일'을 효과적으로 표현할 수 있었다. 단지 변화하는 것이 아닌 전도되는 세상에 대한 염려이겠다.

이대훈의 「두만강 푸른 물에」(『창조문학』, 1998, 가을)는 비교적 양이 짧은 소설이다. 그럼에도 이 작품이 우리의 시선을 끄는 것은 작중인물이 능청스럽게 딴 길로 들어서는 데 있다. 유신 정권의 신봉자, 비만한 허리통으로 상징되는 최태홍 주사는 분명 작중화자에겐 경멸의 대상이다. 작중인물인 임의 주도로 작성된 탄원서명단의 제일 윗자리를 차지할 만큼 비겁한 인물이다. 그런 인물과 주인공 사이의 불가해한 그리고 주인공이 볼 수 없었던 끈의 실체가 나타남으로서 소설의 물꼬는 전혀 딴 곳으로 흐른다. 막무가내로 자리를 지키겠다고 고집하리라는 예측과는 다르게 최주사가 희망퇴직원을 냈다든가 어머니의 갑작스런 방문은 임을 혼란에 빠뜨린다. 경멸하던 인간이 한 순간에 보은의 대상으로 밝혀졌을 때의 황당함은 보이지 않는 운명의 끈에 의해서 조종당하는 인간 한계의 슬픈 무늬를 엿보게 한다. 독자가 배반당하면서도 기쁨을 얻는 것은 이처럼 딴 길로 접어들 때이다. 소설가는 이런 일을 감쪽같이 해내는 속이기의 명수인 셈이다. 최 주사와 어머니와의 관계에 대해서 작가가 최소한의 암시만으로 처리하고 있는 것은 이 작품의 미덕이다. 할 말을 다하지 않음으로써 작품의 품격을 높이고, 독자에게는 다채롭게 뛰어 놀 상상의 무대를 제공해 주었기 때문이다.

소설은 하나의 계산이다. 마치 건축가가 세밀하게 설계도를 그리는 것

같이 소설가는 소설을 쓰기 전에 철저한 계산을 한다. 하성란의 「풋콩」(『세계의 문학』, 1998, 가을)은 딴 길로 들어서다 번개를 맞는 한 남자의 얘기를 치밀한 계산 하에 다루고 있다. 찻집 '아테네'에서 만나기로 한 여자에게 웃기는 이야기를 준비해야 하는 남자가 엉뚱하게 번갯불을 맞는다는 것이 기둥 줄기이다. 남자가 그녀와 만나기로 약속한 시간이 가까워질수록 남자와 그녀와의 물리적 거리가 멀어지는 역설적 구조인 셈이다. 독자는 남자가 만나기로 한 여자가 궁금하지만, 작가는 그녀에 관한 정보를 아주 조금씩만 흘려주고 있다. 그녀와 소통할 수 있는 핸드폰의 전원을 끄는 순간, 독자는 남자가 여자 만나기를 포기하고 아예 딴 길로 들어섰음을 안다. 그러나 독자를 여기까지 끌고 올 수 있었던 힘은 언제 어떻게 그 여자를 만날까 하는 기대였는데, 이 지점에 와서 여고생의 뒤를 쫓으면서 독자에게는 새로운 호기심을 유발시킨다. 자기가 가고 있는 길이 아닌 딴 길로 가고 싶어 하는 것이 인간의 욕망인지도 모른다. 작중 인물들은 모두 자기 길을 가지 않고 딴 길로 가는 일치성을 보이고 있다. 웃기는 이야기를 강요하는 은행 여직원 그 여자, 작중 주인공인 한 남자, 아직은 풋콩 같은 여고생들의 가공할 이중성, 택시 운전사 등 하나같이 자기궤도를 신중하게 가고 있질 못하다. 살고 있으나 허방을 딛고 있는 요즘 군상들의 표상인지도 모른다.

　박정요의 「일곱 겹의 침묵」(『창작과 비평』, 1998, 가을)은 약한 자를 희생양으로 삼으며 자기 길을 가지 않는 세상을 대화체 독백으로 고발하고 있다. 희생을 거부할 수 없는 약자의 억울함이 여러 겹의 침묵으로 남겨져 있는 근원적인 비극을 말하고 있다. 풀각시처럼 열일곱의 나이에 죽은 언니, 나의 얘기를 듣고 있는 퇴출당한 아저씨. 인당수에 빠져 죽은 심청이, 광주사태 때 희생당하는 시동생, 뱀굴의 이무기에게 받쳐지는 처녀, 한강에서 자살하는 할망구와 그 가족들, 어머니, 뱃속의 아기, 그리고 상제부정喪制不淨

을 타고난 작중 나레이터, 모두가 보이지 않는 세계에 희생을 당하고 있다는 것이다. 일견 현실 세계를 지배하는 보이지 않는 세계의 침묵을 말하고 있는 듯하지만, 사실은 보이는 세계의 약육강식에 대한 고발성이 더 강한 작품이다. 남성권력이든 독재자든 이들은 약한 자의 희생을 발판 삼아 자신들의 힘을 구축한다. 강한 자들의 억압구조 속에 항거할 수 없는 약자. 그래서 세상을 비극적이라고 했던가. 딴 길로 세상의 물길을 잡는 강한 자들은 그래서 언제나 정당하지 못한 자신을 옹호하기 위해 또 다른 범죄를 저지르며 세상이 가는 길을 전혀 다른 길로 바꿔 놓았다.

다양성이라는 이름으로 변종이 많이 태어나는 시대다. 시대를 반영하듯 소설들도 변종의 인간들을 많이 다룬다. 새로워 보이지만 금새 싫증나는 변종이다. 변종을 키워 관음증을 키우는 소설이 아닌, 변종이 양산되는 시대에 대한 따끔한 질책성의 소설이 나왔으면 좋겠다. 운명의 힘에 이끌리기보다는 운명과 과감히 맞서는 튼실하고 건강하고 당당한 소설이 이쯤해서 탄생하기를 기대해 본다. 딴 길로 가는 다수의 길을 따라가지 말고, 딴 길로 가지 않으려 안간힘을 다하는 소수의 길을 따라가는 소설이 또한 이쯤에서 고고성을 지르고 나오기를 기다려 본다. 흔들리는 세상과 같이 소설이 흔들려 버린다면 그것은 소설이 있어야 할 자리에 있지 않는 것이기 때문이다.

尾

한국 소설 속의
성

인간이 경험하는 충동 가운데 가장 강력한 것은 성이다. 특히 남녀 간의
성행위는 생명을 탄생시키기도 하지만, 동시에 쾌락을 탄생시키기도 한다.
생명 탄생에 초점을 맞추면 신성하고 순결하며, 쾌락에 초첨을 맞추면 속물
적이고 흥미로운 것이 바로 성이다. 그러므로 성은 속물적인 것에서부터
신성한 것까지를 모두 포괄하는 깊이와 넓이를 갖는다.

그것은 또한 인간의 오랜 역사에 걸쳐 감추어져 왔으므로 호기심과 신비
의 대상으로 여겨져 왔고, 한 사회를 통제하는 억압수단으로 씌어져 불평등
을 낳는 한 요인으로 작용하기도 하였다. 어느 시대나 금지된 제도와 허가
된 제도를 만들어 놓고 체제를 유지해 가는데, 성은 항상 금지된 제도에
속하였다. 그러나 금지된 제도라 할지라도 모든 사람에게 금지되는 것이
아니라, 권력을 가진 계층은 그 금지된 제도로부터 언제든지 빠져나갈 수
있었다. 그것은 인간이 만들어낸 제도 중 가장 큰 모순이다. 그러한 모순을
집약적으로 보여주는 것이 성의 문제다.

소설은 성이 갖는 이와 같은 여러 가지 속성들을 어느 장르보다도 더
잘 드러내 보인다. 즉 성은 순결한 것이며, 호기심이 가득 찬 것이고 또한
신비감을 주는 것일 뿐만 아니라 권력과 관련을 맺는 속성들을 통하여 인간

의 다양한 모습들을 독자들에게 보여준다. 거의 모든 소설들이 성의 문제를 빠뜨리지 않고 있는 것은 그만큼 성에 관한 문제가 흥미와 호기심을 제공하기 때문이며, 또한 인간의 근원적인 문제를 제기하고 해결하는 중심 모티프로 작용하기 때문이다.

남성중심의 가부장제 하에서는 남성이 신이고 여성은 그 신의 희생물이었다. 남성은 여러 여자와 성관계를 갖는 것이 허락되지만, 여자는 한 남자 외에 어느 외간 남자와도 성관계를 맺을 수 없다는 남성지배 논리인 셈이다. 이러한 남녀 간의 불평등관계를 성의 문제로 집약시켜 놓은 작품이 「千一夜話」이다. 아내의 부정을 참지 못하여 매일 저녁 처녀를 농락하다 목을 쳐버리는 사산왕조의 샤리에르 왕은 가부장제 하의 신적 자의성을 지닌 남성의 폭력을 백일하에 고발하는 작품이다. 「춘향전」의 경우도 마찬가지이다. 입법·사법·행정 삼권을 거머쥔 변학도가 한낱 퇴기의 딸에 지나지 않는 춘향이의 정조를 탐한다든가, 대리혁명가인 이몽룡이 춘향이의 정절을 확인하는 장면 등은 작품이 내재화 된 어떤 이념적 가치에 선행하여 남성세계의 여성에 대한 폭력적인 행위인 것이다. 물론 두 작품의 차별성이 없는 것이 아니다. 「천일야화」에 비하면 「춘향전」은 보다 발전된 소설양식을 취한다. 즉 전자가 아내의 부정에 분노하여 그 분노심이 모든 여자들에게로 확산되었던 반면, 후자는 남성의 여성에 대한 분노에서 출발하여 체제에 관한 문제로 확산되면서 지배자의 위선을 폭로하는 구조를 갖는다.

「무정」(1917)은 한국소설사 가운데 「춘향전」과 「심청전」이 끝나는 첫 자리에 놓이는 작품이다. 이 작품이 우리들의 관심을 끄는 것은 성의 문제가 작품 자체의 전환점으로 작용하기도 하지만, 「무정」 이전의 전근대소설과 확연하게 결별하는 지렛목 구실을 한다는 점이다. 심청이와 춘향이를 닮았으나 그들처럼 효와 정절을 지킬 수 없는 현실세계에 영채는 가까이 다가와 있다. 영채의 정조훼손을 통하여 지배이데올로기에 아부하는 속물적인 남성세계의 위선을 폭로하고, 독자들로부터 주인공에 대한 동정심을 얻거나 혹은 작가에게 윤리적 책임을 묻는 등의 반응을 얻어냈다. 순결하고 고귀한 여성의 정조를 깨뜨림으로써 소설적 효과를 극대화시킨 책략이라 하겠다.

「무정」이후의 소설도 마찬가지이다. 「무정」이후 한국의 소설들에 나타나는 성의 문제는 대체로 지배자들에게 피지배자들이 폭행을 당하는 내용으로 골격을 이룬다. 가령 이광수의 영향을 받았으나, 이광수를 뛰어넘지 못하는 가부장제 하의 남성의 폭력을 다룬 소설들이 그 한 줄기라면, 일제와 미제에 의해 한국 여성의 성이 철저히 유린을 당하거나 가진 자들(혹은 그의 주구들)에 의해서 가지지 못한 자들이 억울하게 성을 희생당하는 또 하나의 줄기가 있다.

「감자」(1924)에서 아버지로부터 남편, 송충이잡이 감독, 칠성문 밖 거지, 왕서방에 이르기까지 복녀는 온통 무능력하거나 폭력적인 남성세계에 둘러싸여 있다. 그런 환경을 스스로 뛰쳐나가지 못하고 그녀는 성을 상품화하여 빈곤을 면하나, 사랑을 깨우치는 순간 죽음을 맞이하는 비극적인 소설이다. 이처럼 가부장제 하에서 여성이 부당하게 성적으로 희생을 당한 경우는 나도향의 「뽕」, 「물레방아」, 김유정의 「소낙비」 등과 같이 2 · 30년대의 우수작으로 꼽히는 대부분의 작품들에서 산견된다.

민족 전체가 노예계급으로 떨어진 상황에서 식민지 여성의 성은 무참하게 짓밟히기 마련이다. 이른 바 정신대로 끌려간 한국여인들이 참혹하게 당하는 성적 학대는 독자로 하여금 치를 떨게 한다. 일인들에게 윤간당하는 한국소녀(김태영의「다물」)가 있는가 하면, 한국소녀 박미애는 반일분자라는 누명을 쓰고 생체실험재료로 쓰이기 직전 일인에게 강간을 당한다.(정현웅,

「마루타」) 이 외에도 하근찬의 「야호」나 윤정모의 「에미 이름은 조선삐였다」 등을 보면 여성 개인의 수난사가 곧 민족의 수난사였으며 지배국 일본인들의 잔혹한 만행들이 공공연히 자행되었음을 알 수 있다.

일인 보초병이 물러가고 미국인 보초병이 이 땅에 들어선 후도 사정은 마찬가지이다. 흔히 반미소설들로 불리워지는 작품들 속에서는 이미 인간이라는 이름의 탈을 벗어던진 미국인 병사들의 폭력이 난무한다. 어머니가 미군에게 강제추행 당함으로써 그 집안 전체가 미군의 희생물로 전락하는 남정현의 「분지」(1965)에서 이문구의 「해벽」(1972)에 이르면 한국의 한 미군위안부가 미군에 의해 강제로 수간을 당하는 장면이 끔직스럽게 묘사되고 있다.

6·70년대에는 한국의 산업화가 개발독재와 함께 성장하여 왔음을 모르는 사람은 없다. 농촌 근로자가 대거 도시 근로자로 바뀌는 시기이다. 부동산 투기의 붐이 일기 시작하고, 매판자본가와 다국적기업 등이 혼재하면서 천박한 자본주의 형태로 산업화는 급속도로 진전됐다. 빈익빈 부익부 악순환은 노동자들이 노동의 대가를 제대로 받지 못하는 데서 생겼고, 노동자들은 노동의 권리를 마음 놓고 발언할 수 없었으며 또한 그들의 힘을 집결시킬 권리조차 박탈당하였다.

조세희의 「난장이가 쏘아올린 작은 공」(1976)은 이때의 소외된 계층의 한 단면을 효과적으로 표현한다. 난장이의 딸인 영희. 그녀는 자기 집이 철거된다는 소식을 들었을 때, 끊어진 기타줄을 팬지꽃 앞에서 튕기던 소녀였다. 어린 소녀가 아파트 입주권마저 브로커에게 넘어가자 그녀의 몸 전체에 브로커의 정액냄새가 나도록 몸을 허락하고 입주권을 몰래 빼낸다. 가지지 못한 자가 자신의 의지와는 상관없이 얼마나 타락한 세계에 빠질 수밖에 없느냐 하는 인간 실존의 비극을 파헤친다.

　　"사내는 칼로 바지를 주욱 찢어버렸다. 끔찍한 살이 터져나가는 고통의 순간
이었다. 세 명의 사내가 차례대로 순덕을 짓밟고 지나갔다. 주제에 처녀네. 몸
보신 한 번 잘했다."

　　　　　　　　　　　　　　　　　　　　　　　－ 정도상, 「새벽기차」(1989)

　　이 작품은 노동문제를 통해 반미자주화와 사용자의 폭력을 함께 다룬
작품이다. 여성 근로자들이 노동쟁의를 통하여 그들의 외부에 놓인 미국인
사장과 구사대 그리고 사장의 주구노릇을 하는 하이칼라 계급의 허위와 거
짓을 폭로한다. 선하고 정의로운 생각을 가지고 있으나, 그러한 생각을 갖
고 있기 때문에 신분상의 불이익은 물론 성적으로까지 혹독한 폭행을 당하
는 타락한 세계의 부도덕을 고발한다.

　　60년대까지는 절약이 미덕인 시대였지만, 70년대 후반에 이르러서는 소
비가 미덕이라고 공공연히 떠들던 시대였다. 물질에 대한 소비풍조는 마침
내 남녀 간의 성의 문제에까지 파장을 일으켰고, 그러한 세태를 잘 반영한
소설들은 70년대 이후 줄곧 베스트셀러의 반열에 오른다. 최인호의 「별들
의 고향」(1972), 조해일의 「겨울여자」(1976), 조선작의 「영자의 전성시대」
(1976), 김이연의 「방황의 끝」(1979) 등은 성의 소비화 또는 상품화 현상을
뚜렷이 드러내면서, 성에 대한 기존의 도덕률을 깨어버린다. 더 나아가 이
병주의 「행복어사전」(1982)은 작품의 인물들이 서로 성관계를 갖지만 그것
으로 말미암아 상대를 구속하지 않는 태도를 보이며, 탁구를 치듯 간단하게
정사를 나누는 강석경의 「숲속의 방」(1985), 김한일의 「낙타는 따로 울지
않는다」(1980)는 프리섹스를 정말로 자유롭게 나누고 있다. 그러나 이때까
지만 해도 소설속의 성의 문제는 다분히 전략적이었으며, 또한 나름대로의
주제와 관련을 맺었고 상당히 조심스럽게 다루어졌다.

　이러한 사정은 90년대를 전후로 한 일련의 신세대 작가들에 이르면 전혀 달라진다. 장정일의 「아담이 눈뜰 때」(1990), 「너에게 나를 보낸다」(1994), 박일문의 「살아남은 자의 슬픔」(1992), 이인화의 「내가 누구인지 말할 수 있는 자는 누구인가」(1992) 등 이들은 이합 핫산이나 무라카미 하루끼 등의 영향을 받는다. 포스트모더니즘의 물결을 문학내지는 문화의 새 물결이라고 생각하고 기존의 소설 쓰기와는 판이한 형식과 내용으로 작품을 생산해 냈다. 소설 쓰기의 형식이 다르다는 것은 필연적으로 세계관 인식의 변화를 전제한 데서 비롯되었음을 뜻한다. 그들은 가능한 한 소설 속에서 역사를 지워버렸다. 그리고 사회의 공동체적 성격을 빼버렸다. 그리고 자기를 둘러싼 시대의 모순과 결핍을 외면하였다. 반대로 말하면, 극단적인 사유화의 경향과 전시대까지만 해도 조심스럽게 다루어지던 성의 신비를 완전히 벗겨버렸다. 그리하여 이들의 작품들에서 성은 소통의 형식일 뿐 엄숙성이라든가 진지성이 전혀 보이지 않는다. 찰라적이며 순간적이고 가볍기 짝이 없다. 그들의 작품에 나타나는 고민거리는 극히 개인적인 것이다. 그러한 고민을 자유롭게 남녀가 성관계를 갖는 것으로 해소하거나, 자유로운 성관계를 가질 수 있는 친구가 없는 것이 고민일 뿐이다.

　인간이 동물과 다른 점이 있다면 환경을 변화시킬 능력을 갖고 있다는 점이다. 인간의 모든 행위 가운데 소설 쓰기야말로 인간 사회를 변화시킬 가장 큰 무기인 만큼 소설가는 그에 합당하는 책무를 인식할 필요가 있다.

　이들 소설이 성의 신비를 벗기고 성을 범속한 본능으로 노출시켰다면, 마광수의 「즐거운 사라」(1992)는 극히 통속적인 비디오 문화를 그대로 소설화한 변태성의 표현에 다름 아니다. 픽션보다도 사실이 더 픽션적이기 때문에 사실을 사실 그대로 묘사해야 한다는 나름대로의 소설 철학을 갖고 있는 하일지의 「경마장으로 가는 길」(1993)에 비하면 지나치게 독자에게 아부하는 쾌락주의에 도취되어 있다고 볼 수 있다.

바라건데 신세대 작가들은 후기자본주의 세대의 고민을 보다 더 진지하게 했으면 했었다. 그 하나의 방법으로 밀란 쿤데라를 철저히 점검해 보기를 바랐다. 예컨대 그는 「참을 수 없는 존재의 가벼움」에서 가볍게 떠돌지 않을 수밖에 없는 존재에 대한 분노를 표현하고, 혁명의 대열에 끼어 젊음을 바쳤다가 점차 역사의 배면으로 사라져가는 이들을 바라보는 안타까움을 표현한 「생은 다른 곳에」, 그리고 거침없는 현대사회의 속도에 제동을 거는 「느림」 등을 통하여 후기 산업화시대의 삶에 대한 회의와 좌절을 보여 주면서 어떻게 이 시대를 살아낼 것인가를 생각게 해 주는 힘을 갖고 있었다. 그렇기 때문에 그의 소설을 보면 포스트모더니즘적 양식을 갖고 있지만, 결코 역사나 시대의 모순을 비껴나간 것이 아니며, 성의 문제를 다루고 있지만, 오직 성 자체가 문제의 전부인 것처럼 표현하는 것이 아니라 존재 유희의 한 기능으로 작용시킬 뿐이었다.

인간은 반성하는 동물이다. 성이 아무리 제도와 윤리에 갇혀 금기시 되어 왔더라도 지나치게 감각화하거나 소비 혹은 도구화하거나 또는 수성獸性을 띠는 것은 인류사회의 건강한 미래를 위하여 바람직한 일이 아니다. 지금이야말로 소설가는 상품화 대중화의 길로 거침없이 내닫는 세계에 함께 춤을 출 것이 아니라 과감히 도전장을 내거나 야성野性을 발휘할 때가 아닌가 싶다. 그런 의미에서 차라리 과거를 되돌아보는 일이 어떨가. 물론 소설 속의 성이 잘 다루어진 작품들을 재독서해 보는 일이 요구된다는 뜻이다. 그러한 작품들은 독자들로 하여금 성을 지나치게 죄악시하지도 않으며 그렇다고 신성시하는 것도 아니지만, 호기심을 유발하면서도 소설적 효과를 잘 살리는데 결정적인 기회로 작용된다. 그리하여 소설 전체의 구조에 필연적으로 기능하고 소설을 통하여 인생의 문제를 새롭게 해석할 수 있는 기회를 제공하기 때문이다.

냉철한 이성을 가지고 있으나 자의식의 과잉으로 말미암아 유대인 노파를 살해했던 라스코리니코프, 그 젊은 대학생은 끔찍한 충격 이후 죄의식에 사로잡혀 자신을 주체하지 못한다. 그러나 좌절하는 지식인 젊은이의 영혼을 결정적으로 위로해 주는 것은 세상에서 손가락질 받고 또한 무식하기 짝이 없는 창녀 소냐였다. 성을 파는 것을 직업으로 하는 그녀지만, 살인의 충격에서 헤어나지 못하는 지식인 청년과 결합시킴으로써 독자는 소냐(거리의 여자)에 대한 편견으로부터 벗어나 오히려 인간적인 순수성을 엿보게 된다.(「죄와 벌」)

윤흥길의 「아홉켤레의 구두로 남은 사내」(1976)의 주인공 권기용은 문제적 인물에서 속물적 인물로 변했다가 다시 문제적 인물로 돌아가는 성격을 갖는 인물이다. 타락한 현실 세계와 타협하지 못하고 늘 소외의 그늘 속에 묻혀 살다가 아내의 출산사건이 발단이 되어 주인집에 강도짓하러 들어갔다가 발각이 되자, 그는 병원에서 출산의 고통을 겪고 있는 아내 곁으로 가지 않고 작부 신양을 찾아 함께 입산금지된 산 속으로 들어간다.

작부 신양도 권기용 씨도 세상살이가 힘겨워 동반자살을 하기로 마음 먹었다. 신양은 마지막이라며 옷을 훌훌 벗어던지고 권기용 씨에게 자기를 점령해 줄 것을 요청하는 장면이 나온다. 이 장면의 아름다움은 깊은 산 속에서 벌이는 섹스에 관한 호기심 때문이 아니다. 선하지만 실수도 할 줄 아는 인간의 모습과 인간실존의 한계를 뛰어넘지 못하는 한 남성의 마지막 은신처가 바로 몸과 노래와 술을 파는 여자였다는 사실이다. 그러니까 「죄와 벌」이나 「아홉켤레의 구두로 남은 사내」나 모두 인간의 외형에 의해서 가치를 판단하는 일상성을 벗어나 인간의 외형보다는 내면에 진실한 가치가 있음을 보여주는 의미에서 성의 문제를 참으로 효과적으로 기능시키고 있는 것이다.

「외디프스 왕」은 자신이 의식하지 못하는 사이에 어머니와 결혼하여 자녀를 낳는다. 신화시대의 이야기이기는 하지만, 자신이 모르고 한 짓인 줄 알면서도 어머니와 성관계 가진 것에 대한 죄를 스스로 혹독하게 반성을 한다. 사건 자체는 매우 불경스럽지만 작품 자체는 매우 도덕적이라는 점에서 오늘날의 포장만 근사한 작품들에 비해서는 너무나도 커다란 문학적 격차를 보인다.

「메밀 꽃 필 무렵」의 허생원은 단 한 번의 섹스에 대한 추억으로 20년의 삶을 버텨나갔다. 달빛이 비치는 물레방앗간이라는 서정성이 분위기를 고조시킨 것은 틀림없지만, 이 소설의 진정한 소재며 주제인 성의 문제가 신비스럽고 따뜻하게 처리되어 있다. 어느 시대 어떤 독자가 읽어도 아름답게 느껴지는 것은 이 작품이 성의 문제를 말하고 있으면서도 품격을 잃지 않았기 때문이라고 본다.

이상의 「날개」는 섹스와 관련된 내용이 주조음을 이루지만, 독자를 감상의 나락에 떨어뜨리거나 작품의 품위를 떨어뜨리지 않는다. 성이나 성행위 자체를 보여주려고 하는 것이 아니라 성이 인간에게 어떤 의미를 갖는가 하는 본질적인 문제와 맥이 닿아 있기 때문이다.

대부분의 소설들이 성을 다루고 있지만, 독자들에게 단지 재미만을 주기 위해서 소재로 사용하지는 않는다. 어느 시대나 힘을 가진 계층이 성의 자유를 누렸으며, 약자가 강자로부터 빼앗기는 것은 단지 인권이나 경제력인 것이 아니라 성까지도 강탈당한다는 것을 소설은 분명히 보여주고 있다. 특히 시간과 공간을 초월해서 독자의 사랑을 받는 작품들은 성을 표현하고 있지만, 그 자체를 백일하에 드러내는 것이 아니라 그것을 통해서 인간의 진실을 캐내고 실존의 재인식을 위한 기능으로 작용시키고 있다는 점이다.

이런 점은 소위 감각주의 시대의 작품들의 섹스컴플렉스를 되돌아 보게 하는 힘으로 작용한다. 尾

한국 소설 속의
여성주의

2 1 페미니즘의 정의

페미니즘feminism은 여권론, 여성해방론, 여성주의, 여성중심주의 등으로 번역된다. 남성 중심적인 전통사회에서는 여성의 독립성을 인정치 않고 '결함 있는 남성'으로 간주되었다. 즉 여성은 남성과의 '차이'를 인정받지 못하고 '차별'을 받아온 것이 사실이다. 페미니즘은 이러한 모순 속에 특수한 형태로 내재해 있는 여성문제를 포착해내고 올바른 전망을 제시하려는 일련의 움직임을 지칭한다.

여성 억압의 성격과 근본 요인, 타개 방안에 대한 시각 차이에 따라 페미니즘 이론은 대체로 다음과 같이 전개되어 왔다. ①자유주의 페미니즘 ②마르크스주의 페미니즘 ③급진적 페미니즘 ④사회주의 페미니즘 ⑤정신분석학적 페미니즘 ⑥실존주의 페미니즘 ⑦포스트모던 페미니즘 ⑧에코 페미니즘 ⑨탈식민주의 페미니즘 등이다. (김미현, 한국여성소설과 페미니즘, 신구문화사) 이들은 각각의 입장을 지니면서 부분적으로는 중복되기도 한다.

우리나라의 경우에도 각각의 운동과 함께 그에 따른 작품들이 꾸준히 생산되어 왔으며, 특히 개화기ㆍ근대문학초기와 1980년대 후반의 경우 강력한 문학적 흐름을 보이고 있어 주목된다. 개화기 및 근대문학 초기에는 자유주의 페미니즘의 성격을, 1980년대 후반에는 포스트모던 페미니즘의 성격을 띤다.

자유주의 페미니즘은 인간의 본성을 이성에서 찾고 인간이란 곧 '남성'이라는 논리의 불합리성에 반기를 든다. 때문에 기존의 사회 체계와 정치 체계를 급격히 바꾸지 않으면서 완전한 기회의 평등을 보장하거나 여성들을 가정 밖의 공적 영역에 완전히 통합시키는 것을 목적으로 한다. 여성을 억압하는 기제로써 주로 거론되는 것은 불평등한 법체계, 교육과 취업의 불평등, 억압적 성(sex) 규범을 비롯한 성차별제도, 여성을 구속하는 가사노동의 전담 등이다. 이런 맥락에서 자유주의 페미니스트들은 교육·고용·승진·노동 등에서 발생하는 성차별의 철폐를 주장하거나 참정권 획득을 위해 법률과 제도를 개선하는 일을 주된 목표로 삼았다.

포스트모던 페미니즘의 이론적 토대는 훨씬 더 복잡하다. 남성성/여성성, 예술/삶, 고급문화/대중문화, 중심/주변의 경계를 무너뜨리는 후기산업화 사회의 징후에서 출발된다. 이성의 이름으로 불리어져 왔던 형이상학(이념, 국가, 사회, 역사, 종교, 혈연적 유대, 과학적 진보, 인간에 대한 해방 등 모든 근대적 가치)의 붕괴가 오늘날 우리가 살고 있는 후기 산업화(소비 자본주의)시대의 특징이라면, 포스트모던 페미니즘은 시대의 흐름과 자연스럽게 조우된다. (김미현, 앞의 책) 때문에 명백한 진리들을 해체하고 지배적인 사상과 문학의 형식들을 약화시키는 포스트모던 페미니즘은 언제나 가부장적이고 지배적인 담론을 폭로하고 그 가치를 떨어뜨리는 것을 목적으로 한다. 포스트모더니즘이 그동안 억눌려 왔던 여성의 목소리를 복원시키는 논리를 제공한다는 점에서 페미니즘에 공헌한다고 볼 수 있다.

2.2 Sex, Gender, Sexuality, 페미니즘 문학

페미니즘은 주로 Sex, Gender, Sexuality 세 가지 차원의 용어를 정립하여 논리를 전개해 나간다. Sex는 생물학적 성(생물학적 남녀구분), Gender는 사회 문화적 성차 및 성역할을, Sexuality는 성행위와 성적 욕망, 성 정체성을 포함하여 성적 욕망을 창조하고 조직하고 표현하고 방향 지우는 사회적 과정으로 변별한다. 개념 하나 하나가 모두 커다란 깊이와 넓이를 갖고 있다.

남성성에 대비되는 여성성에 대한 구분은 여러 학자들이 해놓았다. 그중 Mary Ellman의 견해가 가장 설득력 있어 보인다. 그는 문학 작품에 나타난 여성상을 제시하고 있는데, 상투적이긴 하지만 여성상의 보편적 이미지가 확연히 부각되고 있다. 그는 여성상으로 무정형성, 수동성, 불안정성, 폐쇄성, 순결성, 물질성, 영성, 비합리성, 순종성, 반항성(말괄량이, 마녀) 등을 제시하고 있고, 남성이 주로 권위, 무게, 합리성, 지식, 통제 등을 중시함에 비해서 여성은 직관, 무형태, 민감, 열정 등의 감성적인 특성을 중시한다고 본다.

이러한 차이의 인식으로부터 '페미니즘 문학'도 그 정의가 논의된다. 페미니즘 문학의 정의는 '여성이 쓴 문학작품'이라는 주장과 '여성적인 시각으로 쓴 문학작품'이라는 두 가지 주장으로 엇갈린다. 여성학자들의 다수가 페미니즘 문학은 여성이 쓴 문학작품이어야 한다고 주장한다. 이러한 주장의 근거는 여성이 아니고서는 여성적인 시각으로 대상을 본다는 것은 이론적으로 가능하나 현실적으로는 불가능하다는 주장이다. 이는 일견 맞는 말 같아 보이지만 페미니즘을 지나치게 상대주의적 관점에 초점을 맞춘 한계가 있어 보인다. 이에 비해 남성이라 할지라도 여성적 시각으로 쓴 문학작품이 페미니즘 문학이라는 정의가 전자의 주장보다 보편성을 획득한다. 왜냐하면 페미니즘은 여성이 알아야 할 영역이지만 그에 못지 않게 남성이 알아야 그 실효를 거둘 수 있기 때문이다. 다행스럽게도 점차 후자의 주장이 주도적인 추세로 바뀌고 있다.

2 3 근대문학 초기의 두 작품

1) 「무정」의 페미니즘적 성격

우리 문학사에서 이광수의 「무정」은 최초의 근대장편소설이라는 역사적 평가를 받는 작품이다. 1917년 ≪매일신보≫에 연재되어 낙양의 지가를 올렸다.

「무정」은 내용과 기법 면에서 모두가 전대소설과는 판이하게 차이를 보이는 근대성을 갖고 있다. 톨스토이에게서 영향을 받은 인도주의와 안창호에게서 영향을 받은 민족주의를 근대적 문체로 형상화하여 성공을 거둔 작품이다. 인도주의란 바로 여성해방을 의미하며, 민족 문학적 성격 못지 않게 페미니즘적 성격과도 관련을 맺는다.

「무정」을 관통하는 중심인물은 영채이다. 그녀는 심청이같은 효심과 춘향이같은 정절을 한 몸에 지니는 여성이었다. 그러니까 영채는 여자로서의 독립성이 제거된, 남성을 위한 삶이 여성의 삶이며, 여성의 운명은 남성에게 달렸다는 지극히 수동적(과거적)인 여성이었던 셈이다. 영채(기생)는 심청이처럼 아버지에게 효심을 다하려 하였으나 그녀의 아버지는 자기 딸이 기생이 되었다는 소식을 듣고 절식 끝에 죽어버렸다. 효의 대상이 사라져 버린 것이다. 그리하여 남편감을 위해 정조를 지키려 하였으나 장안의 바람둥이들로부터 정조를 훼손당한다.

"노파는 입술이 아플까 보아서 부드러운 명주 수건으로 가만가만히 피를 씻
는다. 씻으면 또 나오고 깊이 박힌 두 이빨자국으로 빨간 핏방울이 솟아나온다.
명주수건은 그만 피로 울긋불긋하게 되고 말았다."

― 「무정」42회 연재분

위의 인용문은 영채가 정조를 **빼앗기고** 난 직후의 장면이다. 이 대목은
작품상으로나 문학사적으로나 분기점을 이루는 부분이다. 작중인물 영채가
전근대적인 여성에서 근대적인 여성으로 전환되는 분기점이면서, 동시에
한국 근대소설의 등장을 알리는 분기점이기도 하다. 즉 「심청전」과 「춘향
전」이 끝나는 자리에서 다시 시작되는 근대소설의 첫 자리를 차지하는 대
목인 것이다.

정조를 훼손당한 사건이 윤리적으로는 부도덕한 사건임에도 불구하고
텍스트 안팎에 그토록 중요한 의미를 갖는 까닭은 어떻게 설명할 수 있을
까. 그에 대한 대답은 이렇다. 그것은 여자의 정조를 훼손해야 근대적이라
는 의미가 아니라, 정조로 상징되는 남성중심의 유교윤리를 붕괴시키는 상
징장치로 썼기 때문이다. 즉 영채의 정조훼손은 유교적 지배 이데올로기의
파괴이며 남성에게 속박당한 여성을 해방시키고자 하는 의미를 내포한다.

이후 영채는 병욱(화해의 중개자이며 구원자, 이지적이며 활달한 성격)을 만나 과
거윤리에 의존해 살던 자신의 삶이 잘못되었음을 깨닫고 근대적인 여성(자
신이 자기 삶의 주체)으로 재생하는 과정을 밟고 있다.

2)「경희」의 페미니즘 성격

이광수가 근대문학 초기의 대표적인 페미니스트였다면, 나혜석은 동시
대 대표적인 여성 페미니스트였다. 그녀는 동경유학생 기관지 ≪학지광≫
에 「이상적인 부인」(1914)을 발표하여 페미니스트로서의 두각을 나타냈으

며, ≪여자계≫란 잡지를 발간하기도 하였다. 「경희」는 이 잡지에 발표된
소설이다.

「경희」(1918)는 동경 유학생인 주인공 경희가 아버지로부터 결혼을 종용
받지만, 이에 승복하지 않고 인간으로서의 주체성과 자각을 이룬다는 내용
으로 꾸며져 있다. 여학생 경희는 결혼이냐 공부를 계속하느냐의 문제를
둘러싼 갈등을 일으키다가, 결국 공부를 선택함으로써 자신의 주체성을 분
명히 살려내는 인물로 그려져 있다.

이처럼 스토리는 아주 단순하다. 그러나 가부장제 사회에서 아버지가 강
요하는 결혼을 거절하는 모티프는 당대의 유교적 지배이데올로기를 거절하
는 매우 충격적인 문제의식이었다. 이러한 사정(남성 중심의 유교적 지배이데올로
기)을 인식한 나머지 소설은 경희가 부정적 인물이 아님을 설명하는데 많은
지면을 할애한다.

> "먹고만 살다 죽으면 그것은 사람이 아니라 금수지요. 보리밥이라도 제 노력
> 으로 제 밥을 제가 먹는 것이 사람인 줄 압니다. 조상이 벌어놓은 밥 그것을
> 그대로 받은 남편의 그 밥을 또 그대로 얻어 먹고 있는 것은 우리 집 개나 일반
> 이지요 …… 경희도 사람이다. 그 다음에는 여자다. 그러면 여자라는 것보다
> 먼저 사람이다. 또 조선사회의 여자보다 먼저 우주 안의, 인류의 여성이다. 이
> 철원 김 부인의 딸보다 먼저 하느님의 딸이다. 여하튼 두 말할 것도 없이 사람
> 의 형상이다.
>
> ─「경희」에서

인용된 내용은 경희가 고뇌 끝에 획득한 성의 정체성이며 여성으로서의
인간선언이다. 경희는 여성억압의 원인이 경제적 의존 때문임을 인식하고
노동의 의의를 중시한다. 그녀가 공부를 마칠 때까지 결혼을 하지 않겠다는
자유를 얻기 위한 투쟁은 이런 점에서 설득력을 갖는다. 작가는 성차별의

원인을 정확하게 인식한다. 여성은 피부양자라는 인식이 자본주의와 교묘
하게 결합하여, 여성을 저임금화 하는 현실세계를 돌아볼 때 작가의 인식은
참으로 진취적이다.

　「무정」이 여성을 오랜 가부장제 하의 속박에서 해방시킨 첫 소설이라면,
「경희」는 여성도 인간임을 선언하는 첫 소설이 되는 셈이다.

2／4　포스트모던 시대의 페미니즘 소설

　「무정」과 「경희」는 근대문학 초기의 소설로써 오랫동안 지배적
유교이념으로부터 벗어나고자 했다는 점에서 자유주의 페미니즘의 성격을
갖는다. 이들에 비해 공지영의 「무소의 뿔처럼 혼자서 가라」(1993)는 우리
사회에 포스트모던적 징후가 뚜렷하게 나타난 시대에 생산된 작품이다. 시
대적 분위기에 걸맞게 이 작품은 엄청난 반향을 불러일으켰다. 페미니즘이
라는 알 듯 모를 듯한 언어를 일거에 대중에게 유포시켰으며, 수많은 여성
들로 하여금 '한국에서 여자로 살아간다는 것의 어려움'이나 '다시 태어나야
할 여자'임을 촉발시키기도 하였다.

　물론 이들 두 지평(근대문학초기와 후기자본주의시대문학) 사이에는 수많은 페
미니즘 작가와 페미니즘적 작품이 축적되어 있음을 전제로 하면서, 마지막
으로 「무소의 뿔처럼 혼자서 가라」의 페미니즘적 성격을 밝히고자 한다.

　이 작품은 세 여자(경혜, 영선, 혜원)가 등장한다. 대학 불문과를 졸업하고
난 10년 후 세 여자의 모습을 보여준다. 경혜는 의사인 남편의 외도로 정신
과 치료를 받을 만큼 고통을 받고 있으나, 이혼하지 않는 것이 복수하는
길이라 생각하며 사랑 없이 살아간다. 영선은 순종적이고 희생적인 성격이
나 남편의 배신과 외도로 좌절하여, 우울증·알코올 중독에 걸려 결국 자살

하고 만다. 영선의 장례식을 치른 절에서 혜원은 '무소의 뿔처럼 혼자서 가라'는 경구를 발견한다. 그리고 혼자서 산에서 내려온다.

혜원은 초점화자로써 가장 중심에 놓인 인물이다. 일과 가정살림의 조화를 꿈꾸었지만 높은 사회적 관습(아이를 죽인 여자, 남편의 구타, 이혼한 여자에 대한 편견)에 부딪쳐 실존적 고뇌를 겪는다. 그러나 소설가라는 직업을 갖고 꿋꿋하게 남는다.

세 인물의 현재 모습을 통해 작가가 던지는 메시지를 적어보면 이렇다. 결혼이 행복과 안정 아닌 불행과 파탄이라는 점이다. 남성의 이기심, 여성에 대한 사회적 불평등과 편견, 전통적인 관습의 굴레가 이들의 불행을 낳는 원인으로 진술되고 있다. 사랑을 통해 생동감과 자유와, 안정감을 경험할 수 있기를 바랐지만, 결혼으로 사랑의 결실은 맺었지만, 결혼은 생동감과 자유와 안정감의 끝이었고, 그 끝자리엔 허무감과 좌절로 채워져 있었다. 결혼을 경험함으로써 성장이나 자발성을 경험하는 대신 높디높은 관습의 벽을 다시 한 번 확인 할 뿐이었다. 이 사회에서 여자가 살기에 얼마나 힘든가,라는 말을 전 여성들의 목소리를 대변하는 듯하다.

포스트모더니즘 문화의 한 특징이 탈중심, 즉 중심의 무너짐이라면 주변부로 인식되던 여성의 정체성 찾기에 관한 관심은 매우 자명해 보인다. 이런 경향과 함께 1990년대를 전후해서 우리 문학은 여성들이 판을 쳤다고 해도 과언이 아니다. 그러나 이 시대 페미니즘 소설의 대표작이라 할 만한 「무소의 뿔처럼 혼자서 가라」를 보면, 여전히 가부장제 하의 굴레라는 전제가 상상력의 근원이라 여겨진다. 전 단계 동류의 소설들이나 동시대 여타의 작품들이 갖는 문제의식과 별반 차이를 갖지 않는다. 그러므로 남자를 적으로 규정하는 페미니즘이 아닌, 남성에 대한 복수심의 한 표현이 아닌, 사회의 구조의 총체적 모순이나 포스트모더니즘 문화에 대한 깊은 통찰력을 바

탕으로 한 전지적 작가의 페미니즘 작품이 요구된다. 공지영의 「무소의 뿔
처럼 혼자서 가라」는 페미니즘 문학의 완성작이 아니라 새로운 출발을 알
리는 작품인 셈이다. 尾

한국 소설 속의
어머니

2 1 어머니라는 이름

어머니는 자식이 부르는 호칭이다. 다른 말로 엄마, 엄니, 울엄마, 오마니 등이 있다. 아내는 남편에 반대되는 보통명사다. 다른 말로 집사람, 내자, 마누라 등이 있다. 이 때의 아내는 여자(여성)로서의 의미가 부각된다. 그러나 자식과 관련하여 부르는 호칭인 어머니는 여성의 의미는 약화되고 모성의 의미가 강화된다. 여자는 약하나 어머니는 강하다든가, 성모, 신모와 같이 성스러운 수식을 내세울 수 있는 것은 모두 모성의 거룩함으로부터 비롯된다.

자식에게 있어서 어머니는 하나의 대상이다. 효행의 대상이고, 보답해야 할 은혜가 막중한 대상이다. 이는 우리의 전통적인 윤리였으며, 우리 사회를 떠받쳐온 미덕의 기둥줄기였다. 그러나 사회구조의 급격한 변화에 따라 이러한 미덕이 근본에서부터 붕괴되어 가고 있다. 모성의 거룩함은 점차 쇠락해가고, 효행과 보은대신 악덕이 판을 친다. 이로 말미암아 가정이 흔들리고 우리 사회 전체가 흔들거리는 위기에 처해 있는 실정이다. 소설의 인물들은 이러한 소설 밖의 일을 상세히 그리고 실감나게 독자에게 보고한다. 소설을 감싸는 세상의 어떤 계층을 대표하는 인물로 등장해서 결핍되고 부조리한 현실을 생생하게 고발한다.

2 2 근대문학 초기의 어머니

1) 가부장제 하의 비주체성

한국의 근대소설은 이광수의 「무정」(1917)으로부터 그 기점을 잡는다. 가부장제하의 피조물에서 근대적 여인으로 각성해 가는 인물 창조는 소설의 근대성을 가름하는 중심축이었다.

그러나 근대문학 초기의 제 2주자였던 김동인 이후, 제 1주자였던 이광수가 열어놓은 건전한 여성주의는 발전적으로 이어받지 못하였다. 예술지상주의니 사실주의니 혹은 낭만주의 그리고 인생론적 입장이니 하는 소설들이 모두 현실의 본질을 캐내기보다는 기법 등의 외형을 모방하는 데만 그치고 말았다. 여기에는 김동인의 책임이 크다. 이광수에 반대해서 그가 쓴 소설은 모두 가부장제로 회귀하고, 동시대 작가들에게 영향을 끼쳤다. 이 시기 어머니의 목소리가 전혀 들리지 않거나, 들린다 하더라도 소극적이거나 오히려 포악한 형태로 들리는 것은 이 때문이다. 가부장제 하의 수동적인 어머니로서 부권의 폭력에 순종하거나 동조하는 성격인 것이다.

김동인의 대표작 「감자」(1925)의 경우나, 나도향의 대표작 「벙어리 삼룡이」(1927), 계용묵의 대표작 「백치아다다」(1935)는 지금까지도 독자의 사랑을 받아오고 있는 단편소설 들이다. 그러나 이들 작품 속에 내장되어 있는 어머니들은 전혀 보이지도 들리지도 않는다. 근대란 말 속에는 자유, 개성, 여권신장과 같은 의미들이 중요한 자리를 차지한다. 그럼에도 여성들의 의식은 여전히 과거를 답습하고 소설적 외피만 근대적으로 걸치고 있는 것이다. 개화기 소설들이 낡은 양식에 새것을 담는 부조화를 보였듯이, 근대초기 소설들은 새로운 양식에 낡은 것을 담았던 한계를 노출하였다.

딸을 팔아넘기는 남편의 폭력에 동조하는 것이 복녀의 어머니라면, 소박이란 미명으로 교환가치(논 한 섬지기의 깃보)를 상실한 딸에게 폭력을 행사하는 아다다의 어머니는 부권의 횡포에 아무런 회의도 없이 맹종하는 무지한 어머니였다. 자식의 잘못을 알고 있으면서도 남편에게만 그 책임을 떠넘기는 오 생원의 부인(「벙어리 삼룡이」)도 자신의 목소리가 없기는 마찬가지이다. 맹목적인 순종을 미덕으로 강요받던 남성세계의 가혹한 덫에서 빠져 나오지 못하는 어머니의 무기력한 초상들이었다.

2) 사랑과 윤리 사이

주요섭의 「사랑손님과 어머니」(1935)는 24세의 청상과부가 사랑손님(남편의 친구이자 중학교 미술선생님)에 대한 애정 욕구와 6살 난 딸을 둔 어머니로서의 윤리 사이에서 갈등을 겪는 소설이다.

사랑의 감정은 책갈피 속의 꽃잎이라든가 달걀, 풍금 등의 소도구와 주기도문을 외우면서 '시험에 들지 말게'를 되풀이 하는 등의 간접적인 방식으로 표현된다. 그러나 사랑의 감정은 죽은 남편에 대한 죄책감과 타인들의 시선과 충돌하며 괴로움을 겪는다. 결국 어머니는 사랑대신에 어머니로서의 자리를 선택하며 수절하는 여인상으로 남는다. 한 번 출가한 여인은 절대 개가를 할 수 없다는 가혹한 윤리에 막혀버린 비극적인 내용의 소설인 셈이다.

비극적이라 함은 어머니의 자리에 아버지를 대치시켰을 때 더욱 뚜렷이 나타난다. 외동딸을 둔 아버지가 죽은 아내에 대한 죄책감 때문에 재혼을 괴로워할까. 이런 경우 오히려 서둘러 재혼하는 것을 마땅히 받아들이는 것이 사회의 통념이 아닐까.

이렇게 본다면, 옥희의 어머니는 여자의 길 대신 어머니의 길을 선택하도록 강요받은 것이나 마찬가지다. 여자로서 흔들리는 마음을 어머니라는 성스러움으로 극복하지 않을 수 없는 관습이 개입한 탓이다. 아름답지만 비극적인 소설이다.

2 3 전쟁과 변혁의 시대 어머니

1) 한국전쟁의 희생양

한국전쟁은 동족간의 증오심의 골을 깊이 파놓았고, 분단의 원인으로 작용하였으며, 또한 우리 어머니들을 고통 속으로 몰아넣었다. 남편 혹은 자식을 전쟁터에서 잃고, 살아 있는 동안에도 박래품 이념 때문에 괴로움을 겪어야 했다.

해방촌의 판잣집에 정착하였으나, 정신적으론 어느 한 곳에 뿌리를 내리지 못하고 방황하는 가족. 양공주가 된 여동생 명숙, 권총강도가 된 남동생 영호, 북으로 가자는 소리만 신음처럼 내 뱉는 어머니, 아내의 죽음으로 절망적인 상황에 부딪힌 철호(작중 주인공)는 이것은 곧 조물주의 「오발탄」(이범선, 1959)이라고 절규한다. 희망의 출구가 완전히 차단된 동굴 속에서 신음하는 어머니의 모습이 괴기스럽기까지 하다.

6·25의 아픈 기억을 떨쳐버릴 만큼 강산이 변했으나, 그 상처는 지금까지 아물지 않는다. 우리 삶의 질곡 그 근저에 도사리고 있는 6·25는 우리의 어머니들로 하여금 이념에 희생되는 자식들보다 더 비극적인 최후를 맞는 것이다. 윤흥길의 「장마」(1973)에 보이는 두 어머니는 모성이라는 초월적 힘으로 이념적 장벽을 허물어 버리나, 결국 이념의 희생양이 되고 만다. 국군을 둔 외할머니와 빨갱이를 자식으로 둔 할머니 모두, 사랑과 용서로 화해의 결말을 맺지만, 자식을 잃고 스스로 죽음을 맞이하거나 홀로 남겨지는 비극적인 인물들로 그려지고 있다.

어머니가 이토록 비참하게 당하는 수난은 80년대 임철우의 「붉은 방」에까지 이어지고 있다. 반공주의자 최달식의 어머니는 이념이 무엇인지도 모르며 이념 때문에 가족이 몰락해 가는 일치성 속에 치매노인으로 버려질 위기에 처해 있다.

2) 가족의 울타리를 넘어 민중 속으로

동서고금을 막론하고 남편에게 순종적이고 자식에게는 희생적이었던 어머니의 이미지는 1906년 막심 고리끼의「어머니」에 와서 커다란 지평변동을 갖는다. 노동자 빠벨의 어머니 뻴라게야 닐로브나는 더 이상 무식하지도 무능하지도 않다. 과거 윤리의 틀에 얽매이지도 않는다. 아들과 아들의 친구 즉 혁명가들을 통해 그들의 운동을 이해하고 수용하며 동참한다. 이제 그녀는 당당하게 메이데이 날 감옥에 들어간 아들대신 노동자들 앞에서 깃발을 흔든다. 전 노동자들의 어머니이며 인류의 어머니이며 동시에 혁명가로 탈바꿈하는 순간이다.

집단창작 과정을 거쳐 펴낸「피바다」(북한)의 원남이 어머니는 뻴라게야 닐브로나를 그대로 모방한다. 순종과 희생을 미덕으로 삼았던 전형적인 어머니가 항일 유격대에 참여하여 가열찬 투쟁대열에 서는 것이다.

우리 자손들에게 편안한 미래를 물려주기 위하여, 일본 군국주의자들에게 당한 원수를 갚기 위하여, 사회주의 혁명을 통한 독립해방을 위하여 그녀가 항일 유격대 선봉대에 서서 싸우는 모습은 분명 가정 속의 어머니가 아니다. 식민지 지배 하의 폭력에 맞서 싸우는 혁명가의 모습인 것이다.

윤정모의「고삐」(1988)에는 민가협 어머니(일명 어머니 부대)들이 여럿 등장한다. 80년대 사회변혁 운동의 물결이 최고조에 이르렀을 당시 양심수들의 어머니들이 조직한 단체이다. 막내아들 진우가 갇혀 있는 진주 교도소를 찾는 늙은 어머니가 '내 아들은 반제다'라고 당당히 말하는 모습에서 우리는 또한 새로운 어머니상을 본다.

반독재 투쟁과 반미 투쟁에 연루되어 영어의 몸이 된 자식과 남편의 뒤를 이어 투쟁 대열에 선 어머니들은 우리 시대가 낳은 어머니들이다. 민주주의를 신봉하는 이들의 어머니이며 자주 민족을 염원하는 이들의 어머니인 셈이다. 오늘날 우리들이 마실 수 있는 자유의 공기는 모두 이들이 있었으므로 가능했다.

이에 비해 송기숙의 「어머니의 깃발」(1984)은 진정 나의 어머니는 우리의 누구인가를 생각케 하는 탁월한 작품이다. 작중 중심인물 김개만이 자신의 안위를 위해 안주하려는 생모보다는, 공동체의 안녕과 질서를 위해 깃발을 들고 도깨비굿(진도민속)을 펼치는 아낙들에게서 진정한 어머니의 모습을 보는 것이다. 이는 색안경을 쓴 이기적인 생모보다 촌스런 대전 여자에게서 세상의 아들에 대해 세상의 어머니가 베푸는 사랑을 느끼는 경우와도 같다. 이처럼 성스런 모성의 형상들은 독자를 감동케 하는 힘을 갖는다. '성스런'이란 수식어를 붙인 것은 모성이 단지 한 자식에게만 국한되지 않고 가정 밖의 사회공동체로 뻗어가는 모성이기 때문이다.

2/4 산업화 시대의 어머니

1) 모성적 상상력의 두 유형

시대가 바뀌고 삶의 방식이 아무리 변화해도 흔들리지 않는 부분이 모성적인 상상력이다. 양귀자의 「정호엄마」(1989), 한동림의 「귀가」(문학동네, 1988. 봄), 김종윤의 「어머니의 일생」(1988) 등은 모두 어머니의 헌신적인 모성본능을 드러낸 작품들이다. 미래를 낙관할 수 없고 현실의 고통만을 안겨주는 자식이지만, 그 자식이 있기에 자신의 삶을 살아가는 어머니들이 각인되어 있다. 이러한 모성적 상상력은 현실의 고통을 뛰어넘을 뿐만 아니라 현실의 어떤 이념도 초월하고, 자식을 위한 살신조차 두렵지 않은 것이다.

박완서의 「한 말씀만 하소서」(1994)도 자식을 잃은 체험적 소설이지만 그 예외는 아니다. 한때 여성 주의의 선두에 섰다가 곧바로 여성주의자들로부터 의심을 받았던 그는 「내가 가장 나종 지니인 것」(1993)과 이 작품으로 하여 어렴풋한 여성주의에서 발을 뺄 수 있지 않았나 생각한다. 가장 귀중한 것(아들)을 신에게 빼앗겼을 때의 아픔이, 여성으로서보다는 어머니로서 절절히 토해져 있다.

그러나 김정현의 「아버지」(1996)에 등장하는 지원이 어머니와 같은 편협하고 왜곡된 어머니의 모성은 우리사회가 해결해야 할 과제다. 가족 내에서 남편을 소외시키고 오직 자식만을 그리고 오직 내 자식만이 뛰어나기를 바라는 행동양식은 소아주의적 모성일 수밖에 없다. 울타리 안에 갇힌 이기적인 모성의 발현이기 때문이다.

2) 버려지는 어머니, 버려지는 아이

어머니가 자식을 위해서 죽음까지 두려워하지 않는 모성적 상상력의 그 반대편엔 자식이 어머니를 버리거나 어머니가 자식을 버리는 비인륜적인 행위가 자리잡는다. 인간과 인간과의 관계가 교환가치의 지배를 받다보니, 인간의 의식까지 물질화되어 나타나는 시장경제 체제 하의 비인간적인 모습이다. 「할머니의 죽음」(현진건, 1923)을 앞에 놓고 자식들(변호사, 은행원, 회사원)은 직장일이 더 걱정이다. 결국 이들은 할머니(작중화자의)의 임종을 보지 못하고 돌아가 버린다. 이미 자본주의적 생산양식이 싹트던 시기의 작품으로서 현진건은 이미 인간 사이에 내재한 소외의식을 꿰뚫고 있었다. 가족이 붕괴되는 초기 양상의 소설이라고 할 수 있다.

애당초 '있었던' 또는 '있는' 어머니의 모습을 그려보고자 했다는 윤흥길의 「에미」(1990)에는 여러 유형의 어머니들이 그려져 있다. 그러나 오랫동

안 고향을 잊고 지내온 '나'가 어머니가 위독하다는, 수차에 걸친 연락을
받고도 딱히 하는 일 없이 찾지 않았다는 데서 산업화 시대의 위기가 위험
스럽게 도사리고 있음을 본다. '어머니의 삼십 년 적공이 일적포말'이라는
촌로의 말은 오히려 점잖은 표현이다. 타인을 소외시키기 위해 자신이 소외
되는 병든 사회의 몸짓이다. 노년의 어머니를 두고 자식들이 서로 모시기를
꺼려하는 상황은 이제 우리 사회에서 상식적인 현상으로 나타나고 있지만,
그 병은 점차 깊어지고 있어 마침내 어머니를 내다 버리기 시작한다.

> "허어, 참. 어떤 불효막심한 녀석이 또 제 에미를 하나 버렸군."
> "누가 몰래 버리고 갔는갑만, 얼른 치워버려야 쓸 것인디."
> "산송장인가? 임자 있는 물건이고만?"
> "글메, 임자가 있응께. 이만큼이나 꾸며서 내보냈겠지?"
>
> 대낮에 이런 데서 산송장을 보는 일이란 그들에게 어려운 일이 아니었다.
> ― 송하춘, 「청량리역」(1993)

　　문제는 이와 같이 버려지는 어머니가 어쩌다 일어나는 사건이 아니라
자주 생긴다는 데 있다. 어머니를 버리거나 죽이는 자식의 악덕이 아주 특
별한 개인에게 국한된 것이 아니라 정도의 차이만 있을 뿐이지 우리들 누구
에게나 가지고 있다는 사실이다. 모두가 공범이며 모두가 함께 무너져 내리
는 일치성 속에 우리는 살고 있다. 어머니는 더 이상 신이고 뿌리이며 성스
런 존재가 아니다. 귀한 존재가 아니다. 귀찮은 존재이며 빨리 없어져야
할 대상이다.

　　어머니가 자식을 버리는 악덕이 아무렇지도 않게 자행되고 있는 우리
사회는 더욱 위험속으로 치닫는다. 송하춘의 「하백의 딸」(1993)은 고등학교

일학년 여학생이 경포대 모래사장에 아이를 낳아놓는다. 문제는 임신을 시킨 남학생이나 임신을 한 여학생 모두 뻔뻔스러울 정도로 태연하다는 사실이다. 부끄러움이나 염치를 모르는 얼굴을 보았을 때의 불쾌감이 든다.

가족에 있어서의 어머니의 존재, 그 가치 상실은 우리의 전통적인 삶의 미덕을 송두리째 흔들어 놓는다. 가족의 중심축인 어머니가 무너짐으로써 가족 전체가 모래알처럼 흩어지고 말았다. 어머니도 버려지고 자식도 버려지는 현실. 이는 우리 사회가 무엇보다도 먼저 해결해야 할 과제이다.

3) 자아 찾기 그리고 여성상의 본보기

여권 신장의 과정은 여성의 끊임없는 자아 찾기의 과정이었다. 여성은 사회에서도 남성과 동등한 지위와 일을 갖기 원하고, 가정의 일도 남성과 동등하게 분배하기를 요구한다. 뿐만 아니라 가정생활을 충실히 하면서도 자신을 찾는 일에 관심을 두는 것이 요즈음 일반화된 사고방식일 터이다.

문정희의 「하얀 십자가」(창조문학, 1998년 봄호)는 순종과 헌신을 미덕으로 삼았던 어머니가 가정 밖으로 자아를 찾아 나선다. 하찮은 일년생 풀도 자기 이름으로 살아감을 깨닫고 자기 삶을 찾기 위해 가정 밖으로 나간다. 그녀가 밖에서 느낀 것을 시지프스처럼 평생 바윗덩어리를 끌어올리는 존재가 인간임을 깨달은 것이다. 그녀는 스스로 바위를 굴러 올리기로 결심한다. 그녀의 자아 찾기는 그러므로, 타인과의 관계 속에서 얻어지는 게 아니라 자아의 거듭나기를 통해서 얻어지는 셈이다.

가장이 떠난 긴 세월 동안 어머니는 김주영의 「홍어」(1998)에서 감동적으로 표현되었다. 가정을 버린 남편을 기다린다든가, 소문이 두려워 가정 밖을 벗어나지 못하고, 가문의 명예를 들먹거리는 어머니의 모습은 분명 폐쇄적이고 전근대적이다.

그러나 관심이 없는 듯하지만 자식들의 일거수 일투족을 용의주도하게
꿰뚫고 있는 어머니는 분명 평범한 어머니가 아니다. 아버지가 돌아오자
어머니는 모든 일을 준비해 왔듯이 가정을 떠난다. 그리고 다시는 돌아오지
않을 것이라는 암시도 잊지 않는다. 어머니의 자리를 잃지 않고 감내한 뒤
에 떠나는, 새롭게 거듭나는 어머니의 자아 찾기가 기대된다. 어머니의 부
재를 아내의 부재를 남편과 자식들이 어떻게 실감할 것인가도 기대된다.

공지영의 「무소의 뿔처럼 혼자서 가라」(1993)는 여성주의 소설로써 모
성에 숨겨져 있는 억압을 폭로한다. 어머니를 인간인 여자로서 보려는 것이
아니라 성스럽다거나 인간 이상의 어떤 존재로 여긴다. 그렇지 못할 경우
비난을 면치 못하고 불평등을 감수해야 한다. 그러니까 우리가 사는 사회는
가장 가치롭고 경건해야 할 모성까지도 여성을 구속하는 억압 기제가 되고
있다는 것이다. 종국에 가서는 구속의 상태를 벗어나지 못하는 것이 어머니
의 비극이고 여자의 비극이라는 것이다.

이는 수많은 여성주의자들에게 공감을 불러 일으켰고 유사한 작품을 생
산해내는 기폭제 역할을 하였다. 그럼에도 불구하고 남편(혹은 남자)를 적이
라 생각하여 간단없이 집을 뛰쳐나오는, 자식을 둔 어머니의 자아 찾기로서
는 과격해 보인다. 지나치게 정직하고 순수한 탓인지도 모른다. 때문에 독
자의 공감대가 컸던 만큼 다른 생각을 가진 이들의 반감 또한 컸다.

「무소의 뿔처럼 혼자서 가라」의 반대편에는 이문열의 「선택」(1997)이 자
리한다. 작가는 본보기가 될 만한 여인상을 역사 속에서 발굴해 내기 위해
작품을 구상했다고 밝혔다. 우리 사회에서 논의 되고 있는 여성주의가 극단
에 흐르고 있다는 판단 하에 나름대로 여성으로서 아내로서 어머니로서 모
범이 될 만한 모델을 역사 속에서 고른다는 것이 자신의 조상 중 한 사람인
정부인 장 씨였던 것 같다. 그런데 그런 완벽한 여인상을 모델로 삼은 것은

문제가 있어 보인다. 아이러니 하게도 「선택」이 발표가 채 끝나기도 전에 여성들로부터 집중포화를 받은 것이 이 때문이다. 성모 마리아처럼 혹은 슈퍼우먼처럼 빈틈없는 완벽한 그리고 성스럽기까지 한 여성상은 인간적이지 아니하다. 무엇보다도 지금은 가부장제 하의 농업중심사회가 아닌 정보화, 후기 자본주의 시대라는 점이다. 이 시대에 맞는 여성상과 어머니상의 형상화가 절실히 요구된다.

25 어머니를 방기하는 위기의 시대

어머니는 자식이 부르는 호칭으로 여성성보다는 모성이 강조된다. 자식에게는 효의 대상이고, 은혜에 보답해야할 대상이다.

시대가 바뀌고 사회가 변화함에 따라 어머니는 소설 속에서 다양한 모습으로 형상화되었다. 근대문학 초기까지만 해도 가부장제 하에서 윤리의 벽을 넘지 못하고 목소리 없는 어머니상을 보여 왔다.

한국전쟁으로 인한 어머니의 수난은 오늘날까지도 계속되어 왔으며, 사회 변혁의 시대(특히 80년대)에는 가족 내에서 희생과 순종의 미덕을 보이기보다는 그 모성이 가정 밖으로 뻗어가는 이미지로 나타났다. 산업화 시대에 와서는 모성과 효의 대상으로서의 어머니가 전체적으로 흔들리고 있다. 강한 어머니의 모성이 한 축을 형성하고 있는 것이 사실이나, 반면에 편협하고 왜곡된 이기적인 모성이 문제로 남는다. 어머니가 버려지고, 어머니가 아이를 버리는 끔찍한 현실이 가시화되고 있다. 어머니들이 여성성을 찾기 시작하면서 모성이 점차 약화되고 있는 현상에 주의를 기울일 가치가 있다.

우리는 지금 이 시대를 위기의 시대라고 말한다. 환경의 파괴가 그렇고 인간의 소외가 그렇다. 상업 자본주의 시장경제가 인간의 정신을 거짓욕망

으로 탈바꿈시킨다. 그러나 이런 것 못지 않게 우리가 위기를 느끼는 것은
모성의 약화와 어머니를 방기하고 자식을 방기하는 일에 참여하고 있는 우
리 자신들이다. 이런 비극적인 현실은 인류가 생산양식을 바꾸어 욕망을
거두어내는 일을 하지 않는 한 더욱 가속화될 것으로 보인다. 尾

우리 시대 고개 숙인
아버지의 초상

2·1 베스트셀러의 한 현상(신드롬)

한때 출판계는 김정현의 소설 「아버지」 신드롬(현상)으로 떠들썩하였다. 1996년 8월 출간된 이후 계속해서 베스트셀러 1위를 고수하였고, 출판 5개월 만에 일백만부를 돌파하여 마침내 밀리언셀러군에 진입하였다. 단기간 내에 최고의 판매부수를 기록하는 소설로 성가를 높였다.

베스트셀러 중에는 스테디셀러 혹은 롱셀러 군에 진입하는 작품이 있기는 하지만, 모든 베스트셀러가 다 그런 것은 아니다. 오히려 대부분의 베스트셀러는 단기간 내에 다수의 독자층으로부터 집중적인 인기를 얻었다가 시간이 지나면서 종적을 감춰버리는 운명을 겪고 있는 실정이다. 그렇다면 한때 출판계와 독서계를 강타하였던 소설 「아버지」도 안정적인 평가를 받기까지는 더 시간을 기다려야 한다.

다만 출판 당시의 시점에서 소설 「아버지」가 낙양의 지가를 올렸던 작품의 내외적인 이유에 대한 진단과 그 전망에 대한 예측은 해 볼 필요가 있다. 이 글은 이런 목적에서 씌여진다.

소설 「아버지」의 신드롬은 적시성, 매체의 역할, 지연의 효과, 가난 컴플렉스와 자존심과 관련을 갖고 있었다. 물론 다른 이유도 있을 터이지만 이 글에서는 이 네 가지만을 중심으로 하여 내용을 전개해 보고자 한다. 적시성은 사회적 분위기에 딱 맞아떨어진 내용이란 점에서, 매체의 역할은 그런 분위기를 상업적으로 이용한다는 점에서, 지연의 효과는 작품 자체의 기법적인 측면에서 그리고 가난 컴플렉스와 자존심은 아버지의 위상이라는 점에서 접근을 시도하고자 한다.

2 2 적시성適時性

90년대를 전후해서 우리 사회는 기존의 관념과 관습과 풍습 등 온갖 것들이 파괴되는 특징을 보여왔다. 이분법적 사고의 파괴, 문명과 문화의 경계 파괴, 중앙권력의 파괴, 가부장의 위상 파괴 등 종래의 미덕으로 삼아왔던 가치들이 모조리 파괴되어 왔다.

이 가운데 가부장의 위상 파괴는 마침내 가정이 파괴되는 우려와 염려를 낳는 가운데, 사회적 분위기는 가부장을 가정과 어느 곳에서도 설 자리를 못찾게 하는 상황으로 치달아 왔다.

가정에서는 여자(어머니)가 전권을 거머쥐고 있다. 가족의 생사여부를 가름하는 경제권과 생사여부에 버금가는 교육권을 가지고 있어서, 가족 구성원 가운데 아버지만 소외당하였다. 즉 어머니와 자식들 간에는 소통이 자유롭게 이루어지고 있지만, 아버지와는 대화의 통로가 차단되어 있었다. 자식들은 자신들의 필요에 의해서 어머니와 소통을 해야 되고, 아버지는 늘 뒷모습을 보는 것으로 족하였다. 그러므로 이미 우리 사회의 가정은 가족 구성원간의 공통언어를 상실하고 가족 구성원간의 자유로운 소통이 단절된 절름거리는 공간으로 변하고 말았다.

여기에다가 4 · 50대 이상의 기성세대 아버지들은 가정 밖에서도 쫓겨나기 시작한다. 직장을 위해서 향토를 위해서 조국을 위해서 때로는 허리띠

졸라매고 때로는 몸바쳐 일해 왔지만, 명퇴니 조퇴니 강퇴니 하여 불안한
상황에 처해 있는 실정이었다. 가정을 버리다시피 하고 갈 곳이 없는 현실
의 쓸쓸한 위상이 곧 그때 그 시대의 아버지들의 우울한 초상이었다.

　이와같이 아버지의 위상이 추락하여 온통 사회가 흔들리는 분위기를 타
고 소설 「아버지」는 출간됐기 때문에 「아버지」 현상이 온 첫째 이유라고
생각한다.

　　　「웬 일이세요? 아이들을 다 찾고?」
　　　정수는 물끄러미 아내를 바라봤다.
　　　딸 지원이 대학에 들어가고 아들 희원이 고등학교에 들어간 다음부터 자신은
　　　늘상 이 집안의 외톨박이라고 생각했는데 아내의 반문은 오히려 그의 무관심을
　　　탓하는 듯 들렸다.
　　　「지원이는 자고 희원이는 아직 안 들어 왔어요.」
　　　아내는 대답과 함께 등을 돌렸다. 정수도 그 아내와 어깨를 스치며 안방과
　　　마주한 자신의 방으로 들어섰다. 이내 아내의 안방문이 닫히는 소리가 들렸다.
　　　　　　　　　　　　　　　　　　　　　　　　　　－「아버지」의 첫단락 중에서

　인용문에서 보는 바와 같이 주인공 한정수의 가정에서의 초라한 위상은
그 시대 대부분의 아버지들의 초상이었다. 경제권 · 교육권이 가정의 초미
의 관심사가 돼버린 우리 사회의 병리적 현상은 엄청난 위력으로 가정의
질서를 파괴시켰다. 더구나 선하고 양심적이고 성실하나 학연 · 지연 · 혈
연이 없고 돈이 없는 이들이 설 자리는 제공되지 않는 것이 우리 사회의
또 하나의 병리현상이며, 이런 병리적인 현상은 아버지를 가정이나 사회
어느 곳에서도 발붙일 틈을 주지 않았다. 우리의 주인공 한정수 아버지처럼
'승진에 뒤쳐져야 하고, 한직閑職을 맴돌아야 하며', 종국에는 아내로부터
별거 아닌 별거를 당하고 아이들로부터 냉대를 받아야 하는 처지였던 것

이다.

그 때 아버지의 위상을 추락시킨 것은 여기에서 끝나지 않았다. 신한국당에서 단독으로 남들이 다 자고 있는 새벽녘 단 6분 만에 통과시켰던 노동법은 평생을 직장을 위해서 봉사해온 노동자들을 단칼에 몰아내는 가히 가공할 악법이었다. 선진국형 노동법이라고는 하였지만, 우리는 아직 선진국에 돌입한 것도 아니고, 설사 선진국이라 해도 이렇게 함부로 사람의 생명 줄을 끊는 나라는 이 세상 어디서도 없었다. 그런데 그런 끔찍한 일이 우리나라에서 일어나서 온 나라가 새벽 벽두부터 들끓었던 적이 있었다.

이 웃지도 울지도 못할 사건도 소설 「아버지」 현상을 부추기는 결정적인 요인으로 작용하였다고 본다. 소설 속의 한정수처럼 문화재 관리국의 고급 공무원이며 하이칼라인 그도 가정과 직장에서 소외받고 우울에 빠져 있는 상황인데, 노동자들이라고 해서 위기감이 들지 않았겠는가. 하루아침에 직장을 잃는다는 것은 사형선고나 마찬가지인 것이다.

아버지를 노동자로 둔 사람이나 아버지를 하이칼라로 둔 사람이나 모두가 관심을 가질 수 있는 시기에 출현한 소설 「아버지」는 이처럼 시대의 적절한 관심과 함께 인기를 호사스럽게 누렸다. 잊었던 아버지, 등한시 했던 아버지를 다시 생각하는 계기를 불러 일으켜 주고, 또한 그 아버지를 통해서 균형감각과 조화로움을 지닌 가정을 생각하게 한다는 점에서, 그리고 점점 가정의 균열을 부추기는 사회적 분위기가 지속되는 속에서 소설 「아버지」의 반향은 쉽게 누그러들지 않았다.

2 3 매체의 상업주의
문명사회가 발전할수록 매체의 영향력이 커진다. 매체는 대체로

3단계로 발전해 왔다. 활자매체에서 청각매체·영상매체로의 발전인 셈이다. 눈으로 읽는 신문(잡지), 귀로 듣는 라디오, 눈과 귀로 동시에 보고 들을 수 있는 텔레비전·비디오·영화·컴퓨터 등 실로 우리는 자고 나면 매체와 접한다고 할 수 있다. 매체를 통하여 정보를 얻고 흥겨운 오락을 즐긴다. 그러므로 매체는 남녀노소를 막론하고 모든 이의 눈과 귀와 정신세계를 포로로 만들어 놓고 있다 해도 과언이 아니다.

영상매체(전자매체)가 등장하면서 활자매체가 위기에 빠진 것은 사실이지만, 영상매체가 흥미와 오락 중심으로 치닫는 바람에 활자매체 또한 살아남기 위해 흥미와 오락 중심으로 함께 몸부림을 치고 있는 현상이다. 사정이 이렇다 보니 독자(시청자)들은 순기능(유익한 정보)보다 역기능(흥미와 쾌락)이 강한 매체들을 매순간 접하게 되었다.

매체의 속성은 독자의 관심을 읽는 눈이 아주 예리하다. 다수의 독자들이 관심하는 것을 날카롭게 포착하여 신속하고 과장되게 보여준다. 그것이 경쟁에서 이기는 것이라고 생각하여, 같은 사건을 경쟁하듯 다룬다. 그렇다 보니 어떤 한 사건이 터지면 전국적으로 모든 매체들이 일란성쌍둥이마냥 같은 소릴 내지른다.

1990년대 말에는 텔레비전 어느 방송을 틀어도 우리는 쉽게 우울에 빠진 아버지의 모습을 볼 수 있었다. 드라마, 코메디, 대담프로 할 것 없이 장르를 초월하여 다뤄지고 있었다. 이러한 분위기가 시청자들로 하여금 활자화된 소설 「아버지」를 읽고 싶은 충동을 일으켜 주었다고 본다.

출판사에서는 영리하게도 1백만 부 돌파 기념으로 '아버지에게 편지 보내기' 캠페인을 벌였다. 거기에 신문들은 멋지게 춤을 추어준다. 가령 1997년 3월 4일자 중앙일보 출판화제란을 보자.

식을 줄 모르는 '아버지' 熱風
지난 1월말 1백만부 돌파 기념행사
아버지에게 편지 보내기 4500통 몰려

이처럼 큰 활자로 뺀 타이틀 아래로는 출판사에 쌓인 편지를 찍은 사진
한 컷과 사진 설명이 고딕체로 씌어져 있다.(문이당 출판사의 '아버지에게 편지
보내기' 행사에 쏟아진 편지들. 우리 사회의 '고개 숙인 아버지' 문제의 심각성을 단적으로
말해준다.) 출판사에서는 곧 편지들을 묶어 책으로 낼 예정이라 하는 광고를
내고, 영화로도 만들어졌다. 정말 '아버지'의 열풍은 한동안 거세게 불어닥
쳤다. 그럼에도 불구하고 이 글을 쓰는 이는 소설 「아버지」가 지나치게 상
업주의에 빠져 들어가지 않았나 하는 생각을 하지 않을 수 없다. 매체들의
발 빠른 상업주의가 오히려 건강해야 할 아버지와 가정의 문제를 가실제(거
품)로 과장했다고 판단되었기 때문이다. 거품은 꺼지면 그만이다.

인간이 지상에서 가장 행복한 공간의 척도로 삼고 있는 가정이나 가정의
중심축인 '아버지'의 문제는 보다 더 성찰적으로 접근해 가는 차원에서 다루
어질 문제이지, 상업적으로만 다루어질 문제는 결코 아닌 것이다. 편지 쓰
기와 같은 폭넓은 독자층의 단순한 반응도 중요하지만, 이는 자칫 잘못하면
감상주의로 흐를 염려가 있다. 가정이라는 공간에 도사리고 있는 위기의
실체를 침착하게 굴착해내고 심리적·사회적·제도적인 문제가 무엇인가
를 심도 있게 규명해내는 참된 독자들이 참여하는 자리를 제공해야 한다.

2 4 지연의 효과

소설 「아버지」 속에는 독자가 내적으로 대화할 수 있는 공간들이
만들어져 있다. 독자에 따라 그 공간에서의 대화는 깊이와 넓이가 달라진

다. 특히 지연의 기법을 써서 독자를 단숨에 소설의 3분의 2지점까지 끌고
간 점은 이 소설의 자랑이다.

> "지연은 텍스트 속에서 응당 정보를 제공해야 할 곳에서 주지 않은 채 다음
> 단계까지 내버려 두는 것이다. 보류된 정보가 속하는 시간적 차원에 의하여 지
> 연의 수법은 두 가지 종류의 서스펜스를 만들어 낼 수 있다. 즉 미래지향의
> 서스펜스와 과거지향의 서스펜스다."(Iser wolfgang : The reading process)

미래지향의 서스펜스(유예상태)는 〈다음에는 무슨 일이 일어날까〉·〈언제
그 사실이 밝혀질까〉라는 의문을 유예상태로 유지시키는 것이며, 과거지향
의 서스펜스는 〈무슨 일이 일어났는가〉·〈누가 했는가〉라는 의문을 지속
시키는 기법이다.

여기에서의 지연은 주인공 한정수가 췌장암에 걸려 앞으로 5개월 밖에
살지 못한다는 정보를 가족에게 알려주지 않음으로써 독자에게 긴장감을
유지시켜 준다. 즉 미래지향의 지연인 것이다. 소설 밖의 세계에서와는 달
리, 암에 걸린 당사자만 알고 있고 가족은 모른다는 사실이 독자를 더욱
안타깝게 한다. 독자는 빨리 가족에게 그 사실이 알려지기를 원하나 작가는
하고 싶은 얘기를 할 만큼 한 뒤에서야 가족에게 알려주는 것이다.

그러니까 주인공이 자신의 병을 친구(의사)인 남 박사로부터 들은 시점과
남 박사가 영신(한정수의 아내)에게 남편의 병세를 전해주는 시점까지는 일종
의 시간적 공백이라 할 수 있다. 실제로 독자는 이제나 저제나 하면서 페이
지를 넘긴다. 그 공백을 작가는 천연덕스럽게 다음과 같이 메우고 있다.

아내와 별거 아닌 별거를 하게 된 이야기, 가족으로부터 외톨이가 되었다
든가, 과일가게 아저씨를 위악적으로 폭행을 하고, 35의 신화를 이루며 서
울대에 입학시킨 딸로부터 가슴 아픈 편지를 받기도 하는가 하면, 남겨진

가족들을 위해 정리할 일을 계획하고, 일식집에서 일하는 이 소령과의 사람 냄새 나는 연애도 한다. 가족에게 알려지는 일이 지연되고 있기 때문에 이런 일들이 터질 때마다 독자의 가슴은 더욱 안타깝고 연민을 느끼지 않을 수밖에 없다. (만약 가족들에게 알려지면 스토리 전개는 뻔하며 예정된 순서를 밟을 수밖에 없도록 되어있다. 가족이 아버지의 병을 알고 난 뒷부분이 지루하게 느껴지는 까닭이 여기에 있다.) 아버지의 병이 숨겨지고 있기 때문에, 남편이며 아버지인 정수가 죽어가고 있는데, 무섭도록 침착하게 변한 모습으로 남편을 대하는 영신과 정상의 자리에 아버지가 서 있기를 바라는 지원에게서 독자는 냉소적이고 이기적인 가족 구성원임을 느끼게 된다. 그리고 아버지란 존재는 가족을 위해서 희생만을 강요당하는 존재인가. 아버지로부터 자신들의 욕망을 채워 가지만, 정작 아버지의 쓸쓸하고 우울한 내면풍경은 한 치도 들여다보지 않으려는 가족들과의 거리는 얼마나 먼 거리인가를 깨닫게 된다. 이 세상에서 가장 정서적으로 친숙하고 가까워야 할 가족이 타인처럼 느껴질 때, 가장 안락하고 믿음의 공간이 되어야 할 가정이 불신과 반목질시의 공간임을 느낄 때, 그들을 위해 죽음의 목전까지 희생해 왔지만 자기 자신을 빼놓고는 모두 한 통속이라고 느껴질 때, 즉 자기 자신은 가족 내에서 껍데기에 불과하다는 사실을 깨닫게 되는 것이다. 때문에 그는 살아 있을 날이 멀지 않았음을 알면서도 남 박사와 포장마차 집에서 술을 마시는 가학과 또한 소령을 만나 용감한 연애를 결행하였던 것이다.

가정에서는 어느 누구와도 대화를 하기에는 첩첩산중으로 가로막혀 있었지만, 가정 밖의 타인들인 남 박사와 포장마차 주인과 처음 만난 이 소령과는 허심탄회하게 의사소통을 할 수 있었던 것이다. 아버지의 성격이 소심하면서도 자존심이 강하다는 것을 상기하면, 아버지로서 가정으로부터 도피하는 장면은 매우 자연스러워 보이며, 남 박사와 만난 포장마차에서 술을 마시거나 소령과 연애를 하는 일은 행복한 일이며, 독자들도 그런 모습들을 보며 행복감에 젖는다. 독자들은 대부분 이 가정이 소통 경로가 일방적이며 한쪽으로 차단되어 있는 광경을 보고 공감을 하게 되어 있다. 정도의 차이는 있지만 지금 우리 시대의 가정은 모두 대화 불능 내지는 대화 불감증에 걸려 있기 때문이다. 가정마다 안고 있는 문제를 발언하기 때문에 소설 「아버지」는 폭넓고 다양한 독자층을 얻고 있다고 믿는다. 남 박사의 말처럼 아버지가 이 지경이 된 것은 가족에게도 책임이 있다. 아버지로 하여금 가정을 기피하도록 가족 모두는 원인제공자로서의 일정 부분 책임이 있다고 보아야 할 것이다.

2⁵ 가난 콤플렉스와 자존심

4 · 50대의 세대들 중 가난 콤플렉스를 가지고 있지 않은 사람은 거의 없다고 본다. 아무리 유복해 보이는 사람이라 할지라도 가난으로 인한 심리적 상처는 빼서는 아니 될 충치처럼 아프게 간직하고 있다. 그것은 아주 작은 일인 듯 하면서도 인격형성과 성장 후의 삶에 중요한 모티프를 제공한다.

주인공 한정수의 경우도 가난했던 과거에의 추억(남루한 추억)으로 평생을 주눅 들어 산 사람이다. 가난했기에 '넉넉하지는 않았지만 부족하지 않은 교육자 집안의 딸로 자란 영신'에게 주눅 들어 있었고, 신용카드로 현금지급기를 한 번도 사용해 본 적이 없으며, 고급음식점 한 번 제대로 가보지 못하고, 직장에서는 늘 한직으로 맴돌았다. 도저히 고급공무원이라고는 상상하기 어려운 주변머리 없는 사람이다.

　　"가난……그거 아주 몹쓸 거였어……아주 비참하고 나아가 인생을 망치기
　　도 해. 영원히 가슴에 남아 평생 발목을 잡히기도 하는 게 그 더러운 가난이라
　　는 거야……그게 때로는 어려움 모르고 자란 아내에 대한 콤플렉스가 되기도
　　했고……그때부터 난 더욱 그 가난이란 놈과 자존심이라는 놈에게 발목 잡힌
　　걸세. 다시는 이런 비참함으로 자존심 상하지 말아야지. 아무리 가난하더라도
　　자존심까지는 팽개치지 말아야지……."

─「아버지」열한 번째 장

　죽음 직전에 죽여 달라고 애원하면서 아주 부끄런 고백을 하듯 가난하지
만 자존심을 버리지 않겠다던, 학창시절의 다짐을 기억하는 장면이다. 가난
했지만 자존심만은 버리지 않았다는, 그래서 자기의 장기이식을 하게 함으
로써 자신의 마지막 자존심을 지켜 달라는 말이 되겠다.

　가난의 문제는 소설의 전면에 아주 드물게 표현되어 있다. 그러나 가난
이야말로 소설 「아버지」를 관통하는 제재로써 소설의 품격을 더해주고 주
인공을 이해할 수 있는 열쇠 구실을 하게 해 준다. 앞에서도 말한 바와 같이
이 글을 쓰는 필자는 독서과정 중 가족에게 아버지의 병이 알려진 후로부터
는 정말 아슬아슬하게 책장을 넘겼다. 남 박사가 소령이 혹시 재산문제를
들고 나올 것이라 염려한 나머지 황급히 영신에게 남편의 병세를 알려준
것도 자연스럽지 않거니와, 도식적인 공식을 풀어가는 것 같은 두 번의 여
행 등이 소설 전체의 품격을 떨어뜨리고 있었기 때문이다. 물론 아버지가
장기이식을 결정하기까지의 복선이었다는 사실을 모르는 바는 아니다. 두
번에 걸친 의도적인 여행으로 말미암아 아버지는 생전 처음 자동지급기에
서 돈을 뺀 다음 잔금이 엄청난 액수임을 알게 되고 자기 가정에 남아 있는
사람들이 가난하지 않다는 사실도 깨달았으며, 남은 2개월의 삶을 포기하
고 가족 밖의 사람들에게 자신이 줄 수 있는 모든 것을 주겠다는 결심을

하게 되었다. 이는 윤리적으로나 도덕적으로나 나무랄 데 없이 훌륭하다. 그러나 독자의 눈에는 통속적으로 보인다. 그리고 독자에게 지나친 아부를 하는 것이라는 생각이 들었다. 통속성은 죽어가는 주인공이 아내에게 줄 선물을 손에 꼭 쥐고 있는 장면에서 극에 달한다. 소설이란 할 말 다하고 할 의무를 다한다고 해서 훌륭한 소설이 되는 것은 아니다. 오히려 할 말과 해야 할 의무를 남겨두어야 좋은 소설이 될 가능성이 높다.

위에서 인용한 부분 즉 가난했던 과거를 고백하는 장면은 이러한 독자의 불안을 다소나마 안정시켜 준다. 긴장감을 유지하며 읽다가 진부의 나락으로 떨어지는 상태를 가까스로 붙잡아 준 것이 바로 가난에 대한 추억을 고백하는 장면이다. 가난했기 때문에 자존심을 지킬 수 있었고, 병짓에 가까운 자존심이라 할지라도 그런 자존심을 지켰으므로 고급관리였으면서도 순수할 수 있었으며, 순수했기 때문에 그에게서는 가난한 마음의 사람 냄새를 풍길 수 있었다고 생각한다. 그러므로 가난 모티프는 소설의 흔들림을 바로잡아 주는 결정적인 효과로 작용하였다고 본다.

2 6 베스트셀러, 스테디셀러

김정현의 소설 「아버지」가 폭발적인 독서 인구를 끌어 모으는 이유를 적시성 · 매체의 상업주의 · 지연의 효과 · 가난 콤플렉스와 자존심을 중심으로 검토하여 보았다. 사회적 분위기에 알맞은 내용의 적시성을 들고 매체의 경쟁적 상업주의가 도리어 거품일 수 있어 경계해야 한다는 점을 들고, 이 소설의 자랑거리인 지연수법과 가난콤플렉스와 자존심으로 소설의 흔들림을 바로 잡았다는 내용으로 요약할 수 있다.

우리나라 소설계는 뚜렷하게 두 줄기의 흐름이 있다. '96년에 1백 쇄를

기록한 「광장」('76년 초판 1쇄) · 「난장이가 쏘아올린 작은 공」('78년 초판 1쇄)과
'97년 초에는 완간 7년여 년 만에 「태백산맥」이 또 1백 쇄를 기록하였다.

이처럼 오랜 세월을 두고 독자의 사랑을 받는 스테디셀러가 그 한줄기라
면, 소설 「동의보감」 · 「무궁화 꽃이 피었습니다」와 같이 일정기간 독서대
중으로부터 인기를 얻고 시간이 지나면서 종적을 감춰버리는 베스트셀러가
또 하나의 줄기를 이룬다. 여타의 소설들은 모두 이 양극 사이에 존재한다.
위에서 보듯 「광장」 · 「난장이가 쏘아올린 작은 공」 · 「태백산맥」이 꾸준히
읽히는 것을 보면, '90년대 초반에 문학이 곧 몰락 할 것처럼 떠들어댔던
고담준론들이 모두 기우였음이 확인되었다. 이들 작품은 결코 가볍거나 미
시적인 주제를 가진 작품들이 아니다. 우리 역사와 사회의 기울어진 부분을
바로 세우고, 우리 민족의 미래와 관련된 작품들로써, 무겁고 진지하며 거
시적인 소설들이 우리 사회에서는 여전히 지구력을 발휘한다는 사실을 또
한 입증한 셈이다.

소설 「동의보감」이나 「무궁화 꽃이 피었습니다.」는 대리 충족이나 위안
으로서의 문학적 성격이 매우 짙었다. 우리 사회에서 스승의 부재를 절박하
게 깨우쳤을 때 소설 「동의보감」은 유희태와 같은 위대한 스승을 만나는
것으로 자족해야 했고, '고생 끝에 성공'이라는 우리나라 사람들이 좋아하는
구조로 일생을 살아간 허준에게 또한 감동을 받은 바 있다. 그런가 하면
한반도에 핵무기를 스스로 포기했거나 강대국으로부터 강탈당하고 한반도
전체가 위기감에 빠져 있을 때 「무궁화 꽃이 피었습니다」가 등장하여 또한
독자들을 위무해 주었다. 이와 같이 대리충족이나 위안의 성격을 갖는 것이
대중소설의 특징이다.

이 두 줄기의 흐름 가운데 소설 「아버지」가 걸어온 운명은 후자쪽이다.
즉 대중소설의 흐름 가운데 한 좌표를 가지는 소설이었다. 尾

아버지의 죽음,
아버지 죽이기

2 1

아버지는 가족의 중심에 위치한 존재다. 마치 하늘의 태양과 같다. 가정의 윤리와 경제를 담당하며, 아버지를 중심으로 한 가정의 질서가 유지된다. 아버지를 나타내는 父자의 乂는 어질다는 뜻과 다스린다는 뜻을 내포하고 있으며, 父의 밑에 斤자를 붙이면 斧(도끼부)자가 된다. 즉 아버지는 힘을 상징하는 주체로서 한 가정의 중심부에서 밝고 어질게 다스려야 한다는 의미를 갖는다.

오랫동안 유교윤리를 바탕으로 지내온 우리의 경우, 아버지는 또한 공동체의 중심에 서 있었다. 사회·국가·민족의 대표성은 父였으며, 부권적 지배제도를 가부장제라 일컬어 왔다. 군사부일체君師父一體란 아버지와 스승과 임금은 동격임을 뜻한다. 아버지가 곧 스승이고 군주이며, 아버지를 중심으로 유지되는 가정과 임금을 중심으로 유지되는 국가는 구조적 상동성을 지니고 있었다. 그러한 체제를 유지하기 위한 지배이데올로기가 충忠이고 효孝였던 셈이다.

그럼에도 불구하고 아버지의 정체성이 올바로 서지 못한 역사를 우리는 갖고 있다. 그러한 불행한 역사를 우리의 서사문학은 거울처럼 선명히 비춰주고 있다. 건국신화를 비롯하여 현대소설에 이르기까지 아비탐색의 과정이나 상실이 내용의 골격을 이루는 것은 아버지의 비정체성과 관련을 맺는다.

2

우리 근대 초기 소설도 아비결손으로부터 시작되었다. 최초의 신소설로 알려진 이인직의 「血의 淚」(1906)는 청·일 전쟁의 와중에서 고아가 된 옥련을 주인공으로 삼고 있다. 조선은 갈 곳 없는 고아의 형국이며 청나라는 악인이고 일본은 구원자로 설정되어 있다. 일곱 살 난 옥련을 일본군의가 데려가 양녀로 삼는 구성은 이 작품의 정신세계를 가름하는 대목이기도 하다. 양부가 죽자 모진 구박을 견디다 못해 옥련이 자살 기도를 하고 가출을 하게 되는 과정이 소설의 중반부를 채우고 있다. 여기에서 보듯이 조선은 이미 자식을 양육할 능력을 상실하였으며, 양부인 일본이 父의 역할을 담당한다. 그러나 일본인 父는 음험한 속셈을 가지고 있는 의붓아버지였다.

최초의 근대장편소설이라는 역사적 평가를 받는 「無情」(1917)의 경우도 아비결손으로 겪는 난관이 그려지고 있다. 그러나 이인직의 경우와는 달리 이광수는 아버지를 부정하는 데서부터 시작한다. 작품의 중심을 이루는 주인공은 영채이다. 아버지인 박진사가 구속되었다가 절식 끝에 사망한다. 영채는 효의 대상인 아버지가 죽자 남편감인 형식을 위해 정절을 지키고자 하나 뜻대로 되지 않는다. 아버지에게 효도하지 못하고 남편에게 정절을 지키지 못한 자신을 죽어 마땅하다고 생각하여 자살 소동을 빚는다. 이 때 구원자로 등장하는 인물이 병욱이라는 신여성이다. 그녀는 활달하면서도 이지적인 인물로, 자신의 독립적인 삶을 상실했던 영채로 하여금 근대적

인물로 자각시킨다. 근대적 여성 병욱이 영채의 새로운 아버지인 셈이다.

이런 점으로 보아 「血의 淚」에 비해 「無情」은 근대성이 분명히 나타났다. 가부장제의 모순을 부정하고 근대정신으로 재생하고자 하는 욕구가 명확하다. 오늘날의 소설쓰기 방식은 「無情」으로부터 시작되었다.

김동인의 대표작 「감자」(1925)나 계용묵의 「白痴 아다다」(1936)의 아버지는 무책임하고 타락한 아버지였다. 福女의 아버지는 복녀보다 스무 살이나 많은 게으른 늙은뱅이에게 80원에 자기 딸을 팔아 버렸고, 아다다의 아버지는 논 한 섬지기의 깃보(지참금)와 함께 자기 딸을 시집보냈다. 자식을 보호해야 할 아버지가 가진 의식은 교환가치일 뿐이었다. 자식의 가치를 80원 혹은 논 한 섬지기의 교환가치로밖에 판단하지 못하였다. 그와 같은 비도덕적인 행위가 종국에 가서는 자신의 귀한 딸들을 죽음으로 내몰고 말았다. 자식을 존재개념으로 여기지 못하고, 소유개념으로 여겼던 가부장의 파시스트적인 이념의 한계가 분명히 드러나는 소설들이다.

이상의 소설들이 민족주의 계열(부르주아소설)이라면, 최서해의 「脫出記」(1925)나 김남천의 「大河」(1940)는 KAFE 계열의 작품으로 식민지 시대의 모순된 현실을 가장 신랄하게 표현하였다. 특히 관심을 끄는 것은 최서해의 경우다. 「脫出記」는 물론 그의 소설들에서는 아버지가 생략되었다는 것이다. 하늘·국가·권위·법률·제도 등을 상징하는 父의 생략인 것이다. 그런 우주의 중심이 생략되었다는 것은 주권상실·국가상실을 뜻한다.

> "아내가 나간 뒤에 나는 아내가 먹다 던진 것을 찾으려고 아궁이를 뒤지었다. 싸늘하게 식은 재를 막대기에 뒤져내니 벌건 것이 눈에 띄었다. 나는 그것을 집었다. 그것은 귤껍질이었다. 거기는 베먹은 잇자국이 났다. 귤껍질을 쥔 나의 손은 떨리고 잇자국을 보는 내 눈에는 눈물이 고였다."
>
> ─「脫出記」에서

배가 남산만한 아내의 허기짐이 독자의 눈물샘을 자극한다. 일제의 농민 수탈정책으로 지주는 소작농으로 소작농은 품팔이꾼으로 품팔이꾼은 간도로 이주할 수밖에 없었던 당대의 참극을 극명하게 대변하는 장면이다. 친부는 숨어버리고 의부(일제)가 들어앉은 조선의 백성들이 견디어야 하는 고통인 셈이다. 인간은 절대절명의 순간에 신을 만난다. 최서해가 맞이한 궁핍의 현실은 절대절명의 순간이다. 그는 숨은 신(아버지)가 아닌 새로운 신(아버지)를 사회주의 사상에서 찾았다.

> "우리는 여태까지 속아 살았다. 포악하고 허위스럽고 요사한 무리를 용납하고 용인하는 세상인 것을 참으로 몰랐다 …… 제가 죽은 송장으로 남(식구들)을 어찌 살리랴. 그러려면 나는 나에게 최면술을 걸려는 무리를, 이 공기의 원류를 쳐부수어야 하는 것이다 …… 나는 여기서 무상의 법열을 느끼려고 한다. 아니 벌써부터 느껴진다. 이 사상이 나로 하여금 집을 탈출케 하였으며, XX단에 가입하게 하였으며 …… 나는 이러다가 성공 없이 죽는다 하더라도 원한이 없겠다. 이 시대, 이 민중의 의무를 이행한 까닭이다.
> ─ 「脫出記」에서

부조리와 모순으로 가득 찬 세계에 저항을 선포하고, 이 세상과 맞서 싸우기 위해 탈출을 감행하였다는 것이다. 그가 감행한 단체는 기득권 세력(일제·지주계급)이 금기시하는 단체이며, 자기로서는 이 단체에 목숨을 바친다 하더라도 여한이 없다는 것이다. 그것은 이 시대 민중의 의무이기 때문이라 한다.

궁핍의 원인이 한 개인의 무능력에서 오는 것이 아니라 잘못된 제도와 권력에서 온다는 사실을 자각한 최서해의 발언이 강렬한 인상을 남긴다. 민중적인 자각인 셈이다. 민중이 역사의 합법칙성임을 깨닫고 있다. 민중의 힘이 세상을 바꾼다는 필연성 속에 그는 사회주의라는 사상(새로운 아비)를 찾았다고 보아야 할 것이다. 민족 전체가 칠성판 아래로 전락한 상황에서 사회주의는 민중으로 하여금 새로운 힘과 희망(아버지)로 나타났다. 이는 분명 각성한 지식인들에게 매력적인 아버지였다. 민족주의 계열의 작품들이 무능하거나 타락한 아버지를 그리거나 개화적인 아버지를 새 아버지로 선택한데 비해, 최서해와 같은 카프계열의 작품들은 사회주의 이념을 새로운 아버지로 삼았다는 점에서 변별성을 가진다.

김남천의 「大河」는 「脫出記」의 연장선상에서 새로운 아비찾기의 전형을 보인다. 아버지의 세계(봉건성)에 대한 반역을 통해 새로운 신(아버지)를 찾음으로써 새로운 전망을 보여주고자 한다. 아버지의 세계란 적서차별이며 가부장의 군주적 태도이다. 아버지란 본래 후원자이면서 억압자라는 이중적인 의미를 가진 존재다. 주인공 형준은 이런 아버지에 반항하여 머리를 자르고 아버지가 권하는 혼사를 거부하고 가출을 하며 기독교를 수용한다. 아버지의 세계를 타락한 세계로 규정짓고, 정의롭고 평등하며 정상적인 가족질서 회복의 세계를 가져다주는 아버지를 찾기 위해 떠난 셈이다. 그런 아버지를 그는 기독교에서 찾았다.

특히 오랜 유교적 전통 사회에서 아버지와는 달리 기독교를 수용한다는 것은 아버지의 세계를 정면으로 반역하는 논리이다. 이는 마치 염상섭의 「三代」(1931)에서 조상훈(조의관의 아들, 조덕기의 아버지)이 제사를 거부함으로써 부자관계를 단절하는 경우와 마찬가지다. 부자관계의 단절은 父가 父이면서 父가 아님을 뜻한다. 물리적으로는 동일우주에 있다 할지라도 정신적으로는 너무도 먼거리에 서로 위치한다. 그러나 최서해나 김남천이 새 아비로 찾은 사회주의나 기독교가 아버지의 정체성인가 하는 점은 의구심이 간다.

2 3

우리의 근대·현대 소설은 20세기 소설이다. 반세기는 식민지 시대를, 그 후 반세기는 분단 시대를 반영한다. 일제라는 의붓아버지에게 가혹한 폭행을, 후반기는 이념이라는 의붓아버지에게 상처를 입고 불구의 몸이 되었다. 이런 민족(아버지)의 불구를 상징적으로 드러낸 소설이 하근찬의 「受難二代」(1959)이다.

> "진수는 무척 황송한 듯 한쪽 눈을 찍 감으면서 고등어와 지팡이를 든 두 팔로 아버지의 굵은 목줄기를 부둥켜 안았다. 만도는 아랫배에 힘을 주며 끙! 하고 일어났다. 아랫도리가 후들거렸으나 걸어갈 만은 했다. 외나무다리 위로 조심조심 발을 내디디며 만도는 속으로 이제 새파랗게 젊은 놈이 벌써 이게 무슨 꼴이고. 세상을 잘못 만나서 진수 니 신세도 참 똥이다 똥, 이런 소리를 주어 섬겼고 아버지의 등에 업힌 진수는 곧장 미안스런 얼굴을 하며, 나꺼정 이렇게 되다니 아부지도 참 복도 더럽게 없지 …… 만도는 아직 술기가 약간 있었으나 용케 몸을 가누며 아들을 업고 외나무다리를 조심조심 건너는 것이었다. 눈 앞에 우뚝 솟은 용머리재가 이 광경을 가만히 내려다보고 있었다."
>
> ―「受難二代」에서

징용(일제강점기)에 끌려가서 한쪽 팔을 잃은 아버지가, 전쟁(6.25) 터에서 한쪽 다리를 잃고 돌아온 아들을 업고 외나무다리를 건너는 장면이다. 국가가 국가의 자리를 남에게 빼앗겼을 때 백성이 당하는 고통과 아버지가 아버지의 자리를 상실했을 때 가족이 겪는 고통이 어떤 것인지를 이 소설은 극명하게 보여준다. 일제라는 의부는 자신의 팔을 앗아갔으며, 이념이라는 의부는 자식의 다리를 앗아갔다. 팔을 잃은 자식과 다리를 잃은 자식의 남은 삶은 외나무다리를 건너듯 위태롭다. 그것은 분단 시대의 우리 민족의 모습이며 이런 불구의 모습을 그리는 것이 우리 분단 시대 소설쓰기의 주조음이었다. 이 불구는 육체적인 것에서 끝나는 것이 아니라 정신적인 영역에 까지 미친다. 김원일의 「어둠의 魂」(1973)과 임철우의 「붉은 방」(1988)은 이런 광기의 현장을 적나라하게 보여준다.

> "밤 열시쯤 되어서 내가 막 잠이 들려는 때였다. 담을 뛰어 넘어 왔는지도 모르지만 순경 두 명이 방안으로 왈칵 들어왔다. 신을 신은 채였다. 순경들은 소스라쳐 일어난 어머니의 가슴에 총부리를 들이대며 소리쳤다 …… 한 순경은 어머니의 허리를 모질게 걷어찼다 …… 순경들이 집안을 이잡듯이 샅샅이 뒤졌으나 끝내 아버지를 붙잡지는 못했다."
>
> ─「어둠의 魂」에서

아버지가 부재하는 가족이 당하는 폭력은 가히 금수와 같다. 단지 아버지가 부재하다는 사실보다도 아버지가 좌익 활동을 하기 때문에 당하는 폭력이다. 가해자(우익)나 피해자(좌익)나 이미 인간의 한계를 넘어섰다. 그러므로 이 때의 아버지는 이성을 잃은 이념인 셈이다. 이념(사회주의·민주주의)이라는 의붓아버지이다. 이념이 아버지의 정체성이 아니라는 사실은 분단 모순의 극복이라는 작가의 의도와도 맞아떨어진다. 이념으로 말미암아 폭력에 시달리는 가족들을 면밀하게 파헤침으로써 이념이 얼마나 허망한 것인가를 문장 너머로 강력하게 말하고 있기 때문이다. 그 분단 모순이 이념에서 비롯되었다면 이념이라는 억압으로부터 자유로워야 분단모순을 극복한다는 뜻일 터이다. 6. 25를 소재로 하여 분단 모순의 극복을 주제로 한 소설들은 대립과 갈등 양상이 이와같은 일치성을 이루고 있다. 다만 가해의 방식에 심도의 차이가 있을 뿐이다. 더구나 증오심을 자식에게 유산으로 남겨주고 있다는 점에서 불행은 당대에서 끝나지 않고 지속된다.

"봐라, 달식아, 네 원수놈들이다. 느그 할아버지 할머니 그리고 큰집과 작은
집 어른들의 원수를 갚았단 말이다. 자, 빨갱이들은 모조리 우리의 원수이니라
…… 독실한 신자였던 아버지는 술 취한 사람처럼 벌겋게 달아오른 얼굴로,
연신 나와 그 끔찍한 빨갱이들의 시체들을 번갈아 내려다 보며 외쳤다 ……
아버지는 술에 취한 채 철길에서 최후를 마쳤다 …… 추악하고 혐오스럽다는
느낌, 그리고 그 무엇인가에 대한 엄청난 증오와 적개심으로 나는 몸을 떨며
서 있었을 뿐이다. "

─「붉은 방」에서

할아버지로부터 아버지가 아버지로부터 아들(최달식)이 빨갱이에 대한 증
오심을 유산으로 물려받고 복수와 저주를 결심하는 과정이 그려져 있다.
좌익은 우익에게 우익은 좌익에게 가하는 폭력이 마치 카인이 아벨을 죽이
듯 참혹하다. 좌익의 아버지도 우익의 아버지도 광기만 남아 있을 뿐이다.
한반도 전체가 활극장이나 다름없다. 이것이 분단 시대의 출발점이었으며
여정이었다.

우리는 이 시대를 냉전이데올로기의 시대라고 한다. 호사가들은 거시담
론의 시대라고들 한다. 그러나 좀더 성찰적으로 바라본다면 이 시대는 이념
의 옷을 걸친 광기만이 난무했던 시대라고 할 수 있다. 그들 모두는 우리의
아비들이었다. 한국 전쟁 이후 우리 소설사의 중심을 이루는 이런 소설들은
그러므로 아비들의 광기를 다룬 소설임에 다름 아니다. 「太白山脈」(1980-
1989)은 그 정점에 올라 서 있다. 「太白山脈」이후 아비들의 광기를 다룬
소설들이 등장하지 않은 것은 우리 사회가 이념의 광기에서 벗어났다는 증
거이기도 하다.

분단 시대는 사회주의(좌익)와 민주주의(우익)의 첨예한 대결의 시대였다.
이 시대의 소설들에게서 나타나는 아비불구나 결손의 양상은 서구적인 것

(교육·과학·이념·기독교)가 새 아비로서의 대안이 되지 못한다는 사실을 분명히 드러내고 있다.

24

광기의 난투극과 함께 또 하나의 물결이 몰아닥쳤다. 산업화의 물결이 그것이다. 물질이 신神으로 자리잡았다. 이념은 머리를, 물질은 육신을 파괴시켰다. 이러한 징후가 뚜렷하게 드러나기 시작한 것은 1970년대였다. 도시는 매머드화 하고 빌딩들은 하늘 높은 줄 모르고 치솟았다. 그때까지 눈치보듯 남아 있던 유교적 삶의 덕목들은 남루한 옷가지와 같았다. 사용가치대신 교환가치가 확고히 자리잡고 의식까지 물질화되기에 이르렀다. 하여 이때의 아버지는 아주 왜소한 아버지로 축소된다. 조세희의 「난장이가 쏘아 올린 작은 공」(1976)은 산업화 시대의 왜소화된 아버지의 실상을 적나라하게 보여준다.

> "난장이네 집은 바로 방죽가에 있었다. 바람에 밀린 잔물결이 난장이네 좁은 마당 끝에 와 찰싹렸다. 난장이는 그 마당에 앉아 그의 공구를 손질했다. 절단기·멍키스페너·드라이버·수도꼭지·펌프종지굽·크고 작은 나사·T자판·U자판·줄톱 들이 난장이의 공구였다 …… 난장이의 아들은 라디오를 고치고 있었다 …… 난장이의 딸은 팬지꽃이 피어 있는 두어 뼘 꽃밭 가에서 줄 끊어진 기타를 쳤다 …… 윤호는 〈재개발사업구역 및 고지대 건물 철거지시〉라는 철거계고장을 한 자 한 자 뜯어 읽었다. 난장이와 그의 식구들은 말 한 마디가 없었다."
>
> —「난장이가 쏘아 올린 작은 공」에서

철거계고장을 받은 날의 난장이 일가 풍경이다. 표면적으로는 평온해 보이지만 슬픔이 배어 있다. 팬지꽃 앞에서 끊어진 기타줄을 튕기는 딸의 행동에서 슬픔이 얼마나 아름다운 정서인지를 알았다. 고지대 무허가 주택에 살고 있는 난장이 일가, 그곳이 그들에게는 둥지였다. 그러나 그곳에 아파트가 들어서게 되면서 쫓겨나야 하는 상황이다.

아들 둘과 딸 하나를 두고 있는 난장이는 키 117Cm 몸무게 35Kg으로 자기 몸무게보다 무거운 공구들을 고통처럼 지고 다녔다. 그는 정직하나 거대한 산업화의 물결에 어울리지 않는 수공업시대의 인물이다. 그의 정직함은 주위의 타락한 사회에 대립관계를 가지나 패배할 수밖에 없다. 산업화 사회는 정직이라는 무기로는 아버지의 자리를 대신할 수 없는 시대이다. 그러므로 이 난장이의 이미지는 산업화 시대의 축소화된 모든 아버지의 초상이다. 그리고 산업화 시대 모든 인간의 초상이다. 선한 생각을 가진 개인은 타락한 세상에서는 언제나 패배한다. 그리고 그들은 세상의 변두리로 혹은 감옥으로 혹은 지구 밖으로 쫓겨난다. 이것이 정직하나 못 가졌기 때문에 받는 소외자들의 행로이다. 그래서 난장이 가족은 지옥에 살면서 천국을 그리워했고, 난장이는 달나라에 가고자 하는 욕망으로 굴뚝청소를 하다가 종이비행기처럼 날아가 버렸다.

산업화는 이와같이 전통적인 삶의 방식을 송두리째 바꿔놓았다. 의식의 물질화가 그 변화의 중심에 놓여 있다. 기존의 제도를 바꾸고 정신을 바꾼다. 사실은 기존의 제도를 해체한다고 보아야 옳다. 모든 것을 잃은 대신에 얻는 것은 화폐이다. 물질숭배, 오직 이것뿐이다.

물질적인 부의 크기는 여성들에게 경제적 기회를 넓혀 주었다. 그러자 이번에는 또 하나의 물결이 몰아 닥쳤다. 여성주의 물결이 그것이다. 수천년 동안 가부장의 지배에 억눌렸던, 그리하여 남성중심으로 운영되는 가족 구조(사회구조)가 불구성을 면치 못했다는 점에서 여성주의 운동은 매우 가치 있어 보인다. 모성성의 지나친 강조는 여성성을 억압하는 기제였음이 틀림없다. 공지영의 「무소의 뿔처럼 혼자서 가라」(1993)는 여성주의에 대한 관심을 불러 일으키는 기폭제 역할을 했다. 여성 독자들은 새로 태어나는 여성의 삶에 관심을 갖기 시작했다.

그러나 햇볕이 강하면 그늘이 짙듯이, 아무리 가치 있는 일이라 할지라도 어두운 면이 있기 마련이다. 지금은 가라앉았지만, 그 때는 마치 인류에게 이념이 사라진 지금 마지막 남은 싸움은 남녀 간의 싸움이다,라고 선포하는 것 같았다. 남성에 대한 복수심의 한 표현으로 80년대 중후반부터 90년대까지 여성주의 운동이 일고 있었던 것으로 보인다. 반드시 이런 운동 때문만은 아니지만, 우리나라 이혼율이 세 쌍 중의 한 쌍 정도로 급증했다고 한다. 아버지와 생이별하는 자식들이 급증하는 셈이다. 90년대 이후 출현한 소설들에서는 부모자식이 생이별하는 장면이 홍수를 이룬다. 父가 존재하기는 하지만 자식의 후견인이 될 수는 없는 父가 급증하는 시대라고 할 수 있다. 여성의 목소리와 경제력이 높아지면서 아버지의 위상은 형편 없이 추락한다. 직장에서는 물론 가정에서조차 아버지의 발언권은 약화된다. 가족 간의 소통관계에서 아버지는 아웃사이더이다. 결국 아버지는 비이성적인 제도(사회·가정)의 희생양이 되고 만다. 한 때 독서계를 강타했던 김정현의 「아버지」(1996)와 조창인의 「가시고기」(2000)는 이런 사정을 잘 알려준다. 아버지는 가족의 생계를 위하여 자식의 교육을 위하여, 생명을 위하여, 자신의 목숨을 아끼지 않는 눈물겨운 순교정신(?)을 보이고 있다. 그러나 그것뿐이다. 어머니의 강력한 우산 아래에서 자식들은 더욱 영악해져 이성(아버지)를 완전히 상실하고 말았다.

1988년을 기점으로 우리나라도 후기 산업화의 징후를 보이기 시작한다.

이른 바 거대소비사회로 진입하였다. 초기 산업화 시대에는 생산이 미덕이
었지만, 소비 산업화 시대에는 소비가 미덕이다. 상업화·대중화가 문화의
중심에 떳떳이 자리하고, 중심은 변두리로, 집단에서 개별화로 이념에서 욕
망으로 삶의 방식이 바뀐다. 그리하여 무거운 것들(역사·이념·도덕·책임·
이성·인과관계·혈연적 유대 등)보다는 가벼운 것을, 차가운 것보다는 따뜻한
것에 관심을 갖게 되었다. 초기 산업화 시기에 무너지고 남은 것들을 무너
뜨린다. 그것들은 삶의 근원적인 것들이었다. 포스트-모더니즘이란 이런 시
대적 현상을 반영하면서 나온 문화의 한 경향이다. 장정일의 「아담이 눈
뜰 때」(1990), 박일문의 「살아 남은 자의 슬픔」(1992), 이인화의 「내가 누구인
지 말할 수 있는 자는 누구인가」(1992) 등이 이런 경향의 소설들이다.

이들은 소설의 기본구조인 서사구조에서부터 파편화시킨다. 플롯·시
점·인물 등을 파편화하고, 서술이나 묘사와 같은 기존의 글쓰기를 무시한
다. 표절도 서슴지 않고 남의 글을 뭉텅뭉텅 가져다 베끼고(혼성모방), 서구
의 값싼 거리의 문화(키치)를 날 것으로 표현한다. 원전을 복사할 뿐만 아니
라 아예 원전 행세를 하고, 성(sex)을 소통의 형식이라 받아들여 일상의 일처
럼 여긴다. 아버지의 글쓰기를 부정하는 데서 끝나지 않고, 그들은 생물학
적인 아버지를 거세하는 데서부터 글쓰기를 시작한다.

> "나는 내 아버지를 모른다. 어머니가 단 한 번도 스스로 보여준 적이 없기
> 때문이다. 그러나 그녀는 아버지의 사진을 화장대 문갑 속에, 장롱 깊숙이, 때
> 로는 서재 깊숙이 낡은 사진첩 속에 소중히 보관해 왔었다 …… 1980년 12월
> 8일 그 여자가 죽었다. 나는 완전히 혼자가 된 것이다."
>
> ─「살아 남은 자의 슬픔」에서

인용문에서 보이는 것처럼, 주인공 '나'는 아버지의 부재 상태에서 어머

니도 3인칭적 존재로 거리를 띄어놓고 글쓰기를 시작한다. 이같은 거리두기는 기존 질서의 부정이며 반항이다. 그러나 역설적이게도 주인공 '나'가 끊임없이 떠도는 까닭은 아버지의 부재 때문이다.

아버지의 거세는 빛의 상실이며 근원의 상실이다. 지상의 가장 근원적인 낙원인 가정의 상실이다. 근원을 상실한 아들은 후원자를 잃고 외톨이 신세로 남아 캄캄한 지평 위에서 혼자 떠돌 뿐이다. 방향성을 잃고 본능적으로 움직이는 살아있는 동물과 다른 바 없다. 아버지의 거세는 근대와 함께 성장해 본 소설의 죽음을 상징한다.

25

'아버지의 죽음 혹은 아버지 죽이기'란 주제로 우리 근·현대 소설을 살펴보았다. 모순과 혼란의 역사만큼이나 근대 소설에 나타난 부권父權은 흔들려 왔다. 경제적·윤리적·심리적 중심에 당당한 모습으로 버티고 있는 아버지의 모습은 단 한번도 보이지 않았다. 아버지이면서 아버지의 자리를 빼앗겼거나, 아버지의 자리에서 비껴 서 있거나, 혹은 부재의 상태에 있었다. 근대라는 문명사적 흐름과 맞물려 우리의 아버지들은 급기야 아버지는 자식으로부터 간단없이 거세당하는 운명을 맞이한다. 이는 20세기 우리 민족의 삶이 얼마나 고통스러웠는지를 반증하는 것이다. 삶을 즐겨 왔다기보다는 살아내 왔다는 말이 더 알맞은지도 모른다.

아버지의 부정은 근대의 출발점이고, 아버지의 거세는 근대의 종착역이다. 우리는 지금 종착역에 와 있다. 이는 인간이 신을 끌어내리고 이성을 신의 위치에 끌어올린 나머지, 인간이 재앙을 받고 있는 것이라 나는 생각한다. 이성을 맹종해 온 인류가 물질적 풍요를 누리면서도 정신적으로는 진공상태에 놓여 있다. 이성을 신神의 자리에서 끌어내리지 않는 한, 인류 전체가 파멸의 일치성으로 치닫고 있음을 뻔히 보고 있으면서도 거침없이 달리는 욕망의 전차를 막을 길이 없을 것이다. 세기말의 우울과 몽환이 어둠처럼 번지고 있다. 요한계시록은 말한다. 한 세대는 끝나고 새 세대는 시작할 것이다, 라고. 尾

비움과 채움의
상상력

제3부

서평의 한 방식
― 달빛서정의 탐색―

　권위 있는 문학사를 저술하는 것은 문학을 연구하는 이면 누구나 한결같이 갖는 꿈이다. 김영수 교수의 역저 「한국문학의 맥락」은 이런 문학자로서의 소박한 꿈의 소산이다. '문학사가 연대기에 머물 때 그것은 죽은 조개껍질이거나 버려진 문서에 불과하다'(서문)는 저자의 서술관점은 독자들에게 문학사 기술에 관한 새로운 지평을 열어준다.

　지금까지 나온 문학사들이 문학사를 기술하는 관점의 차이에도 불구하고 천편일률적으로 일반 역사의 연대기에 의존하고 있거나 기술하는 주체의 현재적 지평을 망각하고 있는 것은 동적 구조를 갖고 있는 문학작품의 불확정성을 도외시한 결과라고 본다. 그러므로 그러한 문학사들은 엄밀히 말하여 일반 역사도 아니고, 문학사는 더더구나 아니다. 김영수 교수의 「한국문학의 맥락」을 딱히 문학사라고 규정하기는 어렵지만, 이 책을 통하여 우리는 기존의 문학사에 대한 불만을 어느 정도 해소하고, 올바른 문학사를 쓰는 데 있어서의 방향을 찾을 수 있다.

　이 책에서 특히 우리의 관심을 끄는 부분은 '달빛 공간에 대한 분석'이다. 고대로부터 현대에 이르기까지의 한국문학에 관통하고 있는 달빛 공간의 이미지를 체계적으로 분석함으로써 한국문학의 맥락을 정리하고자 하는 시

도는 문학연구의 새로운 패러다임이 될 것이라 확신한다. 한국인의 달빛
사랑은 유별나다. 달을 객관적인 분석의 대상으로 보았던 서양인에 비해
한국인은 그것을 유정화 하고 그것과 함께 섞이고, 섞임을 통해서 애틋한
자기 소망을 탄생시키려 했다.(이어령, 「한국인의 신화」) 그것은 평화를 사랑하
고 순결을 사랑하며 노래를 사랑하는 한국인의 심성과도 결코 무관하지 않
다. 한국인 모두의 무의식 속에는 달빛을 사랑하는 마음이 내재되어 있기
때문이다.

    저자에 의하면 한국문학에 나타난 달빛 공간의 이미지가 시대에 따라
달리 표현되어 왔다고 한다. 문학작품이 시대에 따라 달리 읽히듯, 하나의
사물도 시대에 따라 달리 해석되는 것이다. 하나의 사물에 지나지 않는 달
과 달빛 공간에 대한 시인의 감정이입의 변화를 통한 문학의 사적(史的) 이
해가 되는 셈이다. 신과 인간과 자연인 달을 합일의 경지로 생각한 신라인
들에게 있어서의 달빛 공간은 수직적 초월공간이요, 지상적 조건을 넘고
한계를 벗어날 수 있는 신념으로 작용했다는 것이다. 향가에서의 그런 달빛
공간의 이미지가 난세의 고려로 오면서 점차 하강하여 조선 초에 와서는
완전히 지상계에 머물게 되었다고 한다.(162면) 유교로 대체된 사회제도 하
에서의 시조는 처음부터 지상과의 관계를 유지하고 있었으며, 달은 인간과
의 상동성을 지니는 구체물로 또는 배경이나 구경거리나 현세를 도피하는
발치에 깔려 있는 것으로 작용하였을 뿐, 신앙적 공간이며 발원의 대상으로
지상과 천상을 잇는 서방정토의 절대계라며 유교체계의 조선인들에게 달빛
공간은 인간사와 조잡하게 내접된 귀의처였다는 것이다.

    일제강점기의 달빛 공간을 저자는 세 층위로 구분한다. 겨레의 혼을 지
키려는 저항의 초월 이미지가 그 하나요, 일왕에게 무릎 꿇고 충성을 맹세
하던 굴종의 이미지가 두 번째 층위라면, 세 번째 층위는 자연과 전원에

내접된 이미지라고 한다. 첫 번째 층위에 속하는 윤동주의 '자화상'의 달이 수직적 공간 코드에서 포착된 그리움의 대상이라면, 육사의 '자야곡'의 달은 수평코드에서 포착되는 그리움의 대상으로 이는 향가에서의 발원적 이미지와 맥이 담겨 있다고 보았다. 반면 현실을 외면하고 조국에서의 향수라는 일편단심으로 부상했던 달을 꺾인 자와 조응하며 황국신민으로서의 산 달로 둔갑했음을 김동환, 김용제, 모윤숙, 노천명의 시가 두 번째 층위를 갖는다고 보았다. 초월도 굴종도 아닌 이 시대의 시 가운데 세 번째 층위를 저자인 김영수 교수는 김영랑과 신석정의 시에서 찾는다. 전원에 묻혀 달을 완상하며, 달은 그저 황홀한 대상일 뿐이다. 그들은 무기력하며, 눈물이 흥건히 고인 조선시대의 가인과 같은 실향의 공간에서 달을 보았고, 이러한 이미지는 박목월의 시에까지 이르렀다고 한다.

　전쟁은 모든 것을 파괴했다. 가치체계가 무너지고, 인간성이 마비되면서 개인 이기주의에 치닫게 되는 폐허의 공간에서 달빛은 이제 더 이상 영원하고 원형적인 고향의 이미지를 가질 수 없었던 것이다. 달은 로케트에 의해 처녀막이 찢기고, 달빛은 해골에 스며드는 으스스한 이미지를 갖는다. 뿐만 아니라 초월공간의 천사였던 달의 신화는 벗겨져서 '우주의 한 부품'이거나 '단순한 반사의 거울' 등으로 비유된다. 이를테면 전란을 겪으면서 한국인의 의식 속에는 달조차 과학의 무참한 세례를 받게 되는 것이다. '현대전으로 한국에서의 달은 처음으로 사물로서의 데카르트주의에 빠진다. 그러니까 정신문명사적으로 동양적 고도의 문명과 현대문명을 함께 수용하고 있는 한 민족이 처음으로 달과의 낭만적 꿈의 관계를 상실하고 달은 하나의 천체로 자리한다 …… 이러한 신비적 사고의 박탈에서 이제 달은 찬사와 상동성을 갖던 신화소로서 끈을 잃고 천계의 한 사자로 서방정토행의 날개를 잘린 영의 생명을 상실한 사체였다'(「한국문학의 맥락」190면 ~191면)

　전후를 고비로 하여 6,70년대에 이르면서도 달빛은 이항 대립의 시적 공간대립을 형성한다. 지상에서 다시 상방으로 방향 전환하여 수직적 초월을 상징하는 공간이 그 하나라면, 황홀한 달빛을 오히려 혼란스럽고 사치스러운 감정이라고 배제하는 수평적 공간이 다른 하나다. 예컨대 박진환·김규화·유안진 등의 시에서는 한국인에게 달빛의 원형이 다시 등장한다는 것이다. 이러한 시에서 달과 시적자아는 합일호존하며 대상과의 사랑이고 교감이고 호융인 서정의 세계로 향한다. 서쪽으로 가는 달은 이상향을 지향하고 새롭게 떠오르는 달은 재생하는 달의 회고록인 셈이다. 즉 꿈이고, 이상이고, 향수이고, 영원한 그리움의 이미지로서의 달에 대한 한국인의 전통적인 서정성을 회복했다고 보는 것이다.

　이와같이 시인의 시적 공간을 현실 밖에 두었던, 달과의 전통적 교감은 철두철미 시적 공간을 현실에 두었던 민중시에 이르러 달라진다. 김수영을 비롯하여 장석주·오세영·최승호의 시세계에서 달빛은 산업화 사회가 내뿜는 공해와 독재에 시달리는 민중의 고통을 육화하는 이미지로 가라앉는다. 풀잎에서의 시각 때문에 달은 상대적으로 위축되고, 명암의 완충지대인 으스름 달밤의 정조나 유현미의 정조도 보이지 않는 피곤한 달밤이다.(김수영)공장 폐수로 죽은 강에 달은 빠져 있어, 서정주가 보았던 하늘의 달색시의 환상적 서정은 기름때에 절은 공장색시에 비유되어 고통의 이미지로 치환된다.(장석주) 땅이 병들고 강이 병들고 하늘마저 병들어 달을 잃은 하늘은 절망의 무덤이요, 거기에는 병든 지시만 계속하는 허망한 보름달이 떠 있을 뿐이다.(최승호) 높이 솟은 공장굴뚝에서 내뿜는 연기는 맑은 달의 신비를 질식시키고, 두견새는 님의 넋을 그리며 우는 것이 아니라 기계공해로 곧 죽어가는 달과 인간을 곡할 수밖에 없다.(오세영) 결국 문명이 인간에게 빛으로 왔지만 사랑으로 승화되지 못하고, 사랑이 없는 빛(문명)은 도시에 갇혀

신의 심판을 받은 시대인 셈이다.(231면)

장석주·최승호의 죽은 달빛과 서정주·유안진의 신비의 달빛 공간이 빚어내는 편차는 결국 무엇을 의미하는가. 이것을 단순한 시적 개별 서정이나 상이한 시적 공간이라고 하기에는 너무나 엄청난 단절이 있다 …… 이처럼 수평과 수직의 호응이 없는 갈등구조 속의 이 하늘과 땅의 거리는 끝에서도 넘나들 수 없는 것일까?(232면)

이상과 같은 김영수 교수의 '달빛 공간 분석'을 통하여 우리는 부분과 전체가 동일 우주 내의 긴밀한 관계망을 갖고 있음을 볼 수 있었다. 현미경 안의 피사체의 세계는 곧 망원 렌즈에 잡히는 대우주의 세계에 보이지 않는 끈으로 연결되어 있는 것이다. 그 경계에 잡히지 않는 끈이 바로 역사라는 이름의 맥락이요, 그 맥락을 바르게 잡는 것이 역량 있는 문학사가의 몫이다. 이런 의미로 보면, 「한국 문학의 맥락」 중 '달빛 공간 분석'은 백미를 이루는 장이며, 시의 한 작은 재료에 지나지 않는 부분적인 소재를 갖고 한국시 전체를 꿰뚫어 간 추진력은 한국문학의 연구의 영역을 참신하게 넓혀 놓았다.

따라서 이러한 독창성은 장차 한국문학사를 새롭게 기술하는 동력으로 작용할 것이라 예측된다. 후학들의 밝은 눈이 기다려진다. 다만 전통이라는 것을 한 민족의 무의식의 심층세계에 자리잡고 있는 원형적 이미지에서 찾아야 할 것인가 혹은 변화하는 역사의 시대적 요구 속에서 찾아야 할 것인가에 대한 개념 정립의 기초 위에서 이 분석이 시도되었으면 하는 생각이다. 尾

「진달래꽃」을 통해 본
새로운 문학교육

3 1 우리 사회도 이미 산업화의 시기를 넘어서 정보화 시대로 들어섰
다. 퍼스널 컴퓨터가 등장하면서 삶의 방식들은 더욱 빠르고 다양하게 변하
고 있다. 사회의 각 분야가 빠른 속도로 변화하고 있다. 변하는 것은 가시적
인 물질만이 아니다.

사정이 이러함에도 불구하고 교육은 어떤 분야보다는 오히려 변하는 것
에 일말의 불안과 회의를 떨치지 못하고 있는 듯이 보인다. 사회집단의 어
떤 그룹보다도 더 능동적으로 상황을 파악하고 대처해 나가야 할 교육계임
을 감안한다면 이러한 불확실하고 자신 없는 태도는 지양해야 할 것이다.
아주 상식적이며 동시에 원초적인 얘기지만, 교육이 지금과 같은 불안의
상태를 빨리 벗어나는 첩경은 '변화에의 적응력 함양'으로 그 목표를 바꾸어
야 한다.

그리고 교육자 스스로 교육에 대한 고정관념을 버리고 교육현장의 주체
와 객체에 대한 새로운 인식으로부터 출발하지 않으면 아니 된다. 즉 교육
을 시켜야 하는 교사와 교육을 받아야 할 대상의 존재확인부터 다시 성찰하
고 가자는 것이다. 이제 기성의 낡은 관념과 윤리 도덕을 무기로 새로운
세대들을 교육시킨다는 것은 시대에 뒤떨어진 일이다.

그들에게 가르쳐야 할 내용how도 중요하지만, 더욱 절실한 것은 내용을 어떻게how 가르쳐야 하는가이다. 이 세상에 고정된 진리는 하나도 없고 변하지 않는 것은 없다. 교육이라고 해서 무수한 세월을 두고 변하지 않는 것만을 가르친다면 죽은 교육이나 마찬가지다. 교육이라 해서 교육 그 자체만의 성벽을 쌓고 그 안에서 안주하는 일은 더욱 위험스럽다. 교육 또한 사회전체의 한 부분으로써 유기적인 집합체이며, 그러면서도 교육만이 내포하고 있는 독자성을 찾아야 한다.

이러한 성찰을 바탕으로 교육담당자는 우리 교육방식의 병폐 중의 하나인 획일성을 과감히 탈피하는 데 앞장서야 한다. 즉 민주주의적인 교육방식을 진지하게 개발하고 심화시켜야 한다. 민주주의란 개인의 의무와 권리가 중시되고, 개개인의 각성을 통하여 다채로운 사회를 구성하며, 다양한 가운데 조화와 균형을 유지해 가자는 사상이다. 이러한 사상의 핵심이 정치적 목적에 왜곡되어 이데올로기화 하는 것을 경계하지 않으면 아니 된다. 그리고 우리의 교육담당자는 민주주의적인 사상에 충실했는가 아니면 정치적 이데올로기에 충실했는가를 냉철히 되돌아 보아야 한다.

가령 고등학교에서 문학교육이 이루어지는 과정을 「진달래꽃」을 예로 들어 보자. ① 7·5조의 형식 ② 散花功德 ③ 哀而不悲의 역설 ④ 제재는 이별이고 주제는 이별의 정한이며, 한국의 보편적 정서를 노래함. 이와 같은 몇 가지 공식만 이해하면, 수십 만 명의 대학 수험생들이 「진달래꽃」에 관한 한 만점을 받는다. 이것은 시에 대한 이해가 아니라 주입식 암기다. 주입식 암기를 잘 하는 것으로 그 학생의 문학적 소질과 능력을 평가하는 것은 이미 평가의 기초부터 잘못된 것이다. 엄밀히 말하여 이러한 문학교육은 문학을 고정시켜 버리고 마는 죽은 교육이라 할 수 있다. 어째서 모든 독자들이 한결같은 하나의 대답을 해야 하는가. 어째서 수십 년 동안의 독

자들이 똑같이 고정된 지식을 전수받아야 하는가 하는 회의가 이는 곳에서
문학교육은 다시 출발되는 것이다.

3 2

흔히 문학은 언어예술이라 한다. 음악이 소리를 기본 질료로 하
는 예술이고, 미술이 선과 색채를, 무용이 율동을 질료로 삼는 예술이라면,
문학은 언어를 질료로 한는 예술이라고 할 수 있다. 그렇기 때문에 같은
언어라 할지라도 일상어와 문학어는 분명히 차이가 있다. 일상어에서는 화
자Speaker의 메세지를 청자Hearer가 이해하는 것으로 끝나지만, 문학어는 문
학텍스트의 구조 속에 들어 오는 순간 일상적 의미를 잃고 낯설어지는 것
이다.

바꾸어 말하면 문학텍스트 속의 언어는 그 스스로의 변별성으로 말미암
아 문학텍스트가 하나의 의미로 고정되어 있지 않고 의미의 불명확성을 띤
다. 의미의 불명학성이란 문학텍스트의 결핍이나 부족을 뜻하지 않는다.
오히려 의미의 풍부함이나 다양성 혹은 상징주의자들이 내세우는 애매성과
같은 뜻으로 받아들이면 좋다. 그러므로 훌륭한 시인의 시일수록 문학적
변용의 폭이 넓고, 마찬가지로 능동적인 독자는 그 공간을 많이 채워간다고
할 수 있다.

이처럼 문학텍스트가 열린구조(개방된 구조)로 존재하는 것과 같이 독자의
이해의 지평 또한 열린 지평이라 할 수 있다. 독자 개개인의 문학에 대한
이해력이 다르고 경험이 다르고 취향이 각각 다르기 때문에 동시대인의 독
자라 할지라도 한 문학텍스트에 대한 이해나 가치평가는 독자의 수만큼 차
이를 갖는다고 볼 수 있다. 역사적인 차이도 있을 수 있겠다. 조선시대의

독자와 개화기 시대의 독자. 오늘날의 독자가 같을 수 없다. 각각 그 시대의 문화와 역사적 요청 속에서 경험적으로 자신의 의식을 형성해 나가고 독자는 자기의식으로 문학텍스트를 수용하게 된다. 문학텍스트의 의미이동이 일어나는 원인은 여기에 있다. 그러므로 문학텍스트는 그것 자체로 완성된 것이 아니라 독자가 읽어감으로써 완성되어져 가는 것이다. 문학텍스트의 수용의 역사는 부유의 상태에 있는 문학텍스트를 완성해 가는 즉 '작품에 이르는 길'인 것이다.

문학텍스트도 문학 독자도 열려있는 지평임을 문학교사는 먼저 인식하고 학생들에게 안내해야 한다. 모두가 열려있는 상태에서 문학텍스트와 독자 간의 자유로운 대화가 이루어지도록 해야 함을 물론이다. 이때 교사는 철저하게 안내자가 되어야지 개입자가 되거나 일방적으로 내용을 전달하는 전달자의 위치가 되어서는 아니 된다. 문학텍스트에 대한 고착된 관념을 갖고 있는 교사가 획일적으로 의미를 가르쳐 주고 형식과 내용을 분리시켜 전달하는 등의 교수법은 일종의 폭력이라고 보아야 한다. 학생독자의 이해와 해석이 좀 서툴러도 무방하다. 거칠고 무딘 분석이라 할지라도 자신의 생각으로 작품을 이해하고 해석하는 능력을 길러 주어야 한다. 그리고 문학적 전문 지식을 가진 사람이 해석해 놓은 것을 대리체험하는 것으로 만족하는 학생(독자)보다는 자신의 생각으로 이해한 학생들의 분석을 존중해 주어야 한다.

3
3 문학텍스트나 문학독자 뿐만 아니라 우리 사회 더 나아가서는 온 세계가 열려 있다는 생각을 가져야 한다. 특히 문학교육을 담당하는 대학교

수나 고등학교 국어선생이나 가장 먼저 알아 두어야 할 것은 대학입시에 대한 고정의 틀을 벗을 수 있는 눈을 가지라는 것이다. 문학작품에 관한 문제를 객관식이나 단답형으로 출제하는 것까지는 용서할 수 있다. 그러나 문학의 본질과는 아무 상관도 없는 문제를 출제하여 수험생들로 하여금 백과사전식으로 공부하게 하는 악습은 버려야 한다. '문학교육은 작품 자체에 가까이 접근하게 해야 한다. 접근─ 그것은 사랑이다.' 무턱대고 작가나 시대로부터 출발하여 학생들을 모두 미래의 도덕주의자로 만들려고 하지 말고 글다발 자체를 이해하고 감상하여 적용할 수 있는 능력을 길러야 한다. 글로 씌어진 예술품을 사랑하는 마음으로부터 시작하여 그 글이 어떻게 아름다운지를 즐기게 해야 한다. 그리고 문학텍스트에 관한 잡다한 정보를 암기시키는 것보다 과학적으로 분석하는 능력을 길러주어야 한다. 문학교육은 문학의 향유와 분석으로 요약되는 목적을 지향해야 한다. 문학을 즐기게 함으로써 정서순화의 효과를 얻을 수 있다면, 문학텍스트를 분석하는 것은 과학적, 학문적 태도를 성장시켜 주는 것이다.

문학의 향유와 분석을 문학교육의 목표로 세워 놓았을 때, 그 다음에 떠오르는 문제는 문학 자체의 언어와 기법, 상징, 비유 등이 어떻게 미적효과를 나타내는지를 탐색하게 될 것이다. 물론 대통령 담화문이나 텔레비젼 광고처럼 한번 듣고 보아서 알 수 있듯이 쉽게 그것의 미적 효과를 감지할 수 있는 것은 아니다. 앞에서도 말한 바 있지만 문학텍스트는 무엇인가 확정적인 것이 아니기 때문이다. 불확정적인 공란이 바로 문학텍스트의 역사를 형성하는 조건이기 때문이다. 그래서 위대한 작품은 그 불명료성이 크고, 불명료성이 큰 까닭에 읽을수록 맛이 난다. 그러므로 읽어도 읽어도 다시 읽고 싶은 작품은 명작이요 고전이라 명명해도 좋다. 명작은 반복하여 읽어도 싫증나지 않기 때문이다.

3/4

지금까지 필자가 문학교육의 새로운 질서에 대하여 장황하게 기술은 했지만, 사실 그 내용은 간단하다. 우선 문학교육의 대상을 바르게 인식하고 문학 텍스트나 독자나 온 우주가 함께 열려 있음을 전제한 다음, 문학교육 담당자가 사회의 굳어버린 제도나 규범으로부터 해방되어야 한다는 의미의 강조에 지나지 않는다. 텍스트의 해석도 기존의 태도를 가능한 한 허물어 버리는 것이 좋고 제일 먼저 글 자체를 사랑하는 마음에서 부터 접근하여 점차 글 밖의 것으로 확대하여 갈 때, 문학이라는 것의 위상을 바르게 정립할 수 있다는 말에 다름 아니다.

이러한 인식으로부터 「진달래꽃」이 여러 방식으로 읽혀질 수 있음을 소개해 보자. 누구나 다 앎직한 시이지만 독자들의 편의를 위해서 전문(全文)을 옮겨 본다.

> 나보기가 역겨워
> 가실 때에는
> 말 없이 고히 보내드리우리다
>
> 寧邊에 藥山
> 진달래꽃
> 아름따다 가실 길에 뿌리우리다.
>
> 가시는 걸음걸음
> 놓인 그 꽃을
> 사뿐히 즈려밟고 가시옵소서
>
> 나보기가 역겨워

가실 때에는
죽어도 아니 눈물 흘리우리다.

　「진달래꽃」이라는 제목으로 1922년 7월 ≪개벽≫ 25호에 발표된 시는 지금 이 시를 읽고 있는 필자(독자)에게 다음과 같은 여러 가지 질문을 던져 주고 있다. 이 시의 화자는 남자인가 여자인가? 그는 누구와 잠시 이별하고 있는가? 영원히 이별하는 자리에 있는가? 떠나는 사람을 사랑하고 있는가? 사랑이 끝났는가 시작되고 있는가? 진달래꽃이 상징하는 의미는 무엇인가? 왜 〈寧邊, 藥山〉은 한자로 표기했는가? 시적화자와 떠나는 대상과는 어떤 관계인가? 시적화자의 정서상태는 어떠한가? 현재 이 시를 읽고 있는 필자에게 「진달래꽃」이라는 시는 아직은 불확실한 채 개방되어 있으나 계속해서 읽어감으로써 미결된 채로 남아 있는 상상적인 것들이 채워질 수 있으리라 기대해 본다.

　이 시에서 문학성이 최대한 앞에 내세워진 부분은 1연과 4연이다. 즉 나보기가 싫어서 떠난다는 데도 그를 고히 보내주고, 또한 죽어도 눈물 흘리지 않겠다는 역설적인 내용의 반복이다. 반복은 물론 강조의 효과다. 그러므로 이 시는 1,4연을 전면에 드러내어 시적화자의 심정적 상태를 나타내고, 2,3연을 배면에 두어 그러한 정서를 갖게 된 논리적 근거를 두고 있는 시이다.

　'간다'는 행위가 각 연을 통해서 반복되는 것을 보면 분명히 누군가 떠나고 있음은 사실이다. 나는 여기 그대로 있으면서 내가 보내기 싫은 대상이 내가 싫어서 떠날지라도 결코 눈물을 흘리지 않겠다는 확신이 4연에 함축되어 있다. 이런 확신은 '말 없이 고히 보내는' 심정과 함께 시적 화자의 정서상태를 잘 드러내고 있다.

그렇다면 시적화자와 떠나는 대상과는 어떤 관계인지 묻지 않을 수 없다. 그것에 대한 대답은 물론 2,3연의 진달래꽃을 뿌려주는 행위에서 어렵지 않게 찾을 수 있다. 진달래꽃이 화자와 대상과의 헤어짐을 다시 이어주는 매개체라는 정보도 쉽게 얻을 수 있다. 그러나 문제의 핵심은 어떤 진달래꽃이냐 하는 데 있다. '~진달래꽃' 즉 진달래꽃과 그 위에 얹혀 있는 말이 어우러져 이 시 전체의 의미를 움켜 쥐고 있다고 해도 과언이 아닌 것이다. '寧邊의 藥山 진달래꽃'이다. 여기서 독자는 '寧邊'과 '藥山'을 왜 한자로 표기했는가를 우선 검토하고 넘어갈 필요가 있다. 이 구절은 '영변에 있는 약산의 진달래꽃'이란 의미로 치환된다. 한자로 표기함으로써 시각적 효과(시각적 머무름)을 두드러지게 나타내는데 1차적 의미가 있고, 한자 표기가 갖는 의미에 중점을 둠으로써 진달래꽃의 애매한 성격을 구체화시킨다. 다시 그 말을 풀어보면 '편안한 곳에 위치한 약산의 진달래꽃'으로 더 나아가 '인적이 드문 곳에서 피어나 약이 되는 진달래꽃'으로 의미를 확장시켜도 전혀 시 전체의 의미가 손상받지 않고 오히려 심미성이 강화된다. '藥이 되는 진달래꽃'이라는 데서 우리는 신비롭게도 시적화자와 대상과의 관계를 감지하는 기쁨을 맞이한다. 즉 시적화자와 대상이 서로 사랑하는 관계로, 이별해야 하는 사정이 아님에도 불구하고, 그중 하나가 불가피하게 떠나지 않으면 안 될 병에 걸린 경우에서 시작된 것이다. '가실 때에는'은 '만약 가신다면'의 뜻이다. 그럴 경우는 서로 사랑하지 못하게 되는 병에 걸리게 되는 것이다. 그때 그 병을 치료할 약이 필요하며, '寧邊의 藥山' 진달래꽃이 바로 두 사람 사이의 금간 사랑을 치유할 수 있는 것이 아닌가. 그러기에 사랑의 묘약으로 상징된 진달래꽃을 떠나는 님 앞에 뿌려 줄 때, 그것은 〈걸음걸음 한 알 한 알〉 복용하다가 보면 머지않아 이별하고자 하는 병세가 호전되어 결국은 눈물 흘리며 서로 헤어지지 않아도 된다는 역설적 상황으로 연결되는 것이다. 이렇게 보면 1,2연의 전경foreground 못지 않게 뒤로 물러나 앉은 후경back ground의 화려함이 이 시 전체의 긴장감을 주는 탁월함을 엿볼 수 있게 된다.

그러므로 「진달래꽃」은 이별의 슬픔을 노래했다기보다는 사랑의 확신을 다짐한 것으로 보아야 할 것이며, 슬픔을 자제하는 수동적인 여인의 정한을 노래했다기보다는 능동적으로 위기를 극복한 여인의 슬기와 지혜를 노래한 것으로 보인다. 즉 두 사람간의 이별로 말미암아 사랑이 끝나는 것이 아니라 이별의 위기를 맞아 사랑이 시작되는 시인 것이다.

3 5

그러나 시적화자와 대상이 연인관계로 확정된 것은 아니기 때문에 독자에 따라 얼마든지 달리 해석될 가능성이 크다. 만약 어떤 독자가 서정시라 할지라도 그것이 배태된 정치적 사회적 상황을 벗어날 수 없다는 주장을 내세워 나(시적화자)와의 관계에 놓인 떠나는 대상을 조국으로 상정하여 해석을 할 수도 있을 것이다.

그럴 경우 문학의 역사성과 사회성을 고려해야 한다는 태도는 어느 정도 상식화된 일이다. 예술의 자율성을 인정하는 이론이 문학텍스트의 영향과 그 본질을 규정하는 데 있어서, 사회적 기능을 빼 놓는 것의 잘못을 고려한다면, 문학텍스트는 일반 역사와의 유대 아래 놓인 존재임을 당연히 인정해야 할 것이다. 즉 문학텍스트는 시대의 산물인 동시에 그것 자체로 독특한 회로를 갖는 것이라 볼 수 있다.

문학텍스트를 밖의 것과 연관시킬 경우 매우 조심성 있는 성찰을 전제로 한다. 텍스트의 의미가 작품 밖의 지시물에 관련되어서만 생겨난다면 이것은 논술개념적인 성격을 띠기 때문에 심미적인 것이 못된다. 전적으로 텍스트 밖의 지시에 매달리면 문학 자체를 획일화할 위험을 안게 되는 것이다. 그러므로 문학텍스트는 밖의 것과 연관을 갖되 그것은 논술개념적인 차원으로만 받아들이고, 문학텍스트의 본질이라 할 수 있는 문학성은 그 개념을 어떻게 의미화시킨 것인가를 구체화 해야 할 것이다.

시적 화자와 이별 관계에 놓인 대상을 조국이라 설정해 볼 때, 의외로 우리는 「진달래꽃」이 갖는 의미가 탄력성이 있음을 알게 된다. 대체로 이상화, 한용운, 이육사, 윤동주 등의 시를 그 시대성과 관련하여 높이 평가하는 경향이지만, 소월의 경우도 고도의 상징성으로 시대의 비극적 체험을 노래했다고 보아도 무리가 없다.

내가 사랑하는 조국과의 단절, 이것은 일종의 위기 의식이다. 사람은 누구나 사랑하는 어떤 대상과 단절의 위기에 처했을 때 그 나름대로의 비장한 태도를 취하게 된다. 그런 의미에서 보면 「진달래꽃」의 화자는 '떨어지는 해(「알 수 없어요」)와 같은 조국에 대하여 그 회복을 염원하는 적극적인 태도를 보인 것이다. '나는 어찌 살라하고 버리고 가시리잇고'하는 한탄조가 아니며, '타고 남은 재가 다시 기름이 됩니다'와 같이 윤회적인 태도도 아니다. 오직 '죽어도 눈물 흘리지 않겠다'는 확신이 있을 뿐이다.

앞에서도 말했지만 그러한 확신은 '寧邊에 藥山 진달래꽃'을 뿌려주는 적극적 행위에 뒤따른 확신인 것이다. 여기서 독자는 필연적으로 진달래꽃의 상징성을 풀이해 보자는 의욕을 갖게 된다. 물론 '영변에 약산'이 진달래꽃 위에 얹혀 있어 수식하는 관계에 놓이지만, 藥山의 藥의 효과를 캐낼 수 있는 열쇠는 진달래꽃의 이미지에서 찾을 수밖에 없다.

프로이트에 의하면 '꽃이나 花草'는 여성 성기性器, 특히 처녀성處女性을 상징 한다고 한다. 그렇다면 진달래꽃은 처녀성과 같은 순수성의 이미지요,

그 빛깔은 피의 원형이라 할 수 있다. 꼭 정신분석학자의 이론을 빌리지 않더라도 거의 무의식적으로 우리는 진달래꽃의 화려하고 순수하며 투명한 몸짓을 감지하게 된다. 그것은 영변 약산에만 피어 있는 게 아니라 한국 땅 어디에나 피는 꽃이다. 잔솔밭에서도 낮게 피고 바위 뒤에 숨어서 피기도 한다. 박질 황토에서도 끈질기게 피는가 하면 산불로 초토화된 곳에서도 짱짱한 대궁을 솟아 올린다. 그야말로 진달래꽃은 그 순순함과 끈질김과 투명함과 순박함을 드러내는 한국인의 자랑스런 꽃이다. 순수성과 인내심과 겸손함으로 상징되는 꽃을 뿌려준다는 의미는 가식 없는 자신을 드러내고 자아를 완전무결하게 상대에게 헌신함으로써 절대 순수에 이르는 경지라고 할 수 있다. 나를 버리고 가는 조국에 대하여 내가 고결하게 지켜온 순수를 바친다는 데 원시적인 생명력을 획득하게 된다.

2연에서는 어느 새 시적화자가 순수한 꽃으로 자동화되었다. 2연과 3연 사이의 공간은 침묵의 공간이다. 내가 진달래꽃이 되어 나의 몸과 마음을 바치겠다는 결연한 각오 뒤의 숨 멈춤인 셈이다.

그런데 3연에 이르면 꽃으로 자동화된 내가 무한정으로 확대되고 있다. 마치 사월이면 전국에 피어나는 진달래꽃밭과 같이 거대한 꽃덩어리로 변해 버린다. 그 한 송이 한 송이마다를 떠나는 조국은 사뿐히 즈려밟고 가시라는 주문이다. 여기서 독자는 '즈려'라는 불명료한 의미를 만난다. 꽃, 사뿐히, 즈려밟고,란 세 단어가 가벼운 촉감을 느끼게 하는 의미로 조화를 이룬다.

필자의 고향인 충청도에는 '지리잡다'란 말이 있다. 하얀 옷에 김칫국물 같은 것이 떨어지면 물에 적시어 살짝 비틀어 대강 그 흔적을 지울 때 쓰는 말이다. 그렇다면 '즈려'는 '지려'와 같은 의미의 평안도 방언이거나, 소월이 살짝 'ㅣ' 모음을 'ㅡ'모음으로 바꿔 감추는 작업을 했는지 모른다. 아무튼

'즈려'의 어원은 '지리다'에서 온 것으로 유추할 수 있다. 그러니까 사뿐히 즈려밟고의 의미는 하얀 옷감에 묻은 옅은 자욱을 지우듯이 가볍게 또는 조심스럽게 흔적을 남겨달라는 의미로 바꿀 수 있는 것이다. 그 흔적은 살짝 눌러서만 생기는 것이 아니다. 비트는 행위. 그것이 가벼운 무게를 감당하면서도 흔적을 남길 수 있는 것이라고 본다. 그 흔적은 사랑하는 사이에 가지는 육체적인 접촉인 것이다. 가벼운 접촉이지만 '가시는 걸음걸음 놓인 이 꽃'이므로 엄청난 공간으로 확대됨과 같이 가면 갈수록 지울 수 없는 흔적이 되고 마는 것이다. 그러므로 조국이 '나보기가 역겨워 가실 때'에도 '말없이 고이 보내드릴'수 있고, '죽어도 눈물 흘리지 않는 '역설적 상황이 탄력성을 발휘하는 것이다.

3 6

필자는 위에서 두 가지 해석 방법을 시도하여 보았다. 두 경우 모두 이 글의 독자로부터 받게 되는 필연적인 도전이 예상된다. 지나치게 '주관적 인상'에 치우치는 것이 아니냐 하는 것이다. 그러나 이러한 비판에 앞서 다음과 같은 두 가지 사실을 상기하기를 바란다.

이 시를 읽고 배우는 독자는 중·고등학교 학생들이라는 사실이다. 그들의 문학적 경험이 어떠한가를 생각해 보면 해답은 오히려 명백하게 나온다. 말할 나위도 없이 그들의 문학적 경험은 미숙하다. 미숙하다는 표현보다는 소박하다고 보아야 할 것이다. 그렇기 때문에 문학텍스트에 대한 그들의 반응은 소박한 반응이라 할지라도 획일적인 반응보다는 교육적 효과 면에서 그것이 월등한 자리를 차지한다고 감히 확언한다.

또 하나는 되풀이 되는 이야기지만 문학텍스트의 의미를 파악하는 데

목적성이 분명한 일반텍스트와 같이 하나의 의미를 이해하는 것으로 자족해야 할 것인가이다. 문학텍스트는 대화적인 이해의 보다 자유로운 유희공간에 …… 아직은 나타나지 아니한 의미가 수용을 거쳐가는 과정에서 계속 구체화되는 그러한 유희 공간에 놓여 있다. 텍스트의 의미를 획일화 시키지 말아야 하는 까닭이 여기에 있다.

이와같이 문학교육의 대상자에 대한 새로운 인식과 문학텍스트에 자유로운 유희 공간을 인정하게 되면, 문학교육의 영역이 자유롭게 확대되고 개성적이며 활성화된 교육이 이루어지리라 기대된다. 문학적 경험은 물론 세계적 인식이 부족한 학생독자들에게 소박한 반응을 스스로 경험하게 함으로써 주관이 객관에 이르게 하는 훈련을 시켜야 하는 것이다. 다소 미숙하다 할지라도 학생 개개인의 기대지평에 의하여 비쳐지는 반응이 마치 프리즘을 통하여 나오는 스펙트럼처럼 다양한 양상을 보일 것이다. 그 한 가닥 한 가닥의 반응을 존중해 주어야 함은 물론이다. 이때 학생들은 문학에 대한 자신감과 재미를 얻게 될 것이며 일방적으로 전수받아 암기했다가 잊어버리는 교육 방법이 가지는 모순을 또한 깨닫게 될 것이다.

우리는 언제까지나 「심청전」에서 효를 배우고, 「춘향전」에서 정조를 배우며 「진달래꽃」에서 한없이 자기희생하는 여인을 배워야 할 것인가. 고전으로 대우받고 있는 작품이 만약 효나 정조나 희생적 여인과 같은 하나의 진리를 담고 있다면, 그것을 깨닫는 순간 작품의 빛은 퇴색하는 것이다. 그것은 곧 고서박물관에나 자리해야 할 것이다. 이처럼 문학을 과거의 박물관 유물로 만들어 버리는 문학교육은 경계해야 할 일이다.

우리의 역사와 시대가 그렇게 고정되어 있는 시각을 요구하는가, 아니면 그러한 관념적 요소들이 우리가 고수해야 할 필요불가결한 삶의 덕목들이기 때문인가. 그러한 삶의 덕목들을 가르치는 것은 윤리교육만으로 충분하다. 문학교육에서도 윤리교육이 담당해야 할 것을 맡아서 한다면 교육은 그야말로 무정부시대와 같은 기능을 갖는다고 보아야 한다.

학교는 교육하는 곳이다. 가르쳐 육성한다는 의미가 교육의 참뜻이다. 이 말은 경쟁에서 이기는 방법만을 가르쳐서는 안 된다는 의미를 내포한다. 학교교육이 특히 저학년으로 갈수록 전인교육이 이루어져야 한다고 뒤떠들지만, 실제로 교육의 현장에선 여전히 경쟁에서 뒤떨어지는 학생들을 지구권 밖으로 내몰고 있다. 과학의 발달로 말미암아 사회의 문명 속도가 빨라질수록 인간소외가 극대화되는 오늘날, 인문학 특히 문학교육이 담당하고 있는 책임은 그 무엇에 비교할 수 없을 만큼 크다. 질적인 삶의 추구, 그야말로 인간적인 삶의 기초적인 문제의식을 배제한 채, 앵무새처럼 교사가 불러주는 문제만을 먹어버리는 문학교육은 대폭적인 수정을 가해야 할 것이다.

'나는 생각한다 고로 나는 존재한다'는 의식의 한 차원 너머에서 '나는 이렇게 생각한다'는 그 '이렇게'를 인정해 줌으로써 활성화 하는 문학교육이 기대된다. 예컨대 「진달래꽃」에 대한 각각의 반응들이, 아무리 미숙하다 할지라도, 미숙하다 못해 치졸한 감이 있다손 치더라도, 그것을 어떻게 보았느냐에 따라 교사는 지도의 방향을 설정해야 할 것이다. 제도권 내의 교육이 요구하는 평가의 불가피성을 감안한다면, 문학텍스트를 바라보는 주체(독자)를 축으로 하여 그 이해의 폭과 깊이를 측정하여 평가를 내려야 할 것이다. 획일적으로 교사가 전달한 내용을 암기했느냐 그렇지 못했느냐를 기준삼아 평가를 내릴 것이 아니라, 독자의 창조적인 눈과 이해의 성실도가 평가의 기준이 되어야 할 것이다.

3.7

지금까지 말해진 내용을 요약해 보면 다음과 같다. 첫째, 변화에 의 적응력 함양으로 교육의 목표를 단순화하고, 문학텍스트를 고정된 의미로 파악하지 말 것이며, 독자의 다양한 수용양상을 고려하여 문학교육이 이루어져야 한다는 것이 이 글의 전제 사항이었다.

둘째, 문학텍스트나 문학독자 모두가 개방적 구조를 띤다는 인식의 기초 위에서, 현행 학교교육에서 이루어지고 있는 「진달래꽃」의 잘못된 교육방향을 문제의 제기로 삼았다.

셋째는 「진달래꽃」을 두 가지 방법으로 해석해 본 것이다. 사랑 병에 걸려 떠나는 님을 진달래꽃으로 치료시키는 적극적인 여인의 이미지로 본 것이 그 하나요, 떠나는 님을 조국으로 확대시켜 시대성과 연결시켜 본 것이 그 다음 해석이다.

마지막으로 독자 개개인의 기대지평에 의한 반응을 존중하고, 나아가서는 독자의 창조적인 눈과 이해의 성실도를 평가의 기준으로 삼아야겠다는 점을 들어 보았다.

그러나 여기에 꼭 첨가되어야 할 내용은 대화구조로서의 문학이다. X(교사)와 Y(학생)이 수평관계를 유지하면서 이루어지는 교육행위라 할 수 있는데 이것은 근본적으로 우리 교육이 지상과제로 삼고 있는 문제라 하겠다.

尾

잊혀지지 않는
1980년대의 문학

3 1 뜨거웠던 80년대

1990년대는 우울하고 몽롱했던 세기말이었다. 20세기를 마지막 10년 동안 정리하고 21세기를 새롭게 맞이한다는 세계사적 의미뿐 아니라, 우리의 특수한 역사적 환경을 발전적으로 전개해 나가야 할 가까운 미래이기도 하였다. 광복 이후 끊임없이 추구해왔으나 미해결된 모든 문제들을 매듭지어야하기 때문에 그 어느 때보다도 민족 전체의 지혜와 도덕성이 크게 요구되는 시기였다. 80년대의 시대적 요청을 해결해야 하는 의무감을 안고 있었다.

문득 돌이켜 보니, 1990년대는 공백처럼 훌쩍 지나가 버리고, 1980년대의 열기가 내 몸에 아직도 남아 있다. 1980년 벽두 서울의 봄이 뜨거웠고, 5·18 광주민중항쟁이 뜨거웠고, 6·10 민중항쟁이 뜨거웠고, 문익환 목사의 방북이 뜨거웠고, 우리 손으로 뽑는 대통령 선거가 뜨거웠으며, 소련으로부터 시작된 이데올로기의 붕괴가 뜨거웠다.

이 뜨거움의 진원지를 들여다 보면, 분단모순과 민주화문제로 집약되었다. 우리의 삶을 근원에서부터 얽히게 하는 요인으로 분단모순이, 국민이 이 땅의 참다운 주인이라는 생각에서 민주화 문제가 늘 관심의 대상으로 폭발하였다. 80년대의 문학은 이러한 동시대적 문제를 받아들이고 몸으로

해결하려는 진정성과 실천력을 지니고 있었다. 분단모순, 정치모순, 계급모
순, 반미자주화문제, 참교육문제 등을 문학의 중요한 과제로 들고 나왔다.

그러나 이러한 제 모순이 극복해야 할 과제로 남겨졌음에도 불구하고
90년대 문학은 한가롭게 서정성만을 탓하고 있었다. 또 다른 한 편에서는
문학의 도구성이나 무기화를 비난하기도 하였다. 문학의 기능이 다를 수도
있다는 논쟁은 일단 접어두자. 90년대에 들어서서 우리의 사정이 달라지는
듯 보인 것도 사실이다. 그렇지만 이러한 문제점들은 절박한 채로 남아 있
었다. 이제 와서 생각해 보니, 도식적인 분파주의나 순수를 가장한 정치라
고 비판할 것이 아니라, 도구로도 무기로도 쓰이지 못하는 문학을 가장 경
계해야 될 듯싶다.

3·2 과거 역사의 현재화

역사는 말하지 않는다. 그러나 스스로 대답한다. 역사는 그냥 흐
르지 않는다. 과거의 잘못된 것을 수정하면서 흐른다.

우리 문학이 과거 역사에 그토록 집중적인 관심을 가지는 것은 건강한
미래를 건설하고자 하는 의지의 표현이었다. 한국의 현대문학사 가운데 역
사소설이 가장 큰 흐름으로 자리잡는 이유도 이런 맥락에서 보면 이해가
쉬워진다. 애국 계몽기의 신채호, 박은식의 「을지문덕」, 「이순신전」, 「연
개소문전」 등을 비롯하여, 홍명희의 「임꺽정」 등을 거쳐 광복 후 80년대의
황석영의 「장길산」, 조정래의 「태백산맥」에 이르기까지의 역사소설은 우
리 소설사의 광맥과 같았다. 이는 근대적 민족국가를 형성하고자 할 즈음
식민지 통치 지배를 받았으며, 광복을 맞았으나 분단의 상처를 씻지 못한
불행한 역사체험과 깊은 관련을 갖는다. 근대 이후 역사소설의 핵심 주제가

식민지시대의 청산과 식민지시대의 유산인 분단의 청산 문제로 집중되는 까닭이 여기에 있다. 반공이데올로기의 해체 요구 바람과 더불어 우리가 접할 수 있게 된 박태원의「갑오농민전쟁」이나 이기영의「두만강」, 그리고 북한이 최대의 혁명가극이라 자랑하는「꽃파는 처녀」나「민중의 바다」등도 모두 식민지시대 청산을 핵심주제로 작품화 한 것이다. 사회주의 문학관 내지는 주체 사회주의 이론을 엄격하게 답습한 소설임에도 불구하고, 우리에게 부담감 없이 소통되는 이유는 바로 그러한 작품들이 비극적 체험의 극복의지를 담지하고 있기 때문이다. 물론 형식상의 장단점이 없는 것은 아니다.「갑오농민전쟁」이 지배계급과 피지배계급을 동시에 조명하는 장치를 둔 장점을 지닌 반면,「두만강」은 남녀의 애정문제를 의도적으로 사장시켜버리고, 주체이론의 도식성을 지나치게 부각시킨 흠집도 보인다.

　북쪽에서는「두만강」을 최고의 소설로, 남쪽에서는「토지」를 자랑거리로 여겨왔다. 그러나 두 소설을 같이 놓고 주의 깊게 살펴보면, 두 작품의 장단점이 확연히 드러난다.「토지」의 경우 리얼리티는 뛰어나지만 총체적인 힘으로 미래를 향한 하나됨의 꿈이 부족하고, 반대로「두만강」은 고난받는 사람들의 삶에 대한 지향성은 뛰어나지만 리얼리티가 부족하다.「두만강」의 중심인물이 완벽에 가까운 영웅성을 띄고 있는 것은 아무래도 작품의 맛을 떨어뜨린다. 소설가의 윤리가 소설의 미학을 결정한다는 루카치의 말을 빌리면, 두 작가의 경우 윤리와 리얼리티 중 한 부분씩 지나쳤거나 소홀했던 것으로 보인다. 이러한 현상은 두 소설이 각기 다른 환경에서 거의 반세기 동안 무의식적으로 받아온 정치적 이데올로기의 영향 때문이 아닌가 한다. 이것은 통일을 지향해야 하는 우리의 문학적 과제를 신축성 있게 시사한다. 가령「두만강」과「토지」를 양축으로 하는 수레바퀴가 합쳐서 굴러가는 소설에 대한 꿈이다.

말할 것도 없이 분단모순의 극복은 우리 민족 공동체의 소박한 열망이자 꿈이다. 이러한 열망과 의지의 소산으로 우리 문학의 핵심주제로 끊임없이 6·25남북전쟁이 등장하는 것은 당위규범으로 정착되어 왔다. 문학하는 사람의 천형(天刑)이나 되는 듯이 문익환 목사는 그때의 아픔을 다음과 같이 읊고 있다.

> 1950년 6월 25일 새벽
> 겨레의 가슴을 찢어발긴 포성에
> 해산하는 여인처럼 몸을 뒤트는 강산을
> 헤매며
> 진득진득한 피에 눈물을 섞던 길
> —「꿈길」에서

그 후 40년, 80년대의 끝자리에 와서 전10권을 완성한 조정래의 「태백산맥」은 80년대 한국소설의 새 지평을 연 작품으로 평가된다. 6·25를 소재로 삼은 과거의 소설들이 주로 분단의 아픔과 황폐했던 정신세계, 증오심 또는 적대감정 등을 소설의 미학적 조건으로 해온 것과는 달리, 「태백산맥」은 통일지향에 관한 인식의 보편화 내지는 객관화를 효과적으로 나타내었다. 과거 역사에 대한 인식은 현재의 상황이나 그 상황을 바라보는 작가의 현재적 시각에 의해 규정된다는 점에 보면, 「태백산맥」에 이르러서야 참다운 역사소설이 정립되었다고 할 수 있다.

작품 전체를 일관하여 가장 심층부에 자리잡고 있는 서민영이 독실한 신앙인이면서도 현실을 도피하지 않고 사회참여를 통하여 참다운 종교의 세계를 구가한다는 시각이 독자의 관심을 끈다. 지식인의 이념 선택과 이념의 허무감을 강조함으로써 애써 휴머니즘과 민족주의를 암유한 「지리산」,

「영웅시대」나, 미·소 냉전 이데올로기에 희생당한 분단의 비극성에 초점을 둔 홍성원의 「南과 北」과도 뚜렷이 구별된다. 이제는 거의 상투적이 되다시피 한 반공이데올로기나 냉전이데올로기의 허구성으로부터 탈피하여, 분단요인을 내적갈등에 두면서도 어떤 악역의 인물들에게도 따뜻한 애정을 보임으로써 소설의 지향성 및 형상성을 다 함께 획득한 것으로 보인다. 다양한 인물들을 파노라마처럼 펼쳐 놓으면서 작가가 선택한 중심인물들을 보면, 작가가 객관적 시각을 잃지 않기 위하여 기울인 노력을 엿볼 수 있다. 예컨데 중도파 지식인 김범우와 기독교 사회주의자 서민영 그리고 불교 사회주의자인 법일 등이 중심인물이다. 이는 광복기(해방공간) 좌우합작운동을 전개한 여운형이나 김규식 등과 같은 중도 좌우파 정치인들의 인물 유형을 모텔로 삼은 듯하다. 다음 인용문들을 보면 「태백산맥」을 관통해 가는 내적 시선과 중도파 인물들의 사상의 정당성을 쉽게 이해할 수 있다. 뿐만 아니라 과거체험을 글로 쓰고 있는 시대의식으로 바라보는 태도의 중요성도 깨닫게 된다.

"그것은 환상도 망상도 아니었고 두 강대국이 제멋대로 줄그어 양분시켜 놓고 있는 한반도의 주인인 동포 모두가 직시해야 할 현실이었다." (제6장)

해방을 얻어 한반도 사람 모두가 굳게 뭉쳤다면 미·소는 동상이몽을 포기하고 말았을 것이라는 가상이다. 이러한 사정 즉 외세에 대항하는 지혜를 짜내는 민족의 단결된 모습은 오늘날도 직시해야 할 현실이다.

"오늘날과 같은 사회혼란을 막으려고 했으면 이남에서도 제일 먼저 민주주의적 사회개혁을 단행했어야 합니다. 진정한 민주주의가 실현되려면 정당한 사회개혁의 절차를 거쳐 지주계급도 한 사람의 민으로 시작해야 합니다." (제21장)

민주주의의 실패로 사회혼란을 초래한 이남의 정치적 미숙성을 지적한 것으로 보인다. 특히 〈정당한 사회개혁의 절차를 거쳐 지주계급도 한 사람의 시민으로 인정〉한다는 논리가 설득력을 갖는다. 일체의 외세를 배격하고, 계층 간에는 반목질시보다는 애정을 갖고 자주적 통일국가를 형성했어야 했다. 이것은 오늘의 역사가 여전히 우리들에게 요구하고 있는 기대지평인 것이다.

「태백산맥」에 이어 주목할 소설은 임철우의 중편소설 「붉은 방」이다. 80년대 문학을 민중문학과 소시민문학으로 거칠게 구분하는 경향이지만, 이러한 기계적인 사고의 틀 속에서 소시민문학이라 하여 싸잡아 비판받을지도 모른다는 염려를 「붉은 방」은 깨끗이 불식시켜 준다. 도처에서 위협받고 있는 삶이라든가, 이데올로기를 바라보는 객관적인 시선, 나아가서 이데올로기에 무참하게 희생된 인간, 혹은 인간은 모두 자기가 처한 환경이 가장 고통스럽게 느껴진다고 하는 다양한 주제를 내포한다. 표면적으로는 대립되는 두 세계의 갈등을 기술하고 있지만, 작가는 어느 한쪽을 선 혹은 악이라 규정하지 않고 일체의 판단을 독자에게 맡기는 탁월한 문학적 장치를 마련해 놓고 있다. 6·25라는 비극적 사건이 어느 한 쪽에만 피해를 준 것이 아니라 우리 민족 전체가 피해자라는 사실을 소설이라는 독특한 장치를 통하여 새롭게 이해시킨다.

「태백산맥」이 여순반란사건으로부터 8.15후의 해방공간과 6.25에 이르는 민족분단의 긴 여정이라면, 「붉은 방」은 전쟁의 비극적인 상처를 실존적으로 보여주고 있는 작품이다. 이는 뿌리 깊은 민속신앙으로 첨예한 이데올로기의 대립양상을 극복한 70년대의 「장마」에 못지 않는 문학적 성과라 보여진다. 민족적 역량을 약화시키는 이데올로기를 뛰어넘어 민족의 대화합을 내재화했다는 점에서 「장마」나 「붉은 방」은 맥락을 같이 한다.

　세 번째로 우리의 관심을 끄는 작품은 최일남의 「꿈길과 말길」이다. 서울의 작가 박 아무개와 평양의 작가 김 아무개가 휴전선 한 가운데의 산꼭대기에서 진로소주와 룡성맥주를 마시며 나누는 대화로 구성되어 있다. 소설의 구조적 장치로 꿈을 동원하여 환몽소설이 갖는 환각적 경험에 젖게 하는 한계를 보이지만, 통일을 지향하는 문학으로서의 새로운 방향을 제시했다고 본다. 두 사람은 남북 간의 갖가지 이질화 문제로 논쟁을 가볍게 벌인다. 그들의 본격적 논의주제인 소설에 이르자, 이 작은 부분에도 양쪽 사이에 너무도 커다란 간극이 생겼음을 깨닫는다. 그들은 〈피차 상대방 바로 알기 운동이라도 벌여야겠다는 걸 절감〉하면서, 〈통일을 위하여, 힘껏 소리치며 서로 껴안는 것〉으로 소설이 끝난다.

　단순한 스토리 라인을 지니고 있지만 그런대로 소박미가 있다. 미·소 냉전이데올로기에 대한 극복이나 거기에서 파생된 피해의식과 증오심의 청산 못지 않게 중요한 것은 남북한 민중의 현실적 삶에 관한 총체적 파악과 화해 무드의 조성이다. 남북한 민중의 동시대적 삶을 구체적으로 문학화함으로써 오랜 세월 화석처럼 굳어진 정치적 이데올로기를 무너뜨려야 한다는 과제를 「꿈길과 말길」은 조용한 실천으로 첫발을 내디딘 셈이다.

　　"…하지만 언제까지 투쟁과 남조선 해방만을 외칠 겁니까. 그걸 빼고는 할 이야기가 없어요. 김선생은 내말에 대한 곡해가 이 점에서 매우 심하군요. 소설 하나를 놓고도 이만큼 사이가 벌어진 사실을 새삼스럽게 확인합니다. 그러나 이제 겨우 우리는 소설을 통해 만났으며, 차츰 읽어가다 보면 남한 작가의 소설을 북한 독자들이 읽을 수 있고, 북한 작가의 작품을 남한 독자들이 읽게 될 날이 빨리 오기를 바랍니다."

　　　　　　　　　　　　　　　　　　　　　　-「꿈길과 말길」

「태백산맥」·「붉은 방」·「꿈길과 말길」을 통하여 우리 소설이 장차 지향해야 할 맥락을 다음과 같이 잡아 볼 수 있다.

첫째는 분단극복에 기여하는 민족문학의 과제로 우선 협의의 이데올로기 즉 정치적 이데올로기의 과감한 해체를 위한 노력을 보여야 한다는 점이다. 어느 한 쪽의 정치적 이데올로기에 집착한 경우 민족 전체의 올바른 실체를 객관화 할 수 없기 때문이다. 둘째는 남북한 민중의 삶의 현장을 총체적으로 그리는데 우리의 소설이 힘을 쏟아야 할 것이다. 이는 잘못된 과거 역사 청산 못지 않게 값진 문화유산으로 몫을 다할 것이다.

이는 문학의 단순한 반영론을 뛰어넘어, 비판적 사회주의 소시민문학(남한)과 주체 사회주의문학(북한) 사이의 평행선이 맞닿게 하려는 시도이다. 이것은 또한 문학이 한 사회를 지배하는 이념과 일정한 관계로 성립되면서도 협의의 정치적 이념을 벗어날 수 있는 미학적 특성을 효과적으로 발휘하는 계기가 될 것이다.

3/3 미국이라는 외세

분단요인의 핵심 중의 하나인 외세, 그것은 분단모순을 극복해야 하는 오늘의 시점에서도 분명 가장 큰 걸림돌로 작용하고 있다. 80년대 한국사회를 식민지 반봉건주의와 신식민지 국가독점자본주의로 보는 세계관 속에서 모두 미국에의 속박관계를 축으로 나타내고 있다. 사실 우리는 이 미국이라는 외세에 대하여 이제는 냉철한 판단 아래 우리들의 의식을 상당 부분 수정해야 할 역사적 시점에 처해 있다. 우리들이 지금까지 제도권교육 하에서 받아온 그들에 대한 의식은 우리의 영원한 우방이며 동반자이다. 그러나 과연 미국은 우리의 진정한 우방인가. 경제대국인 그들의 시장을 제공해야 하는 것이 우리의 입장이 아닌가. 그들은 진정한 우리의 동반자이며 우리의 민주화를 위해서 어떤 역할을 해 왔는가. 그들을 대하는 우리의 자세는 어떻게 해 왔으며, 지금은 어떤 관계를 유지해야 할 것인가. 미국과의 관계 즉 새로운 관계모색을 위하여 가능한 모든 질문을 설정하고 응답을 스스로 만들어 보아야 할 것이다.

곽영권의 일러스트(삽화·80년대 이야기) 중 한 작품이 저간의 이러한 사정을 명쾌하게 표현하고 있다. 미국과 소련의 무지막지한 손아귀에서 각각 갓을 쓴 사람 둘이 서로 삿대질 하는 모습을 그린 작품인데, 어떤 문학작품보다도 우리의 식민지적 상황을 효과적으로 가시화시켰다. 이 간단한 삽화가 함축하는 의미는 다양할 터이지만 필자가 느끼기는 미·소라는 큰 힘에 갇힌 정치적 지도자들이 정작 타도해야 할 외세에 대항한다기보다는 서로 반목질시하는 참담한 꼴을 날카롭게 풍자한 것으로 보인다. 외세로서의 미국과 소련(지금의 러시아) 그런데 우리는 왜 소련이라는 외세보다 미국이라는 외세에 따가운 시선을 보낼 수밖에 없는가. 이에 대한 해답은 간단하다. 소련은 북쪽으로부터 한 발 물러난 위치에서 영향력을 행사하고 있지만, 미국은 실제로 남쪽에 머물러 있으면서 경제, 군사, 문화적으로 막강한 힘을 발휘해 왔다는 사실이다. 60년대 김수영이 표현했듯이 표면적으로는 〈미국과 소련은 「나가다오」와 「가다오」의 차이가 있을 뿐〉인 것 같으나, 실상 민족 전체가 피부로 느끼는 미국에 대한 감정은 불쾌스러움 그 자체였다.

60년대까지는 보호국으로서 미국의 역할이 불충분한 데 비판이 주류를 이뤘고, 70년대엔 독재정권과의 야합에 대한 국수주의적 반미감정이 형성됐으나 80년대부터는 미국을 제국주의 국가로 규정 미국 정책의 '속셈'이 강조되고 있다. 사실 80년 '서울의 봄'에 찬물을 끼얹은 광주에서의 오월,

그리고 그때의 너무나도 큰 좌절을 겪은 우리로서는 변혁운동 세력이 아니
더라도 웬만한 지력을 가진 진보적인 지식인이라면, 누구나 다 미국에 대한
의심을 갖지 않을 수 없었다.

미국은 우리에게 무엇인가. 기성세대들이 마음 속으로만 분노하고 있을
때 학생들은 보다 적극적으로 그들의 운동 이념으로 '반미'를 표명하고 나왔
다. 그때부터 미국이란 성역은 점차 깨지기 시작했다. 그들은 미국을 '타도
해야 할 대상'으로 '분단의 원흉'인 '제국주의자'로 규정하였다. 86년 4월 김
세진, 이재호같은 학생들은 '양키고홈'을 외치면서 분신 자살하는 충격까지
빚고 말았다.

학생과 진보적 지식인들 사이에 퍼져있던 반미의식은 수입 농축산물 개
방을 계기로 농민·노동자·중산층에 이르기까지 확산되어 갔다. 이러한
반미감정은 서울올림픽 기간 중 더욱 노골적으로 드러났다. 특히 서울올림
픽 도중 미국 선수들의 오만한 태도, 권투경기장 소동에 대한 미국언론의
과장보도, 미국선수의 절도행위와 맞물려 올림픽이 끝날 때까지 반미 바람
이 그치지 않았다. 그중 가장 상징적인 사건으로 보인 것은 고등학교 학생
들이 '우리는 미국을 싫어한다'는 프래카드를 들고 나왔던 일이다.

'반미'의 확산은 80년대 말 출판·미술·만화·춤·노래 등을 통해 나
타나는데 그런 현상은 단순히 감정적 차원의 반미나 친미의 의미를 넘어선
다. 그들의 미국 바로 알기 운동은 수직적인 한미 관계를 수평적으로 이행
시키는 노력의 일환으로 평가할 수 있겠다. 이제 미국은 우리에게 팍스 아
메리카나(미국의 힘에 의한 세계 통합체제)라는 생각은 어렵게 되었다.

1) 詩的 낯설게 하기

반공과 친미를 동일시 해 오던 반공 이데올로기가 급속하게 해체되기

시작한 80년대 시는 시대의 안테나 역할을 충실히 하면서 보다 구체적으로
미국에 대한 실체를 폭로 공격하기에 이른다.

> 딘 러스크와 본 스틸웰이라는 미국 사람을 아십니까?
> 3.8분단선을 입안한 미국무성의 철부지입니다.
> 타의에 의한 조국분단
> ⋯⋯중략⋯⋯
> 1979년의 부마항쟁의 불기둥
> 1980년의 광주항쟁의 용광로
> 쓰라림과 아픔과 뼈저림과 비통의 절정
> 아, 젊은 꽃들이 잇닿는 투신 분신의 항거
> 1987년 6월에 터진 분노한 민중들의 활화산
> 드디어,
> 미국은 물러가라고 외친다.
>
> ― 이기형, 「분단사」

　휴전 당시 일개 중급 장교였던 러스크와 스틸웰이 밤새도록 담배를 피우
다가 그렸다는 삼팔선, 그들이 장난삼아 그어놓은 삼팔선으로 하여 우리는
단말마의 고통을 멍에처럼 메고 살아왔다. '판문점 회담을 한답시고 보면,
미국놈이 우리의 대표가 되어 나간다.'(박진관, 「임진강」) 그러기에 '미국 놈의
껍데기가 되어 버린 남쪽 땅'은 〈아직도 우리 국가가 아닌〉 것이요, 삼팔선
은 이제 도처에서 사람과 사람 사이를 단절시키는 장막으로 존재하는 것이
다. 그러므로 참된 역사를 관류해 온 민중의 이름으로 미국인이여 물러가라
고 외칠 수밖에 없었던 것이다.

> 우리의 국토를 점령한 양키놈들아 떠나거라

> 여기는 양키놈들의 땅이 아님을 우리 민중들은
> 외치고
> 식민지의 땅이 아님을 말하고 있으니
> 양키놈들아 어서어서 떠나거라
> 우리의 민중을 개·돼지처럼 알고 있는 양키놈들아
> 만일에 떠나지 않는다면 우리의 민중들은 기어이 몰아낼 것이다.
>
> — 박진관, 「비극의 얼굴」4연

일체의 시적기교를 배제하고 있기 때문에 화자의 육성을 면전에서 듣는 듯하다. '식민지와 노예다'(1연) '저기 휴전선을 넘어가면 거리에도 꽃들이 피어나 향기를 풍길 땅인데'(2연) '비극의 얼굴들을 움직이고 있는 땅'(3연)과 같이 3연까지는 비교적 흥분하지 않고 시적 긴장감과 울림을 주고 있는데, 갑자기 4연에서는 격앙된 목소리를 드러내고 말았다. 이 땅을 점령한 미국 인에 대한 경고성과 그들을 몰아내고자 하는 의지를 담고 있기는 하지만, 전달의 직접성 때문에 즉 감정이 절제되지 않아 거슬린다.

> 푸르른 5월의 금남로를 승냥이처럼 할퀴고 간
> 저 피묻은 손을 찢어,
> 갈갈이, 찢어서
> '조국 아메리카'의 후예들에게 돌려주자.
>
> — 이산하, 「서시」

광주항쟁을 배경으로 하는 미국에 대한 의구심이 증오심과 복수심으로 증폭된 시적 세계를 형성하고 있다. 분단의 실질적인 책임자이면서 그 후로 도 계속하여 독재정권을 옹호하고 민중의 삶을 이면에서 억압하는 존재로 군림하여 왔던 미국이라는 외세, 이에 대한 분노심을 박진관이나 이산하와 같이 직접적인 육성으로 전달하는 경우와는 달리 문병란의 경우는 흥분을 가라앉히고 조용히 기억하고자 한다.

> 그날, 누가 38선을 금 그었는가 기억해야 한다.
>
> — 문병란, 「우리들의 8월」

금 그은 자를 조용히 기억하는 행위는 금 그은 자와 무기력하게 금 그어진 자신에 대한 냉철한 내적 성찰을 전제하고 있다. 이러한 내적 성찰을 거칠 때 '가슴과 가슴 사이에 철조망을 치고' '다시 우리에게 건 소비에트의 붉은 기와 52개의 별이 있는 성조기'가 '강조하는 기나긴 싸움을 거부'할 수 있는 것이다.

> 미군이 있으면
> 삼팔선이 든든하지요
> 삼팔선이 든든하면
> 부자들 배가 든든하고요
>
> — 김남주, 「쓰다만 시」

민요조의 소박한 리듬과 순박한 감각으로 형상화 되어 있지만, 대상에 대한 문제의식을 효과적으로 응축하였다. 1. 2행과 3. 4행을 가정법으로 반복 기술한 풍자시인데, 단순한 시적기교에도 불구하고 시적화자의 말을 거는 태도는 자못 엄숙하고 심각해 보인다. 미국의 제국주의적 자본주의와 그 이데올로기에 순응하는 자본가 계층에 대한 풍자가 표층구조를 이루는 내용이다. 그러나 그 심층에는 통일을 가로막는 미제에 기생하는 매판자본가 세력에 대한 비겁성을 역설적으로 폭로한다.

> 미군이 없으면
> 삼팔선이 터지나요
> 삼팔선이 터지면
> 대창에 찔린 깨구락지처럼
> 든든하던 부자들 배도 터지나요
> ― 김남주, 「다쓴 시」

「쓰다만 시」를 고쳐 쓴 듯하다. 통일을 가로막는 미국과 그에 아첨하는 매판자본가 세력에 대한 경고다. 미국이 한국을 떠나주는 것에 대한 당위성, 그것은 통일로 가는 첫걸음이 되기도 한다는 의미를 내포한다. '미국이 없으면 삼팔선이 터지고, 삼팔선이 터져도 부자들의 배는 터지지 않는다는 해석도 가능하다.'

80년대의 시대적 요청 가운데 가장 첨예한 현실문제로 등장했던 반미, 그에 관한 한 시적 구체화는 대체로 흥분상태를 벗어나지 못한 듯이 보인다. 이제는 보편적으로 다 아는 일이지만, 우리가 분단모순을 극복하는 데 있어서 미국이라는 외세를 어떻게 극복하는가 하는 문제부터 해결해야 한다. 이러한 대전제를 갖고 볼 때, 미국이라는 실체를 좀 더 총체적으로 파악하고, 그들에 대하여 철저히 분석하고 해체하면서 문학화 해야 할 것이다.

대상의 실체를 인식했으면서도 80년대의 반미시反美詩 들과 같이 흥분된 감정으로 전달하는 정보에는 독자들이 크게 감동하지 않는다. 그러한 시들은 아무리 훌륭한 정보를 갖고 작가의 의식이 탁월하다 할지라도 시 자체로서의 생명력을 오래동안 유지하기 어렵다. 물론 80년대 문학의 한 단면으로써 운동의 성격을 띠는 한계의 노출이기도 하지만, 내용을 지나치게 표면화함으로써 성급하게 목적을 성취하려는 문학적 태도도 한번쯤 반성해 볼 일이다. 선하고 참된 것이 미이며, 인간의 미의식이란 동서고금을 막론하고 근원적인 심리의 내부로부터 싹튼다고 할 때, 참되고 선한 우리들의 과제를 효과적으로 드러내는 미학적 방법이 숙제로 남는다.

2) 소설적 드러냄

단순한 시적 표현에 비해, 80년대 반미를 주제로 한 소설들은 비교적 성과를 거둔 듯이 보인다. 윤정모의 「고삐」,「빛」, 정도상의 「새벽기차」, 김인숙의 「성조기 앞에 다시 서다」, 유순하의 「내가 그린 얼굴 하나」, 홍희담의 「깃발」 그리고 황석영의 「무기의 그늘」 등이 이에 해당한다.

가난과 멸시 속에 밑바닥 생활을 계속하던 중 남편을 만나 현실을 바로 보기 시작한 정인과 미군과 결혼하여 완전히 친미주의자가 된 이복동생 해인, 정인이 동생과의 사이에 사슬처럼 묶여있던 끈끈한 정을 과감히 끊는다는 스토리 라인의 「고삐」는 여성의 매춘과 외세가 깊은 함수관계에 있음을 고발하면서 아울러 외세에 아무런 자각도 없이 몸을 맡기는 한국여성의 비겁성을 폭로한다. 같은 작가의 「빛」에서는 미국의 신식민지 지배 하에서 농촌경제가 황폐화되어 가는 모습과 팀스피리트 훈련으로 우리 민중이 직접적으로 받는 피해를 정면에서 다루고 있다. 다만 팀스피리트 훈련에 대한 철저한 자료 조사와 폭넓은 해석을 겸해 씌여졌더라면 하는 아쉬움을 남기기도 했다. 그러나 팀스피리트 훈련에 대해서 명제로서가 아닌 구체적인 삶을 통해 소설화 했다는 점에서는 높이 평가하지 않을 수 없다. 즉 또 하나의 금기를 깨뜨린 셈이기 때문이다.

「새벽기차」·「성조기 앞에 다시 서다」·「내가 그린 내 얼굴 하나」의 공통점은 모두 한미 합작회사의 미국인 사용자를 둔 공통점을 갖고 있다. 기본적으로 노동자의 문제를 다루면서 반미 자주화의 문제를 의식적으로 거론하고 있다. 밤마다 여공들을 발가벗겨 놓고 가죽혁대로 내려친 다음에 섹스를 즐기는 공장장 제랄드와 월급은 한국식으로 정확하게 해야 하는 순덕, 「새벽기차」의 이 두 인물사이에는 어용노조와 한국인 사용주 그리고 폭력경찰이 음험하게 도사리고 있다.

> "사내는 칼로 바지를 주욱 찢어버렸다. 끔찍한 살이 터져 가는 고통의 순간이었다. 세 명의 사내가 차례대로 순덕을 짓밟고 지나갔다. "주제에 처녀네? 몸보신 한번 잘했다 … 〈중략〉… 야 이년아 까불지 마. 긍께 천만 원이 누구네 집 개새끼 이름이냐?"
>
> ─「새벽기차」

파업에 가담하지 말라는 조건으로 스미스 사장이 내건 천만 원을 거부한 가난한 순덕을 구사대가 폭력을 가하는 장면이다. 경제적인 압력의 뒤에 숨겨두고 있는 정치적 폭력장치, 그것은 자본주의가 파행적으로 성장하여 온 우리의 7, 80년대에 현실적으로 너무도 익숙하게 보아온 폭력행위이다. 폭력이 직업화 되었다는 비극 외에도, 그 폭력은 약한 사람들의 가난과 불행, 혹은 순수해야 할 천륜을 이용해 왔다는 데 더욱 분노심이 커진다. 이러한 비극적 현실을 「새벽기차」는 문학화 하는데 성공하고 있다.

> "나는 당신네 나라의 역사를 알고 있소. 노동조합은 공산당의 하부였고, 나를 위해서가 아니라 당신네 나라를 위해서라도 즉 당신네 나라를 혁명으로부터 보호하기 위해서라도 노조는 절대로 허용해서는 안 될 것이요."
>
> ─「성조기 앞에 다시 서다」

> "물러가라, 물러가라는, 수백 명의 목소리가 하나로 되어 터졌다. 개과장의 얼굴이 홍당무로 변했다. "이런 더런 년들, 순악질 빨갱이 같은 년들."
>
> ─「새벽기차」

6.25전쟁은 국토의 분단 외에도, 빨갱이 공포증을 생산해 냈다. 예컨데 빨갱이 알레르기 반응이다. 마치 빨갱이란 말은 모든 악의 상징처럼 불려질 뿐 아니라, 권력을 가졌거나 권력 유지의 수단으로 삼아 왔다. 자신의 이익에 배반된다고 생각하거나 자신의 체제에 도전하는 세력이라고 생각될 때는 무조건 빨갱이로 몰아버리는 악습은 우리 사회의 근간을 흔들어 왔다. 이른 바 반공이데올로기의 정치·경제적 이데올로기화라고 할 수 있겠다.

위에 인용된 내용 가운데에도 이러한 빨갱이 현상을 체험하게 된다. 노동조합을 공산주의자로 보는 리처드 사장이나 근로자들을 빨갱이라고 소리치는 개과장은 철저하게 반공이데올로기의 비호 속에 밀월관계에 처해 있음을 시사한다. 미제국주의와 신식민지 땅의 매판자본가, 자본의 이익에 반대되는 것은 모두 공산주의요, 자신의 이익에 반대되는 것은 빨갱이라는 엄청난 폭력적 사실 앞에서 우리는 전율을 느끼지 않을 수 없다.

분단모순을 극복해야 한다는 중대한 시점에 놓인 90년대, 2000년대 문학이 지향해야 할 과제 중의 또 하나가 바로 이 「빨갱이 알레르기 현상」으로부터 벗어날 수 있도록 문학적 공간을 새롭게 구체화시키는 작업이었다.

「내가 그린 내 얼굴 하나」는 다국적기업 형태를 침투해 들어 온 미국 자본의 형상을 끔찍하게 폭로하면서도 평균적 순응주의자인 화이트칼라의 고백에 초점을 맞추고 있다. 폭로해야 할 성격의 주제를 갖고 고백체의 기법으로 서술했기 때문에 분명 소설적 힘이 덜해 보인다. 의식의 내면을 지향하는 고백형식을 취함으로써 작중 주인공은 사건의 중심에서 한 발 비켜 선 위치에서 회의와 번민에 빠짐으로써 소설적 긴장감을 잃고 말았다. 그렇기 때문에 「고양이 목에 방울을 달고」 회사로부터 해고당한 신종택부장의 입을 통하여 나오는 미국 자본가의 뻣뻣한 목에 굴종하는 순응주의자들 즉 화이트칼라의 비겁성이 부각된다. 독자들로 하여금 반미자주화에 대한 무력감을 유발할 위험성이 있다. 독자의 의식을 잠재울 위험성 말이다.

> "저를 위하여 울지 마십시오 어머니. 미국놈들의 지배를 받고 있는 식민지
> 조국을 위해, 미국놈들의 원격 조정 끝에 처참히 죽어간 이천여 광주 시민을
> 위해 울어 주십시오…."
>
> — 「새벽기차」

> "미국 항공모함 부산 앞바다에 정박 중, 우리의 우방인 미국은 민주주의와
> 인권을 수호하는 나라입니다. 광주의 민주 시민을 보호하기 위하여 지금 부산
> 에 미국 항공모함이 정박 중에 있습니다. 더 이상 광주는 피를 흘리지 않을
> 것입니다. 시민들은 동요하지 마시고 도청에 집결합시다."
>
> — 「깃발」

서울을 제외한 지역의 군사작전권을 갖고 있는 한미연합 사령관이 결코
5·18 광주항쟁 당시 양민 학살의 책임에 무관할 수 없다는 고발이다. 서울
에서도 일류대학에 들어가 학교만 졸업하면 안정된 생활을 보장받을 수 있
는 농촌 출신의 젊은이가 시국사범으로 법정에서서 절절히 토해내는 「새벽
기차」나 시골처녀 순분이가 도시 근로자가 되어 광주항쟁의 뒤에 감추어진
엄청난 음모의 실상을 깨달아가는 과정을 그린 「깃발」을 통하여, 독자는
우리의 신식민지적 상황을 생생히 체험할 수 있게 된다.

> "그렇다니까 너 텔레비전에서 가끔 판문점 회담 장면을 보여 주는 것, 보았
> 지? 이북은 분명 이북 대표자가 나오는데 이남은 미국인이 대표자로 나가지.
> 남의 나라에 와서 주인 행세를 하는 겪이지 …〈중략〉… 순분이의 입술에 파르
> 르 경련이 일어났다. 막연했던 부분들이 환하게 명확해지면서 순분은 기쁨과
> 분노의 감정을 동시에 맛보았다."
>
> — 「깃발」

너무도 우리의 가까운 일상처럼 느껴졌던 판문점 회담 장면. 거기에서는 북쪽 대표와 미국인이 회담을 한다. 미국인이 무슨 자격으로 회담을 하는가? 말로는 유엔군 대표다. 그렇다면 유엔군이 한반도 한쪽의 주인인가? 그렇지 않다. 우리는 당연히 찾아야 할 권리를 무엇 때문에 미국인에게 양도하고 있는가. 순진하면서도 무지한 순분이가 깨닫는 과정을 통하여 독자는 판문점에서 북쪽 대표와 회담하는 미국인을 기억하며, 미국의 존재에 대하여 수많은 질문을 쏟아놓게 된다.

미국은 우리의 무엇인가, 영원한 우방인가. 우방이라면 왜 남의 땅에 와서 주인 행세를 하는가? 우리에겐 티끌만한 자존심도 없는 것일까? 아니면 미국에 대항할 힘이 부족한 것인가? 그들의 민주주의란 자국민에게만 한정된 민주주의인가? 자국민들은 하늘처럼 떠받들면서도 제 3세계의 국민들의 주권을 함부로 빼앗고, 그들의 정치적 목적을 달성하기 위해 제 3세계의 국민들은 군홧발로 짓밟는 것을 돕는 것이 과연 민주주의자들의 도덕성인가? 이처럼 5·18 광주항쟁의 한복판을 뚫고 가면서 그 배후세력인 미국의 존재를 하나하나 파헤쳐가는 「깃발」은 그만큼 탄력성 있는 소설적 공간을 확보해 놓고 있다.

위의 소설들이 반미자주화의 문제를 직접적으로 다루고 있지만, 소재주의를 크게 뛰어넘지는 못했다. 그렇다고 해서 가치가 떨어진다는 의미는 아니다. 미국이 분단의 실질적 책임자요, 독재정권의 옹호자요, 다국적기업 형태로 경제침탈을 하는 주범으로 인식하기에 충분하다. 그러나 무엇보다도 미국이라는 존재로 인하여 한민족공동체가 꼴사납게 분열되어 왔다는 사실을 인식할 수 있도록 도와 준 것이다. 황석영의 「무기의 그늘」은 어느 작품보다도 반외세, 민족해방운동에 충실한 복무자세를 보여준다. 우선 이해를 돕기 위해 스토리 전개를 간단히 소개한다.

이는 월남전의 총체상을 파악한다는 전제 하에 제국주의 침략전쟁의 본질과 제 3세계 민중의 고난과 정의와 평화의 참된 의미에 대한 사실을 내재화시킨 작품이다. 「무기의 그늘」은 여러 인물의 시각에서 몇 가닥으로 접근해 들어가고 있다. 첫째는 합동수사대원인 한국군 병장 안영규가 철저히 아웃사이더의 입장을 취하는 줄기이고 둘째는 타락할 대로 타락한 베트남의 현실 속에서 끓어오르는 정열을 가슴에 간직한 청년 팜민이 해방전선에 투신하는 줄기이며, 셋째는 미군의 각종폭력의 빛, 가령 민간의 줄기이다. 미국의 제국주의적 지배논리와 그에 힘차게 대항하는 제 3세계 민중의 민족해방 투쟁을 구체화하는 방법으로 이 세 갈래의 흐름을 제시한 셈이다.

이 세 가지 국면을 하나로 묶을 수 있는 것은 다낭의 트로이 시장을 중심무대로 펼쳐지는 미제국주의의 경제논리이다. 말하자면 전쟁을 자본으로 삼기 때문에 청부 전쟁을 시키고, 거기서 경제적 식민지를 확보하려는 속셈을 보게 된다. 무기를 팔아먹을 시장확보를 위해, 혹은 월남 시장의 철저한 미국예속화를 위해 청부전쟁이 불가피했던 미국을 읽을 수 있다.

이같은 제국주의 아래 제 3세계 사이의 먹이사슬과도 같은 관계를 명징하게 형상화 한 「무기의 그늘」은 월남전을 통하여 바로 우리의 문제를 간접적으로 시사한다. 「자유의 십자군」·「맹호」·「비둘기」 등 다채로운 상징마크를 달고 우리의 농촌 출신 병사들이 참전했던 월남전의 의미가 문제의 핵심에서부터 철저히 유린당했다는 배심감마저 드는 것이다.

요약하면 「무기의 그늘」은 기존의 월남전을 소재로 한 전쟁에 대한 참상과 비정의 폭로와 같은 소박한 휴머니즘의 차원을 넘어 반미자주화를 총체적으로 구체화하면서, 80년대 우리 문학사에 새로운 장을 새겨 놓은 작품이다.

3/4 참교육과 교육시

80년대에는 유독 시가 많이 쓰여졌다. 그래서 80년대는 시의 시대라 일컫기도 한다. 시가 많이 쓰여지는 시대는 혼란스런 시대였음을 반증하는 것이다. 80년대 후반 들어 교육시들이 많이 쓰여진 연유도 이런 맥락에서 보면 교육현실이 매우 불행했음을 시사한다고 하겠다. 여러 계층의 욕구가 동시다발적으로 폭발했던 80년대 후반의 교육운동은 어떤 분야 못지 않게 열정적으로 일어났으나, 결과는 가장 비극적으로 끝나고 말았다. 전교협에서 전교조로 확대되면서 교육운동은 문교부의 강력한 제재를 받고, 결국 그 운동을 주도했던 교사들이 투옥 내지는 해직되는 불상사로 매듭지어졌다. 그러나 교육운동이 이처럼 불행하게 끝난 것 같이 보이지만, 교육의 현실이 안고 있는 허다한 문제점이 개선되지 않는 한 교육문제는 언제 다시 폭발할지도 모를 태풍의 눈으로 남게 되었다. 예컨데 비민주적인 교육행정, 열악한 교육환경 및 교사들의 처우문제 교육악법의 철폐문제, 상의하달식의 권위주의 청산문제, 정권의 시녀역으로부터 해방된 교육의 민주화 문제에 이르기까지 산적한 문제들을 안고 있었기 때문이다.

그런 의미에서 시대윤리를 기초로 한 교육시의 등장은 80년대 문학의 한 특징이라 할 수 있겠다. 자연인으로서의 시인과 직업인으로서의 고뇌를 구별하여 왔던 80년대 이전의 교사 시인들과는 현격히 다른 양상을 보이고 있는 것이 80년대의 교육시이다. 즉 80년대의 민중적 민중문학의 성장 및 확산에 따라 80년대의 교사시인은 자신이 살고 있는 자리야말로 실천의 장이라는 인식으로 교육시를 쓰고 있었다. 작가의 사회적 실천과 창작적 실천을 일치시킨다는 것은 문학생산자의 가장 이상적인 모습이거니와 그런 이상을 성취하고자 하는 교사시인들의 높은 도덕성이 특기할 만한 가치를 지닌다.

　　도종환, 이광웅, 배창환, 김종인, 조재도, 정영상, 고광헌, 안도현, 전인순, 김시천, 김영춘 등은 이미 교육시라는 이름 아래 해직교사 시집을 낸 바 있다. 도종환의 교육시집 「지금은 비록 너의 곁을 떠나지만」, 이광웅의 해직교사 신작시집 「몸은 비록 떠나지만」 그리고 손동연, 최승권이 엮은 55인 시선집 「교과서와 휴전선」은 교육시라고 하는 낯선 문학의 지평을 새롭게 열어 놓았다. 특히 전교협이 그 창립 선언문에서 밝힌 민족, 민주, 인간화 교육의 이념은 우리 교육이 나아가야 할 바를 집약한다고 보아도 좋을 듯하다. 그것은 비단 교육뿐 아니라 우리 사회 전체가 지향해야 할 이념을 압축하여 제시해 놓은 것에 다름 아니다.

　　　　식어버린 가슴으로
　　　　타성과 무사안일에 길들여져
　　　　분노할 것에 분노하지 못하고
　　　　침묵을 보신철학으로 간직한 자는
　　　　문제교사이다.
　　　　밥줄 떨어질까 두려워
　　　　검은 것을 검다 하지 않고
　　　　흰 것을 희다 하지 않는 자는
　　　　문제교사이다.

　　　　내가 가르치는 행위가
　　　　지금 이 땅에서 어떤 의미가 있는 것인가
　　　　고민하지 않는 자는
　　　　문제교사이다.

　　　　문제의식이 없는 학생이
　　　　문제학생 이듯이
　　　　문제의식이 없는 교사는

정말로 문제교사이다.

지극히도 당연한 이 말이
문제시되는 오늘의 사회는
과연 민주사회인가?
민주사회라고 가르쳐야 하는가?

－ 전인순, 「문제교사」, 전문

　'침묵을 보신철학으로 간직'하고 현실의 모순에 대한 '의식도 없이' '밥줄 떨어질까 두려워 하는' 문제교사, 자신의 교육 행위와 역사적 현실을 자각하지 못하는 문제교사를 문제교사라고 말하는 것이 문제가 되는 오늘의 사회가 과연 민주사회인가를 묻는다. 문제교사와 어용교사가 뒤바뀐 교육현장의 참담한 현실을 매우 적절히 표현하였다. 광복 이후 뒤틀리기 시작한 우리 사회는 늘상 자리바꿈의 현상으로 통증을 앓아 왔다. 있어야 할 사람이 쫓겨나고, 쫓겨나야 할 사람이 자리를 차고 앉는 불균형의 연속, 이러한 불행이 극단적으로 드러나는 곳이 교육현장이요, 교사들의 당면과제라면 가히 우리 사회의 비민주적이고 불합리한 정도가 어떠한가를 짐작할 만하지 않겠는가?

밤 열 시, 알리바바의 동굴처럼
교문들이 일시에 열리고
한꺼번에 밤길을 나서는 아이들
무거운 책가방을 메고 들고
도시락을 두개씩이나 싸서 새벽같이
집을 나온
대한민국의 아들딸들을 본다.

－ 강인한, 「밤 열시의 아이들」, 전문

오늘은 드디어 반 정원의 삼분의 일이 넘는
20명을
수업도 시키지 않은 채 귀가조치 시켰다.
돈을 갖고 오든지 아니면
학부형을 모시고 오든지 양자택일하라면서
애들을 집으로 보내고 나서
교내매점의 나무의자에 앉아 후루룩
나는 말없이 가락국수를 삼킨다.

— 김용락, 「귀가」, 전문

죽어가고 있다.
제자들이 죽어가고 있다.

채 못다 핀 꽃이 죽는다.
채 못다 핀 꽃이 시든다.
사랑하는 나의 꽃봉오리가 시든다. 향기 잃는다.

꽃이 죽는다.
채 못다 핀 꽃이 죽는다.
생명의 향기 내던지고 꽃이 죽는다.

— 이광용, 「제자들이 죽어가고 있다」, 전문

인용한 시편들에 나오는 풍경들은 실로 우리들 눈에 너무도 익숙한 모습
들이다. 도시락을 두 개씩 싸들고 새벽같이 나와서 밤 열시에 귀가하는 학
생들, 공부에 찌들어 가슴 한 번 펴지 못하게 하는 교육이 참교육인가를
의심하지 않을 수 없다. 수업료를 못 낸 학생들을 귀가시키고 가락국수를
삼키는 선생님의 모습을 보며 오늘날 교육의 처참함과 국민소득 몇 천달라
니 중진국이니 하는 입발림들에 분노를 삼키지 않을 수 없다. 꽃다운 나이

에 죽어가는 혹은 시들어가는 어린 학생들, 과연 어린 학생들의 기를 죽이고, 생각을 차단하고 행동을 제한하는 것이 참된 교육인가, 이것이 교육인 것으로 착각하고 있는 오늘날의 교육은 한 마디로 곤두박질치고 있음에 다름 없지 아니한가. 제자들을 죽이는 교육은 죽은 교육이고, 그런 학교는 죽은 학교이며, 그런 사회는 부패한 사회이다.

학교는 참회해야 한다. 거짓교육을 참회하고, 부정과 부패를 참회하고, 비민주 비인간, 몰개성을 참회해야 한다. 정치적 지배이데올로기의 시녀역을 청산하고, 모든 불합리와 획일성·고정관념을 청산한 다음 자유와 평화와 정의와 통일을 추구해 가는 역사의 현장으로 거듭나야한다.

> 해 떨어져 어두운 길
> 네가 넘어지면 내가 가서 일으켜 주고
> 내가 넘어지면 네가 와서 일으켜 주고
> 산 넘고 물 건너 언젠가는 가야할 길, 시련의
> 길 하얀 길
> 가로질러 들판 누군가는 이르러야할 길
> 해방의길 통일의길 가시밭길 하얀 길
> 가다 못 가면 쉬었다 가자
> 아픈 다리 서로 기대며
> ─ 김남주, 「함께 가자 우리 이 길을」, 전문

> 북녘 아인 진달래 머리에 꽂고
> 남녘 아인 유채꽃 가슴에 안고
> 땅 끝에서 땅 끝까지 앞으로 가자
> 남녘아인 북녘아이 길동무 되어
> 아리랑 아리랑 앞으로 가자
> 통일이 되면 국토의 고향

마라도로 너를 부르마

        ― 김수열, 「마라도」, 전문

휴전선 만든 주범은 미국이지만
휴전선 뚫는 일은 온전히
우리의 소명이라고 말한다.

        ― 최두석, 「교과서와 휴전선」, 전문

    교과서에는 나오지 않는 휴전선 뚫기·휴전선 뚫기가 교과서에 나오지 않는다는 사실이 교육의 허상을 명백히 증명하는 것이다. 우리의 소원이 통일이라면 당연히 교과서는 휴전선을 뚫는 교육내용을 골간으로 재편성되어야 한다. 그래서 미국을 은혜의 나라라 가르치지 말 것이며, '유채꽃 가슴에 안은 남녘 아이와 진달래 머리에 꽂은 북녘 아이가 길동무' 되는 법도 가르치고, 휴전선을 뚫고 '가시밭길 하얀길 통일의 길'을 동행하는 사랑의 정신을 가르쳐야 한다.

초인은 누구들 이름인가,
다름 아닌
하나된
우리들
이름이지.

        ― 이광웅, 「명시 다시 읽으며」, 전문

작은놈 학교가고 난 뒤
책상 위엔 남북통일
책상 밑엔 연필 한 토막

        ― 김지하, 「연필」, 전문

문학과 교육의 접점 부분에 속하는 것이 문학교육이라 할 때, 위에 인용된 시 같은 것을 가르쳐 봄이 어떨까? 반공·충효·심정적 복고주의 말고, 우리의 현실에 결핍되어 있는 것 즉 우리가 채워넣어야 할 미래지향적인 작품 말이다.

이광웅은 이육사의 「광야」를 재생산해서 새롭게 탄생하는 독자들에게 참다운 읽을 거리를 제공하고 있다. 초인은 하나 된 우리들 이름이라 한다. '다시 천고의 뒤에 백마 타고 오는 초인'은 분단된 조국을 하나되게 할 이들일 수 있는 것이다. 자구대로라면 초인은 평범 이상의 초월적 인간이지만 이 시인은 다수의 힘을 모아서 초인의 경지에 도달할 수 있다는 신념으로 재해석한 것이다.

하나 되게 하는 힘은 그냥 모아지는 것이 아니다. 새벽에 잠든 자가 아침 해를 맞이할 수 없듯이, 조막손으로 몽당연필을 잡고 〈남북통일〉을 써 보는 준비 없이 하나 되는 날을 쉽게 맞이할 수는 없다.

동족에 대한 맹목적인 적개심이나 심어주고, 반근대주의적인 낡은 도덕관이나 심어주었던 어두운 교육적 환경에서 벗어나 민족생존권을 되살리는 교육환경으로의 대전환을 모색하는 한 방편으로 문학교육이 참된 위상을 정립함도 시급한 과제다.

그런 점에서 80년대 해직교사들이 폭넓게 제시한 민주화에 관한 시들도 우리는 주목해야 할 것이다. 예컨데 스승의 날 '주입식 날림 지식만 팔아먹는 혀'를 반성하는 김종인이나 '마음 한편의 칠판에 간직하고 있는 자유·정의·민주를 써 보면서 수색영장도 없이 불현 듯 찾아드는 구둣발 때문에 겪는 윤동재의 공포의식도 반추해 보아야 한다. 정영상의 참교육에 대한 열망과 용기, 고규태의 교사발령을 놓고 벌이는 추태, 폭로, 고광현의 절대권위주의에 대한 고발도 반성해 보아야 한다. 그들이 정권유지의 일선 첨병

으로서 혹은 지배이데올로기를 전파하는 하수인으로, 입시기술을 전달하는
장인으로 전락한 교사의 탈을 벗고자 하는 몸부림을 보면서, 우리는 또한
깊이 묻어둔 양심을 꺼내야 할 일이다.

> 어릴 때 내 꿈은 선생님이 되는 거였어요.
> 나뭇잎 냄새나는 계집애들과
> 먹머루 빛 눈 가진 초롱초롱한 사내녀석들에게
> 시도 가르치고 살아가는 이야기도 들려주며
> 창 밖의 햇살이 언제나 교실 안에도 가득한
> 그런 학교의 선생님이 되는 거였어요.
>
> ─ 도종환, 「어릴 때 내 꿈은」

　역사와 참교육의 현실로 과감히 뛰쳐나온 도종환은 이처럼 소박했던 꿈
을 곱게 노래하고 있다. 전교협과 전교조의 교육운동을 거치면서 투쟁력과
실천력을 겸비하고, 누구보다도 교육현장의 온갖 모순들을 신랄하게 문학
화하고 있다. 경직된 교과서 문제, 입시문제, 생활지도 문제 등을 비롯하여
제자들에게 답장을 보내주는 다정다감한 작품에 이르기까지 다양한 교육시
를 거부감 없이 독자들에게 보여준다.

　비록 그들이 교육현장을 떠났지만, 그들의 참교육에 대한 열망은 그들이
남긴 교육시를 통해 길이 빛나리라 생각된다. 또한 교육의 문제가 교육 그
자체만의 문제가 아닌 사회의 여러 가지 문제를 복합적으로 끌어안고 있기
때문에 그들의 행적이 더욱 값져 보이는 것이다. 크게는 민족모순과 계급모
순이 그 안에 뒤엉켜 있고, 작게는 인간과 인간 사이에 드리워진 장벽까지
를 안고 있는 문제의 장이다. 그러므로 80년대 민족문학의 중요한 흐름 가
운데 하나로 교육시를 자리매김할 수 있을 것이다. 모두가 교육은 국가의

백년대계라고 입버릇처럼 말은 하지만, 사각지대로 몰아버린 교육현장의 소외감을 불행스럽게도 80년대는 덜어주지 못하였다. 이 같은 불행을 극복하기 위하여 교육시들이 효과적으로 기여할 수 있는 90년대를 기대하고, 2000년대를 기대했지만, 여전히 교육은 당면한 문제를 본질적으로 해결하지 못하고 있다. 그런 의미로 보면 오늘의 경우에도 산적한 교육모순을 발언하는 교육시는 계속해서 쓰여져야 한다. 교육시가 어쩌면 민족문화의 큰 줄기로 성장할 것을 믿기 때문이다.

3 5 금기파기의 80년대

일본 군국주의 하에서 우리 민족 최대의 과제는 광복이었다. 마찬가지로 남북이 갈라진 채로 거의 반세기를 화석처럼 굳어진 정치적 지배 이데올로기 속에서 지내 온 오늘날 우리 민족의 최대의 과제는 통일이다. 정치·경제·사회·체육 어느 분야든 민족통일에 기여하겠다는 신념을 바탕으로 해야 한다. 이제는 무의식 속에서 막연히 간직하고 있는 통일에의 꿈에서 벗어나 보다 적극적이고 구체적으로 국민 각자가 실천할 단계에 이르렀다.

문학이라고 해서 예외일 수는 없다. 마땅히 문학도 분단극복을 위해서 기여하는 바가 있어야 한다. 사회가 갑자기 비대해지고 다원적 성격을 띰에 따라 문학의 자율적 범위가 넓어진 것도 사실이다. 물론 그러한 문학을 주장하는 견해도 폭넓게 수용해야 한다. 그것도 우리 문학을 풍부하게 살찌우는데 도움이 될 터이다. 그렇다 해도 우리 문학의 큰 줄기는 작가의 시대적 윤리를 기초한 문학이 될 수밖에 없다. 달콤한 말재주보다, 우리는 시대의 가장 결핍된 부분을 채우겠다는 높은 도덕성이 강력히 요청되는 시대에 살고 있기 때문이다.

이런 점에서 보면 80년대의 문학은 괄목할만한 성과를 거두었다고 생각
된다. 한 마디로 금기·단절의 벽을 허물기 시작한 문학이라고 평가하고
싶다. 과거 40여 년 동안 금기시 되어 온 반공 이데올로기 및 반미, 남북한
민중의 총체적이고 구체적인 삶, 사회의 온갖 모순이 생생하게 응축된 교육
현장과 같은 문제들을 과감하게 문학화 했기 때문이다. 이러한 내용들이
결국 모두 분단극복의 장애요인이었다는 사실을 감안한다면, 80년대의 문
학적 성과는 대전환의 국면으로 치달았다고 볼 수 있다.

마지막으로 짚고 넘어가야 할 것은 80년대 민족문학의 논의 문제이다.
민족문학의 이론체계를 세우는 데 있어서는 물론 사회과학적 인식이 중요
하다고 본다. 그러나 사회과학적 인식을 기계적으로 대입하여 오히려 문학
자체를 고갈시키고, 폐쇄성과 분파주의를 면치 못했다는 것이 필자의 솔직
한 느낌이다. 어쩌면 소모적인 이론투쟁에 그쳤는지도 모르겠다. 민족문학
은 오직 민족문학이 있을 따름이지, 거기에 국가개념이 따로 개입되기 시작
하면 끝없이 이론 싸움만 파생될 뿐이다.

민족문학 즉 통일을 지향하는 문학이 담당해야 할 몫은 통일을 저해하는
모든 요소들을 제거하는 일로부터 출발해야 한다. 예컨데 분단을 획책한
외세 척결, 그로 인해 서로 반목질시 해 온 동족 간에 드리워진 장벽을 제거
하는 일과 같은 것이다. 뿐만 아니라 문학은 불행한 과거역사체험을 지혜롭
게 정리하는 일, 현실적으로 남북한 민중의 삶을 동시에 체험할 수 있는
예술적 공간 확보, 통일을 지향하는 학교교육 내지는 문학교육에 이르기까
지 천형天刑을 받을 각오로 시대를 앞질러 가야 할 것이다. 尾

비움과 채움의
상상력

제4부

독자가 구현하는 문학성의 시학
―「임꺽정」을 예로 하여―

4.1 살아 움직이는 작품 「임꺽정」

　「임꺽정」은 벽초 홍명희(1988-1968)가 1928년 12월 26일 ≪조선일보≫에 첫 회분을 연재하기 시작하여, 1940년 10월 잡지 ≪조광≫에 연재를 마감한 장편대하소설이다. 연재기간은 물경 13년여의 세월이었고, 그 분량만 해도 10권이나 된다. 조선 명종조 시대 대사건을 일으켰던 임꺽정을 중심으로 소설화시킨 작품이다. 작품 속 이야기의 시간 폭은 50여년(연산조 갑자사화부터 명종 조 을묘왜변까지)의 광범위한 시간이며, 다양한 계층의 인물들이 벌이는 다양한 사건들을 통하여 독자에게 당대 사회를 총체적으로 보여준다. 뿐만 아니라 1930년대의 시대적 요구(반봉건, 반외세)를 간접적으로 암시하면서, 민족주의 정신과 민중이 역사의 합법칙성임을 또한 잘 보여주고 있다. 분단시대에 살고 있는 우리들에게도 우리가 무엇을 해야 하는지에 대해 분명한 발언을 하고 있는 작품이다.

　홍명희 선생의 창작 동기는 여러 곳에서 산견되는데, 계급적인 저항의식(홍명희, 임꺽정전에 대하야, ≪삼천리≫창간호)과 민중적인 역사의식(≪대조≫제1호) 그리고 일관된 조선정조의 표현(≪삼천리≫5권 9호)으로 정리된다. 창작동기는 작품의 골격을 이루는 모티프는 될 수 있지만, 작품 전체의 육체를 뜻하는 것은 아니다. 실제로 「임꺽정」은 작가의 창작동기보다 훨씬 깊은 내연과 넓은 외연을 갖고 있다. 그렇기 때문에 어떤 방법론으로도 해석이 미약하고, 어떤 방법론도 다 받아들일 만큼 작품의 함량이 크고 무겁다. 지금까지 장르의 경계를 넘어 향유되어 왔고, 장르의 경계를 넘어 연구되어 왔다. 이는 「임꺽정」이 살아 움직이는 생명력을 지닌 작품임을 시사한다 하겠다.

　발표 당시의 ≪조선일보≫나 잡지들을 보면 '조선 초유의 대작, 조선문학의 대수해(大樹海), 조선어 광구(鑛區)의 노다지, 천하의 대기서(大奇書), 조선 문단의 자랑, 조선 현대문학의 거탑'이라는 등의 당대 지식인들의 수식어가 찬란할 정도이다. 그러나 1948년 4월 홍명희 선생이 남북연석회의 참가차 민주독립당을 이끌고 북한에 갔다가 그곳에 남으면서 「임꺽정」은 수면 아래 잠긴다. 남북한 문학사에서도 실종되다시피 한다.(백철, 이재선, 정한숙, 김윤식, 조동일, 김재용) 그러다가 1985년 사계절 출판사에서 「임꺽정」 전9권을 출판하면서, 「임꺽정」은 다시 세인의 관심을 끌기 시작한다. 거기에다가 1987년 월북, 납북 작가의 작품이 해금되면서, 홍명희의 「임꺽정」은 제외되었음에도 불구하고 연구가 활발하게 진행되기 시작하였다. 특히 학문분야는 아니지만, 충북작가회의라는 문학단체에서 1996년부터 지금까지 개최해온 홍명희 문학제와 관련하여 진행되어 온 연구는 「임꺽정」을 살아있는 생물로 부활시켜오고 있다.

　본 연구에서 연구의 대상으로 삼은 것은 「임꺽정」과 관련된 박사학위논문이다. 이 논문들을 연구의 대상으로 삼은 까닭은 이 논문들이 가장 공인된 논문들이라 판단되었기 때문이다. 홍명희의 「임꺽정」이 원천적인 텍스트이고, 연구논문은 수용텍스트(문학텍스트를 이해하고 평가한 논문이나 작품)라고 볼 때, 박사학위논문은 수용텍스트로서 안정된 평가의 자리에 놓일 만한 가치를 갖는다. 수용텍스트는 원텍스트의 역사를 형성해 가는 과정이므로 원텍스트 못지않은 고귀한 문화유산이 된다.

따라서 연구의 방법론은 독자중심의 연구방법 즉 수용미학적 방법을 취한다. 이 방법론의 장점은 독자중심이라는 점 이외에도 인식론에 입각해 있다는 점, 그리고 문학과 역사를 종합하는 통합론적 차원에서 연구가 진행된다는 데 있다.

4 2 문학의 역사를 형성하는 원동력

1) 수용미학적 독자관

수용미학에서는 문학작품을 독자가 읽음으로써 작품이 완성된다는 인식으로부터 출발한다. 아무리 위대한 작품이라 할지라도 독자가 읽지 않으면 하얀 종이 위에 까만 글씨가 박힌 물체에 지나지 않는다는 것이다. 작가, 작품, 독자라는 삼각관계에서 독자의 작품 체험의 현장을 독서과정으로 보고 독서행위를 통해 문학작품의 이해 및 의미구성이 어떻게 이루어지는가를 밝힌다. 또한 '독자란 문학작품의 일차적인 조건인 수취인이며, 작가, 작품, 독자의 삼각관계에서 독자는 수동적인 대상이나 단순한 연쇄반응이 아니라 문학의 역사를 형성하는 원동력'(차봉희, 「수용미학」, 문학과 지성사)이라고 주장한다.

수용미학적인 연구방법을 적용할 때 연구의 진행방향은 크게 두 가지로 나뉜다. 문학텍스트 내의 불확정인 공간을 독서로 채워가는 방향이 그 하나라면, 다른 한 방향은 수용텍스트를 검토하는 행위이다. 본고는 후자 즉 수용텍스트의 검토와 정리가 되는 셈이다.

수용미학적인 독자관이 종래 방법론의 독자관(종래의 독자관은 이분법적으로 구분)과 크게 다른 특징은 독자의 영역에서 가장 뚜렷한 차이를 보인다는 점이다. 일반 독자는 물론 문학연구자, 문학평론가, 출판인, 대중매체의 종사자, 연극(무대극, 마당극)·뮤지컬·영화의 관객, TV시청자, 심지어 작가도 과거의 문학적 규범에 반대해서 새로운 작품을 쓰기까지는 독자로 취급한다. 그러니까 문학작품을 직접적으로든 간접적으로든 받아들이는 모든 수취인을 독자로 본다.

2) 수용의 유형

G.분베르크(권희돈, 「소설의 빈자리채워 읽기」, 양문각)의 네 가지 수용의 유형은 문학연구의 새 지평을 열어놓았다. 독자중심의 문학이해를 과학적으로 접근시키는 길을 터 놓았고, 문학연구의 외연을 확장시켰기 때문이다. 네 가지 수용의 유형을 간략히 정리하면 다음과 같다.

첫째 단순수용의 유형이다. 이는 작품을 읽고 아무 기록도 남기지 않은 독자 즉 숨은 독자, 익명의 독자의 수용의 유형이다. 대부분의 독서대중의 수용이 여기에 속한다. 작품의 양적 반응과 지속적 반응은 작품의 생명력을 판단할 수 있는 근거를 제공하는 조건이 되기 때문에, 문학작품의 가치를 밖으로부터 규정하고 들어갈 때 가장 확실한 객관적 근거를 마련해준다. 출판은 객관적 근거의 핵심을 이룬다.

둘째 생산적 수용의 유형이다. 이 유형은 특정 작품을 읽고 자극된 수용 현상으로 특정 작품을 읽고 자기의 고유한 작품으로 재생산하는 경우를 일컫는다. 이해조의 「옥중화」, 최인훈의 「춘향뎐」 등이 이에 해당되는 수용이다. 이 때의 저자는 '독자이면서 저자'이며 전문독자(분석적 독자)라고 할 수 있다. 특히 장르를 넘어서 수용되는 경우도 이 유형에 속한다. 예컨대, 소설 「임꺽정」은 만화로 애니메이션으로 영화로 텔레비전 연속극 등으로 다양하게 재생산되어 왔는데 이는 모두 생산적 수용인 셈이다.

셋째는 분석적 수용의 유형인데 이는 학문분야에서 일어나는 수용이다.

즉 어떤 작품을 분석하거나 평가한 글을 재수용하는 경우를 말한다. 수용텍스트(작품을 분석한 논문)를 수용한 결과로 생산되기 때문에 계속해서 논란이 지속됨으로 이런 텍스트를 논란적 텍스트라고 한다. 예컨대 이광수의 작품을 읽고 분석과 평가를 내린 「춘원연구」는 수용텍스트이지만, 「춘원연구」를 읽고 그것의 오류를 바로 잡은 글이나 논문은 논란적 텍스트가 되는 것이다. 본 연구는 홍명희의 「임꺽정」의 수용텍스트인 10편의 박사학위논문을 수용한 분석적 수용이다.

넷째는 분석·생산적 수용의 유형이다. 분석적 수용이 문학연구가(학자)들에 의해 이루어진다면, 분석 생산적 수용은 비평가·문학사가의 수용양상이다. 비평가는 일단 창작품을 수용하지만 분석자체가 목적이 아니고 작품에 대한 해설 또는 가치를 뽑아낸다. 이를테면 임화가 「임꺽정」을 세부묘사와 전형적 성격이 결여됐고, 플롯의 필연성이 미약하기 때문에 세태소설에 속한다는 짧은 평가를 한 바 있다.(임화, 「문학의 논리」, 학예사) 10여 줄밖에 되지 않는 이 말은 지금까지도 「임꺽정」 연구의 초출발로 삼고 있는데, 분석·생산적 수용의 좋은 예에 속한다.

우리 한국문학 사상 위의 네 가지 수용의 유형에 각각 풍성하게 잘 들어맞는 작품은 「춘향전」이며, 그 다음으로 「임꺽정」이 차지하고 있다. 고전 「춘향전」이 모든 장르의 경계를 넘어 지속적으로 수용되면서 국문학의 중심 줄기를 이루고 있다면, 근대에는 「임꺽정」이 그 대를 잇는다 하겠다. 그것을 효과적으로 증명할 수 있는 방법은 수용미학적 연구이다. 「춘향전」의 경우에는 그 작업이 상당부분 진행(한채화, 「개화기 이후의 춘향전 연구」, 푸른사상)되었으나 「임꺽정」의 경우는 전혀 이루어지지 않고 있다. 본 연구에서 처음으로 「임꺽정」과 관련된 박사학위논문 10여 편을 대상으로 분석적 수용을 시도한다. 장차 「임꺽정」의 네 가지 수용에 대한 연구가 활발하게 이어져 그 역사가 장강처럼 밝혀지기를 기대한다.

4 3 수용텍스트의 다섯 가지 지평

본 연구에서 대상으로 삼은 10편의 박사학위 논문은 1986년부터 2002년까지의 논문들인데, 1986년에 나온 강영주의 논문을 제외하고는 모두 해금 이후에 씌어졌다.

10편의 논문은 논문의 성격에 따라 다섯 개의 지평으로 나누어 살피었다. 일정한 기간에 집중적으로 씌어졌기 때문에 통시적으로 구분하는 것보다 성격에 따라 구분하는 것이 효과적이라는 판단이 섰기 때문이다. 10편의 논문 중 5편은 「한국근대소설연구」라는 제목을 달고 나온 논문들이고, 5편은 「임꺽정」만을 대상으로 해서 본격적으로 연구한 논문이다. 논문의 성격에 따라서 앞의 5편은 하나의 지평에 묶일 수밖에 없었다. 뒤의 5편의 경우도 묶일 수 있는 매개항을 찾아서 한두 편 혹은 두세 편씩 묶었다. 특히 연구자들의 방법론은 연구물들 간의 중요한 매개항으로 삼았다. 연구 방법론은 연구자들의 가장 핵심적인 기대지평의 구성요인이기 때문이다.

1) 한국 근대 역사소설적 관점

강영주(「한국근대역사소설연구」, 서울대)는 이 지평에 속하는 첫 번째 독자이다. 뿐만 아니라 강영주의 논문은 1988년 7월 월북 작가 및 납북 작가의 작품 해금 조치 이후 집중적으로 관심을 갖게 되는 「임꺽정」 연구의 초석이 된다. '한 문학작품이 첫 독자의 기대를 야기시키고 이를 능가하며 환멸케 하는 혹은 반대하는 형태나 방법은 그 작가의 심미적 가치를 규정하는데 하나의 기준을 제공한다.'(야우스·장영태역,「도전으로서의 문학사」,문학과 지성사) 강영주는 이 논문에서 루카치의 「역사소설론」과 김윤식의 「우리 소설의 4가지 유형」(김윤식은 한국근대역사소설들을 이념형, 의식형, 중간형, 야담형으로 분류하였음.)을 역사소설 연구의 이론적 전거와 체계화의 틀로 삼고 있다. 그리고 애국계몽기의 역사전기소설에서부터 192,30년대의 대표적 역사소설 17편을 연구의 대상으로 삼았다. 특히 벽초 홍명희의 「임꺽정」은 〈봉단편〉, 〈피장편〉, 〈양반편〉, 〈의형제편〉, 〈화적편〉을 중심적으로 다루었다. 강영주 교수의 연구 내용을 간략히 간추리면 다음과 같다.

> 신채호, 박은식, 장지연 등의 애국계몽기 역사전기소설들은 봉건 윤리의 귀감이 되는 전(傳) 양식에 근대적 민족지도자 상을 담으려 했기에 형식과 내용이 일치하지 않았다. 이에 비해 이광수, 김동인, 현진건, 박종화 등의 역사소설들은 앞 시기의 한계를 극복하였으나, 왕조사 중심의 낭만주의(이광수), 인물성격의 이분법화(김동인), 지나친 민족이념지향성(현진건), 그리고 흥미중심적(박종화)이었다.
> 홍명희의 「임꺽정」은 작중 중심인물인 임꺽정이 미래의 전망을 갖지 못하여 세계사적 개인으로 평가하기에 미흡하다. 이런 한계는 있지만, 민중사 중심의 역사소설로써의 뚜렷한 성격을 지닌다. 즉 지나간 시대를 현대의 전사(前史)로써 진실되게 묘사하려는 역사소설이며, 민중의 동향을 통해 역사를 파악하려는 민중사 중심이라는 점에서 독특한 의미를 갖는다. (157면)

홍성암(「한국근대역사소설연구」, 한양대)은 루카치와 프레쉬먼의 역사소설에 대한 견해(역사소설을 개인의 운명에 영향을 주는 것, 역사의식, 민중적 인물, 리얼리즘 정신)를 바탕으로 한국근대역사소설의 형성과정을 1919년 이후 20년대부터 광복 후 박경리의 「토지」와 황석영의 「장길산」까지를 다루면서 홍명희의 「임꺽정」을 계급주의적 역사소설의 효시로 보고 있다. 계급주의적 역사소

설의 효시라는 명제를 그는 주제와 제재, 기법 면에서 구체적인 근거로 제
시한다.

「임꺽정」은 역사상 상하층 계급의 인물들이 나와 있는데, 그들이 겪는
불행과 비애의 감정을 형상화 함으로써 계급적 불만을 폭로하고 투쟁의식
을 고취하는 방향으로 나아가고 있다는 것이다.

이같은 주제에 대한 이해에 비해 기법적인 면에 대한 이해는 좀더 구체적
으로 보인다. 작가가 각 인물의 성격이나 내력을 집단적, 사회적 전형으로
파악했다는 점과 그 실상을 총체적으로 제시하기 위해 그들이 몸 담고 있는
세계 즉 민중 생활의 한 부분으로 환원시키고 있다,고 보았다. 이는 곧 개인
보다 집단을 중시하고 개인의 삶과 운명을 사회적 조건으로 규명하려는 것
으로 계급문학론자의 일반적 사고 유형을 반영하고 있다,는 결론에 이른다.

「임꺽정」을 계급주의적 성격으로 파악하는 것은 고정욱(「한국근대역사소설
연구」, 성균관대), 유재엽(1930년대 「한국근대역사소설연구」, 단국대)에게까지 닿아 있
다. 그러나 이들의 계급주의와 관련된 평가는 부분적으로 인정하면서 부분
적으로 부정하는 입장을 취한다.

고정욱은 역사소설은 '과거에 현재의 시점을 주어 예술적 표현으로서 독
자에게 현재 역사에 대한 새로운 각성을 일깨우려는 예술적 태도'라고 정의
를 내리고, 이광수, 김동인, 현진건, 홍명희의 역사소설을 연구하였다. 홍명
희는 다른 작가들처럼 기존의 왕조사 중심 혹은 영웅중심을 벗어나 계급적
저항을 그리고자 하는 의도를 지녔다고 보았다. 그러나 작품의 내용은 홍명
희의 역사소설관과 부조화를 이룬다는 것이다. 임꺽정을 포함한 8명의 민
중적 영웅성에 초점을 두었으나 그들의 입산동기를 보면, 사회모순이나 신
분제 억압에 의한 개인의 각성이나 성격변화 내지는 개선의지가 보이지 않
는다는 것이다.

유재엽은 루카치의 총체성 개념(루카치, 「역사소설론」)을 이론적 근거로 하여 1930년대의 이광수, 현진건, 홍명희의 역사소설을 다루었다. 특히 홍명희의 계급주의적 역사소설관과 민중의식을 요약정리하고, 「임꺽정」을 의적모티프와 계급이데올로기로 분석한 것은 일관성이 있다. 그러나 그가 중점적으로 파악한 부분은 조선정조의 표현이었다. 그래서 다음과 같은 결론에 이를 수밖에 없었던 것으로 보인다.

> 「임꺽정」은 계급의식을 고취하는 작품이기는 하나 작가의 일관된 노력으로 조선의 정조를 묘사한 작품이다. 즉 이념적 가치지향의 역사소설처럼 역사를 작가의 이념적 대응물로 여겼다기보다는 역사적 풍속 자체를 그대로 묘사하려 했다. 그러나 각 지역의 풍속들은 상호 유기적인 연관이 없는 삽화로 나타난다. 이런 의미에서 「임꺽정」은 조선적 삶의 심층적 정서에 근거한 삽화적 풍속사로 볼 수 있다. (125면)

공임순(「한국근대역사소설의장르론적연구」, 서강대)은 한국역사소설을 장르론적으로 접근하여 위의 연구들과 차별성을 보인다. 역사적 담론을 상대적 지평으로 전제한 다음, 역사소설을 기록적 역사소설, 가장적 역사소설, 창안적 역사소설, 환상적 역사소설 이렇게 네 개의 유형으로 구분하였다. 기록적일수록 텍스트 외적 원천에 의한 사실-효과의 양상을 띠고, 창안적일수록 소설적 장치에 의한 사실효과의 양상을 보이며, 가장적인 것은 공적 역사를 중시하면서 소설의 개연성을 중시하고, 환상적인 것은 대안세계를 창조함으로써 공적 역사의 변형과 패러디를 수반한다는 것이다. 이러한 유형에 따라 1916년 신채호의 「꿈하늘」에서부터 1991년 복거일의 「역사 속의 나그네」까지의 소설을 대상으로 하고 있다.

홍명희의 「임꺽정」은 김동인의 「대수양」과 함께 가장적 역사소설로 분

류된다. 논자가 피력한 가장적 역사소설에 대한 개념을 더 살펴보면, 가장
적 역사소설은 공적 역사의 불안정성을 폭로하여 그것을 탈중심화 한다는
점에서 기록적 역사와 다르지만, 공적 역사로부터 여전히 자유롭지 못하다
는 점에서 창안적 역사소설과도 다르다,는 것이다.(159면) '역사의 개연성이
라는 사실-효과'로 집약되는 가장적 역사소설로써의 「대수양」과 「임꺽정」
에 관한 담론은 이렇게 결론이 맺어진다.

「대수양」이 공적 인물의 내적 고뇌를 소설화하는 역사적 개연성을 구성
해냈다면, 「임꺽정」은 공적 역사와 야사를 혼용하는 방식을 택한다. 왕조
의 순환과 왕권의 계승을 중심으로 한 편년과 열전의 서술 방식을 사용하는
한편으로 야담과 야사의 인물을 적극적으로 소설화하는 전략을 쓰고 있는
것이다.

2) 출판으로 본 수용 양상

이 두 번째 지평부터는 「임꺽정」에 관한 본격적인 연구물들이다. 이동희
(「벽초홍명희의임꺽정연구」, 조선대)의 논문을 그 첫 자리에 놓은 것은 실증적이
고 역사주의적인 관점을 갖고 있기 때문이다. 즉 소박하지만 「임꺽정」 연
구의 기반이 될 수 있다고 판단했기 때문이다.

이 논문은 크게 두 개 항목으로 나뉜다. 첫 번째 항목인 역사주의적 접근
에서는 원본확정의 문제로부터 시작해서 작가론, 문체론, 풍속의 재구와 조
선적 정서를 다루었다. 두 번째 항목은 「임꺽정」의 문학적 위상에 대한 접
근으로 의적소설로서의 「임꺽정」, 민중문학으로서의 「임꺽정」, 민족문학
으로서의 「임꺽정」의 의미를 구체화 하고 있다. 이 중 가장 가치 있는 부분
은 원본확정에 관한 내용이다. 아마 이 논문이 후세의 독자들에게 읽힐 수

있는 조건이 있다면 바로 이 부분 때문일 것이라 생각한다.

> 이 연구는 사계절 출판사본으로 1985년 8월 30일에 전 9책으로 발간된 1차
> 분과 1991년 11월 30일에 전 10책으로 발간된 2차분을 기본 텍스트로 하였다고
> 술회하면서 시작된다. 사계절 출판사는 1985년에 「임꺽정」을 모두 9책으로 간
> 행했으며, 을유문화사본 6책에 전반부 3편의 신문연재의 3책을 추가하였음을
> 밝히고 있다. (16면)

이어서 그는 그 당시 월북작가에 대한 책을 출판한 것은 금기를 깨뜨린
것이었으며, 남북한 전체에서 처음으로 사계절 출판사에서 단행본으로 출
간된 점을 강조하고 있다. 그 과정에서 정해렴의 꼼꼼한 교정, ≪조선일보≫
에서 ≪조광≫에 이르기까지의 연재기간과 횟수, 을유문화사판과 사계절
판의 연대 구분 등은 짧은 글이지만 가치가 있다. 이를 바탕으로 쇄와 판본
의 횟수 등을 포함하면 독자와 독서과정과 독자의 반응과 자연스럽게 연결
되면서 훌륭한 독자사회학적 연구가 될 것이다. 출판의 재생산을 돕는데
불특정다수의 독서대중(단순독자)의 기여도가 첫손에 꼽힌다는 사실을 기억
한다면, 이런 연구가 가장 화급하고 가치 있는 연구인 것이다.

3) 경험적 서사물의 수용양상
한창엽의 연구(홍명희임꺽정연구」, 한양대)는 「임꺽정」이라는 1930년대의 서
사물에 조선시대의 각종 서사물들이 어떻게 차용되었는가를 살핀 것이다.
이는 과거 서사물들의 차용이 '형식상의 공공연성'과 '내용상 의도성의 분명
함'의 문제를 가름하는 논문인 셈이다. 이러한 연구는 우리 문학의 연속성
과 정체성을 살피는데 결정적 역할을 한다. 이 논문에서는 세 가지 차원의
차용을 내세우고 분석을 시도하였다. 그 세 가지 기준과 그가 시도한 분석

의 요지를 소개하면 다음과 같다.

첫째는 역사의 사실성이 중시되는 실록, 야사, 전(傳)양식의 자료,「명종실록」,「연려실기술」, 기묘록보유에 수록된 전(傳)양식의 기록을 차용한 것이다.

이들의 차용은 연대기적 시간구조와 연관을 갖는다. 특히 야사와 전(傳)양식의 서술방식은 소재적 차원에서만이 아니라, 작품의 서술방식에서도 서로 깊이 연관되어 있다.「연려실기술」의 기사본말체 방식은「임꺽정」의 이야기체소설로서의 기술방식과 관계가 깊으며, 전(傳)양식의 기술방식은「임꺽정」의 일대기적 구성의 토대가 되고 있다.

둘째는「어우야담」,「계서야담」,「청구야담」등의 야담집에 수록된 허구성이 보다 강화된 설화들의 차용이다.

사대부 일화, 평민일화, 구전설화의 각각의 차용양상을 살펴보았다. 설화는 주로 소재적 차원에서 차용되었고, 삽화의 서사구조나 인물의 성격형상화에 기여하고 있었다. 또한 그것을 향유하던 계층의 다양한 삶의 모습과 정서가 작품 속에 함께 수용되고 있다는 점에 중요한 의의를 둔다.

셋째는 허구적 서사체인 앞 시기의 소설로 중국의 서사문학이 집대성된「수호전」과 조선조의 영웅소설 및 판소리계소설의 차용이다.

「수호전」과의 관계는 이야기체 역사소설이라는 점에서「임꺽정」의 전범典範이 되었고, 작품의 형상화 과정도 많은 영향을 주었다. 임꺽정을 중심으로 전개되는 작품 전체의 서사구조는 일대기적 구조를 지니는데, 그것은 전(傳)양식의 본전本傳의 서술방식과 영웅소설의 서사구조가 함께 혼용되어 있음을 밝혔다. 〈봉단편〉의 서사구조 및 주변인물의 성격, 문체의 특징은 판소리계소설(우리말의 리듬감각을 살린 판소리 사설체)과 연계성을 갖는다고 보았다.

4) 담화의 장르 수용과 독자반응

김재영(「임꺽정의현실성연구」, 연세대)은 「임꺽정」의 '현실성'문제를 담론과 연관시켜 분석하였으며, 김정효(「임꺽정의 서술방법과 형상화에 관한 연구」, 아주대)는 서술방법과 형상화를 통해, 손숙희(임꺽정의서사구조연구」, 동덕여대)는 서사 구조를 통한 분석을 시도하였다. 이들 세 논문은 각각 표현은 다르지만 화자의 이야기 방식 즉 담론을 통해 접근한 연구이다. 김재영이 「임꺽정」이 과거의 서사물에서 담화장르 수용을 중점적으로 다루었다면, 김정효와 손 숙희는 「임꺽정」의 담론이 독자를 끌어들이는 효과로 작용하였다는 중점 적으로 다루었다. 이들의 담론에 관한 주장은 「임꺽정」에 관한 논의를 한 단계 학문적인 영역으로 진전시키고 있다.

김재영은 지금까지 「임꺽정」이 동서양의 문학적 전통을 독창적인 문학 형식으로 승화시킨 작품이라거나 우리 소설문학의 새로운 지평이라는 평가 를 받아왔지만, 이 평가에 대한 근거가 충분히 해명되지 못했다면서, 이러 한 평가의 근저에 서구소설이론이 자리잡고 있기 때문이라 전제하고 다음 과 같이 현실성의 문제를 담론과 연관시킨다.

> 당대의 풍속, 제도, 문화 속에서 생생하게 살아 움직이는 인간을 통하여 현재 의 주체가 과거와 진정한 대화를 하도록 유도하고 있으며, 이러한 점이야말로 역사적 진실을 향해 나가는 이 작품의 현실성인 것이다.(국문요약) 「임꺽정」에 서 풍부한 어휘가 사용되고 있는 것은 이 작품이 풍부한 담화장르를 활용하고 있기 때문이다. 이러한 담화 장르의 수용은 이야기꾼 서술자라는 서술적 장치 와 대화를 통해 정황을 만들어 나가고, 등장인물을 작은 이야기의 서술자로 활 용하는 서술방식 때문에 가능한 것이다. (7면)

김재영의 담론이 이야기꾼 서술자와 과거이야기와의 대화관계에서 '현실성'을 밝히고 있다면, 김정효의 담론은 그 영역이 좀더 넓어 보인다. 그는 연구방법으로 서구 리얼리즘 소설과 동양의 전통적인 특성을 유기적 구조로 설명할 요소 찾기, 리얼리즘의 편협한 틀을 넘어서는 「임꺽정」의 성격, 독자의 반응을 고려한 담론 등 세 가지 기준을 세우고 분석을 시도한 후, 「임꺽정」의 담론적 특징을 다음과 같이 이끌어낸다.

> 「임꺽정」은 인식과 현실이 통합되어 나타난다. 단순한 통합이 아니라 대화하여 서로 스미어든 통합이다. 이 담론은 우리 민족 고유의 문학양식인 〈판소리〉와 동양의 역사서술 방식을 원용하여 민족의 역사체험을 형상화한 것이다. 그렇게 함으로써 정서소통중심의 서술이 되었고, 청자와의 유대감을 형성하여 적극적으로 독서를 유도한 작품이 되었다. 동시에 비판적 리얼리즘소설에서 요구하듯이 작가의 현실인식을 매개로 하는 역사의 형상화를 실현하였다. 현실논리에 의한 역사의 발전과정을 그 모순과 가능성까지 파악하여 그 본질과 현상을 전체 속에서 인과적으로 형상화하였다. 이러한 리얼리즘 창작방법은 실패한 역사적 소재 〈임꺽정 이야기〉를 현재적 의미로 생산하는 담론으로 발전시켰다. (165면)

서사구조를 중심으로 담론적 특징을 파악한 손숙희의 연구는 보다 구체적이고 설득력을 지니는데, 다음과 같이 세 가지로 요약된다 하겠다.

첫째, 의적 모티프를 통한 역사적 진실 제시에서는 작가의 의도성을 명확히 꿰뚫고 있다. 즉 작가가 당대 사회의 상, 하층민들의 풍속과 삶을 구체적으로 묘사하는 까닭은 우리 민족의 기질과 특성을 드러내어 보여주면서 작가가 살고 있는 동시대 현실과 대비시켜줌으로써 식민지 현실의 억압적 사회 환경과 연결시키고자 하는 의도이다.

둘째는 강담식 서술, 나열식 짜임, 비속어를 통하여 드러나는 서민의식이다. 강담사는 청중에게 즐거움을 주어야 살아남는다. 표현이나 묘사가 익살스럽고 재미있어야 한다. 벽초는 강담사의 구수한 입담을 모방하여 재미를 더해줌으로써 독자의 흥미를 촉발시킨다. 또한 나열식의 문장에서는 운율효과를 통해 의미를 강조하고, 비슷한 문장들을 길게 나열하여 리듬감을 형성하면서 내용을 강조한다. 비속어의 사용은 서민계층의 생생한 언어와 생활상을 보여준다. 봉건적 계급사회의 억눌리고 고통스러운 삶 속에서 하층민들은 그러한 삶을 벗어나고자하는 욕구가 있었고 그것이 비속어로 나타난다. 이들이 상용하는 욕설은 도리어 애정과 도타운 정을 표현하고 있어서 하층민들이 당시의 현실을 극복하고자 하는 의지를 대변한다.

셋째는 시·공간의 변형을 통해 민중의 염원을 제시한다. 「임꺽정」에서의 중요한 공간은 '방'과 '산'이다. 방의 생활공간은 안과 밖으로 구분된다. 안에서 이루어지는 행위는 밖에서 벌어지는 사건을 암시한다. 즉 음모와 계략이 꾸며지는 공간이다. 산은 위, 아래의 공간이 존재한다. 산 위는 심리적 공간이요 허구적인 공간이다. 산 아래의 현실공간과 대립된다. 중심인물들은 집을 떠나 청석골로 집결한다. 청석골은 그들의 '새 집'인 셈이다. 즉 지상보다 높은 곳, 아무에게도 잘 눈이 띠지 않는 곳이면서 하층민으로 살아야 했던 고통을 달랠 수 있는 공간으로 기능한다. 따라서 높은 곳으로의 염원이 담긴 초월적 공간이다. 즉 민중들의 염원을 이상화시킨 공간이고 이상향이다. 그 공간은 갓바치(양주팔, 이장곤의 처삼촌, 사후 생불 대접 받음.)의 영혼이 임꺽정에게 전수된 곳이기도 하다. (119면)

5) 갓바치의 눈으로 본 수용 양상

채진홍(「벽초의임꺽정연구」, 고려대)은 아예 갓바치의 '생불적 예지' 즉 '세상을 보는 눈'에 초점을 맞추어 「임꺽정」 전체를 이해한다. 그는 이것이 벽초 홍명희의 진보적 세계관과 작품자체에서 생불이 차지하는 비중과의 연결관

계를 올바로 이해하는 길이라고 생각한다. 그 눈은 깨달음의 눈에서 실천의
눈으로 다시 구원의 눈으로 전이되어 삶의 완성을 향하는 눈이라고 보았다.
그 과정의 주체는 민중이며, 그 눈은 민중의 언어와 직결된다고 하였다.
그리하여 지배층만을 옹호해 온 언어의 가면을 벗겨 새로운 언어 회복의
단초로 본 것이다. 그 눈으로 조선의 정조(재생의미를 향한 한의 역동성)을 의미
화하고, 작품의 구조원리를 일원화(임꺽정과 계층을 일원화)시키고, 그 눈으로
역사적 현실 문제를 해석해내고, 민족과 인간의 근원적 해방의 길을 확인한
다. 그리고 나서 다음과 같이 「임꺽정」의 민족문학적 의의를 정리한다.

> 「임꺽정」이 식민지 당시의 현실 문제에 중요한 의미를 가짐은 국권상실의
> 차원이 아니라 식민지 지배정책이 낳은 핍박받는 민중들의 실체에 그 초점이
> 맞추어져 있다.
> 반봉건의식문제는 식민주의지배 하에 놓여 있던 민중들의 실체를 겨냥한 것
> 이었으며, 그 작품은 1930년대 문단 현실대응력 약화를 근원적으로 극복한 작
> 품이었다. 그리고 식민지 지배국의 피지배국 민족사 왜곡과 그에 따른 피지배
> 국 민중들의 근거가 파괴된 삶의 실체를 문제화시킨 작품이다. 이른 바 민족문
> 학의 정점에 오른 것이다. (228면)

4·4 마무리와 과제

첫 번째 독서지평은 역사소설로써의 성격이나 가치를 규정하는
독서지평이다. 즉 민중사중심의 이념형 역사소설, 계급주의적 역사소설의
효시, 반식민, 반봉건의식이 뚜렷한 민족주의적 역사소설, 조선적 삶의 심
층적 정서에 근접한 삽화적 풍속사, 공적 역사에 반하면서도 공적역사로부
터 자유롭지 못한 가장적 역사소설로 요약되는 독서지평인 셈이다.

두 번째 독서지평은 출판으로 본 독서지평이다. 을유문화사본 6책에서 1, 2차에 걸친 사계절출판사의 출판과정을 개략적으로 소개하였는데, 특히 후자의 경우에 초점을 두고 있다. 실증주의적인 면에서나 독자사회학적인 면에서 기초가 될 만한 독서지평이다.

세 번째 독서지평은 과거 서사물과의 관련성에 관한 독서지평이다. 즉 「임꺽정」이 과거의 서사물들을 어떻게 차용했는가에 중심을 둔 연구이다. 이야기체로써의 서술방식, 일대기적 서사구조, 작품의 형상화과정, 문체 등 내용과 형식을 가리지 않고 「임꺽정」은 과거의 서사물들을 단순히 소재적 차원에서만 차용하고 있는 것이 아니라 현재적 변용으로 차용하여 효과를 얻고 있음을 밝히고 있다.

네 번째 독서지평은 서술방법으로 접근한 독서지평이다. 강담식 서술(이야기꾼 서술자적 장치), 대화를 통한 정황 만들기가 작품의 현실성을 획득한다고 보고 있으며, 이와 함께 나열식 짜임, 비속어를 통한 서민의식을 밝히고, 시공간의 변형을 통한 민중의 염원을 제시하였음을 밝혔다.

다섯 번째 독서지평은 「임꺽정」은 1930년대 문단의 현실 대응력 약화를 근원적으로 극복한 작품이며, 식민지 지배국의 피지배국 민족사 왜곡과 피지배국민중들의 근거가 파괴된 삶의 실체를 충분이 문제화시킨, 민족문학의 정점에 있는 작품이라는 것이다.

지금까지 살펴본 것은 「임꺽정」의 분석적 수용으로 박사학위 논문 10편을 대상으로 하였다. 작가론·작품론에 관한 연구도 더 심도 있게 진행되어야 하겠지만, 수용론(독자론)의 경우는 이제부터 시작인 셈이다. 불확정적인 텍스트 공간을 채우는 독서는 물론, 석사학위 논문, 학회지의 논문, 단행본, 평론, 문학사에서의 평가 등 분석적 수용텍스트에 관한 광범위한 탐색이 요구된다. 뿐만 아니라 출판을 통해서 본 단순수용을 통시적으로 정리하고, 소설로 또는 장르를 넘어서 재생산된 또다른 「임꺽정」의 연구도 각각 진행되어야 한다. 그리고 왜 이 시대에도 「임꺽정」인가에 대한 질문으로부터 비롯된 '「임꺽정」 다시 읽기'도 새롭게 진행되어야 한다. 이렇게 총체적이고 역동적으로 흘러온 수용텍스트와 생산수용텍스트를 통합하여 정리할 때 「임꺽정」의 참다운 역사가 탄생할 것이다. 尾

인문지리, 문학지리의 가능성
―충북지역의 문화를 중심으로―

4 1 인문학 위기의 대안으로서의 문학지리학

21세기는 문화의 세기라 한다. 문화는 인류에게 남은 마지막 재화라고도 한다. 그럼에도 불구하고 문화의 중심적인 위치에 있는 인문학이 위기에 처한 것은 모순이 아닐 수 없다. 인문학의 위기는 이 땅에 살아가는 우리의 삶조차 위협하기에 이르렀다. 우리의 역사와 삶의 현장에서 일구어낸 이론과 실천의 부재가 인문학의 위기를 초래한 가장 근본적인 원인이다.

문학지리학은 이러한 모순의 인식을 바탕으로 한 통합학문이라는 점에서 그 가능성을 찾을 수 있다. 지금까지 우리는 학문의 벽을 넘자고 하면서도 실제로는 자신의 전공을 갑옷처럼 입고 그 속에 갇혀 있었다. 그리하여 학문적 성과가 삶의 현장으로 뻗어나가지 못하고 상아탑 속에서 자족하고 마는 차원에 머물러 있었던 것이 사실이다. 문학지리학은 이와 같은 모순을 극복함으로써 자연적 토대와 문화와 역사를 아우르는 통합적 학문으로서의 미덕을 갖추고 있다. 이러한 방법을 통하여 지방문화는 물론 민족문화의 창조적 발달에도 기여할 수 있게 되었다.

문학지리학은 근본적으로 외래의 학문의 사상과 방법에 우리의 문화를 맡길 수 없다는 인식으로부터 출발하였다. 문학지리학은 우리의 토대가 되는 지리와 문화와 역사와 문학에 대한 성찰로부터 방법의 시원을 찾는 셈이

다. 지금까지 우리는 지나치게 서구적인 것에 경도되어 왔다. 개화기 이래
지속 되어온 서구컴플렉스를 벗어나지 못한 결과이다.

　문학지리학적 방법은 지방문화 시대를 이끌어가는 학문이며, 환경과 깊
은 관련을 맺는다는 점에서 문화생태학이기도 하다. 우리가 살고 있는 국토
는 과거 역사와 문화의 기록이자 우리가 영원히 살아가야 할 미래이다. 곳
곳에 켜켜이 쌓인 두께를 지닌 공간으로서의 지역에 대한 연구는 우리 민족
의 숨결을 회복하는 길이며, 이 공간을 이상향으로 가꾸어가는 과정이기도
하다.

4 2 　속리산의 자연지리 ― 세 물길의 근원

　백두대간이 한반도 자연지리의 상징이며 한반도의 인문적 기반
을 결정하는 산줄기라면, 속리산은 충청・경상 두 지역의 경계(경상북도 상주
군, 충청북도 보은군・괴산군)를 이루며 두 지역의 인문적 기반을 결정짓는다.
경관이 뛰어나서 예로부터 해동팔경의 하나로 꼽혀 왔으며, 이 산 어딘가에
인간이 볼 수도 찾을 수도 없는 별천지의 세계가 있다는 속설도 전해진다.

　속리산은 여덟 가지 이름을 갖고 있다. 소금강산, 광명산, 구봉산, 지명
산, 미지산, 형제산, 자명산 그리고 속리산이다. 그 중 대중적으로 가장 잘
알려진 이름은 속리산이며, 이 이름을 갖게 된 시기는 신라 혜공왕 2년(서기
776)으로 거슬러 올라간다.(「내 고장 전통 가꾸기」, 보은 편) 금산사 고승 진표율
사가 속리산(당시는 주로 구봉산으로 불리어졌음)으로 가는 도중 소달구지를 탄
사람을 만났다. 소들이 율사 앞에 와서 무릎을 꿇고 울었다. 마차꾼은 그
까닭을 율사에게 물었고 율사는 소들이 불심으로 운다고 대답하였다. 이
말을 들은 그는 낫으로 자신의 머리를 깎고 세속을 버리고 속리산으로 들어

갔다. '세속을 버리고 입산한 곳'이라 하여 속리산이라는 지명을 얻었다.

그로부터 100년 후 최치원(위의 책)이 속리산을 구경하고 남겼다는 시 한수는 속리산의 풍모가 어떠했는가를 간접적으로 인식시켜 준다.

> 道不遠人人遠道 도는 사람을 멀리하지 않는데 / 사람이 도를 멀리 하는구나
> 山非離俗俗離山 산은 세속을 멀리하지 않는데 / 세속이 산을 멀리 하는구나

인간이 멀리 하는 것이 도이고, 그 도와 같이 먼 곳이 산이요, 그 산은 속리산이 되는 셈이다. 속리산을 도에 환유한 이 시 구절은 속리산이 속세와 멀리 떨어져 있음을 배경으로 한다. 최치원 이후로도 오늘에 이르기까지 수많은 시인 묵객들이 속리산을 읊어왔다. 그중에 임승빈 시인이 최치원의 시를 모티브 삼아 읊은 시가 절창이다.

> 언제나 거기에 있다
> 오래 잊고 살아온 친구의 모습으로
> 온몸을 숲 흔들어 반기는 표정으로
>
> 결코 달아나지 않는 산을 두고
> 떠나와 사람들은 오히려 쓸쓸하다
> 홀로 지켜 별빛을 모으는
> 미륵님보다도 외롭다.
> ─ 임승빈, 「속리행4」 중에서

산은 늘 그 자리에 있으면서 오래 잊고 살아온 친구의 모습처럼 정겹고 온몸으로 반기는 순수를 지녔다. 그러나 사람은 산을 떠난다. 떠나는 자는 늘 쓸쓸하지만, 떠나보내는 산은 더 외롭다,고 한다. 실제로 속리산과 속세

사이에는 험준한 산과 고개로 가로 막혀 있다. 충청북도 보은에서 가려면 열두 구비 말티고개를 넘어야 하고, 청천이나 미원 쪽에서 가려면 구티고개를 넘어야 하며, 경상북도 상주 쪽에서 가려면 갈목재를 넘어야 한다. 지금은 찻길이 잘 뚫려 있어 무시로 인총이 복닥거리지만, 예전에는 속세에서 쉽게 접근하기 힘든 산이었음에 틀림없다.

어떤 고개를 넘든 속리산 입구에 들어서면 첫 번으로 대면하게 되는 것이 구름버섯 모양의 소나무이다. 세조의 수레가 잘 지나갈 수 있도록 늘어진 가지가 스스로 번쩍 들어 올렸다는 전설을 갖고 있는 소나무이다. 그 바람에 정이품의 벼슬품계를 받고 600여 년 동안 그 자리를 지키고 있다. 그러나 정이품송은 아프고 외롭다. 늙고 병들어서 아프고, 나무들과 함께 살지 못하고 인적이 붐비는 곳에 혼자 있어서 외롭다. 인간에 의해 지극 정성 보호를 받고 있기는 하지만, 역설적으로 그 보호 때문에 자연으로 돌아가지 못하고 매양 주사바늘을 꽂고 산다.

속리산의 소나무는 금강산의 소나무와 같기도 하고 다르기도 하다. 붉은 색깔을 띠는 줄기는 같다. 그러나 줄기가 뻗어 올라가는 모양새가 다르다. 금강산의 소나무가 근심없이 곧게 뻗어 올라간다면, 속리산의 소나무는 굽으면서도 비틀어져 있다. 서리서리 비틀어져 올라가는 모습이 신비스럽기도 하지만 고뇌에 찬 모습 같기도 하다. 그런 소나무를 가만히 바라보면 속리산은 예사로운 산이 아님을 직감하게 된다.

속리산은 법주사를 품고 있다. 얼마 전 법주사에 동양최대의 청동미륵불이 세워졌다. 그 미륵불을 배경으로 하는 봉우리가 수정봉이다. 수정봉에 오르는 길은 한적하기 그지없다. 부처님의 후광이 경경히 쌓여 있는 듯하다. 수정봉 마루턱에 올라가면 커다란 방 크기의 화강암반이 놓여져 있다. 야단법석의 집회가 열렸던 자리이다. 주변의 소나무들이 울창한데 한결같이 기형성을 지니고 있어, 속리산 소나무의 신비스런 특징을 상징적으로 드러내고 있다. 바로 옆에 일제가 잘랐다는 목잘린 거북이가 안쓰럽게 앉아 있다. 말이 나온 김에 한 마디 덧붙여 본다. 속리산은 천왕봉(1057m)을 정점으로 비로봉, 문장대 등 여러 개의 봉과 대가 연결되어 하늘과 지상의 경계를 이룬다. 소나무도 예사롭지 않지만 봉우리와 대들도 예사롭지 않다. 하나같이 인간에게 넉넉한 자리를 내주지 않는다. 천왕봉이란 이름은 삼천 사천 대천 세계의 왕을 일컫는 사천왕으로부터 이름지어 졌다고 하는데, 일제 강점기 우리나라의 산이란 산 최고봉을 모두 천황봉으로 고쳤다고 한다. 인간의 욕심이 하늘의 뜻을 그르친 예라 하겠다.

속리산은 한반도 남쪽 지역 세 개 강물의 발원지이다. 속리산 동쪽으로 떨어지는 빗방울은 낙동강으로 흐르고, 서북쪽으로 떨어지는 빗방울은 남한강으로, 서남쪽으로 떨어지는 빗방울은 금강으로 흐른다. 물길은 산길을 넘지 아니하고 산길은 물길을 넘지 않으면서 한강문화권, 금강문화권, 낙동강문화권을 만들어 놓는다. 속리산 서쪽 화양계곡의 물과 선유동 계곡의 물이 합수하여 청천 괴산을 거쳐 충주 탄금대의 물과 만나고 이 물은 다시 소백산과 월악산 계곡에서 흘러오는 물과 만나 유유히 남한강으로 흐른다. 속리산 서남쪽(보은·옥천·영동)으로 흐르는 물은 속리산 서쪽(진천·음성·괴산)으로 흐르는 물과 만나 공주·부여를 거쳐 금강으로 흐른다. 이 두 개의 물줄기 사이에 놓인 문화권이 충청북도의 문화권을 형성한다. 그러니까 속리산 천왕봉을 기점으로 한남금북정맥(신경준「산경표」)이 두 물줄기를 양분하는 셈이다. 특히 한강 수계지역은 수원이 길고 큰 산이 많아서 강폭이 넓고 물이 깊은데 비하여, 금강 수계지역은 수원이 짧고 큰 산이 적어서 강폭이 좁고 물이 적다. 충북지역에 흐르는 이 두 강은 자연환경으로써 충북 문화의 발생에 계기를 마련하였고, 역사적으로는 충북문화의 형성에 일

정한 방향을 제시하였다. (김영진, 「충북의 문화배경과 민속과 주변성향」, 뿌리 깊은
나무)

43 속리산의 문화지리― 제3차 정보혁명의 중심

충청북도에는 국가의 보물이 13건이나 된다. 속리산 법주사 팔상
전, 쌍사자석등, 석연지를 비롯하여 충청북도 전역에 분포되어 있다. 두 건
의 전적비와 한 건의 공신록권(나라에 공이 있는 인물에게 공신으로 임명하는 증서를
말함.)을 제외하면 모두 불교문화와 관련을 맺는다. 이로 보면 이 지역 불교
문화의 뿌리가 얼마나 깊은지를 알 수 있다.

팔상전(국보55호)은 탑 내부 사면에 싯달타의 일생을 그린 팔상도로 말미
암아 붙여진 이름이다. 지금까지 우리나라에 남아 있는 유일하고도 가장
오래된 목조탑(신라 진흥왕 4년 의신 스님 지음.)으로써, 또한 탑 중에서 가장 높
은 건축물로써 그 가치를 인정받는다. 팔상전과 대웅전 사이의 쌍사자석등
(국보 5호, 신라 성덕왕 19년에 세워진 것으로 추정.)은 사자를 조각한 유물 가운데
가장 오래된 것으로 알려진다. 이 석등은 두 마리의 사자가 마주서서 뒷발
로 바닥 돌을 밟고 앞발로 윗돌을 받치고 있는 형상이다. 아랫돌과 윗돌
모두 연꽃 모양을 하고 있으며, 윗돌 위에 석등이 놓여 있고 석등 위에는
팔각지붕이 얹혀 있어 사자 두 마리가 떠받치기에는 무게가 과중해 보인다.
석등을 떠받치는 기둥을 두 마리의 사자로 형상화했다는 발상도 뛰어나거
니와 사자 머리의 갈기와 다리와 몸의 근육까지 힘겨운 모습을 사실적으로
표현한 기법 또한 탁월하다. 그중에 암사자는 너무 힘들어 입을 벌리고 있
는데, 이는 남자의 삶보다 여자의 삶이 더 힘겨운 삶이 아니겠느냐는 알레
고리인 듯하다. 이에 비해서 연꽃을 띄우기 위해 돌로 만든 연못(석연지, 국보

64호)은 그야말로 고색이 창연하다. 오랜 세월을 견디지 못하고 연꽃잎 모양이 갈라져 쇠줄로 간신히 지탱하고 있다. 쇳물인지 눈물인지 알 수 없는 검은 물이 꽃잎에 배어 있어 극락세계를 뜻하는 연꽃의 이미지는 온 데도 간 데도 없다.

말티고개를 넘으면 경상도 상주로 가는 길과 충청도 보은으로 가는 갈림길이 나온다. 여기서 방향을 보은으로 돌려 가다보면 곧바로 삼년산성(사적 제235호)을 만나게 된다. 국보나 보물이 학술적 가치가 높은 단위 문화재라면, 성곽은 역사의 현장으로 역사와 문화 전반을 아우르는 포괄적 문화유산이다. 전국의 수많은 성들이 있지만 특히 충북 지역에는 성과 고분이 많다.

"삼국이 충북지역에 분거하여 많은 전쟁을 치루어야 했던 역사적 배경이 있지만, 그러한 역사적 배경은 두 개의 강이 흐르는 충북지역의 자연환경에서 비롯된 것으로 볼 수 있다."

― 김영진, 「충북문화론고」, 향학사

삼년산성은 해발 325M의 야트막한 오정산 위에 신라 자비왕 13년(서기470년)에 축조된 산성이다. 「삼국사기」의 기록에 의하면 성을 쌓는데 3년이 걸렸기 때문에 삼년산성이라 부른다고 기록되어 있다. 이 지역은 대전, 청주, 상주, 영동, 옥천으로 연결되는 교통의 요지로써 신라는 이 지역 확보를 토대로 삼국통일을 이룰 수 있었다. 허구많은 성곽 가운데 특별히 삼년산성이 갖는 의미는 독특한 축조기술 때문에 적군에 의해 한 번도 허물어진 적이 없다고 한다.

"삼년산성의 평면구조는 동·남·북 산봉우리 서쪽의 계곡을 감싸고 석축 성벽을 돌린 포곡식 산성으로 구들장처럼 납작한 자연석을 이용하여 우물정자

모양으로, 한 켜는 가로쌓기 한 켜는 세로 쌓기로 축조하였기 때문에 성벽이
견고하다."

— 충북문화연구소, 「삼국통일의 격전지 충북의 성곽을 찾아서」, 열린인쇄

성 안에는 우물을 다섯 개나 두어 성 안에서의 생활에 불편함을 덜었을
뿐 아니라 성문 주위에는 밖에 다시 성을 쌓음으로써 외적의 침입으로부터
쉽게 함락당하지 않았던 것으로 보인다.

보은에서 회인을 거쳐 피반령을 넘고 가덕을 지나 고은 삼거리에 다다르
면 무심천을 만나게 된다. 무심천은 청주를 동서를 갈라 놓으며 남에서 북
으로 흐르는 보기 드문 하천이다. 이곳 청주에는 용두사지 철당간(국보41호)
(충북문화재관리국 국보목록 참고.)과 흥덕사지 고인쇄 박물관이 있다.

절에 행사가 있을 때 그 입구에 당이라는 깃발을 달아두는데, 이 깃발를
달아두는 장대를 당간이라 하며, 이를 양쪽에서 지탱해 주는 두 돌기둥을
당간지주라 한다. 용두사지 철당간을 두고 옛 시인은 이렇게 읊었다. '누가
구리기둥을 만계 위에 옮겨다 세웠는고 …중략… 뿌리는 깊이 박혀 지축에
이었고 …중략… 꼭대기는 구름 밖에 치솟아 은하수를 꿰뚫었네(이승소, 조선
조의 문신). '당간이 서 있는 청주시 남문로는 용두사라는 절이 터를 잡았던
곳이다. 용두사는 고려 광종13년(서기 962년)에 창건되었으나 고려 말의 잦은
전쟁과 난으로 폐허가 되었고, 지금은 청주시내의 가장 번화한 거리로 변하
였다. 이 당간은 밑받침과 두 기둥이 온전히 남아 옛 모습을 온전히 간직하
고 있다. 두 기둥은 바깥 면 중앙에 세로로 도드라지게 선을 새겨 단조로운
표면에 변화를 주었다. 그 사이에 원통모양의 철통 20개를 아래 위가 맞물
리도록 쌓아 당간을 이루게 하였으며, 돌기둥의 맨 위쪽에는 빗장과 같은
고정장치를 두어 당간을 잡아매고 있다. 특히 세 번째 철통 표면에는 철당

간을 세우게 된 동기와 과정 등이 기록되어 있는데, 원래는 30개의 철통으로 구성되어 있었다고 한다. 당간을 세운 시기는 절의 창건과 때를 같이 한다. 연대를 확실하게 알 수 있어 소중한 가치를 지닌다.

고인쇄 박물관에서는 세계최초로 금속활자본인 「불조직지심체요절」을 찍어낸 흥덕사지와 그에 관련된 일체를 관리한다. 이는 유네스코 세계의 기억(Momory of the world)에 등재(2001. 9. 14)됨으로써 세계에서 가장 오래된 금속활자본임을 인정받았다. 「불조직지심체요절」의 간행시기는 고려 우왕 3년(서기 1377)이며, 독일 구텐베르크의 「42행성서」보다는 78년, 중국의 「춘추번로」보다는 145년이나 빠른 시점이다. 저자는 백운화상(1288~1374)으로 태고국사, 나옹화상과 함께 고려말기의 이름난 대선사였다.(박문열, 「고인쇄출판문화의 이해」, 태일문화사)

「불조직지심체요절」이 세상에 알려진 것은 1901년 모리스 꾸랑의 「한국의 서지」에 부록으로 실리면서부터인데 그 내용과 실물을 확인할 길이 없었다. 그러던 중 1972년 '세계 도서의 해'를 기념하기 위한 국제 전시회에 프랑스 국립도서관에서 출품함으로써 세계의 이목이 집중되었다.

> "「직지」는 청주가 자랑하는 현존하는 세계 최고의 금속활자본 「불조직지심체요절」의 판심서명(版心書名)이다. 서명의 중심주제인 '직지심체(直指心體)'는 참선하여 사람의 마음을 바르게 볼때 그 심성이 곧 부처님의 마음임을 깨닫게 된다는 '직지인심견성성불(直指人心見性成佛)'이라는 '수선오도(修禪悟道)'의 명구에서 취한 것이다."
>
> ―변광섭 외, 「마음을 채우는 공간을 찾아」, 청주시문화산업진흥재단

1차 정보혁명(언어의 발명)과 2차 정보혁명(문자의 발명)을 거쳐 3차 정보혁명인 금속활자를 발명한 곳이 청주라는 사실은 이곳이 세계 문명의 중심적

위치에 놓여 있었음을 입증한다. 이는 또한 4차 정보혁명인 컴퓨터의 발명
못지 않은 가치를 지닌다.

청주시에서는 '직지'의 세계기록유산 등재일인 9월 4일을 직지의 날로 정
한 뒤 매년 직지 축제 행사를 갖고 있다. 뿐만 아니라 직지의 문화적 특성을
활용한 문화상품을 개발하여 판매한다든가, 학술회의, 직지 문화 콘텐츠 개
발 등에 다양한 활동을 전개하고 있다. 그러나 아주 중요한 부분이 빠져
있다. 세계최초의 금속활자를 발명한 도시의 현재 인쇄문화에 대한 인식이
결여되어 있다. 과거에는 이랬었다,고 자랑만 하는 것은 자기 조상 자랑하
는 것과 같다. 그런 과거를 상품화하는 것은 코카콜라를 세계화하는 것과
다를 바 없다. 이는 문화의 로컬리즘이 갖는 진정성을 상실하게 될 우려가
크다. 또한 문화를 장삿속으로만 받아들여 문화자체의 고고한 얼을 훼손할
우려도 크다. 그러므로 과거에는 우리가 제일이었다는 자랑과 그것을 상품
화하려는 노력에 앞서 세계최초의 금속활자를 발명해낸 도시다운 인쇄문화
의 활성화에 지혜와 열정이 모아져야 할 것이다.

4/4 속리산의 문학지리 — 충북인의 얼

고인쇄박물관 바로 길 건너편 예술의 전당 광장에 가면 단아한
선비 한 분을 만날 수 있다. 다름 아닌 단재 신채호 선생의 동상이다. 이
동상은 1997년 8천여 충북도민의 정성으로 건립되었다. 모습은 시골 샌님
같지만 올곧은 선비요, 논객이고, 학자이며, 열사이다. 선생은 구한말 충남
대덕군 산내면에서 태어났으나, 충북 청원군 낭성면 귀래리에서 성장하였
다. 여기에 선생의 무덤과 선생의 얼을 기리는 사당과 선생의 업적을 기리
기 위한 기념관이 건립되어 있다. 필자는 가끔 이곳 청주에 와 살면서 선생

의 얼이 깃든 고장에서 내가 숨을 쉬고 있다는 사실이 유복하다는 생각을
한다. 그리고 마음이 흔들릴 때마다 선생의 통렬한 글을 보면서 내가 가야
할 길과 가지 말아야 할 길이 어떤 것인지를 생각해 보기도 한다.

> "역사란 무엇이뇨, 인류 사회의 '아(我)'와 '비아(非我)'의 투쟁이 시간부터 발
> 전하며 공간부터 확대하는 심적 활동 상태의 기록이니, 세계사라 하면 세계 인
> 류의 그리 되어온 상태의 기록이며, 조선사라면 조선 민족의 그리 되어온 상태
> 의 기록이니라 … 중략 … 그리하여 아에 대한 비아의 접촉이 번극할수록 비아
> 에 대한 아의 분투가 더욱 맹렬하여, 인류사회의 활동이 휴식될 사이가 없으며
> 역사의 전도가 완결될 날이 없나니, 그러므로 역사는 아와 비아의 투쟁의 기록
> 이니라."
>
> — 신채호, 「조선상고사」, 단재 신채호 선생 기념사업회

청주에서 귀래리로 가는 가장 빠른 길은 상당산성을 넘어가는 길이다.
상당산성은 속리산에서 뻗어 내린 소백산 줄기의 낮고 작은 분지에 자리
잡았다. 신라 경덕왕 때 축조한 성으로 산말랭이를 따라 쌓은 성의 둘레는
4KM이며, 동서남북 사방의 문이 깨끗하게 보존되어 있고, 정비도 잘 되어
있어 청주 시민의 휴식처로서는 으뜸으로 꼽는다. 더욱이 분지 안에는 호수
가 있고, 그 주위에는 옹기종기 집들이 앉아 있다. 복숭아 꽃이 피는 계절에
는 무릉도원을 연상케 한다. 어느 계절이든 여유로운 마음을 갖고 성 둘레
를 천천히 걸어 봄직하다.

청주시의 동쪽 경계에 위치한 상당산성의 비도 동쪽으로 떨어지느냐 서
쪽으로 떨어지느냐에 따라 그 빗방울은 한강과 금강으로 갈라져 흐른다.
그러니까 단재 선생의 고향에 떨어지는 빗물은 한강으로 흐르는 셈이다.
단재 선생이 성장한 귀래리는 이곳에서 자동차로 10여분이면 도착할 수 있
는 곳에 위치해 있다. 이 짧은 거리를 선생은 26년 만에 돌아왔다. 그것도

차디찬 이국땅 여순 감옥에서 8년을 살다가 한줌 재로 돌아왔다. 그때 선생
의 침묵을 도종환 시인은 이렇게 노래로 대신했다.

> 이 땅의 삼월 고두미 마을에 눈이 내린다.
> 오동나무 함에 들려 국경선을 넘어오던
> 한 줌의 유골같은 푸스스한 눈발이
> 동력골을 넘어 이곳에 내려온다.
>
> ―「고두미 마을에서」중

고두미 마을은 귀래리의 본래 이름이다. 광해군 때 산요라는 사람이 있
었다. 조정에서 쫓겨 이곳에 은거하였다. 인조반정 후 다시 조정에서 그를
불러들였으나 응하지 않았다. 그래서 생긴 말이 곧은, 고드미, 고두미로 불
려져 왔다.

각설하고 다시 도종환 시인의 시적 대상인 눈으로 돌아가자. 사갈의 마
을에 내리는 낭만적인 눈이 아니라 유골같고 푸스스한 눈발이다. 언어들마
다 금새 뚝뚝 떨어질 것 같이 눈물을 머금고 있다. '선생은 하늘을 우러러
한 점 부끄럼 없이' 살았다. 결코 굽히지 않는 선생의 정신은 곧 이 고장
충북인의 정신이다. 산은 물을 넘지 않고 물은 산을 넘지 않으며, 산은 산대
로 물은 물대로 자기 갈 길만 가는 정직함, 이것이 충북인의 성정이고, 이러
한 성정은 단재선생에게서 상징적으로 드러난다.

"선생이 지니고 있었던 사상적 변모 과정은 3단계로 구분된다. 제1기가 1910
년 이전의 역사전기소설에서 나타난 바와 같이 민족을 독립시킬 영웅을 기다리
던 시기라면, 제2기는 「꿈하늘」에서 구체화된 것처럼 부르조아 반일독립운동
에 회의를 가졌던 시기이며, 제3기는 민중의 직접 혁명에 의하여 반일독립은
물론 전 세계의 무산자 민중이 새로운 세계를 건설해야 한다고 주장하던 시기

이다."

— 권희돈, 「한국소설 속의 독자체험」, 태학사

선생의 삶을 보면서 옷깃을 여미게 되는 것은 생각과 말과 글과 행동이 한치의 오차 없이 일치되었기 때문이다. 낭성면 고두미 마을에서 시간이 좀 지체되었다.

속리산 남동쪽의 물은 충북 괴산군 칠성면 칠성댐에 잠시 머물렀다가 괴강으로 흐른다. 이 물은 물론 남한강으로 흘러들어간다. 괴강의 물이 아름답게 굽이치고 휘도는 곳 제월대 광장에 홍명희 문학비(1998)가 세워져 있다. 제월리에서 고개 하나를 넘으면 선생의 생가(괴산군 인산리)가 나온다. 선생께서는 이 집에서 직접 작성한 독립선언서를 반포하고 만세시위를 주도하다 체포되어 1년 6월의 징역을 선고받는다.(1919) 충북 민예총 회원들의 지속적인 관심 속에 다 허물어져가던 고가(古家)는 충청북도 민속자료 제14호로 지정되어 대대적인 보수가 진행 중이다. 문학비를 세울 때만 해도 국정원의 동의를 얻어내야 하고, 비문이 뜯기는 아픔을 겪었던 것에 비하면 격세지감이 든다.

홍명희 선생은 해외독립운동(동제사), 동아일보 부사장, 시대일보 사장, 신간회 창립, 민족자주연맹 결성, 조선민주주의 인민공화국 부수상 등의 화려한 경력보다도 한편의 대하소설 「임꺽정」의 작가로서 더 빛난다. 「임꺽정」은 1928년 11월 21일 ≪조선일보≫에 연재하기 시작하여 10여 년 동안 중단과 연재를 거듭하였다. 이렇게 천신만고 끝에 씌여진 「임꺽정」은 우리 한국근대문학사에서 근대 역사소설의 확립으로, 좌우 근대 민족문학을 아우르는 이정표 역할을 하고 있다.

"나는 이 소설을 처음 쓰기 시작할 때에 한 가지 결심한 것이 있지요 ···
중략 ··· 최근의 문학은 또 구미 문학의 영향을 많이 받아 양취(洋臭)가 있는
터인데 「임꺽정」만은 사건이나 인물이나 묘사로나 정조로나 모두 남에게서는
옷 한 벌 빌려 입지 않고 순 조선거로 만들려고 하였습니다. '조선정조(朝鮮情
調)에 일관된 작품' 이것이 나의 목표였습니다."

                                        − 홍명희, ≪삼천리≫제 5권 9호

작가의 윤리가 소설의 미학을 결정한다,는 루카치의 말은 이런 경우 잘
맞아 떨어진다. 실제로 작품을 읽어보면 뼈대는 물론 거기에 살갗을 입히고
피돌기를 시키는 소설이란 육체의 모든 요소가 '순 조선거'로 만들어졌다는
생각이 든다. 세상의 타락은 언어의 타락에서 온다. 말과 글이 병든 오늘
우리는 오염되지 않은 말과 글로 민족의 얼을 되찾겠다는 마음으로 소설을
쓴 벽초 홍명희 선생의 작가정신을 본받을 일이다.

속리산, 피반령, 것대산, 상당산성, 초정, 청안으로 이어지는 한남금북정
맥은 음성에서 진천으로 이어지는 새로운 줄기와 만난다. 특히 산자락이
길게 뻗은 두타산은 괴산군과 진천군을 갈라놓는다. 진천은 청주와 견주어
서 들이 적고 산이 많다. 산골이 겹쳐져 있고 또 큰 내가 많다. 그러나 모두
화창한 기운이 있고 땅이 기름지다.(이중환, 「택리지」) 그래서 예로부터 '살아
서는 진천'이라는 말이 회자됐는지 모른다.

진천군 벽암리 수암부락(지금은 진천읍)에는 황회색의 돌에 반듯한 글씨가
새겨진 표지비가 서 있다. 그것은 포석 조명희(1884-1938) 선생의 생가터임을,
아울러 선생이 우리 문학사에서 빼놓을 수 없는 문학가임을 알리는 문학표
지비이다. 단재 신채호 선생과 벽초 홍명희 선생이 우리 근대문학사를 논하
는 자리에서 늘 첫 자리에 오르지만, 포석 조명희 선생은 비껴선 자리에서
잠깐씩 논의 될 뿐이다. 선생은 1920년대 프로문학과 극예술운동의 선봉자

였으며, 시, 소설, 희곡, 수필, 평론, 전 장르에 걸친 작품활동을 하였다. 그중에서도 소설 「낙동강」과 희곡 「김영일의 사」는 뚜렷한 업적이었다. 두 편의 작품에서 잘 드러나는 것처럼 선생의 작품은 현실비판정신이 강하다. 작품마다 가난이 개인의 문제가 아닌 계급적 모순에서 비롯된다는 이념성을 띠고 있었다. 즉 가난의 문제를 개인의 문제로 삼는 경향파와는 달리 이들 작품은 가난을 계급적 모순에 두는 뚜렷한 목적성을 지니고 있었던 셈이다. 이러한 문학적 신념을 마음껏 누릴 수 있는 곳이 소련이라 생각하여 선택한 망명지가 블라디보스토크(해삼)였다. 그러나 스탈린이 지배하는 소련은 아이러니하게도 선생을 체포(1937)하고 사형(1938)에 처한다. 선생이 최후에 입었던 죄수복 앞가슴에는 167이라는 번호가 선명히 찍혀있다.

> "포석은 한국의 현대 희곡, 시, 소설 어느 분야에서도 소홀히 할 수 없는 문학가임을 확인했다. 그가 초기 한국문단에서 활약한 기간은 8년 정도로 비록 짧지만, 다양한 활동상을 보여주었다. 그는 민족주의적 극작가요, 사실적인 시인이요, 선구적 프로소설가라는 다양한 마스크를 지닌 문학가였다. 따라서 그의 문학사적 위상도 세 장르의 활동상을 종합적으로 검토해야 분명하게 밝혀질 것이다."
>
> — 동양일보편집국, 「포석 조명희전집」, 동양일보사

한국근대문학 초기에 중심적인 문학가로 활동하였고, 쏘련에서도 왕성한 문학활동을 한 조명희의 업적은 새롭게 평가되어야 마땅하다. 한국문학에서 차지하는 위상뿐만 아니라 민족문학을 해외로까지 넓혀간 업적 또한 인정받아야 한다. 그럼에도 불구하고 분단으로 매몰되어 문학사에서조차 어정쩡하게 평가 받아온 것이 사실이다. 그 까닭은 망명작가라는 지극히 단순한 이유 때문이다. 포석 조명희 문학에의 관심이야말로 우리 민족문학

의 지평을 확대시키는 일임을 잊지 말아야 하겠다.

충북 옥천군 옥천읍 하계리 40번지에는 정지용 시인의 생가가 있다. 지용의 시 세계가 형성되는데 결정적인 영향을 미친 것은 그의 고향 옥천의 수려한 산수였다. 그의 고향 하계리(下桂里)는 옥천의 진산인 마성산(일명 一字山)의 물줄기를 받아 내리는 아랫뜸이다. 당시 지용의 집 옆에는 커다란 느티나무 두 그루가 있었는데, 이 휴식터에서 바라보면 청석교 밑을 흐르는 시냇물이 매우 아름다웠다고 한다. 「향수」 1연에는 그 실개천의 모습이 그대로 옮겨져 있다.(이석우, 「정지용 시의 연구」, 청주대대학원)

넓은 벌 동쪽 끝으로
옛이야기 지즐대는 실개천이 휘돌아 나가고.
얼룩백이 황소가
해설피 금빛 게으른 울음을 우는 곳.
　　　　　　　　　　　　　　　　－「향수」의 첫 연

옥천군에서 문화재로 지정하여 관리를 하고는 있지만, 그의 명성에 비해 '초라한 초가지붕'이다. 수많은 관광객들은 그곳을 들렀다가 마당가로 흐르는 도랑물과 작은 집에 놀란다. 얼룩백이 황소도 보이지 않고, 얼룩백이 황소가 해설피 우는 금빛 게으른 울음소리도 들리지 않는다. 주위에는 가난하여 남루하기까지 한 소읍의 야트막한 집들만 널브러져 있을 뿐이다. 그런 장면들이 지금까지 남아 있기를 바라는 마음이 터무니 없는 욕심일 터이다.

단재 신채호 선생이 대나무같고 벽초 홍명희 선생은 느티나무 같으며, 포석 조명희 선생이 참나무같은 이미지라면, 정지용 시인은 비옥한 대지처럼 기름지다. 그의 언어(2차언어)들은 다이아몬드처럼 단단하고 꽃잎처럼 부드러우나 향기처럼 우주를 향해 퍼져나간다. '전설바다에 춤추는 밤물결같은 / 검은 귀밑머리 날리는 어린 누이'에서 보는 바와 같이 시적 허용의 범위가 넓고 크고 깊을 뿐 아니라 시적 상상력 또한 기발하다. 낯익은 것과 낯선 것의 충돌이 가져오는 경이감 때문에 신선함을 동반한다. 이처럼 정지용 시인은 시적 재능뿐 아니라 시적 재원을 보는 눈도 남달랐다. 「문장」의 편집을 맡아 조지훈, 박목월, 박두진(청록파), 박남수, 이한직, 김종한 등 뛰어난 시인들을 배출하고, 오장환을 발견하는 견자(見者)의 눈을 가졌던 것으로 보인다. 그리하여 현대시의 경이적인 존재, 새로운 시경의 개척자, 지성을 고도로 갖춘 시인, 언어에 대하여 주의한 최초의 시인 등 그에 대한 평가의 자장 또한 그 폭이 넓다.

1988년 월북문인 해금 직후 테너가수(박인수)와 대중가수(이동원)은 「향수」를 불러 천지를 진동시켰다. 우리 사회가 소비자본주의 시대로 돌입하면서 경계란 경계는 모두 해체되는 시기였다. 본격예술의 경계와 대중예술의 경계가 해체되는 현상을 살피기에 이보다 더 알맞은 예는 없을 듯하다. 시대의 패러다임이 바뀌어도 시대에 따라 새롭게 받아들여지는 까닭은 아무래도 마성산(마을 뒷산)에서 정지용 시인의 집 앞으로 흐르는 물이 그치지 않아서인 듯싶다.

4 5 기대되는 효과와 한계

지금까지 충청북도의 상징적인 산 속리산을 중심으로 충북의 인문지리를 살펴보았다. 속리산으로부터 비롯되는 산줄기와 물줄기가 결정짓는 인물적 성격을 구체화 해 본 것이다. 자연지리, 문화지리, 문학지리로 구분하여 살펴본 인문적 특성은 이 지역 문화의 자부심 그 자체였다.

이 과제를 진행하면서 본 연구자는 토대에 관한 인식을 새롭게 가질 수

있었고, 삶과 유리된 연구가 아니라는 점에서 연구 행위의 즐거움을 얻을
수 있었다. 또한 이러한 연구방법이 지니는 당위성에 대해서도 재인식하는
계기가 되었다. 이 지역의 문화와 생태환경을 자각하는 출발점이 되었음은
물론 지역 문화에 대한 관심이 곧 민족 문화 발전에 기여한다는 사실도
깨달았다. 따라서 문학지리적 방법이 갖는 학문적 전망에 매우 고무적이었
음을 밝힌다. 무엇보다도 학문연구가 학문연구에 자족하지 아니하고 대중
과의 충분한 교류를 할 수 있다는 가능성을 발견한 것은 가장 큰 수확이
었다.

문학지리학이 대중성의 확보, 삶과 이론이 유리되지 않는 방법론, 이러한
방법론이 새로운 글쓰기를 가져다 주는 것은 틀림없다. 그러나 너무 쉽게
생각하여 연구대상을 주마간산식으로 열거한다든가, 산길과 물길을 관념적
으로 이해한 나머지 사실성을 획득하지 못할 우려가 있다.

이 논문의 경우도 이 두가지 한계성을 드러내고 있음을 시인한다. 「속리
산의 문학지리학적 연구」라 하지 못하고 「문학지리, 인문지리의 가능성」이
라 제목을 붙인 까닭이 여기에 있다. 尾

공간의 이동, 서술상의 아나크로니
─「서울길」을 예로 하여─

4.1 홍구범은 누구인가

「서울길」은 홍구범이 1949년 3월 ≪해동공론≫에 발표한 작품이다. 그러나 작품이 씌어진 것은 1946년 즉 광복 직후이다. 작품 탈고 이후 3년여를 묵혀두었다가 발표를 한 셈이다. 홍구범의 대부분의 소설들은 이처럼 탈고 시기와 발표 시기가 다르다. 이는 그가 작품을 써 놓고 충분히 갈무리하여 세상에 내어놓는 습관을 가지고 있었음을 알 수 있다.

홍구범은 1923년 충북 중원군 신니면 원평리에서 태어나 한국전쟁 중 납치된 작가다. 이곳저곳 기록에 의하면 납북되었거나 전쟁 중 희생되었을 가능성이 크다. 그러나 아직도 그의 생사에 관한 확실한 자료가 없으니 추측만 할 뿐이다. 분명한 것은 그의 행적이나 작품에 대한 흔적이 모두 전쟁 직전 즉 1950년 5월에서 끊기고 있다는 사실이다. 그의 나이 28세 되던 해이다.

그는 당시 우익문학의 맹주였던 소설가 김동리, 평론가 조연현과 두터운 교분을 가졌다. 김동리로부터는 소설 쓰기를 배웠고, 조연현과는 ≪민주일보≫, ≪민중일보≫에서 함께 기자로 일하였다. 그들이 주축이 된 청년문학가협회 간부회원으로 활동하며, 그들과 함께 문예잡지 ≪문예≫에도 편집 실무자로 참여하였다. 자연 김동리와 조연현은 당시 신진 작가인 홍구범의 문학적 후견인이었던 셈이다.

홍구범의 본격적인 작품 활동 기간은 단편소설「봄이 오면」(1947.5)으로 등단하여 미완의 중편 연재소설「불 그림자」(1950.5)를 발표하기까지 4년간이다. 이 기간 동안 단편소설·중편소설·장편소설·동화·콩트·수필·평론·시나리오 등 여러 장르에 걸쳐 작품을 발표하였다. 이 중 그가 작가로서 뚜렷한 성과를 거둔 분야는 단편소설로써 1949년에는 '화제작제조기'란 별칭을 얻을 만큼 수준 높은 작품들을 발표하였다.

그는 몸은 우익 쪽에 담고 있었으나, 작품은 리얼리즘적 색채가 강했다. 광복 후 도시와 농촌의 무산자 계급의 순수성과 유산자 계급의 타락성의 대비라든가 치밀한 객관 묘사 등이 뚜렷하여 작품으로만 보면 좌익 쪽 문인이라 할 만큼 리얼리즘적이다. 그러나 리얼리즘적인 창작 방법에 안주하지 않고 작품의 예술성에 깊이 천착한 작가였다. 민중적이되 계급주의의 이분법적 도식을 탈피하고, 현실적이되 철저히 소설적 장치에 녹여내었다. 그의 소설이 생명력이 긴 소설이라 판단되는 까닭이 여기에 있다.

그럼에도 불구하고 홍구범의 작품은 그의 이름과 함께 잊혀오다가, 1981년 3월 ≪중원문학≫ 2집에「잊혀진 향토 출신 작가 홍구범을 찾아」라는 특집이 마련되어 관심을 끌기 시작하였고, 1995년 충북 민예총 문학분과위원회 주최로 '제1회 홍구범 문학제'가 개최되면서 단편소설이 조명되고, 2007년 충북 작가회의 주최 '제2회 홍구범 문학제'기간 중『창고 근처 사람들』(푸른사상)이란 제목으로 단편집이 나옴으로써 비로소 그의 이름과 작품이 본격적으로 세상에 알려지기 시작하였다.

1945년 광복에서 1950년 한국전쟁이 발발하기까지 이 5년여의 기간은 일제의 잔재를 청산하여 정신적 상처를 극복하고, 잃었던 우리말과 글을 되찾는 일과 이데올로기를 극복하여 새로운 국가 건설이 절실히 요청되던 시기였다. 그러나 광복의 기쁨도 잠시, 정치는 좌·우 양측이 날카롭게 대립하더니 마침내 한 민족을 두 국가로 갈라놓고 말았다. 해외동포들이 대거 귀국하고, 사회는 실업문제, 주택문제, 식량문제 등 급격한 혼란에 빠진다. 급기야 일자리를 찾기 위해 많은 사람들이 대거 농촌에서 서울로 이동한다.

「서울길」은 이러한 시대적 배경을 바탕으로 하고 있다. 역사적 사건을 외면하지 않으면서 당대의 혼란상을 정확히 그려내고 있다. 이런 작가의식이 뛰어난 문학성을 지닌 작품생산의 원천이었다고 여겨진다.

따라서 본 연구는 「서울길」의 뛰어난 문학성을 밝혀내고 광복기의 홍구범이라는 소설가를 세상에 알리고자 하는 목적으로 진행되었다. 우선 중심인물과 반동인물의 갈등양상을 살펴 갈등의 원인과 해결방식의 의미를 구체화 할 것이다. 인물이 위치한 공간성을 통해 인물들의 욕망을 살필 것이며, 중심인물과 관련하여 소설의 현상학적 시간관을 분석할 것이다. 마지막으로 소설의 끝자리에서 작가가 선택한 결말처리에 대한 의미망을 구체화하여 결론을 도출하고자 한다.

4·2 「서울길」을 끌고 가는 힘

건축물이 잡다한 재료들을 써서 구축되듯 소설의 경우도 여러 가지 요소들이 모여서 예술물로 탄생한다. 단편소설이든 장편소설이든 소설의 여러 가지 요소들 중 가장 중심에 놓이는 것이 인물이다. 인물, 사건, 배경 등 소설의 구성요소 중에서 인물 설정은 가장 큰 비중을 차지한다. 누가 어디서 무엇을 했다,에서 '어디서'와 '무엇을 했다'는 결국 '누가'를 그리기 위한 배경적인 역할을 하는 것이다.(구인환, 『소설론』 삼지원, 1996)

그 누가에 해당하는 소설 속의 인물들은 모두 욕망성취를 위해 전진한다.

그러나 인물들은 욕망성취를 가로막는 사람(혹은 장애물) 때문에 갈등을
겪는다. 갈등의 시작이 소설의 시작이고, 갈등의 끝이 소설의 끝이다. 갈등
의 원인은 세밀하게 구분하면 헤아릴 수도 없지만 대체로 다음 세 가지
원리로 제한해 볼 수 있다. (이상우, 『현대소설론』, 양문각, 1993)

(1) 주인공과 적대자 사이의 갈등
(2) 주인공과 장애물 사이의 갈등
(3) 주인공과 그가 직면한 재난 사이의 갈등

「서울길」에서 일어나는 갈등은 (1) 주인공과 적대자 사이에서 일어나고
(3) 주인공과 그가 직면한 재난 사이에서 일어난다.

여기에 등장하는 인물들은 화주, 운전수, 조수, 중년부부, 최치석 노인
모두 여섯 명이다. 이들은 모두 트럭이라는 좁은 공간에 배치되어 있다.
이들을 태운 트럭은 광복 후라는 시대적 배경과 추위가 물러가지 않은 2월
이라는 시간적 배경을 갖고 있다. 이러한 시대와 시간을 배경으로 농촌에서
서울로 이동 중에 있다.

화주는 트럭에 쌀을 싣고 가는 주인이고, 운전수와 조수는 화물의 운반책
임자이며, 중년부부와 최 노인은 그 트럭을 서울까지 가기 위한 차편으로
이용한 인물들이다. 이들 가운데 특히 주목되는 인물은 일흔이 넘은 최치석
노인이다. 최 노인만이 유일하게 역사적 사건을 갖고 있다. 그의 역사적
사건은 최 노인의 아픔인 동시에 조선의 아픔이다.

첫 번째 갈등은 주인공 최 노인과 최 노인이 직면한 재난 사이에서 일어
난다. 예컨대 트럭에 탄 인물들 중 서울길을 가장 바삐 서둘러야 할 인물은
최 노인이다. 손자가 위독하다는 전보를 받고 가는 중이기 때문이다. 그런

데 트럭은 낡아 덜그렁거리다가 고장이 나고 운전수와 조수는 술집에 들러 시간을 축내고 있다. 그렇다고 최 노인이 할 수 있는 일은 아무것도 없다. 다만 혼자서 조급한 마음을 추스를 뿐이다. 즉 재난에 직면하여 혼자서 내적 갈등을 일으키고 있을 뿐이다. 이때의 갈등은 서사 전개의 흐름을 지연시키는 것은 분명하지만 크게 영향을 주는 것은 아니다.

두 번째 벌어지는 갈등은 주인공과 적대자 사이의 갈등 즉 최 노인과 조수 사이에서 일어난다. 갈등의 원인은 서울까지 가는 차비로부터 비롯된다. 조수는 290원을 내라 하는데 최 노인이 가진 돈은 200원밖에 되지 않는다. 최 노인이 가진 200원은 며느리가 품삯으로 모은 돈과 빚을 얻어 만든 돈이다. 이 90원의 차액이 갈등의 원인이며, 긴장감을 유발시키는 사건이고, 소설의 결말을 결정짓는 매개체가 된다.

조수는 틈만 나면 90원을 더 내라고 닦달을 한다. 이때마다 수중에 돈한 푼 없는 최 노인의 걱정은 가중된다. 닦달과 근심. 이는 두 인물이 겪고 있는 갈등의 표정이다. 이 두 표정이 소설의 결말에 이르기까지의 분위기이며, 긴장감을 유지시키는 요인이며, 독자를 소설의 끝까지 이끌고 가는 힘으로 작용한다.

도중에 조수가 최 노인을 트럭에서 끌어내리면서 갈등이 해소되고 소설은 끝이 난다. 이처럼주인공의 비극적인 패배로 갈등을 해결하는 방식은 곧 작가의 비극적인 세계관의 표현방식이며, 아울러 소설 「서울길」의 미학을 결정짓는 방식이라 할 수 있다.

4 3 욕망을 드러내는 공간

1) 공간의 기능

소설에서 공간의 기능은 추상적인 배경과 행동이 실현되는 장소(미케발·
한용환 외 역, 서사란 무엇인가, 문예출판사, 1999)로 나타난다. 즉 인간의 의식이
구체적으로 실현되는 곳이다. 특정한 장소에서 유발되는 인물의 행동은 그
장소의 의미를 배가시키고 의식을 구체화 한다. 따라서 그 의식은 작품의
주제의식을 표출하는 발판이 되는 셈이다.

이처럼 주제의식을 구체화하는 소설 속의 공간은 여러 유형으로 나타난
다. 세계 혹은 우주 전체를 무대로 하거나 극도로 한정된 공간을 무대로
하기도 하고, 때로는 대조적인 공간이 보이기도 하고, 어떤 경우에는 본격
적인 묘사를 생략하고 크로키처럼 단편적으로 설명하기도 한다. 각각의 유
형에 따른 효과는 곧바로 주제의식과 관련을 맺는다. 그러므로 소설에서의
공간은 여러 가지 형태로 표현되고 다양한 의미를 지니며 작품의 존재이유
(김화영 편역, 소설이란 무엇인가, 문학사상사, 1986)가 되기도 한다.

공간은 이와 같이 주제의식을 표출하는 기능을 하며, 작품의 존재이유가
되기도 하지만. 무엇보다도 욕망실체를 드러내는 기능을 갖는다는 점에서
공간에 대한 관심을 가질 가치가 있다. 즉 공간은 인물의 욕망을 담지하고
있는 장소이기 때문이다.

2) 다섯 개의 공간

소설은 완결되지 않은 현재가 갖는 자연발생성과 접촉하며, 이러한 접촉
이 소설의 고정화를 막아준다.(미하일 바흐찐·전승희 외 엮, 장편소설과 민중언어,
창작과 비평, 1988) 소설은 어느 시대든 결핍되어 미해결된 부분과 접촉영역이
강한 성장하는 장르이기 때문이다. 그렇게 볼 때 광복기 농촌에서 서울로의

이동을 다룬「서울길」은 광복기의 자연발생성과의 접촉성이 강한 소설이라 하겠다.「서울길」에 나타나는 주요 공간이 광복기의 메커니즘과 긴밀한 관련성을 갖는 까닭이 여기에 있다. 공간은 독립된 물리적 실체로서가 아니며, 사회적 객체들과의 관계에서 이해되는 사회적 개념이다.(김왕배, 공간의 정치경제학, 아카넷, 2000) 광복 후의 농촌이라는 공간은 봉건주의, 식민주의를 거치면서 피폐할 대로 피폐한 장소였다. 반면 서울이라는 도시 공간은 자본주의적 경제로 이행하는 교환가치성이 뚜렷이 드러난 장소였다.

「서울길」에는 농촌, 서울, 트럭, 경안, 북해도 다섯 가지의 주요한 공간이 나타난다. 이는 다시 서술시간 내의 공간과 서술시간 밖의 공간으로 이분화 할 수 있다. 농촌, 서울, 트럭, 경안이 서술시간 안의 공간이라면 북해도는 서술시간 밖의 공간이다. 서술시간 안의 공간은 인물들 간의 갈등과 인물들 내면의 욕망을 드러내는데 비하여, 서술시간 밖의 공간은 소설의 역사의식과 관련을 갖는다.

인물들이 출발한 농촌이란 공간은 소설이 시작되면서 열리는 공간이다. 최치석 노인은 음성, 중년부부는 도안이라는 농촌이 출발공간이며 화주, 운전수, 조수는 증평이 출발공간이다. 이들 모두 각자의 목적이 다르기는 하지만 농촌이라는 출발공간을 지닌다는 공통점을 갖는다. '전통적으로 우리나라가 농업 국가였고 8·15 당시만 하더라도 인구의 4분의 3 이상이 농민이었기 때문에 농민의 생활문제는 자연히 문학의 심각한 주제가 되지 않을 수 없었다.'(염무웅 외, 해방전후사의 인식, 한길사, 2004.) 홍구범은 비판적인 현실인식을 지니고 있었으며, 그러한 인식을 바탕으로 지주계급의 타락성 및 포악성에 대비시켜 농민과 농촌의 소외와 궁핍한 삶을 다루었다.(대부분의 소설에서 그는 유산자 계급의 타락성과 무산자계급의 소외와 궁핍성을 다루었다.) 당연히 농촌이란 공간은 결핍의 공간이 될 수밖에 없었다. 결핍은 욕망을 낳는다.

욕망의 조건은 결여나 모자람이다. 내게 필요한 것을 당장 충족시킬 수 없을 때, 그때 욕망이 발생한다.(김욱동, 포스트모더니즘과 포스트구조주의, 현암사, 1991) 사회나 문화는 욕망을 당장 충족시킬 수 없도록 짜여 있다. 인물들은 새로운 욕망을 찾아 미끄러질 수밖에 없다. 농민인 최 노인이나 농민이었던 중년부부나 화주나 운전수나 조수나 인물들 모두는 어떤 욕망을 갖고 농촌이라는 궁핍한 공간을 떠나 서울로 가고 있는 것이다.

그들은 서울이 자신들의 욕망을 채워줄 꿈의 공간이라 믿고 있다. 서울은 현상적으로 인물들의 동일한 목적지요 꿈의 공간이다. 하지만 그들이 각각 지니고 있는 욕망을 들여다보면 서울이라는 공간이 각자의 욕망에 따라 의미가 달라진다. 화주에게는 교환가치적 욕망을 실현할 수 있는 공간이요, 운전수와 조수에게는 쾌락적 욕망을 누릴 수 있는 공간이다. 중년부부에게는 생존에의 욕망을 실현할 수 있는 기회의 공간인 반면, 최 노인에게는 손자를 병들게 한 무시무시한 공간인 것이다.

> "차 위에는 짐으로 묶은 가마가 전부 차지했고 이불뭉치 속 같은 이삿짐도 몇 가지 한 옆으로 놓여 있다. 지상 삼 미터 이상의 이 화물 위에는 사람들이 오륙인 옹기종기 모여 앉은 채 차대가 움직이는 대로 연신 몸의 중심을 잡지 못하고 흔들리었다. 그들도 이 차와 같이 서울로 향하는 손님들이었다."
>
> ─『서울길』의 서두 부분

위 인용문에서 보듯 트럭 위엔 쌀가마와 이삿짐과 사람들로 가득 차 있다. 일본 패잔병이 헐값으로 팔아버린 트럭이다. 이 트럭이 인물들을 집합시키고 인물들을 서울까지 운반하는 공간이다. 이 작은 트럭 안의 공간은 넓은 의미로 보면 광복 후의 사회를 축소해 놓은 공간이 되고, 소설 내적인 의미로 볼 때는 주된 공간이 된다. 주된 공간을 이처럼 극도로 제한시킨 것은 인물들의 강박관념을 표현하고자 하는 의도로 마련한 일종의 소설적 장치이다. 현대소설에 이를수록 주된 공간이 점차 좁아지는 이유는 이처럼 현대의 인물들이 강박관념에 시달리고 있음을 반증한다 하겠다.(김화영 편역, 앞의 책)

이 좁은 공간에 배치된 인물들 간의 갈등은 그들의 욕망과 관련을 맺는다. 각기 다른 욕망을 가진 인물들이 함께 좁은 공간에서 부대끼며 이동하는 과정에서 인물들이 욕망하는 내면의식은 확연하게 드러난다. 화주의 교환가치적 욕망이 드러나고 운전수와 조수의 쾌락적 욕망이 드러난다. 최 노인의 자연발생적인 순수한 욕망이 드러나고, 중년 남자의 타자화 된 욕망이 드러난다.

> "한참 후 인사했던 중년남자는 화주에게 무엇이나 배우려는 듯이, 이런 건 그래 어떻게 생각하여 내시었습니까? 참으로 거룩한 일입니다. 하고 온갖 경의를 표하였다."
>
> ─『서울길』에서

소설의 주인공들은 소유함으로 인해 자신의 존재가 근본적으로 변모하기를 기대한다.(르네 지라르·김치수 외 옮김, 낭만적 거짓과 소설적 진실, 한길사, 2000년)중년 남자는 화주의 돈 버는 재주를 '거룩'하게 여기고 그에게 '경의'를 표하기까지에 이른다. 그는 화주가 자신의 욕망을 성취시켜 줄 중개자라 믿고 있다. 중년 남자에게 화주가 신으로 비쳐지는 한 그의 욕망은 타자의 욕망이나 마찬가지이다. 타자의 욕망은 모방한 욕망이고 거짓욕망이고 가짜욕망이다. 순수했던 욕망이 모방한 욕망으로 변모하면서 그도 결국 진실 편에 서서 행동하지 못하는 한계를 드러낸다.

소설은 경안(지금의 경기도 광주)에서 끝이 난다. 최 노인만 남겨두고 모두

짐짝처럼 트럭에 실려 서울을 향한다. 의식이 사물화 된 인물은 짐짝이나
다름 아니다. 그들에게 최 노인은 자신들의 욕망 성취를 방해하는 존재일
뿐이다. 따라서 경안이라는 공간이 다른 인물들에게는 자신들의 방해자를
거세하는 공간이지만, 최 노인에게는 파국의 공간이고, 생사의 기로에 있는
손자를 만나고자 하는 욕망이 좌절되는 공간이다. 욕망이 좌절당하고 침묵
으로 남는 비극의 공간이다.

북해도라는 공간은 서술시간에 나타나는 공간이 아니라 서술시간 밖에
나타나는 공간이지만 경안과 같은 비극의 공간 침묵의 공간이다. 다만 침묵
의 의미가 다를 뿐이다. 경안의 침묵이 손자를 데려와야 한다는 욕망의 좌
절을 의미한다면, 북해도라는 공간이 의미하는 침묵은 역사(일제의 만행에 희
생된 조선의 젊은이)를 제로화 시킨다는 의미를 담고 있다.

> "참 그리다 큰일 납니다. 제가 북해도 탄광에 있을 때 화약고에서 이런 일이
> 생겨 공장을 전부 태우다시피 한 일이 있었습니다."
> "북해도 갔다 왔다고 말했소그려. 이번에 나왔소?…참 오래 살자니까 눈 뜨
> 고 자식을 안 죽이나 손자 죽는 것을 아니 겪나, 이놈의 팔자 이렇게 드셀 줄이
> 야 누가 알았든가."
>
> ─『서울길』에서

위의 인용문은 중년 남자와 최 노인의 대화내용이다. 중년 남자는 최 노
인에게 담뱃불을 조심하라고 하는데, 최 노인은 중년 남자에게 북해도 갔다
왔느냐고 묻는다. 그리고는 자식을 잃고 손자를 잃게 된 자신의 처지를 한
탄한다. 아들과 중년 남자가 똑같이 북해도라는 공간에 있었지만, 눈 앞의
남자는 살아서 돌아왔는데 자신의 자식은 그곳에서 죽었으니 얼마나 가슴
이 아프겠는가. 그러므로 북해도라는 공간은 최 노인이 아들을 잃은 죽음의

공간이다. 즉 식민지 백성으로 끌려가 강제노역에 시달리다가 죽어간 사지의 공간이다.

이처럼 「서울길」은 농촌이나 북해도 같은 서술시간 밖의 공간이 존재함으로서 사회적, 역사적 문제의식을 갖는다. 아울러 서술 시간 밖의 이 두 공간은 소설을 개인적 차원에서 사회적 차원으로 확장시키는 공간이라 할 수 있다.

4/4 의미의 층위를 중첩시키는 시간

1) 소설의 현상학적 시간

회화나 조각이 공간 예술이고 무용이나 연극이 행동 예술이라면 소설은 시간 예술이다. 회화, 조각, 무용, 연극 등은 순간적으로 포착될 수 있으나 소설은 전체를 한 눈으로 보기 전에 먼저 우리의 눈 앞에 차례차례로 전개되기 마련이다.(김화영 편역, 앞의 책.)

소설은 우리 앞에 내던져진 현존재이다. 현존재인 소설을 시간과 관련하여 접근할 때 몇 가지의 시간으로 나누어 볼 수 있다. 예컨대 사건 내용을 글로 쓰는 시간, 실제로 사건이 일어나는 시간, 그 글을 읽는 시간 등이다. 이중 실제로 사건이 일어나는 시간은 소설의 현상학적 시간과 밀접한 관련성을 갖는다. 전근대에서 근대, 현대로 넘어오는 과정에서 소설의 시간은 그 지위를 확고하게 자리잡아 왔다. 인물과 사건은 시간 속에 뿌리를 내리고 시간은 사건이나 주제를 성취시키는 힘으로 작용한다.

플롯 중심의 근대소설은 근본적으로 현상학적 시간을 갖는다. 현상학적 시간이란 현재의 삶은 잊을 수 없는 과거와 미래에 대한 기대에 의해 구체화된다는 시간관이다. 즉 소설은 시간과 세계 속에 일정한 방식으로 던져져

있다는 의미에서 과거를 지향하며, 동시에 아직 실현되지 않은 가능성을
파악하려고 오지 않은 시간 속으로 뛰어든다는 의미에서 미래를 지향한다.
(리차드 팔머 · 이한우 역, 해석학이란 무엇인가, 문예출판사) 그러니까 서술자가 이야
기하는 현재의 시간 폭 속에 과거의 사건들이 자잘하게 쓸려 들어감으로써
미래에 대한 기대를 문장 너머에서 발견할 수 있도록 되어 있는 것이 근대
소설인 셈이다.

　근대소설은 이와 같은 현상학적 시간을 근본 틀로 취하면서 전근대소설
과 뚜렷하게 변별된다. 즉 사건은 인과관계에 의해 배열되고, 논리적이고
지적인 내용을 이루며, 소설의 예술미를 갖추고, 주제를 구현하는 데 있어
서 중심 틀이 된다 할 수 있겠다.

　2) 아나크로니의 순간, 사거리, 진폭

　소설은 스토리시간(내용을 이루는 총 연장시간)과 서술시간(이야기를 전달하는 서
술행위가 벌어지는 시간)으로 짜여진 서사물이다. 이때 사건의 역사적 순서와
서술적 순서가 불일치를 이루는 현상은 피할 수 없다. 이에 착안하여 쥬네
트(위의 책.)는 몇 가지의 개념을 만들고 소설의 시간분석을 시도하였다. 그
가 만들어낸 중요한 개념은 서술적 아나크로니, 예변법, 후변법, 사거리,
진폭 등이다. 서술적 아나크로니는 시간순서의 혼란을 뜻하며, 서술시간
중에 과거나 미래의 이야기가 시작되는 순간을 아나크로니의 순간이라고
한다. 서술시간 중에 과거의 이야기가 삽입되는 것을 후변법이라 하고, 미
래에 일어날 사건을 앞당겨 말하는 것을 예변법이라 한다. 아나크로니의
순간부터 과거 혹은 미래의 이야기가 시작되는 시간 상의 거리를 사거리라
하고, 과거 혹은 미래의 이야기에 걸리는 시간을 진폭이라 한다. 이러한
시간분석은 현상학적 시간관을 지닌 근대소설을 시간분석으로 접근해갈 때

매우 과학적이고 효과적 방법이라 생각된다.

「서울길」의 서술시간 폭은 해가 떠서 질 때까지이며, 스토리 시간 폭은 5년여 정도이다. 서술시간은 광복 후이며, 이 시간은 소설 밖의 현실적인 시간과 일치한다. 앞에서 말한 바와 같이 이 소설의 중심인물은 최치석 노인이다. 최 노인을 중심으로 한 역사적 사건의 시간이 이 소설의 미학을 결정짓고 주제를 드러내는 일과 관련된 시간이라 할 수 있다. 이에 비하여 중년 남자의 역사적 시간은 최 노인의 역사적 시간에 변주되고, 화주의 역사적 시간은 교환가치적 욕망으로 최 노인의 역사적 시간과 상반된 가치를 지닌다. 운전수와 조수는 역사적 시간이 생략된 오직 현실적 쾌락적 욕망만을 추구하는 시간이다. 과거가 생략된 인물이라 함은 뿌리 뽑힌 채 떠도는 인물이라는 뜻에 다름 아니다.

최 노인과 관련된 역사적 사건은 세 가지이다. 그 첫 번째는 아들에 관한 사건이고, 두 번째는 손자를 데려가라는 전보를 받은 사건이며, 세 번째는 며느리가 차비를 빌린 사건이다. 이 세 가지 사건이 각각 시작되는 지점이 아나크로니의 순간이며, 이 순간에 사거리의 시간과 진폭의 시간이 나타난다. 각각의 사거리와 진폭의 시간을 구체화 하면 「서울길」의 내재화된 가치가 선명하게 드러난다.

> "자제는 무슨 병으로 이 세상을 떠났나요?"
> "그런 것도 모른 체 이렇게 살아 있답니다. 북해도 탄광에서 일본 놈의 일 하다 죽었다니까."
> "언제요?"
> "한 댓 해는 실히 되나 봅니다. 그것도 그놈들이 속여 어디 진작 알기나 알았던가요. 해방 후 같이 갔든 자들이 와서 이야기하여 처음으로 알았지."
>
> ─『서울길』에서

최 노인이 아들을 잃은 역사적 사건을 말하는 대목이다. 서술시간이
1946년경이고 최 노인이 아들을 잃은 과거의 사건은 5년여 전의 일이니까,
이 사건의 사거리는 5년여의 시간거리를 갖는다. 이 사건의 사거리는 「서울
길」에서 가장 긴 역사적 사건이다. 따라서 「서울길」의 스토리 시간은 5년
여가 되는 셈이다.

최 노인의 말 가운데에는 두 가지 정보가 제공된다. 하나는 아들이 징용
에 끌려가 강제노역을 하다가 죽었으며, 다른 하나는 아들의 죽음조차 알리
지 않았다는 일제의 부도덕성이다.

> "하나 있는 손자가 병으로 위독하다는 전보인가 기별이 와서 가는 길이랍니
> 다."
> … 〈중략〉 …
> "오늘 해가 넘어가기 전 서울을 가야 할 텐데……. 그동안 죽지는 않았는
> 지……."
>
> ―『서울길』에서

인용문은 위독한 상태에 처한 손자와 관련된 역사적 사건이다. 서술시간
밖의 사건이지만, 서술적 아나크로니의 순간과의 사거리는 며칠 정도로 유
추될 만큼 짧은 거리이다. 손자의 병이 깊으니 데려가라는 전보 내용은 최
노인으로 하여금 서울로 가게 하는 동기로 작용한다. 위독한 손자를 데리러
가는 최 노인은 촌음이 아까운 처지이다. 이런 중에 차는 자주 고장이 나고
운전수와 조수는 도중에 술집에 들러 서울로 가는 시간이 지연된다. 시간이
지연되면 될수록 최 노인은 애가 탈 수밖에 없다.

> "하…그건 다 그렇지만 노비 때문에 큰일 났구먼……다 톡톡 털렸으니……

그것도 며느리가 혼자 근근이 모은 품돈과 빚인데……이제 가기는 가지만 더구나 병자를 다리고 무엇으로 돌아온담……. 하는 그윽이 수심에서 우러나오는 말을 혼자 더듬더듬 중얼거렸다."

—『서울길』에서

위 사건은 최 노인이 차비를 어떻게 마련했는가에 대한 역사적 사건이다. 이 사건은 사거리가 앞의 전보 사건보다도 짧다. 전보를 받은 시간과 트럭에 오르는 시간쯤으로 추정된다. 그렇기 때문에 서술시간 내의 사건들과 접촉성이 가장 강하다. 접촉성이 강하므로 갈등의 골도 깊다.

최 노인의 혼잣말이 독자에게 제공하는 정보는 네 가지이다. 하나는 최 노인이 준비한 차비 200원은 며느리가 근근이 모은 품돈에 빚을 얻어 보탠 돈이라는 점이고, 며느리가 품을 팔아야 할 정도이니 최 노인이 소작인 집안이라는 점 그리고 200원이 조수가 요구하는 액수에서 90원이나 모자란다는 점 마지막으로 나머지 돈을 더 내라고 으름장을 놓는 조수의 포악성과 돈 한 푼 없이 손자 데려올 일을 걱정하고 있는 최 노인의 표정이다. 조수의 포악성과 최 노인의 근심, 이 상반된 두 표정이 서사구조의 양축을 이루는 갈등양상인 셈이다.

후변법으로 삽입된 세 가지 에피소우드(역사적 사건)에 걸린 진폭의 시간을 보면 최 노인의 전존재가 명쾌하게 드러난다.

아들이 5년여 전에 징용에 끌려갔고 광복 후에 아들과 함께 갔다 돌아온 이들로부터 아들이 죽었다는 소식을 들었으니까 이 사건에 걸린 진폭의 시간은 4년여가 된다. 이 기간은 최 노인이 아들을 빼앗긴 기간이다. 며느리에겐 남편을 빼앗긴 기간이요, 손자에겐 아버지를 빼앗긴 기간이다. 최 노인이 서술적 아나크로니의 순간까지 아픔으로 간직하고 있는 한 이 역사적 사건은 최 노인의 전통이 된다. 최 노인과 같은 형편에 놓인 조선 노인의 역사이고 전통이다. 최 노인의 며느리와 같은 형편에 놓인 조선의 모든 며느리들의 역사이고 전통이다. 최 노인의 손자와 같은 형편에 놓인 조선의 모든 손자들의 역사이고 전통이다. 따라서 최 노인이 아들을 빼앗긴 역사적 사건은 아울러 광복 후 조선의 역사이며 전통인 것이다.

두 번째의 역사적 사건인 손자 이야기에 관해 걸린 진폭은 약 1년여의 기간이다. 이 기간은 광복 후이며 손자가 간 곳이 서울이라는 점에서 앞의 경우와 다른 의미망을 갖는다. 조국을 되찾았다는 설렘과 꿈을 지니고 찾아간 곳이 서울이었지만, 그 꿈의 공간 서울은 그렇게 찾아간 소년에게 깊은 병을 안겨주었다. 그래서 최 노인에겐 서울이 무시무시한 공간으로 인식된다. 그 무서운 곳에서 사투를 벌이고 있을 손자를 데리러 가는 최 노인의 마음은 납덩이처럼 무거울 터이다. 이처럼 젊은이에게 꿈보다는 병을 가져다주는 무서운 공간이 광복 후 서울의 모습이다. 광복 후 우리 조선의 초상이고 현주소인 것이다.

며느리가 차비를 마련한 역사적 사건의 진폭은 확실하지는 않으나 어느 정도의 기간이 걸렸을 것이라 추측된다. 최 노인의 말에 의하면 차비 200원은 며느리가 품돈과 빚으로 마련했다고 하였다. 품돈은 이미 모아두었을 것이고 모아둔 품돈에 빚을 얻어 보탰을 터이다. 소작인으로 추정되는 아낙의 품삯을 헤아려보면 그만큼의 돈을 모으기까지는 상당한 기간이 걸렸을 것이다. 며느리는 일본제국주의자들에게 남편을 빼앗기고 광복된 조국에 아들을 빼앗긴 그러면서도 시아버지를 모시고 사는 농촌의 소작인 아낙인 것이다. 이 아낙의 모습은 곧 광복 후 농촌의 모습이다.

후변법으로 삽입된 최 노인과 관련된 세 개의 역사적 사건이 존재하기 때문에 이 소설은 단순히 광복 후의 혼란상을 나열한 소설이 아니라 문제의식을 갖는 본격소설로서의 가치를 지닌다. 과거를 단지 지나간 시간으로만 인식하여 역사를 화석화한 것이 아니라, 과거를 살아 있는 생물체로 인식하여 현재를 새로운 전통으로 창조한 소설이라고 할 수 있다.

4⁵ 뜻밖의 결말

소설의 끝자리는 스토리 시간과 서술적 시간이 통합되는 자리이다. 이념적인 또는 이상적인 어떤 해답이 주어지는 자리이기도 하다. (차봉희 편역, 현대사조 12장, 문학사상사, 1981) 뜻밖의 결말 Surprise ending(이상섭, 『자세히 읽기로서의 비평』, 문학과 지성사, 1988)처럼 보이나 인과관계를 훼손하지는 않는다. 소설이 끝나는 순간 곧이어 침묵이 따른다. 침묵은 말없음으로 침묵하는 것이 아니라 커다란 파문을 일으킨다. 그 파문이 통합의 의미이며, 해답이며, 여행이 다시 시작되는 길이다.

> "노인이 차에 매어달린다 … 조수의 하직 인사를 발길과 함께 받은 노인은 차에서 떨어졌다. 노인은 비틀거리며 다시 일어나자 지팡이를 마구 땅에 두드린다. … 이월도 중순이 넘었다는데 한결같이 먼 산에는 눈이 쌓인 채 황혼이 잦아드는 낯선 저잣거리 … 조금 뒤 차에서는 조수의 … 탁한 노랫소리가 들리기 시작하였다."
>
> ― 권희돈 편, 『홍구범 문학전집』, 현대문학사, 2009

최 노인이 도중(경안)에 차에서 내려놓여지는 비극적인 장면이다. 먼 산에 흰 눈이 쌓인 2월 어느 날의 황혼녘이다. 낯선 저잣거리에서 최 노인은 비틀거리며 지팡이를 마구 땅에 두드린다. 이를 배경으로 서울로 가는 트럭 속에서 중년 남자는 최 노인을 바라보고 있고 조수는 탁한 소리로 노래를 부른다.

여기에 이르러서는 인물들의 성격이 더욱 분명하게 드러난다. 최치석 노인과 나머지 인물들로 나뉜다. 최 노인의 순수한 욕망과 다른 인물들의 속물적인 욕망이 선명하게 대비된다. 조수와 운전사와 화주의 사물화된 의식은 노인을 인간으로 보는 눈이 마비되어 있다. 노인에 대한 공경심은 차치하고라도 노인이 품고 있는 아픔과 급한 사정도 보이지 않는다. 사람을 사람으로 보는 것이 아니라 물질가치로 인식하기 때문이다. 비교적 객관적으로 보였던 중년 남자마저 타자화된 욕망의 소유자로 변모하여 속물주의자들과 같은 공간에 놓여졌다. 교환가치의 지배를 받아 물질화된 의식이 보여주는 황폐화된 인간의 초상들이다.

최 노인의 파국은 최 노인 삶 전체의 파국이요, 역사의 침몰이고, 황폐화한 현실을 환유한다. 이는 전통적인 사고방식의 몰락이고, 일제침탈과 같은 역사적 청산문제의 외면이며, 미래 전망의 부재를 뜻한다. 아울러 조선의 젊은이들을 끌어가 노동을 착취하고 죽음으로 몰고 간 일제의 만행에 윤리적 책임을 묻게 만든다. 어린 손자를 죽음으로 몰고 간 광복 후의 조국에 대한 무책임을 그리고 주변 인물들의 교환가치적 욕망과 쾌락적인 욕망을 고발한다. 오직 교환가치적인 욕망인 속물근성과 쾌락주의와 개인주의가 판을 치는 세상이 광복 후의 우리 사회를 성찰적으로 바라볼 수 있는 눈을 갖게 해 준 셈이다.

4 6 정리

네 가지 주제로 살펴본 홍구범의 「서울길」을 정리하면 다음과 같다.

첫째는 인물들 간의 갈등양상을 살펴본 장이다. 중심인물인 최치석 노인과 조수로 대변되는 반동인물 간의 갈등은 돈이 매개가 되었음을 알 수 있었다. 이 두 인물 간의 갈등은 순수한 욕망과 교환가치적 욕망과의 갈등임이 밝혀졌다.

둘째는 공간들이 인물의 욕망을 어떻게 드러내는가를 관찰한 장이다. 주요공간은 농촌, 서울, 트럭, 경안, 북해도 등 다섯 가지 공간이었다. 농촌은 작중인물들이 출발한 결핍의 공간이었으며, 서울은 그들이 지향하는 꿈의 공간이었다. 트럭은 인물들을 집합시키고 인물들의 욕망을 드러내는 공간이었고, 경안은 파국의 공간이었으며, 북해도라는 공간은 죽음의 공간이었음이 확인되었다.

셋째는 현상학적 시간관에 기초하여, 서술적 아나크로니를 해석의 준거 틀로 삼고, 역사적 사건의 사거리와 진폭이 갖는 의미를 구체화 하였다. 역사적인 사건을 함유하고 있기 때문에 「서울길」이 문제의식을 갖는 본격 소설임을 확인할 수 있었다.

네 번째 장은 소설의 끝자리에 놓인 침묵의 파문에 대한 의미도출이었다. 그 결과 최 노인의 욕망의 좌절은 최 노인 삶 전체의 파국이고, 과거 역사의 침몰이며, 황폐화된 광복 후의 현실을 환유하고 있음을 밝힐 수 있었다.

이런 모든 점을 종합하여 볼 때 홍구범은 「서울길」을 통하여 현실 비판적인 작가로서의 면모를 분명히 보여주었다고 생각된다. 그는 봉건주의, 제국주의, 자본주의의 폭력과 타락에 비판적 태도를 취하고 있었다. 그러한 태도를 취하고 있는 한 홍구범은 비판적 리얼리스트라고 할 수 있다. 비판적 리얼리스트는 지배 체제의 이념에 봉사하지 않고 지배 사회의 잔혹성과 부패성에 분노심을 가지며 이를 비판하고 폭로하기 때문이다.

이 글은 가치와 한계를 동시에 갖고 있다. 홍구범의 소설 한 편을 본격적으로 다루었다는 점에서 장차 홍구범 소설의 심층적 연구의 시발점이 된다는 점은 분명 가치를 지닌다. 그러나 홍구범과 그의 소설을 알린다는 소박한 생각 때문에 접근 방식이 산만하여 좀 더 깊이 있게 분석을 시도하지 못한 점은 분명한 한계라고 여겨진다.

다만 문학도 생물과 같아서 독자와의 관계가 결여되면 죽을 수 있다는 생각을 해 보면서, 이 논문이 세상에 빛을 보게 된 까닭을 어렴풋이나마 두고두고 되새겨 보고자 한다. 尾

문자서사 시대에서 영상서사 시대로
―「서편제」를 예로 하여―

4 1 문화적 패러다임의 변화

1990년을 전후하여 우리 사회는 거대한 지평전환이 온다.(권희돈, 『한국 현대소설 속의 독자 체험』, 태학사) 이른 바 탈근대(탈중심) 시대로의 전환이다. 중심의 붕괴는 이성의 붕괴(장 보드리야르(하태완 역), 시뮬라시옹, 민음사)를 의미하며 이성대신에 감성이 그 자리를 대신하였다. 이성 중심에서 감성 중심으로 문화의 패러다임(본고에서는 패러다임의 의미를 기대지평으로 대체한다.)이 전환되면서, 무거움, 딱딱함, 차가움보다는 가벼움, 따뜻함, 부드러움이 문화의 분위기를 주도하였다. 즉 시대의 기대지평(수용자가 지니고 있는 바람, 선입견, 이해 등 작품에 관련된 모든 전제를 망라한다.)이 바뀐 것이다. 그리하여 주변부로 밀려나 있던 대중문화가 중심부로 들어오고, 중심부의 엘리트문화가 주변부로 밀려나는 역전현상이 나타났다. 영화「서편제」는 이런 문화적 패러다임을 가장 상징적으로 드러내는 문화적 사건이었다.

1993년은 정치적으로 문민정부의 시대였다면, 문화적으로는 「서편제」의 시대였다. 관객 100만 명을 돌파해서 한국 영화사상 신기원을 기록했고, 국제 영화제에서 여우주연상과 감독상을 차지하는 영예를 획득하여 한국영화의 위상을 높여주기도 하였다. 뿐만 아니라 임권택 감독을 한국 대표적 영화감독의 위치를 확보케 하였다. 원작인 소설「서편제」를 십수 년 만에 다시 부활시켜 베스트셀러의 위치로 끌어 올렸으며, 영화계에서는 새 국악영화(「휘모리」, 「남사당의 하늘」) 2편이 제작 상영되었는가하면, 민요와 판소리를 가르치는 학원들은 영화 「서편제」의 신드롬 이후 수강생들이 폭발적으로 늘어났다고 한다. 심지어 신세대 여성들에게 오정해(영화주인공)형 성형수술요청 바람이 불어 닥쳤다고 하니, 1993년은 가히 「서편제」의 해라고 해도 과언이 아닐 만큼 그 파장이 컸었다.

  파장이라는 표현을 썼지만 사실은 영향이라는 표현을 써야 옳다. 마치 프리즘을 통해 비쳐 나오는 분광들처럼 영화 「서편제」는 한 시대 사람들을 여러 분야에서 변화시켰다. 예술은 이와같이 수용자(관객, 독자)를 변화시키는 힘을 지닌다. 물론 성격에 따라서는 수용자에게 악영향을 주는 예술도 있기 마련이다. 가령 값싼 거리의 예술이나 예술을 빙자한 병적인 작품들이 그렇다. 그러나 영화 「서편제」의 경우는 대중예술이면서도 오히려 순수예술의 예술성의 차원을 넘어선 진폭력을 갖고 있으며, 또한 대중들에게 긍정적인 방향으로의 영향을 끼치고 있어 유용성의 효과를 극대화시킨 작품이라고 할 수 있다. 이런 예술은 사회의 건강성을 회복시켜 주는 힘으로 작용하고, 이런 예술로 말미암아 야기되는 변화는 아름다움을 준다.

  본고에서는 이청준의 소설 「서편제」와 임권택의 영화 「서편제」를 논의의 범위로 삼았다. 소설이 문자예술이며 엘리트예술이라면, 영화는 영상예술이며 대중예술이다. 소설은 언어를 매개수단으로 하며, 영화는 영상을 매개수단으로 한다. 매개수단의 차이는 전달방식의 차이를 가져온다. 이처럼 두 장르 사이에는 근본적인 차이가 있다. 그렇기 때문에 소설에서 영화로 전이되는 전후의 관계적 양상들이 그 이전과는 현격한 차이를 보인다.

  근본적인 차이가 있음에도 불구하고 소설과 영화는 공통된 서사구조(narrative structure)를 갖는다. 서사구조란 장르에 내재된 일반적이고 보편적인 구조(김중철,『소설과 영화』, 푸른사상)를 뜻한다. 두 텍스트 간의 변이양상은 서사구조에 차이가 있는 것이 아니라 구조에 담긴 내용(스토리) 그리고 내용을 담는 방식(담론)에 있다고 할 수 있다. 스토리와 담론을 포괄하는 차원이 독자의 차원이다. 독자를 조망의 위치로 삼을 때 영향과 수용의 경우도 포괄된다. 소설「서편제」와 영화「서편제」는 수용과 영향(영향은 문학작품에 의해 제약되는 요소이고, 수용은 독자의 기대지평에 의해 제약되는 요소이다. 즉 영향이든 수용이든 독자의 기대지평(성향)에 따라 받아들이기 때문에 수용과 영향은 분리할 수가 없다.)의 관계에 놓여 있다. 소설의 입장에서 보면 영화가 영향을 받은 것이고, 영화의 입장에서 보면 소설을 수용한 것이다. 이와 같이 영향과 수용이 각각 주된 입장 차이를 갖고 있지만, 독자의 입장에서 보면 영향과 수용 모두 독자의 기대지평과 관련을 맺는다.

따라서 본고에서는 시대의 기대지평과 독자이면서 저자인 영화감독의 기대지평의 차이를 인정하면서 영화로의 변이 양상을 살피고자 한다. 즉 문화적 패러다임이 바뀐 상황과 영화감독의 문화적 코드에 초점을 맞춘 연구인 셈이다.

4 2   소설「서편제」의 서사적 특징

소설은 하나의 이야기이다.(김화영 편역, 소설이란 무엇인가, 문학사상사) 스토리 시간(내용을 이루는 총연장시간)과 서술시간(이야기를 전달하는 서술행위가 벌어지는 시간)으로 짜여진 서사물이다. 이청준의「서편제」연작은 서사물로써 모범을 보인 작품이다. 소설「서편제」는 다섯 편 연작의 한 부분을 담당하는 두 편의 소설임에 지나지 않는다. 이를테면「서편제」(南道사람1),「소리의빛」(南道사람2),「仙鶴洞나그네」(南道사람3),「새와 나무」(南道사람4),「다시

태어나는 말」(南道사람5)로 이어지는 연작 가운데, 南道사람1과 南道사람2
가 소설 「서편제」의 전후편이라 할 수 있다. 이들 연작에서 공통적으로 보
이는 점은 南道사람 1·2·3·4·5 라고 하는 부제가 달려 있으며, 각 편의
이야기는 이청준 특유의 중층적 이야기 구조와 각기 다른 이야기를 하고
있으면서도 언어의 순수성 혹은 생명성이라는 주제를 포괄하고 있다는 점
이다.

좀 더 구체적으로 말하면, 南道사람1에서는 의붓아버지에 대한 증오심
을 갖고 있던 사내가 성장한 후에 눈 먼 여동생(의붓동생)을 찾아 헤매는 과정
을 그리고 있고, 눈먼 여동생을 만나 밤을 지새우며 오누이 간에 소리와
북장단으로 화답하며 한을 풀어헤치는 것이 南道사람2라고 할 수 있다.
南道사람3은 개발로 인하여 포구에 학이 날지 못하였으나, 소리꾼 장님(의
붓동생)의 넋이 학이 되어 선학동에 다시 나타났다는 내용이다. 이는 인간과
자연이 소리를 매개로 하여 교감된다는 점에서 독자에게 감동을 주고 있다.
이러한 주제를 아주 전혀 다른 이야기를 끌어내어 연결시키고 있는 것이
南道사람4이며, 여기에서는 자연 속에서 자연의 구체적 일부로서 살아가고
있는 사람들의 언어가 주는 순수성을 보여 준다. 이어서 마지막 작품인 南
道사람5에서는 앞의 연작에서 치밀하게 작가가 계산하여 탐구해 왔던 언어
에 대한 탐구를 정리한다.

"……하지만 자신을 부인하려 해도 소용이 없었습니다. 난 그때 이미 그 사
내의 모습에서 초의 스님의 차 마심의 마음을 더 없이 분명하게 읽고 있었으니
까요. 글쎄 그게 그보다 분명할 수 없는 것은 그때 무언가 내 마음을 뜨겁게
덥혀오는 것이 있었기 때문이었지요. 마음 속 깊은 곳이 뜨거워 오는 것, 그렇
게 그것을 만날 수 있는 것보다 분명한 것은 잊을 수가 없지요……."
"그게 무엇입니까? 초의 스님이 차를 마실 때의 그 마음은 무엇이었습니까?"

지욱이 끝내는 참지를 못하고 마지막 대답을 재촉하고 들었다. 하니까 이번에는 김석호 씨도 비로소 말이 다한 듯 눈길을 천천히 그에게로 돌려 왔다. 그리고는 마치 혼잣말을 지껄이듯 낮은 소리로 말하고 있었습니다.

"다름이 아니라 그건 용서였습니다."

－「다시 태어나는 말」(南道사람5)

인용된 글에서 보는 바와 같이 마지막 작품에서는 엉뚱하게도 다도茶道에 관한 이야기를 뼈대로 하고 있으면서, 거기에서 생명력 있는 언어가 무엇인가를 밝히고 있다. 의붓아버지에 대한 살의殺意를 가지고 있었으나, 그 아버지의 소리를 찾아 헤매는 사내의 모습을 용서하는 마음이라 생각하고, 그것을 초의스님의 다도는 차를 끓이는 데서부터 차를 마시는 잡다한 형식들이 아닌 용서하는 마음으로 마시기 때문이라는 이미지와 결합시킨다. 그리하여 작가는 삶의 철학적 깊이를 순수한 언어가 갖고 있는 의미에 대치시키고 있다.

"소설이란 그러므로 우리의 삶에 대해 말로 꾸어지는 일종의 꿈이랄 수도 있으리라. 그래 나는 때로 그 존재적 언어와 관계적 언어 질서를 조화롭게 통합하는 언어(삶)질서의 꿈을 꾸어보곤 한다. 그것은 나무와 새에 관한 꿈이다 － 중략－「南道사람」 연작은 이를테면 그런 나무의 삶을 그리고 있는 셈이다. 그것은 그 새와 나무와의 관계에 대한 나의 행복스런 꿈이, 그리고 그 나무 쪽 삶에 대한 무력하나마 허심탄회한 꿈이야말로 저간의 언어질서를 기초로 한 우리의 생명과 삶의 자유에 대한 가장 기본적인 문학적 확인이 될 수 있는 까닭이다"

－ 이청준의 「南道사람」 연작 후기

소설은 말로 꾸는 꿈이며, 그것은 존재언어와 관계언어의 질서를 통합하는 꿈이라고 밝힌다. 그 두 언어의 관계를 나무와 새로 비유해서 문학적인

꿈을 확인하고 싶다,는 것이 위 인용문의 내용이다. 그러니까 「서편제」 전
후편(南道사람1·2)은 이야기 전체가 참다운 언어가 무엇인가를 밝히기 위해
씌어진 가설의 역할을 한다고 볼 수 있다. 즉 화해와 용서를 전제로 한 대립
의 차원인 것이다. 화해와 용서가 전제되지 않은 대립은 병적인 복수를 낳
을 뿐이며 또한 순간순간 꾸며대는 문명사회의 언어보다는 자연과 교감하
는 언어와 내부로부터 진정으로 용서하고 화해한다는 성찰을 거쳐 나오는
언어야말로 진정으로 살아 있는 말이라는 뜻이 되겠다.

4 3 영화 「서편제」의 서사적 특징

영화 「서편제」는 원작의 방대하고 깊은 주제를 담지하고 있는
서사물을 단 두 편의 서사물로 압축한다. 그 두 편을 가지고 하나의 새로운
서사물로 만들어 관객에게 보여주었다. 그러므로 영화 「서편제」의 서사구
조는 원작의 다섯 편 중 1,2편의 서사구조와 공통의 구조를 지니는 셈이다.
기존의 어떤 작품에 자극되어 새로운 작품으로 재생산하는 경우는 생산적
수용(권희돈, 「소설의 빈자리 채워 읽기」, 양문각)이라 할 수 있다. 이 때의 생산적
수용자는 독자로서의 저자가 되는 셈이다. 원본(Text)을 읽은 독자이면서 새
롭게 작품을 생산해내는 저자이기 때문이다. 새롭게 재상산되는 작품은 전
적으로 독자이면서 저자인 재생산자의 기대지평에 의존된다. 특히 고전 작
품의 영향을 받아 새로운 작품을 재생산하는 예가 문학 분야에서 많이 일어
난다. 원본과 같은 장르로 재생산되기도 하고 장르를 초월하여 재생산되기
도 한다. 예컨대 「춘향전」·「심청전」·「흥부전」 등의 조선소설들은 개화
기 이후 장르를 넘어선 수많은 재생산된 작품들이 쏟아져 나왔다. 이는 과
거의 문학적 유산을 결코 과거의 것으로 박물관의 유물로만 남기지 않고

후세에도 여전히 정신적 영향을 미친다는 사실을 확인하는 증거라고 할 수 있다. 이 기존의 어떤 작품으로부터 자극받아 새로운 작품으로 재생산하는 문화의 영향관계는 20세기 이후 영상매체가 등장하면서, 그 폭이 더욱 확대되었다. 기껏해야 하나의 원본 소설을 가지고 소설, 시 또는 희곡으로 재창작하는 정도였는데, 20세기에는 시나리오 혹은 라디오 드라마나 TV드라마 극본으로 재생산되는 일이 보편적으로 행해져 왔다. 영화, 라디오, TV 등이 20세기 최대의 대중매체라는 사실을 부인하지 않는다면, 재생산된 시나리오와 방송극본이 차지하는 역할이 얼마나 중요한 것인가를 재인식하지 않으면 안 된다. 종이에 씌어진 작품을 읽는 독자 대신에 영화나 TV화면에 재구성된 작품을 보는 관객이 생겼으며, 아울러 장르와 장르 간의 넘나듦이 활발해졌기 때문에 한 작품에 대한 독자층은 직접으로든 간접으로든 현저하게 폭증한다는 사실이다.

문제는 재생산되는 작품의 질적 가치에 있다. 산업화 시대에 한가롭게 종이책을 읽을 수 없는 사람들을 위하여 영화나 TV드라마로 재생산하여 보여 준다는 그래서 독자층을 확대시켜 문화적 공감대를 넓힌다는 장점을 가지고 있지만, 상업성에 영합하여 통속적이고 말초적인 관심만을 불러 일으킨다면 그렇게 재생산된 작품은 오히려 대중들에게 악영향을 끼칠 우려가 있기 때문이다. 불행하게도 원작소설을 영화화하는 경우는 대부분이 후자의 길을 걸어 왔다는 데 재생상품으로서의 시나리오가 문제성을 지니고 있었다. 가령 원본 「춘향전」을 영화화한 경우, 대체로 완판본을 원본으로 하고 있음에도 불구하고 지금까지 수많은 영화로 재생산을 해 왔지만 어느 하나도 원작을 뛰어넘기는 커녕 그에 비슷한 수준에도 이르지 못하고 어정쩡하게 사랑 문제만을 이야기 구조로 하여 대중의 호기심만을 자극하여 왔다. 근대문학의 첫 장을 연 이광수의 「무정」도 1939년에 영화화된 적이 있었지만, 원작의 의도에는 훨씬 못 미치는 작품이었다.

소설을 영화화하면서 꼭 원작의 의도를 따라야 하느냐 하는 것은 별도의 문제라 하더라도, 원작을 영화화 하는 시나리오 작가도 하나의 창작적 태도를 지녀야 하며 그 창작적 태도란 곧 작가정신이라 할 때, 지금까지 소설을 영화화 하는 데 있어서 재창작자의 작가정신과 원작자의 작가정신과는 너무나도 큰 낙차가 있었다는 사실이다. 물론 변명의 여지가 없는 것은 아니다. 인물의 내면과 외면을 자유자재로 넘나들 수 있는 서술문학인 소설에 비하여, 영상예술은 단지 장면으로 표현해야 하는 한계를 지니고 있다. 또한 시대가 언제나 예술가들에게 표현의 자유를 억압해 왔지 아니한가라고 말이다. 그러나 이러한 변명은 구차한 변명에 지나지 않는다. 시대가 표현의 자유를 억압했다면 어떻게 해서 소설가들은 그런 혹독한 금기를 깨고 표현해 왔으며, 또한 아무리 영상예술이 장면 중심이라 해도 그것이 예술인 한 표현할 수 있는 기법은 무한히 열려 있지 아니한가 하는 점이다.

영화감독 임권택(실은 임권택 감독 혼자서 시나리오를 작성한 것이 아니다. 김명곤(아버지역)의 증언에 의하면 해남 대흥사에서 임권택 감독과 그가 함께 시나리오를 작성하였다고 한다.)은 소설 「서편제」의 독자로서 그에 자극을 받아 영화 「서편제」를 창작하였다. 앞에서 말한 바와 같이 영화감독 임권택은 독자로서의 저자인 셈이다. 그는 이청준의 「南道사람」 연작 중 1,2편을 차용하여 소리중심의 영상예술로 바꾸어 놓았다. 이 과정에서 다양한 변이 양상을 보였음은 물론이다. 논의의 편의를 위해 이청준의 1편 「서편제」와 2편 「소리의 빛」의 서사구조를 살펴보자.

1편은 「서편제」라는 제목을 갖고 있으며, 작중화자(사내)가 소릿재주막(보성)에 찾아들어 하룻밤 주막여인과 대화를 나누는 겉이야기를 지니고 있다. 그러니까 하룻밤이라는 짧은 시간폭 속에 과거의 이야기들이 자잘하게 삽화형식으로 배치되어 있다. 주막여인의 입을 통해서는 의붓아버지의 죽음, 의붓동생이 눈이 멀게 된 사연 등이 비밀처럼 조금씩 밝혀진다. 그리고 사이사이 사내의 회상이 끼어드는데, 회상의 중심은 의붓아버지에 대한 살의와 관련된 내용이다. 이는 소리와 뜨거운 햇덩이로 상징되며, 소설 전편의 중심이미지로써 긴장감을 주는 요체이기도 하다.

2편은 「소리의 빛」이라는 제목을 갖고 있으며 서사구조는 1편과 같다. 다만 장소와 삽화의 내용이 다르다. 장소는 장흥 탐진강 변 주막집이며, 사내와 마주한 여인은 바로 자신이 간절히 찾던 눈 먼 여동생이다. 그들은 말하지 않으면서 서로가 서로를 알고 있다. 사내는 보성 소릿재주막의 여인으로부터 여동생의 거처에 대한 정보를 알았으며, 눈 먼 여동생은 느낌으로 자기 앞의 손(客)이 자기 오라비임을 알아차린다. 그래서 그 둘 사이는 대화가 그리 필요한 것이 아니다. 새벽녘까지 소리로 북장단으로 한을 풀어내는 까닭이 여기에 있다. 날이 밝아오자 오라비는 떠나고 동생은 붙잡지 않는 냉철함이 독자에게 큰 감동을 안겨준다.

이에 비하여 영화 「서편제」는 서사구조가 매우 압축적이다. 사내가 여동생을 찾아가기까지의 과정을 겉이야기로 삼고, 그 시간 폭 안에 소설 1,2편의 삽화와 시대성(1950년대)과 관련된 새로운 삽화들이 끼어든다. 이처럼 작품의 안팎에서 여러 삽화들을 채움으로서 영화 「서편제」의 입체성과 동시대성을 효과적으로 살려내었다. 그리고 무엇보다 원작(1,2편)의 다소 모호한 주제(한을 다치게 하지 않는다)와는 달리 '한을 넘어서는 득음의 경지'라는 명확한 주제로 관객에게 단일한 인상을 심어주었다. 주제가 명확해지면서 아버지의 성격이 분명히 드러난다. 즉 딸이 득음하여 자신의 한을 풀어주기를 바라는 마음이다.

　　　"이제부터 니 속에 응어리진 한에 파묻히지 말고, 그 한을 넘어서는 소리를
　　혀라. 동편제는 무겁고 맺음새가 분명하다면, 서편제는 애절하구 정한이 많다
　　고들 하지. 허지만 한을 넘어서게 되면은 동편제 두 서편제두 없구, 득음의 경
　　지만 있을 뿐이다."

　　　　　　　　　　　　　　　　　　　　－영화「서편제」의 남주인공 유봉의 대사

　　동호(오빠)가 떠나가고 송화(동생)마저 소리를 멈추었을 때 유봉(아버지)는
딸에게 한을 묻어주기 위해 한약에 비상을 넣어 눈을 멀게 한다. 가슴에서
한이 묻어 나와야 좋은 소리라고 생각했기 때문이다. 송화의 소리에 한이
실리자, 유봉은 한을 넘어서야 득음을 한다고 말한다.

　　반복되는 얘기지만, 영화「서편제」는 원작의 1・2편(南道사람 1・2)의 이
야기 구조를 모방하여 소리 중심으로 꾸며진 영상예술이다. 즉, 영화「서편
제」는 원작「서편제」시리즈의 일부를 차용하여, 그것을 감독이 소리 중심
의 영화로 재창작한 것이라고 할 수 있다. 원작을 뛰어넘는 압축성, 입체성,
동시대성을 보여주었다. 그런 만큼 서사구조나 인물이나 사건이나 배경이
나 주제에 이르기까지 원작과는 변이된 모습으로 재창작되었다. 대부분의
변이양태는 소설에서 영화로의 변화를 거치면서 필연적으로 거쳐야 할 요
인들이다.

　　그러나 영화「서편제」라는 예술품으로서의 부자연스러운 점도 한두 가
지가 아니다. 그중 두드러진 점 한 가지만을 지적한다면, 인물의 설정을
꼽을 수 있다. 이는 작은 부분인 것 같지만, 실은 영화「서편제」의 예술성을
가름할 만큼 중요한 문제이다. 예컨대 원작에서는 자신(사내)의 어머니와 의
붓아버지 사이에서 여동생이 태어나고, 그 여동생을 낳다가 어머니가 세상
을 등지게 된 것으로 되어 있다. 그렇기 때문에 사내는 의붓아버지를 뜨거
운 햇덩이로 받아들이고 의붓아버지에 대한 살의를 갖게 된 것이다. 이것이

소설 전체를 떠받치는 기둥이고 아울러 원작의 미덕이었다.

그런데 영화에서는 여동생이 아닌 누이로 위치가 바뀌고, 그 누이는 의붓 아버지의 친구의 딸인 것으로 설정되어 있다. 이것이 부자연스럽다는 것이 다. 누이 중심으로 스토리를 전개하고자 하는 의도와 이 둘 사이의 혈연관 계를 지워버림으로써 낭만성을 내재화하고자 하는 의도도 깔려 있는 것으 로 보인다. 그러나 이러한 인물설정은 재생산자(임권택감독)가 지나치게 대중 을 의식한 데서 온 판단이다. 영화의 스토리가 작위적으로 보이는 까닭이 여기에 있다.

작가의 윤리적 의도에서 이렇게 고쳐진 것이 아닌가 유추된다. 그렇다 하더라도 여기에는 오늘날의 독자(관객)가 볼 때 결정적인 문제를 지니고 있다. 한을 초극한 득음의 세계를 얻게 하기 위해 딸의 눈을 멀게 한다는 점이 윤리적 파행성을 갖는다. 더욱이 그 딸이 사고무친인 친구의 딸이라는 점에서 파행성의 크기는 더하다. 친딸이 아닌 의붓딸의 눈을 멀게 한다는 데 영화 「서편제」의 이야기는 휴머니티를 상실한다. 친딸이었다면 영화 속 의 아버지는 절대로 예술적인 삶의 치열함, 즉 한을 초월한 소리를 얻게 하기 위하여 딸의 눈을 담보로 하지 않았을 것이라는 유추를 가능케 하기 때문이다. 소리의 달인에의 꿈 혹은 철두철미한 예술혼이 한 무고한 생명을 담보로 한다는 점에서, 그리고 그런 희생양이 된 딸조차도 아버지를 원망하 지 않는다는 점에서 영화 「서편제」는 전근대적인 인물설정이라고 할 수 있다.

44 영화 「서편제」의 예술성

인물설정의 문제, 사건의 인과성의 허약함의 문제 이외에도 여러 결점들이 보이고 있음에도 불구하고, 영화 「서편제」는 몇 가지 점에서 우리 문화사에 끼친 공적이 매우 크다. 일테면 영화 「서편제」는 우리 것에 대한 인식을 갱신시켜 주고, 대중예술이 오히려 순수예술을 이끌었으며, 무엇보다도 정보화시대에 문화가 재화가 될 수 있음을 상징적으로 표현해 준 작품이라는 점 때문이다.

광복 이후 정치적으로는 일제로의 사슬로부터는 풀려났지만, 일본의 찌꺼기 문화와 서구의 대중문화에 한국의 문화를 올바로 볼 수 있는 눈과 귀를 잃어버렸다. 우리 것을 우리 것으로 보는 눈과 귀가 멀었던 셈이다. 그리하여 외국의 것을 맹종하기에 여념이 없었다. 개화기 이래로 서양 것이나 일본 것을 무작정 선망하다가 1970년대부터 차츰 우리의 문화에 대한 재인식을 갖게 되었지만, 영화 「서편제」만큼 전적으로 우리의 문화를 새롭게 인식시켜 준 예술은 보기 힘들다. 우리 민족의 한의 역사와 한을 뛰어넘는 미적 승화를 그려내고 있는 영화(김성곤, 김성곤교수의 영화에세이, 열음사)이다. 물론 언더그라운드에서 수많은 민중예술들이 펼쳐졌고 여러 장르에 걸쳐 복고적인 경향의 작품들이 생산되어 왔지만, 영화 「서편제」가 보여 준 만큼의 참신한(?) 그리고 폭발적인 관심을 불러 일으키지는 못하였다.

문화를 잃으면 그 나라와 민족이 망하고, 아무리 극악스런 처지라도 그 고유문화를 갖고 있으면 그 나라와 민족은 결국 일어선다. 문화라고 하는 것은 서로 비교될 수 있는 성질의 것이 아니다. 문화란 그 민족의 토양을 바탕으로 생겨나기 때문이다. 그런데 이러한 자명한 사실들을 한국인들은 너무도 오랫동안 잊고 살았다. 영화 「서편제」는 서양의 소리들에 식상해 있는 대중들에게, 판소리와 타령을 신선하게 영화 속에 접목시켜 우리의 소리에 대한 아름다움을 일깨워 주었다. 영화를 본 관객들은 저마다 표현은 달리하지만, 모두 놀라와 했고 즐거워 했다. 한 마디로 말하면, '아 이런

일도 가능하구나'였고 또한 '우리의 판소리가 이렇게 아름다운 줄은 몰랐다'
였다.

이와같이 관객들은 영화 「서편제」를 통하여, 우리의 소리에 대한 아름다
움과 그런 소리의 문화를 갖고 있었던 자신들에 대한 긍지를 새삼스럽게
깨달은 것이다. 자신도 모르는 사이에 침식당해 온 강대국의 문화를 맹목적
으로 쫓아온 식민지적 삶을 단 한 순간에 반성해 보는 계기를 얻는 기폭제
역할을 영화 「서편제」는 분명히 했다고 본다.

산업화 시대의 특징 중의 하나가 대중화이다. 이는 물론 대중을 상대로
하는 매체들이 이 시대의 중요한 몫을 담당하고 있었기 때문이다. 그러나
후기 산업사회에 이르러서는 대중화의 징후들이 문화전반의 중심을 차지하
기 시작하였다. 영화 「서편제」는 대중예술이면서도 대중의 공감대를 확산
시키며 영화에 대한 기존의 인식을 바꾸어 놓았다. 그리고 임권택 감독을
일거에 한국의 대표 감독으로 격상시켰다.

영화 「서편제」는 분명 '내용을 가진 이야기가 아닌 형식을 포함하는 소
리와 영상에 주안점을 두었다.'(정재형, 정재형 교수의 영화강의, 영화언어) 영상예
술이라는 그릇에 소리를 중점적으로 담아낸다고 하는 것은 영화로서는 일
종의 모험이다. 새로운 기법의 실험이기 때문에 일차적으로 흥행에 실패할
우려를 안고 제작을 해야 한다. 그러나 영화 「서편제」는 한국적인 자연의
품속에서 우러나온 소리를 담아냈기 때문에 성공을 거둘 수 있었다. 한국의
자연은 인간과 함께 하는 자연의 모습이다. 서구의 자연과 같이 인간에게
공포감을 느끼게 하거나, 인간으로 하여금 정복감의 욕구를 주는 자연이
아니다. 서양의 자연이 서사적이라면 한국의 자연은 서정적인 자연이다.
이러한 한국적 자연의 특성을 영상에 아름답게 담아내었다.

자연과 인간이 분리되지 않고 혼연일체의 교감을 하는 삶이야말로 한국

인의 자연관이라고 할 수 있다. 영화 속에서 이러한 한국인의 심성이 잘 표현된 예를 들어보자. 호구지책을 위해서 거리의 악단들과 함께 다니다가 그들과의 불화로 뛰쳐나온 후 산 아래 펼쳐진 농토와 나지막한 황톳길에서 아버지와 오누이 셋이 한바탕 소리하는 장면은 아주 오랫동안 잊혀질 수 없는 장면이다. 인간들에게는 배척을 받았으나 자연은 인간들로부터 소외된 그들을 너무나도 따뜻하게 받아주었다. 그런가 하면, 오누이가 만나는 마지막 장면은 영화 「서편제」의 백미를 이루며 절정을 이끈다. 일체의 대화를 생략하고 소리와 북장단으로 가슴 속의 한을 모두 풀어내는 화면은 관객의 눈물샘을 자극한다. 웅변보다 강한 침묵의 힘이 긴장감을 준다. 이는 영화 「서편제」의 모험적인 실험의식의 승리라고 할 수 있다.

산업화 시대는 재화가 삶의 중심에 놓인 시대이다. 땅 위에 있는 것, 땅속에 있는 것, 바다 속에 있는 것까지 인간들은 모두 교환가치의 대상으로 삼았다. 지칠 줄 모르는 성장은 끝없는 욕망을 불러 일으켰고, 마침내 지하자원이나 수산자원은 고갈될 상황에 이르렀으며, 자원의 고갈을 기술의 개발로 겨우 지탱해 가고 있다.

이제 후기 산업화로부터 지금 막 닥쳐오고 있는 정보화 시대에 남아있는 재화는 기술과 정신뿐이다. 그 정신의 집적이 곧 문화라고 한다면 앞으로의 재화는 기술과 문화밖에 남지 않았다는 말이 되겠다.

영화 「서편제」는 문화가 재화가 될 수 있다는 사실을 효과적으로 보여주었다. 아주 낡은 옛것이라고만 여겨졌던 판소리를 소재로 하여 그렇게 대중적인 성공을 거둘 수가 있다고 그 누가 생각했었는가. 소리를 영상에 담아내는 것이 얼마나 어려운 일이며, 그런 것을 시도한 「서편제」가 성공을 거두리라고 누군들 예측이나 했겠는가. 더구나 그것을 전혀 이해하지 못하는 서구인들(판소리의 문화적 공감대를 벗어난)에게 까지, 영화 「서편제」는 한국인의 소리문화를 효과적으로 전달시켜 주었다. 판소리를 성공적으로 영상에 담아냄으로써 우리 것에 대한 관심을 환기시키고 우리 민족의 정체성을 보여주었다. 베토벤이나 쇼팽의 교향곡에 친숙해진 것처럼, 서양인들도 자주 한국의 판소리(혹은 타령)를 듣다보면 친숙해져 그것의 아름다움을 이해할 수 있을 것이라 생각된다.

또한 영화 「서편제」의 서사방식이 판중심이라는 사실이 우리의 주목을 끈다. 판소리와 같이 영화의 중요한 장면은 판중심으로 꾸며져 있다. 앞에서 말한 아버지와 두 오누이가 황톳길에서 한바탕 소리를 펼친다든가, 오누이가 오랜만에 만나 주막집에서 밤 새워 소리와 북장단으로 한을 푸는 장면은 분명히 판소리 연희의 기법인 것이다. 이처럼 한국의 판소리는 특별히 무대가 필요하지 않았다. 어디서건 인물들 선 곳이 그대로 무대가 되어 주었고 인물들은 가슴에 한의 하나를 지니고 있으며 그곳에서 그대로 연희가 펼쳐졌다. 이 외에도 영화 전편에 깔린 배경음악의 아름다움도 영화 「서편제」의 성공에 큰 공헌을 했다고 본다. 한국의 자연에 징소리 북소리 꽹과리 장고소리가 얼마나 조화롭게 울리는가. 이 글을 읽고 있는 지금도 그 징소리가 들려오지 않는가.

4·5 영화 「서편제」의 성과

소설 「서편제」와 영화 「서편제」의 상호 영향관계를 살피면서 필자는 우리 사회가 본격적으로 탈중심 사회로 바꾸었음을 확인하였다. 영화 「서편제」를 통해서 소설 「서편제」가 독서대중에게 알려질 만큼 영화 「서편제」가 이룬 성과가 높다. 이는 영화 「서편제」를 평가할 때 가장 확실하고도 분명한 근거가 된다. 영화가 원작의 명성을 뛰어넘어 영화를 보고 원작이 독서대중에게 명성을 얻는 역전 현상은 처음 있는 일이다. 영화「서편제」
이후 이런 현상들이 심심찮게 일어나기 시작하였다.

영화「서편제」가 이처럼 커다란 성과를 얻을 수 있었던 것은 시대의 기
대지평이 바뀌었고, 영화감독의 바뀐 시대의 세상읽기가 명확했기 때문이
다. 그에 따른 서사구조의 압축성, 내용의 동시대성, 주제의 명확성 등이
관객에게 쉽게 다가가는 요인으로 작용하였다. 그러나 무엇보다 영상을 소
리에 넣은 독창성이 영화감독의 자랑할 만한 기대지평이었다.

그것이 영화「서편제」가 한국영화의 국제적 위상을 높이고, 한국인에게
한국의 문화에 대한 긍지를 찾게 해주었다. 그로 인해 한국의 소리에 대한
재인식을 하게 되었고, 외래 문화를 무비판적으로 받아들여 왔던 한국인들
자신들에게 반성적 계기를 마련해 주었다.

이 글은 시대의 기대지평과 독자로서의 저자, 당대의 반응, 서사의 한
축인 스토리 측면에서 주로 논의되었다. 담론(discourse)과 단순독자 및 분석
독자에 관한 본격적인 논의는 과제로 남긴다. 尾

비움과 채움의
상상력

제5부

방랑자의 밤 노래
― 류정환론 ―

⁵**1**　60년대에 태어나 80년대 최루가스를 마시며 대학을 다니고 서른 살에 본격적으로 작품을 쓰기 시작한 세대를 386세대라 칭한다. 이들 나이 서른 살은 세기말의 허무주의 · 청산주의 · 상업주의의 거대한 그물망이 한 꺼번에 밀어닥친 90년대와 맞물린다. 사회변혁을 꿈꾸며 혁명의 대열에 끼 어 있었던 이들은 90년대에 들어서자 서서히 역사의 배면으로 사라진다.

유정환 시인은 이러한 물결에 휩쓸려온 386세대의 전형을 보인다. 광장 에서 함께 외치던 친구들 몇몇은 바뀐 시대의 중심부로 들어갔지만, 30대를 다 보내고 40을 바라보는 나이에도 불구하고 여전히 현실에 뿌리 내리지 못하고 떠도는 무수한 존재들 가운데 하나인 것이다. 더군다나 30대를 다 보낸 지금에서야 첫 시집을 상재하는 그이고 보면, 유정환 시인은 어지간히 동작이 굼뜬 사람인 것 같다. 그렇기는 하지만 여기에 실린 시에서 볼 수 있듯이, 그는 헤프게 자신을 드러내지 않으며 가지런한 마음을 지닌 사람임 에는 틀림없어 보인다. 60편의 시가 한결같이 쌀눈같다.

유정환 시인의 내면 풍경은 대체로 여섯 개의 지형으로 형성되어 있다. 1) 자아의 객관세계 인식 2) 객관세계 속의 자아인식 3) 꿈의 이미지 4) 평화의 이미지 5) 신화적 상상력, 그리고 6)어머니의 원형적 이미지가 그것이다. 여섯 개의 지형 모두가 시인의 개성을 잘 드러내며 시적 성취를 보이고 있다. 1)과 2)는 부유하는 자의 불안을 주조음으로 하고 있으며, 3)과 4)는 시인의 내면에 깊숙이 드리워진 욕망을, 5)와 6)은 자아와 객관세계와의 관계에서 비껴선 신화적 상상력이나 원형적 상상력의 소산으로 생산된 작품들이다. 이들 중 이 시집의 골격을 이루는 지형은 1)과 2)이며, 3)과 4)가 거기에 변주된다. 따라서 여기에서는 1)과 2)를 구체화의 중심으로 삼고 3)과 4)를 함께 다루어 가고자 한다.

5 2   유정환의 시 가운데 첫 번째로 눈에 띠는 것은 자아의 객관세계 인식이다. 달리 말하면 나에 대하여 객관세계는 무엇인가 하는 점이다. 「서른 살의 편지」는 그때의 객관적 세계와 자아와의 관계가 잘 나타나 있다.

눈을 감아도
내 처음은 기억할 수 없네.

봉투 속에 가지런히 담겨 있던
깨알 같은 설레임,
밤을 새워 읽어도 다시 새로워
겹겹이 눈 내려 쌓이던 겨울밤의 그리움
쓰는 만큼 지워지는 것 알지 못했네

이 마을에서, 이 먼지의 마을에서
이제 아무도 나를 읽을 수 없네.

어디다 두었을까.
건방지던 주어와 설익은 서술어
저녁거리에서 절룩이던 문장은 길을 잃었네.
이 마을에서 종이는 그저 종이일 뿐
더 이상 가슴 저린 의미가 되지 못하네

－「서른 살의 편지」전문

그의 서른 살은 이렇게 시작된다. 과거(20대의 열정·기대)는 모두 지워졌고 미래로 향한 통로는 캄캄하게 막혀 있다. 그리하여 나와 세계는 단절상태에 놓여 있으며, 내가 세계에 대하여 기대할 것은 아무것도 없다. 유정환 시인이 30대에 방황한 까닭이 여기에 있다. 현실에 몸담고 있으면서도 순응하지 못하고, 현실에 불만을 갖고 있으면서도 저항하지 못한다. 비록 건방져 보였을지 모르지만 서른 살이 되기까지는 신념체계(주어)를 지니고 있었고, 그 신념체계에 따른 행동양식(서술어)이 설익었을지라도, 그러한 신념체계와 행동양식은 실존의 의미였었다. 그러나 지금 그 모든 것들은 눈을 감아도 // 기억할 수 없는 지워진 과거가 되고 말았다. 세상이 갑작스럽게 '먼지의 마을'로 변해버렸기 때문이다. 과거와의 단절로 말미암아 현실적인 객관세계는 부정적인 이미지로 가득 차 있다.

추운 세상을 걸으며
이 길의 끝을 집이라 부르게 하는.
－중략－
지금은 연탄 갈 시간.
나는 길 위에 있다.

－「연탄 갈 시간」중에서

바람 부는 세상
저렇게 우리
줄 하나에 온몸을 매달고
흔들리며 하루 해를 견디는 것,
　　　　　　　　－「그 집 앞」 중에서

발목을 적시지 않고
이 세상 어떻게 건널까
　　　　　　　　－「빗속을 간다」 중에서

　세상은 춥고, 바람 불고, 비가 그치지 않는다. 그런 세상의 길 위에 서
있는 고독한 초상, 어깨는 쳐지고 목소리는 자신 없어 보인다. 이 세상 끝이
래야 비로소 집이 될 수 있다는 절망감, 흔들리며 하루 해를 견딜 수밖에
없는 위태로움, 마음을 다쳐야만 건널 수 있는 곳이 세상이다. 즉자화 가능
성을 상실한 객관세계는 자아를 위협하는 타자로 변해 버렸다. 타자로서의
세계는 끊임없이 자아를 속박한다. 속박할 뿐만 아니라 더운 숨을 토하는
찜통(「만두가 있는 풍경」)이거나, 아득한 어둠사막(「슬픈 해장국」)인 것이다. 그
리하여 혈관이 터지고 // 온몸에 피가 돌아 // 각혈이라도 하고 싶은 심정(「
자목련」)이라고 말한다. 마침내 시적 자아는 인내심을 유지하지 못하고 육성
을 토해내고 만다.

　　"저렇듯 샛길은 허락 않고 평생을 일념에 의지해 살아온 할머니가 낯선 거리
　　를 내다보며 '지랄같다'고 푸념을 하는 중에, 나는 제대로 탄 것인지, 지랄같은
　　것이 서청주인지 터미널인지 버스인지 미처 알지도 못하고 내려야 할 곳에 이
　　르고 말 터인데 하는 생각으로 왈칵 겁이 솟는 것이었다."
　　　　　　　　　　　　　　　　　　　　　　　　　　－「지랄같은」 중에서

온갖 부정적 이미지로 환유된 세상 속의 나는 내가 가고 있는 길에 대한 불확실성 때문에 더욱 두려움에 처한다. 어둠의 힘에 이끌려 포로처럼 여기까지 악몽의 날들을 보내 왔는데(「포로들」), 젖은 세상 간이역처럼 스치듯 지나고 싶은데, 나에게는 튼튼한 바퀴가 준비되어 있지 못하다. 하여, 나는 목이 붓고 신열이 오르고(「몸살기」), 몸이 달아 진땀을 흘리며 뒤척일 뿐이다.

> 서둘러 폭우는 지나가고 눅눅한 골목,
> 바퀴를 준비하지 못한 사람들은
> 구두처럼 몸을 낮추고
> 폭주(暴走)의 꿈으로 몸이 달아
> 뒤척뒤척 땀이 젖는다.
> ─「폭주족」중에서

이와 같이 시적자아가 객관세계를 인식할 때에는 고통과 좌절과 흥분과 방황만이 지속되고 있다. 폭주의 꿈으로 뛰어넘고 싶을 만큼 객관세계는 자아를 억압하고 있다. 그러나 매양 이처럼 단말마의 고통이 다가오는 것은 아니다. 때로는 흥분을 가라앉히고 존재와 마주하는 정서적 안정감을 얻기도 한다. 특히 시적 대상이 객관세계서 가족이나 자연으로 바뀔 경우 유정환 시인은 마음의 평온을 찾는다. 과거에의 상실감을 잊고 미래에의 불안감도 잊고 오직 우주의 질서에 동화되는 모습을 보인다. 순간 그 자체의 감정을 충실히 따른다. 시인의 내면에 감추어진 진실된 욕망의 표현인 셈이다. 맑은 날에는 늦잠 잔 것도 미안하고 멀리 계신 홀아버지 어깨 결림에 마음이 쓰이고(「맑은 날」), 절벽에 끈덕지게 달라붙는 바다를 보고 어정쩡한 자신의 태도를 반성하기도 하며(「안인진에서」), 다시 길을 나서는 새 힘도 얻는다. (「오월도 중순에」) 꿈이 막혀 있는 상태이지 망가진 상태가 아님을 보여주기도

하고(「저녁 편지」), 힘겨운 상황에서도 뿌리를 내려 삶을 지탱하는 양파같은
아내를 위해 매운 눈물도 힘이 된다.(「양파를 위하여」)그리고 아무렇지도 않은
듯이 장미의 아침을 맞이한다.

> 비가 올 듯 잔뜩 찌푸린 날
> 이른 아침 우산을 들고
> 장미가 있는 정원을 지난다.
>
> 어느 귀인일까,
> 저리 많은 등불을 내걸어
> 흐린 세상을 밝힌 이는.
>
> 꽃을 버리고서
> 나무들은 나날이 푸르러 가지만
>
> 서두를 것 없어라,
> 애초 그대
> 열매를 보잔 것이 아니었으니.
>
> ─「장미의 아침」전문

　평화로운 마음으로 쓴 시이다. 일체의 군더더기나 감정의 노출을 보이지
않는다. 마치 다른 사람인 것처럼 말한다. 조급한 마음, 답답한 마음, 원망
스런 마음 모두 내려놓았다. 나무는 열매 맺기 위해 푸르러 가나 장미는
세상을 밝히기 위해 꽃을 피웠단다. 그러니 서두를 것 없을 터, 다만 꽃을
내린 이의 뜻에 순명한다는 뜻이겠다. 이는 오랜 관조 끝에, 오랫동안 갈무
리해서 또는 잘 숙성시킨 발효식품 같은 시적화자의 발언이다. 실존을 체념
이 아닌 순명으로 받아들이는 순간 인간은 성숙한다. 그래서 「장미의 아침」

에는 슬픔과 고통과 번민과 순명의 정서들이 들끓었다가 몇 가닥 언어가 증류수처럼 피어오는 것처럼 보인다. 아무렇지도 않게 시인은 남의 말 하듯이 말하고 있지만, 독자는 그 말 속에서 슬픔을 읽고 절망을 읽고 희망을 읽고 무서움까지 읽는다. 이런 길은 언젠가는 그가 가야할 길이다. 그러나 유정환 시인은 여기서 더 밀고 나가지 못한다. 꿈에서 깨어나면 또다시 객관세계가 나를 향하여 옥죄어 오기 때문이다.

5 3

다음으로 펼쳐지는 지형은 객관세계에 대하여 나는 무엇인가, 이다. 이 명제는 앞서의 '나에 대하여 객관세계는 무엇인가'라는 명제의 대척점에 놓인다. 객관세계가 온갖 부정적인 이미지로 시적 자아에게 다가 왔다면, 그런 세계에 대응하는 나의 자세는 어떠하며, 그것이 어떻게 이미지화 되었는가 하는 점이다.

> 외롭다거나 후회한다고 말하는 것은
> 새로운 흐름에 어울리지 않음을
> 그들에겐 이미 그들만의 언어가 있음을
> 인정한다 과거는 유실(流失)될 것이고
> 우산은 이제 낡았다.
> ─「급류」중에서

어제의 강물은 더 이상 오늘의 강물이 아니다. 장맛비의 물살처럼 새로운 흐름은 거세고 도도하다. 과거인 나는 거센 물살에 실종될 것이라는 두려움으로 작아지기 시작한다. 좋은 게 좋은 거라고 // 긍정하는 것들이 늘

어가고 //하루하루 작아진다.(「정류장에서 작아지다」) 지난 날의 열정은 하루살
이의 열정에 지나지 않으며, 도리어 담배연기처럼 사라질 것이라 한다. (「언
젠가 저 실개천」) 객관세계에 대한 두려움은 자아에 대한 극심한 자조감에까지
이르러, 자아는 생략되어도 괜찮았을 삶으로(「접속사에 대하여」), 흔적도 없이
소멸하는 존재(「태풍의 일생」)라고 스스로를 규정짓는다. 그리고 산다는 것을,
결국 쓰러질 자리를 찾아 미친 듯이 헤매는 팽이의 흔들림에 빗대어 예단하
기도 한다. (「팽이를 돌리며」) 더욱 비극적인 것은 지극히 왜소화 된 자아를
스스로 안다고 하는 점이다. 비극적인 인간은 세계 내에서 해가 바뀔수록
하얘지고, 그늘이 깊으며, 피멍든 꽃을 피워야 하고, 마침내 자신의 온갖
것을 상실하는 것이다. 희고 깊고 피멍든 이미지는 슬픔과 고뇌와 그악스러
운 자아의 심상인 셈이다.

> 밥그릇 위로 솟아오른 쌀밥같이
> 해가 바뀔수록 하얘지는
> 그 꽃을 알게 된 지 서른 여섯 해
>
> — 「조팝꽃을 바라보며」중에서

> 밥 한 그릇 뚝딱 비우고 또 일하러 가는 길
> 여전히 비켜서서 곁눈질 하는 민들레,
> 잠깐 이마를 짚어주는 햇살에도
> 노랑 꽃잎, 그늘이 깊다.
>
> — 「민들레 그늘」중에서

> 이를 악물고 낮은 천장을 떠받치던
> 피멍든 꽃이라도
> 어떻게든 피워보려고
>
> — 「등꽃」중에서

그대여, 이렇게 한 그릇 안에서 마구 비벼질 줄
누군들 알았겠는가!

― 「비빔밥」중에서

마치 블랙홀이 주변의 것들을 빨아들여 형체도 없이 녹여버리듯 객관적
인 세계는 자아를 빨아들여 완벽하게 즉자화하는 공포의 대상이다. 그 공포
스런 세상인 줄 아는 까닭에, 그런 세상에서 구한 밥상인 줄 아는 까닭에,
달처럼 둥근 식구들이 둘러 앉은 저녁 식탁이 위태로운 것이다. (「위태로운
밥상」) 그 밥의 무서움을 알기에 하얀 조팝꽃이 더욱 슬프고, 쌀밥에 박힌
검은 콩이 콩으로 보이지 않고 검은 색깔의 공포로 다가온다.(「검은 밥에 관한
고백」)

이렇게 보면 유정환 시인의 30대는 참으로 불행한 시절이었다. 과거와의
단절, 출구가 보이지 않는 현실이 불행의 원천이었던 셈이다. 어둡고 차갑
고 무서운 객관세계에 맞설 용기마저 상실하고, 자신이 작아지다 작아지다
소멸해버릴 위기에 처해 있음을 알기에 더욱 불행하였다. 그의 시가 방랑자
의 밤 노래처럼 들리는 것은 결코 우연이 아니다. 그러나 그의 불행의 원천
을 냉혹하게 바라보면, 불행의 원인이 자아 밖에 있지 않고 자아 안에 있음
을 알게 된다. 세상은 바뀔 수는 있지만 희망은 숨어 있는 곳임을 간과하였
다. 시를 구하는데 바친 열정보다 세상을 구하는데, 밥을 구하는 데, 바친
고민이 컸기 때문에 정신적 방랑생활을 그토록 오래 해왔다고 생각한다.

5 4 어떤 이의 말에 의하면 쓴다는 것은 세계의 의미를 흔드는 일이
라고 한다. 그렇다. 세계 내에서 흔들리는 '나'를 쓰는 것보다 세계의 의미를

흔드는 일은 얼마나 당당한가. 또 어떤 이는 이렇게 말한다. 내 주위의 몇 사람이 읽을 것을 생각하고 글을 쓰지 말고 전 세계인이 읽는다는 것을 염두해 두고 글을 써야 한다고. 이 또한 오래도록 새겨두고 싶은 말이다. 언어는 시와 사회를 가장 깊숙이에서 중재한다는 말을 명심한다면, 좋은 시란 낯익은 것과 낯선 것을 충돌시키는 행위임을 명심한다면, 그런 시를 못 쓸 것도 없다. 그리고 밥을 구하기보다 시를 구하기 위하여, 세상을 구하기보다 나를 구하는데 열정을 바쳐 볼 일이다.「그믐」이란 시에서 나는 유정환 시인의 가능성을 발견한다.

> 밤이 깊다고 애인들이여
> 돌아눕거나 잠들지 말아요.
> 눈발처럼 부서져 남김 없이 여기 뿌려지도록
> 아이를 만들어요 짙은 눈썹의 아이를
> 캄캄한 하늘로 쏘아 올려요.
> ─「그믐」의 부분

소재적인 것의 뼈대를 드러내지 않고 언어 스스로 울려, 언어 자체가 소리를 내고 있다. 밤이어서 혹은 어둠이 짙다고 두려운 것이 아니다. 어둠이 깊을수록 더욱 역동적인 시적 자아의 건강한 목소리가 들린다. 언어들은 생생히 살아 움직이고 결고운 숨을 쉬고 있다. 이런 시를 읽고 있는 독자는 마음이 평화로와 진다. 내친김에 다른 사람의 시 한 구절을 더 인용해 보자.

> 행복이나 슬픔이
> 그대를 덮쳐도
> 그저 나아갈 뿐,

흔들리거나 집착하지 말라
— 싯달타의 「붓다가 되라」 중에서

　행복이나 슬픔을 자아와 동일시하지 말고, 행복과 슬픔을 분리시키지 말고, 남의 일처럼 멀리서 보란 말이겠다. 아주 평범한 말 같지만 자아가 구원에 이르렀을 때 가능한 일이다. 시적 언어의 울림은 그 반향이 아주 크고, 시적 공간은 무한량으로 넓고 깊다. 시인이 아니면서 시인보다 더 시를 잘 아는, 수사학을 일거에 뛰어넘은 시다. 류정환 시인이 시인으로서 가야할 길에 귀한 지침이 되었으면 하는 바람이다. 尾

존재에의 깊이와 평화에의 갈망
─ 노영민론 ─

5 1 소망충족 형태의 꿈

시인의 가슴 속에는 시인이 살고 있다. 그 시인이 죽었을 때 인류의 마지막 사람이 죽는 것이다.(지그문트 프로이트) 시인은 마음이 가난해서 네루다처럼 바다 위에 떠 있는 섬에 유배되기도 하고, 이육사처럼 감옥을 내 집처럼 드나들기도 하고, 윤동주처럼 참혹한 죽음을 당하기도 한다. 그러나 아무리 포악한 세월이라 하더라도 시인의 가슴 속에 있는 시인을 가두거나 죽이지는 못한다. 그것은 천명天命을 어기는 일이기 때문이다.

프로이트는 20세기 인류에게 가장 큰 영향을 끼친 인물로 평가받는다. 의식 아래 잠긴 거대한 정신 세계 즉 무의식을 발견함으로써 인류 역사의 흐름을 바꾸어놓는다. 20세기 벽두에 그의 「꿈의 해석」이 나오자, 모든 예술의 관심은 이성 중심의 현실에서 무의식 중심의 내면세계로 이동한다. 근대 예술에서 현대 예술로 넘어가는 분기점이 곧 「꿈의 해석」이었던 셈이다.

그는 또한 꿈을 과학적으로 분석한 최초의 정신분석학자였다. 그에 의하면 꿈은 무의식적 충동에 의해 일어나는 수동적인 현상으로, 현실에서 억압된 내용이 무의식에 잠겨 있다가 소망충족wishfull-thingking의 형태로 꾸어진다는 것이다. 이와 마찬가지로 예술작품은 현실에서 억압되었던 내용이 무

의식에 잠겨 있다가 꿈처럼 나타난다고 한다. 그러니까 현실의 결핍된 내용
이 소망충족의 형태로 나타나는 것이 예술작품이라 할 수 있겠다.

프로이트의 또 다른 공적은 인간은 불안, 고통, 갈등, 부적응, 괴로움 등
을 해결하기 위하여 심리적 방어기제defence mechanism를 통해 극복해낸다는
사실을 밝혀낸 점이다. 이는 정신질환자를 치료하는 데 결정적인 기여를
했을 뿐 아니라, 예술작품을 해석해 내는 데도 심리비평이라는 하나의 방법
론을 제공하였다. 노영민의 시를 이해하는 데도 프로이트는 크게 기여한
것으로 보인다.

5 2 부끄러움과 절망의 계절
노영민의 시 쓰기는 이렇게 시작된다.

> 한 줄 시 쓰기가 이토록 어려움은
> 나의 삶이
> 진지하지 않기 때문이다
>   …중략…
> 시를 사랑함이
> 우리 삶을 사랑함이란 것을
> 알기 훨씬 이전부터 우리는
> 진정
> 시를 사랑했다
>   - 「우리는 진정 시를 사랑했다」의 부분

머리로 쥐어짜는 시보다 삶이 넘쳐나서 흘러내리는 시가 좋은 시이다.
시인은 삶이 진지하지 못해 시 쓰기가 어렵다고 고백한다. 이 고백은 시가

쉽게 씌어져서 부끄럽다는 윤동주의 고백과 같은 부끄러움의 정서적 자장을 갖는다. 그리고 시를 사랑하는 것이 삶을 사랑하는 것임을 알기 이전부터 시를 사랑했다고 마무리를 짓는다. 이는 시인의 마음 속에 시인이 살고 있다는 프로이트의 사색과도 맞닿아 있다. 낙원에 이르고자 하는 시성詩性의 체득이다. 따라서 노영민 시의 출발점은 자아를 들여다 보고 부끄러워하는 정서적 자장과 시가 지향하는 낙원회복의 꿈으로부터 시작되는 셈이다.

낙원회복의 꿈이란 자연처럼 사회를 자연스럽게 만들고 싶어 하는 꿈이다. 그러나 이 땅은 半島의 하늘에 떠 있는 구름조차도/수 백 수 천의 아픔으로/수 백 수천의 悲願(「이 땅은」의 부분)으로 가득 찬 비극의 땅이다. 캄캄한 복도 저 끝의 문마저 굳게 닫혀 있는 땅. 그러므로 시인에게 현실은 절망이 쌓이고, 절망이 이웃이 되는 공간으로 인식되는 것이다.

> 가시넝쿨에 할퀴어도
> 아프지 않고
> 산짐승 날뛰어도
> 놀라지 않는
> 그런 산으로
> 절망이 쌓여야 하겠는가
> ― 「친구여」의 부분

> 밤을 지나는 기차에서
> 간혹 나타나는 먼 불빛이
> 꺼질 듯 다가왔다 떠납니다
> ― 「유구영을 보내고 나서」의 부분

> 소주 한 병도 이기지 못하는 주량으로

세상의 모든 고민을 덤터기 쓴 양 쏟아붓는
치기
  ―「절망2」의 부분

　그랬었다. 대부분의 소시민들은 꽃망울 터지는 소리에도 화들짝 놀라던
계절이 있었다. 하지만 소수의 그룹은 칼바람에 의연히 맞섰다. 그들은 쫓
기고 갇히고 죽었다. 무한량의 소주를 마시며, 밤새워 혁명가를 신음처럼
불렀다. 떠난 친구가 그토록 가슴 아픈 것은 칼바람에 맞서다 떠난 친구이
기 때문이다. 떠난 친구와 노영민은 '간절함으로', '진실함'으로 이미 하나였
다. 그리고 송신탑보다도 더 우뚝/비루먹은 송아지 허연 살갗에/중랑천 썩
어버린 붕어의 奇形 위에/꽃은/끝끝내/피어 있어야 한다(「꽃은」의 부분)는 신
념을 함께 갖고 있었기에 칼바람에 맞설 수 있었다. 노영민의 절망이 아름
다운 까닭이 여기에 있다. 시련의 역사를 외면하지 않는, 마음 속에 시인을
섬기고 살면서 맞이하는 절망이기에 아름다운 것이다.
　그러나 강력한 힘을 가진 바람은 그들에게 저항하는 소수의 그룹(진정한
가치를 추구하는)을 그냥 놔두지 않는다. 세상에서 그들을 격리시킨다. 가능
한 지구 밖으로 내몰고 싶어 한다. 3부의 옥중시 13편은 모두 옥중에 갇혔
을 그때의 참담한 심정을 토로한 시편들이다.

5 3 박제의 겨울 나기

　겨울이 오면 우리는 외투를 꺼낸다. 1975년 5월 13일 선포된 긴
급조치 9호는 노영민 시인의 외투를 빼앗는다. 노영민 시인이 빼앗긴 것은
외투뿐이 아니었다. 대지와 햇빛, 사랑과 자유도 빼앗겼다. 그 긴급하다는
조치는 유신헌법을 반대하거나 부정하는 양심세력을 압살하는 악법이었다.

긴급하게 조치해야 할 조치였다. 영장 없이 체포하고, 시위를 진압하는데
자국의 병력을 동원하였다. 1979년 12월 7일 긴급조치 9호가 해제될 때까
지 4년 동안은 그야말로 민주주의의 암흑기였다.

> 깊을 대로 깊은 밤
> 온 세상 불이 꺼졌습니다
>
> 영혼을 빨아들이는 사이렌 소리
> 아홉 번 꼬리 돌려 사라져 가면
>
> 우주 속에 나홀로 외떨어지고
> 철문 밖 별만 총총
>
> ─「야간등화관제 훈련」 전문

　　외부 세계와의 완벽한 단절감, 우주에 나 혼자라는 고독감에 빠진 자아는
별이 있어 위안이 되는 것이 아니라 별조차 외로움을 가중시키는 외적 대상
일 뿐이다. 사면의 벽은 점점 좁혀들다가 마침내 '나'를 토해 놓는다. (「벽」)
강박관념과 현기증에 시달리다 자신은 오물에 지나지 않는다는 무기력증에
빠진다. 첫눈마저 깨끗하고 순수한 눈이 아니다. 절대고독과 절망의 눈이
다. 내 마음에 슬픔으로 내리고 희망까지 덮어버리는 눈이다.(「첫눈」) 닫힌
공간에서 육체적 고통에 박제처럼 붙박혀 있어야 하는 처지인지라, 열 다섯
척 높은 담 걸터앉아/ 오래 머물러준 /커다란 잿빛 구름 하나/훌훌 자리
털고 떠나가는 모습이 차라리 고맙고 부러울 뿐이다.(「동상」) 하여 '나'가 유
일하게 할 수 있는 일은 초월적 공간에 떠 있는 초월적 존재인 달에게 간절
히 기원을 해 보는 것이다. 갇힌 자에게 희망으로 떠올라 다오. 조용한 걸음
으로 사랑하는 사람처럼 와서 차디찬 마룻바닥을 덥혀다오, 라고.(「대보름

날에」)

　'나'는 외형적으로는 「변신」(카프카)의 딱정벌레 같기도 하고, 「날개」(이상)의 박제 같기도 하다. 그러나 화자의 내면세계로 파고들어가 보면, '나'는 박제와 흡사한 심리를 나타낸다. 믿음직스런 아들이며 능력 있는 유능한 젊은이였던 그레고어 삼사. 어느 날 딱정벌레로 변해버린 그는 아버지가 던진 사과를 맞고 죽어간다. 그러나 본디 천재였던 「날개」의 박제는 점차 천재성을 회복하는 과정을 보인다. 그 회복의 실마리는 캄캄한 방에서도 혼자 '연구'를 지속적으로 했기에 가능했다. 박제의 연구행위는 불안을 감소시키기 위한 심리적 방어기제defence mechanism였다. 그러니까 박제의 연구처럼 '나'의 경우도 불안과 우울을 해결하기 위하여 여러 형태의 심리적 방어기제를 통해 극복해 나간다.

> 바다 위 부서지는 햇빛은
> 더 이상 비수가 아닙니다.
> 머리 위 내려앉는 꽃잔디 같은
> 제비갈매기의 노랫소리도
> 더 이상 포성이 아닙니다.
>
> 　　　　　－「이제는 떠나렵니다」의 부분

> 반 평의 독방으로
> 뜸물같은 햇볕이 흘러들어
> 허리를 쿡쿡 쑤신다
> 몸통을 비비 트니
> 아이고 이런
> 벌써 폐품이 되려나
> 웬 쇠소리가 나누
> 나가면 핑계김에

　　술이나 실컷 마셔야겠는 걸
　　　　　ー「신경통」 전문

　햇빛을 비수로 볼 만큼, 제비갈매기의 노랫소리를 포성으로 들을 만큼
'나'는 공포스러움 가운데 놓여 있다. 그런데도 '나'는 아니라고 부정한다.
부정에서 끝나는 것이 아니라 그런 공포로부터 떠난다고 한다. 주눅 든 아
비 업고/울음 웃고 떠난다고 한다. 일견 '나'는 공포심에서 벗어난 것 같지
만, 사실은 그 반대의 경우인 극도의 불안 상태이다. 이 불안 상태를 극복하
기 위해 이제는 아니라고, 아니라고 핑계를 대서 합리화rationalization 시킴으
로써 심리적 안정을 얻는다.

　「신경통」에 이르면 육체적 신경장애뿐 아니라 정신적 신경장애까지 보
인다. 반 평의 좁은 공간, 미적지근한 햇빛, 거기에다가 허리는 쑤시고, 뼈
마디에서 쇳소리가 나는 상황이다. 그런데 나는 핑곗김에 술이나 실컷 마시
겠단다. 육체가 무너지면 영혼이 빠져나간다는 사실을 화자는 너무도 잘
알고 있을 터인데 말이다. 이는 핑곗거리가 될 수 없는 핑계를 대면서, 현실
과는 정반대쪽의 충동reaction formation을 강조함으로써 불안을 감소시키는
방어기제이다.

　　하늘 저 멀리
　　양떼 무리지어 풀 뜯고
　　더위 가신 햇살에
　　해바라기 영글 때
　　산 너머 실개천 벌거숭이로 뒹굴던 아이들
　　능선 위로 피어오르는 저녁 연기에
　　그제야 허기져 물 털고 일어선다
　　　　　ー「어린 시절 쑥골」에서 전문

화단을 빙 둘러
활짝 핀 봉오리에
시집 가 첫애 낳고
면회 온 큰누이의 얼굴이
겹쳐집니다

　　　　　　　─「국화」 부분

　어린 시절 쑥골은 감옥과 대조되는 공간이다. 잃어버렸으나 언제든지 떠오를 수 있는 낙원이다. 인간에게 금지되지 않은 유일한 낙원이다. 하늘에 양떼구름 떠 있고, 그 아래 실개천, 그곳에서 벌거숭이로 뒹굴다가 해질녘에 집으로 돌아오던 유년의 고향마을은 분명 에덴동산이다. 금지되지 않았기에 언제든지 떠올릴 수 있고, 떠올릴 때마다 즐겁다. 현실이 그악스러울수록 그때의 추억은 즐거움을 배가시킨다. 그러므로 이는 단순한 유년의 추억이 아니다. 곤경에 처해 행복했던 시절의 추억으로 퇴행regression함으로써 현실의 불안을 완화시키는 심리적 방어기제이다.

　그런가 하면 화단의 국화를 자신이 좋아하는 큰누이와 동일시identification함으로써 심리적 안정을 얻기도 한다. 국화송이는 누나이므로 화단을 빙 둘러 핀 국화 송이송이 그 숫자만큼 '나'는 행복하다. 어머니처럼 따뜻하고 포근한 누나가 화단가에 빙 둘러서서 나에게 온기를 더해주기 때문이다.

반평 독방 옆에는 조그만 화단이 붙어 있습니다.
봄 여름 가을 내내 형형색색의 꽃과 잎으로
나를 위로해주던 화단입니다.
이제 겨울이 깊어 화단에는 검불 지푸라기만 쌓이고
푸르름이라고는 생기 잃어 우중충한 사철 금향뿐입니다

하지만 겨울화단이 죽어 있는 것은 아닙니다

땅이 얼었다고 뿌리조차 생의 율동을 멈춘 것은 아닙니다
나일론(絲)보다 더 가늘게 이어지는
씨앗들의 여린 숨소리도 있습니다.
나는 겨울 화단에서 희망을 봅니다.
멀지 않은 날 검불 지푸라기 사이로
푸릇푸릇 환희가 움틀 때
형제들에게 팔린 꿈꾸는 자는
다시 형제들을 만나게 되겠지요.

　　　　　　　　　　　　　　　－「겨울화단」의 전문

　2연으로 구성된 「겨울화단」은 위협적인 대상을 위협을 덜 주거나 위협을 주지 않는 쪽으로 자리바꿈displacement하여 불안을 해소시키는 심리적 방어기제가 잘 나타난 시이다. 1연의 생기 잃은 화단의 풍경은 '나'가 처한 현실이다. 그러나 '나'는 곧바로 살풍경한 현실에서 보이지 않는 땅속 세계로 시선을 이동시킨다. 그곳은 뿌리가 율동을 계속하고 씨앗들의 숨소리가 있는 희망을 내장한 세상인 것이다. 현실(겨울화단)의 앞에는 죽음이라는 수식어가 붙어야 하는데, 재빠르게 생명이라는 희망적인 수식어로 바꾸어 놓음으로써 정신적 위안을 얻는다.

5/4 　되돌아봄 그리고 각성

　20여 성상의 세월을 보낸 뒤 시적자아는 혼돈과 흥분을 이성적 자아로 가라앉힌다. 가마솥처럼 끓던 심장도, 박제처럼 앓던 우울도 말끔히 정돈된다. 이는 개인과 사회를 보호하기 위한 합리적인 정신작용이다. 자아는 철저하게 현실원리reality principle로만 다스려진다. 고통스런 과거의 생체험이라 할지라도 조용히 관조하고 성찰적으로 바라본다.

분노가 하늘에 닿은 사람은
사랑이 하늘에 닿은 사람이었고
　　　　　　　　－「회상」의 부분

철들고 이십년
참 가쁘게도 지났습니다
　　　　　　　　－「깊은 강」의 부분

　「회상」은 분노를 말하고 있지만, 감정의 동요 없이 차분한 진술이 돋보인다. 분노와 사랑의 환유도 참신하다. 상반된 개념을 결합시켜 새로운 의미를 창출한 이화수정異花受精이기 때문이다. 이화수정은 식물의 세계에서는 가장 보편적인 수정방식이지만, 시의 세계에서는 탁월한 환유 기술이다. 분노의 높낮이로 사랑의 높낮이를 재어볼 수 있도록 독자에게 큰 무대를 제공한다. 분노해야 할 대목에서 분노하는 자는 사랑이 무엇인지를 아는 자,라는 시적 울림이 아름답다.

　「회상」의 목소리가 불특정다수의 독자들에게 잔잔히 울려 퍼지고 있다면, 「깊은 강」은 자신을 향해 깊고 고요하게 스미고 있다. 첫사랑의 여인을 떠올리는 듯한 부끄러움과 가슴 저미는 아픔과 죄를 짓지 않기 위해 때로는 눈을 부릅뜨고 살아온 이십여 년을 몇 줄 몇 마디로 줄이며, 이제는 기쁨도 울분도 흔들리지 않는 깊은 강이라고 스스로를 다짐한다.

　자신과 자신 밖의 세계에 대한 성찰 사이에는 그동안 보이지 않던 주변의 소중한 사람들이 촘촘히 배치되어 있다. 어머니의 기도, 눈물, 요리솜씨, 관절염이 아리게 보이고, 초등학교 때의 소사 아저씨, 운동회, 소풍, 동창들이 다정하게 보인다. 그리고 까마득히 잊혀졌던 그리운 이들이 방죽에서도 나타나고, 담장 높은 교도소에서도 나타나고, 비행기 안에서도 나타나는 것이다.

성찰을 밀고 나가면 각성의 순간이 오고, 거기서 때를 기다리면 평화의 절정을 맞이한다. 각성은 일순간에 내 안의 모든 이물질들을 태워버린다. 번뇌, 망상, 불안, 초조, 욕망, 좌절, 유혹 들을 태워버린다. 시간조차 태워버려 기억도 사라지고 미래도 사라진다. 오직 현존재만이 현상과 마주할 뿐이다.

> 11월의 궂은 날
> 오후 5시
> 올림픽 대로에서 창 밖을 보니
> 움직이는 것은 자동차뿐이고
> 움직이지 않는 것은 콘크리트 구조물뿐이다
>
> 수 없이 지나다닌 길인데…
> 왜 이제야 보였을까?
> ―「文明」 전문

그렇다. 모든 것은 때가 있다. 신생아가 태어나는 때, 어부가 그물질을 마치고 돌아오는 때, 혁명이 소낙비처럼 산등성을 넘는 때가 있는 것처럼 각성에도 때가 있는 것이다. 화자는 늘 지다던 길인데 왜 이제야 보였는가, 라고 물음표로 끝을 맺고 잊지만, 화자의 눈이 우주를 뚫기 시작하는 때가 왔음을 알리는 예감의 물음표인 것이다.

이런 예감의 시선은 길 옆 모두가 새롭게 들어와(「길」), 부챗살처럼 퍼져 나간다. 인간은 모든 사람에게 사랑을 받을 수 없으며, 모든 것을 알려고 하는 것은 오만(「伏中三訓」)이고, 당신을 베지 못하는 것은 사랑 때문(「보살행」)이며, 존재하는 것 모두는 존재 자체를 이어가려는 맹목적인 의지를 가지는데(「連想1」), 나이 들수록 죽음보다 삶에 익숙해져 감동도 사랑도 식어가고 위선의 웃음(「고백」)만이 가득하다는 인간적인 고백을 하기에 이른다.

　때를 받아들이면 절정을 맞이할 수가 있다. 절정의 순간은 행복도 불행도 없는 순간이다. 과거와 현재의 시간이 사라지는 것은 물론 자신이 각성한다는 것조차 망각하는 순간이다.

　　깊은 봄
　　오후 2시
　　낭성 귀래리
　　한울이네 집
　　봉당 위
　　누렁이의 눈꺼풀에 내리는
　　평화
　　어쩌다 산들바람
　　　　　　　　　　－「평화」 전문

　누렁이의 눈꺼풀에 깊은 시간과 넓은 공간이 실려 있으나 전혀 무게감이 느껴지지 않는다. 어떤 기억도 어떤 욕망도 끼어들 틈이 없다. 그래서 증류수와도 같이 육신이 가볍다. 육신이 가벼우니 정신은 빛난다. 고요는 위로부터 한 계단 한 계단 내려와서 경경耿耿이 쌓일 뿐이다. 어쩌다 산들바람이 불어오지만, 그 바람은 고요를 깨치는 바람이 아니라, 약한 자를 쓰러뜨리는 바람이 아니라, 고요를 빨아들이는 바람이다.

5　5　겸손과 사랑을 추구하는 삶

　노영민 시인의 첫 시집 내용을 좌절, 시련, 자아회복, 각성이라는 순서로 정리하고, 프로이트의 정신분석학적 이론을 적용하여 보았다. 이러

한 선조성과 이론을 배경 삼아 독서를 하면서, 노영민 시인의 시가 가진
세 가지 특징을 도출할 수 있었다.

첫 번째 특징은 파시즘에 대항하고 그 폭력에 무참하게 패배를 당하지만
육성을 드러내지 않고 시적 울림으로 표현하고 있다는 점이다. 시인은 확언
하지 않는다,는 시 쓰기의 원칙을 준수하고 있기 때문에 독자에 따라서는
얼마든지 다른 시각으로 읽힐 수 있는 열린 시이다. 작품의 불확정적인 효
과요인들이 많아서 독자가 해석할 수 있는 공란(무대)이 넓고 크다. 그 무대
를 크게 발견하는 독자일수록 그 무대에서 다채롭게 뛰어놀 수 있을 것이다.

두 번째 특징은 낙원회복의 꿈이다. 낙원회복의 꿈이란 우리가 살고 있
는 세계를 우리가 자연이라고 부르는 자연처럼 만들고 싶어 하는 꿈이다.
그 꿈은 숱한 좌절과 우울을 가져오지만, 그는 생래적으로 고난에 맞서는
순수성과 인내심을 지니고 있어, 그의 꿈이 백일몽으로 끝날 것이란 생각은
들지 않는다.

세 번째 특징은 존재의 깊이와 평화에의 갈망이다. 낙원회복이 자아 밖
을 지향하는 꿈의 세계라면, 존재의 깊이와 평화에의 갈망은 자아 내부로
지향하는 꿈의 세계이다. 우주의 비의를 캐내는 사색도 깊거니와 평화를
지향하는 시적 표현 능력도 빛난다.

세 가지의 특징을 묶어 정리하면, 노영민 시인은 광활한 우주에서 겸손하
게 사랑을 추구하며 사는 노마드nomaded이다. 이성을 추구하는 근대적 주체
가 사라진 자리에 등장하는 다리이다. 인간의 삶은 목적이 아니라 하나의
다리일 때 아름답다. 시인은 '어느 날 내 운명의 고삐가 하나가 아님을 알았
다.'(「나의 삶, 나의 운명」)고 썼다. 수많은 사람의 다리 역할을 해야 한다는 뜻
에 다름 아닐 터, 두 번째 시집이 벌써 기대된다. 尾

흔들리는 영혼들에게 바치는 노래
— 김진수론 —

수필가 김진수 씨는 아주 늦게 본격적인 글쓰기를 시도한 늦깎이 문인이다. 환갑을 목전에 두고 인생의 방향키를 글쓰기 쪽으로 돌리었으니, 손자들의 재롱이나 보며 지낼 시기에 독한 마음 먹고 새로운 문학에 입문한 그다. 그의 가슴 속에 들끓었던 문학에 대한 열정은 삼년 여에 걸쳐 폭발하여 이미 광범위한 독자층을 확보하였다. 작품이 발표될 때마다 경향 각처의 독자들로부터 전화와 편지를 받았으며, 영예로운 창조문학 대상을 첫 번째로 수상하였다. 수필에 대한 관심을 둔 이거나 인생을 어떻게 살아야 할 것인가를 고민하는 이들에게, 김진수씨의 첫 수필집 「숨은 나」는 즐거운 해답을 줄 것이라 믿어 의심치 않는다.

이 작품집은 모두 5부로 구성되어 있다. 작가는 자신의 참된 모습을 찾기 위해서 글쓰기의 고된 여행을 선택했다고 프롤로그에서 밝혔다. 그러나 자아를 찾으려면 찾을수록 꼭꼭 숨어 버리는 자신을 안타까워 하고 있다. 그러므로 「숨은 나」는 작가가 자아를 찾기 위해 영혼의 무게를 줄여 가는 과정으로 읽혀진다. 즉, 영혼의 부피를 줄여서 맑고 가벼운 영혼을 획득하자는 것이 60여 편의 작품을 관통하는 철학인 셈이다. 신변잡사를 다루고 있지만, 남루해 보이지 않고 신선한 느낌이 드는 것은 그의 모든 글에 맑고 가벼운 영혼이 뒷받침 해 주기 때문이라 생각한다. 그의 영혼은 한 곳에 머무르지 않고 어디론가 떠나는 과정에서 아주 조금씩 가벼워진다. 작품 전체에서 여행체험의 이미지가 강하게 느껴지는 것은 이 때문이다.

제 1부는 삶의 편력이 진솔하게 담겨져 있다. 한 점 보태거나 덜하지 않고 자신이 겪어 온 인생의 매듭들을 있는 그대로 보여준다. 특히 「50이 될 때까지」에서 보이는 바와 같이 耳順의 허허 들판에 앉아 이삭을 주워 모으며 일상의 쳇바퀴에서 탈출하여 핸드백 대신 책가방을 들었다,는 내용은 독자의 가슴을 찰강찰강 때려주기에 충분하다.

제 2부는 작가와 관련된 주변 사람들의 이야기를 주로 다루고 있다. 이민 간 친구의 고향캐기, 이웃집 할머니의 애국심, 잊지 못할 제자 사랑, 쓰레기 통에 버려진 아이 이야기, 아주 우연한 인연 등을 소재로 한 작품들이다. 남의 이야기를 하고 있지만, 시큰둥한 표정으로 바라보는 타인의 이야기가 아니라 애정의 시선을 듬뿍 담아 놓고 있어 작가의 인간적인 냄새가 물씬 풍겨 나온다.

제 3부는 가족의 이야기이다. 좀더 정확히 말하면 가족 구성원들과의 내밀한 대화 내용이라 할 수 있다. 남편의 따뜻하고 자상한 배려, 어머님에 대한 그리움, 월급봉투에 얽힌 사연, 어릴 적 남매의 순진무구한 마음, 성장한 아들 딸에 대한 정념, 손자·손녀와 함께 하는 웃음과 눈물, 그리고 돌아가신 오라버니, 시어머니 시아버지에 관한 이야기들이다. 이와 같이 자신과 가장 가까운 가족에 관한 이야기지만, 이야기 하나하나를 계획하고 감싸는 정서가 私的인 차원에 머무르지 않고 객관화 되어 있어 (즉 작가와 글의 대상 사이에 미적거리를 유지함으로써) 누구나 공감할 수 있는 감동의 영역을 확보하고 있다.

제 4부는 유일하게 작가가 경수필의 세계에서 중수필의 세계로 외출을

시도해 본 작품들로 짜여져 있다. 대체로 시사적인 문제를 작가의 도덕성과 철학을 바탕으로 다루어 본 작품들인 셈이다. 언뜻 보기에는 가볍게 읽히는 것 같지만, 자세히 뜯어보면 예사롭지 않은 의미를 숨겨 놓고 있는 글들이다.

제5부는 여행 체험의 기행문들이다. 기행문이지만 고지식하게 기행문의 틀에 의존하지 않고, 떠나는 자의 마음 속에 떠오르는 이미지를 촛점화 하고 있다는 점이 5부의 특징이라고 할 수 있다. 그래서 독자는 기행문을 읽는다기보다는 역동적이고 따사로운 인간의 마음을 엿보는 기분을 느낀다.

수필가 김진수의 글쓰기는 최소한의 스토리 구조를 유지하여 독자를 작품의 끝까지 끌고가는 특징이 먼저 눈에 띤다. 다양한 제재를 집중력 있게 다루는 솜씨와 사실적인 묘사가 돋보이며, 투명할 정도로 자신에게 솔직담백하다. 그리고 그리움과 다정다감함, 불교적 여유(?)를 보이는 특징이 있다.

이야기(story)는 인간의 원초적인 호기심을 자극한다. 독자의 궁금증을 자아내고 사건이 드라마틱하게 전개된다. 그러나 그는 사건을 지루하게 나열하지 않는다. 다양한 제재를 집중력 있게 다룬다. 거두절미하고 첫 문장을 시작하며 단칼에 무우를 베듯 끝자리를 마감한다. 그렇기 때문에 군더더기가 없고 독자가 내적으로 성찰할 공간이 크게 마련된다. 「시들지 않는 꽃」, 「주머니 속의 대통령」, 「비」, 「코티분갑 같은 앞가슴」, 「무심천의 목화밭」 등 그의 수작秀作들이 모두 탄탄한 스토리 구조를 바탕으로 하고 있다.

그중 「시들지 않는 꽃」과 「무심천의 목화밭」을 예로 들어보자. 그의 등단 작품인 「시들지 않는 꽃」은 친구의 그림 전시회에 갔다가 오는 시간폭 속에 친구에 대한 추억과 남편이 청혼하러 오던 날에 대한 추억이 에피소우드로 담겨진 내용이다. 여기서 청혼에 관한 에피소드는 겉이야기와 전혀 이질적인 것이어서, 자칫하면 글이 작위적으로 흐를 가능성이 있는 것이다.

그런데 작가는 접시꽃이라는 매개체를 통하여 이질적인 소재를 연결시키고, 작품 전체의 통일성을 유지하고 있다. 친구가 화폭에 그려 놓은 전시회의 접시꽃과 친구집 뜨락의 접시꽃 그리고 남편이 청혼하러 오던 날 자기집에 핀 접시꽃은 단순히 접시꽃이 아니라, 사랑의 매개체이며 인생의 새로운 장을 암시하는 대상으로 함의된 접시꽃이다.

아무리 수필이 붓가는 대로 쓰는 것이라지만 산만하게 쓰여진 글을 보면, 독자는 짜증이 난다. (독자가 무식해서 짜증나는 경우도 있다.) 그러나 독자를 짜증나게 하는 작품은 일단 좋은 작품이라고 할 수 없다. 그런 글은 독자에게는 건방져 보이기도 하고 무성의하게 보이기도 하며, 독자를 혼란에 빠뜨리기 때문이다. 감동은 그러므로 철저하게 독자의 권리인 셈이다.

「무심천의 목화밭」도 잘 짜여진 수필이다. 퇴근하는 남편을 채근하여 무심천변의 목화밭을 구경나갔다 온 이야기인데, 연상적 상상력이 푸성귀처럼 싱싱하게 발현된 작품이다. '나'가 목화밭을 요모조모 살펴보고 시간가는 줄 모르고 회상 속에 빠져 있을 동안 내내, 자동차 헤드라이트 불빛을 비춰 준 남편의 인내심도 감동적이거니와, 다래껍질의 비릿한 냄새와 보송한 목화송이의 감촉과 목화송이가 피어나는 역동적인 이미지를 '나'의 소녀시절 초경의 경험에 오우버랩시켜 작품의 맛과 품격을 높여 주었다. 충돌할 위험이 있는 두 소재를 아무 거부감 없이 처리하는 능력이 독자에게는 탁월한 감수성으로 받아들여진다.

목화꽃의 경우도 접시꽃과 마찬가지로 그냥 목화꽃이 아니다. 소녀시절의 충격적이었던 사연을 상기시키는 대상으로 또한 남편의 하얀 머리로 그리고 차 안에 가득 차오르는 푸른 희망으로 발전하고 승화하는 대상인 것이다. 전편을 꿰뚫는 목화꽃으로 하여금 독자는 작품의 끝까지 읽고 난 다음에서야 밑도 끝도 없이 퇴근하는 남편을 재촉했던 첫구절의 까닭을 깨닫고 쾌감을 얻는다.

사실적인 묘사는 독자에게 신뢰감을 준다. 이는 언어로 즐거움을 창조하는 문학의 매력이다. 김진수 씨의 사실적인 묘사력은 풍부한 체험과 때묻지 않은 상상력에서 나오는 것 같다. 그리고 표현하고자 하는 대상의 본질을 꿰뚫는 능력 때문이라 생각한다.

> "솔가지에 걸려 있는 초승달, 슬픔은 전염되는가, 링컨같이 성실한 남편, 영혼들의 내밀한 아픔들, 약속의 꽃봉오리, 하이얀 햇살이 반지에 꽂혔다. 저 할머니의 발 뒤꿈치에 날개가 달린 게 아닐까. 수화기 속은 점차 深山幽谷같은 幽玄함을 더해가고 있었다."
>
> — 작품의 여기저기서 따온 구절들임.

이처럼 어느 글 어느 대목을 따와도 탁월한 직관력과 명쾌한 이미지로 대상을 환유하여 고조된 정서를 기품 있게 전달한다. 그의 묘사력은 특히 자연을 생동감 있게 표현하고, 자연과 인간을 하나로 묶어내며, 인간의 심리를 표현하는 데 있어서도 탁월한 직관력을 유감없이 발휘한다.

> "수수밭과 목화밭이 나란히 이웃하고 있었다. 대체 이런 귀한 씨앗들이 어디에 숨어 있다가 한꺼번에 깨어나 이 도심의 한가운데서 수런거리고 있는지 신비하기만 했다. 가만히 귀 기울이면 바람에 사각이는 수숫잎 소리에 가을이 깊어가는 듯하다. 메밀꽃 한 송이 한 송이는 앙증맞기 짝이 없지만 여럿이 피어 있으니 초연의 안개꽃같이 아름다웠다."
>
> — ①「무심천의 목화밭」에서

> "벌판이 끝나는 곳에 작은 마을들이 옹기종기 앉아 있고, 그 마을들을 병풍처럼 둘러싼 야트막한 산허리, 그 너머에서 비는 바람을 타고 옥수수 밭을 지나고 벌판을 지나 내가 서 있는 곳에까지 와서 멈추는 듯하다. 우산에 후드득 떨어지

는 빗소리와 콸콸대며 흐르는 시냇물 소리를 듣고 있노라면 마치 내 육신의
맥박이 뛰는 소리를 듣는 듯하다. 냇둑에 하얗게 핀 망초꽃이 비를 맞고 고개를
살래살래 흔들고, 작고 귀여운 이름 모를 풀잎들조차 어느 새 내 다정한 친구같
이 느껴진다. 이처럼 비 내리는 날 대자연의 생명이 넘치는 벌판 한 가운데서
나는 도회 속에서 찌든 마음의 때를 씻고 또 씻어낸다."

— ②「비」에서

"저녁상을 물리고 나서 책 한 권을 아들 앞에 내놓으며 읽어 보라고 했다.
아들이 내 글을 읽어 주기를 바라는 심정으로 내놓은 것이다. 설거지를 끝내고
돌아서 보니 아들은 책은 거들떠 보지도 않고 허공만을 바라보고 있었다. 어릴
때는 에미 일기장을 슬쩍 잘도 훔쳐보더니, 지금은 내가 애써 쓴 글을 거들떠
보지도 않는다. 괜시리 심사가 뒤틀렸다. 그때는 아들에 대한 서운한 마음을
용케도 참아냈지만, 그 서운함은 몇 날 몇 일을 두고도 가시지 않았다. 아들이
지만 밉살스럽기까지 했고 제 에미를 무시한다는 생각까지 들었다."

— ③「에미 마음 자식 마음」에서

인용문 ①에서 보는 바와 같이 식물에게 수런거린다,라는 서술어를 붙임
으로써 작고 귀여우며 힘없고 순진한 인간에 비유함으로써 생동감을 일으
키고, 거기에 청각을 열어 시간의 흐름을 상기시킨 다음, 첫사랑의 안개꽃
을 메밀꽃의 보조관념으로 대치함으로써 마치 뼈가 있고 살이 붙어 있으며
거기에 피가 도는 생기발랄한 인간들의 모습으로 재현시켜 놓았다.

인용문 ②는 자연과 인간이 잘 어울어진 한 폭의 그림을 보는 듯하다.
사실은 그림보다도 더 역동적이다. 이동하는 카메라에 찍히는 피사체들이
바로 독자의 눈앞에 전개되는 듯이 보인다. '나'를 중심으로 펼쳐지는 시야
를 원근법으로 그려 놓고 멀리서부터 가까이 다가오는 비를 통해 사물들의
반응을 섬세하게 포착하여, 급기야는 '나'가 자연의 일부가 되어버리는 과정
을 리얼하게 표현하고 있다. 섣부르게 자연의 순환논리를 거역하거나 자연

에 대한 위악적인 태도를 보이며 젠 체하는 일부 신세대들의 글과는 아주 대조적으로 자연과 생명에 대한 외경심을 건강하게 간직하고 있다.

인용문 ③은 어머니의 글을 아들이 읽어주기를 바랐으나 기대와는 달리 아들이 시큰둥하여 서운하였다는 심리를 솔직하고 소박하게 묘사한 대목이다. 여기에는 어떤 수사도 보이지 않는다. 직접적인 심리묘사만이 있을 뿐이다. 독자로 하여금 아무 부담도 없는 무공해의 묘사방법이다. 있는 그대로를 꾸밈없이 묘사할 때의 아름다움을 본 셈이다.

흔히 수필을 심적라상心的裸像이라고 한다. 자기 자신 뿐만 아니라 주위 사람들까지 애매하게도 벌거벗겨 놓는다. 그래서 대개의 수필가들은 오히려 소재의 한계를 느낀다. 혹여 벗긴다 해도 어정쩡하게 벗겨 놓는다. 따라서 글도 어정쩡해진다. 그러나 씨(이하 씨라 칭함.)의 글에서는 자신은 물론 남편까지 확실하게 벗겨 놓는 과감성이 보인다. 그렇게 보면 씨의 글로 말미암아 남편은 가장 큰 피해를 입은 원고(?)인 셈이다. 이는 씨의 프로다운 글쓰기이며, 글쓰기에 대한 자신감과 솔직함의 발로로 독자가 관심 있게 눈여겨 볼 대목이다.

> "글을 쓰다 보면 가까운 이웃이나 가족 친지들을 등장시켜야 할 때 곤혹스러움을 금치 못한다. 듣기 좋은 말로 자랑이나 늘어 놓는다면야 나쁠 것도 없겠지만, 늘 알밤 줍듯 그럴수도 없는 일이니 말이다. 어떤 때는 글감의 대상이 되는 인물을 솔직하게 드러내야 하는데, 이럴 수도 저럴 수도 없어 생각에 생각을 하다가 눈 딱 감고 욕 먹을 각오를 해야 할 때가 한 두 번이 아니다. 언젠가 남편에게 '월급봉투'란 글을 쓰고 싶다고 했더니, 남편 왈 그러다간 남편이 화장실에 갔다가 꾸물거리며 나오는 것도 다 쓰겠구먼, 하고 곱잖은 말로 핀잔이다."
> ㅡ「첫 월급봉투」에서

자신의 숨겨진 비밀이 타인에게 알려지는 것은 누구나 다 두려워 한다.

씨의 경우도 이런 상황을 '곤혹스럽다'고 고백하고 있다. 그러면서도 '이왕
에 벗기로 작심한 길이니 함께 벗자고 생떼를 쓰는' 적극적인 태도를 보이
는 강점을 지니고 있다. 씨의 글이 모두 사실적인 느낌을 주는 것은 바로
이런 솔직함 때문이다.

> "저녁상을 물리고 난 남편은 며늘아이를 부르더니 뜬금 없이 '에미 차 몇 년
> 탔느냐고 묻는다. 6년째라는 며늘아이의 대답에 '바꿀 때가 되었구나' 하고는
> 침묵이었다. 나는 순간에 부시시 바람처럼 한 생각이 일어났다. 바람이 부는구
> 나. 혼자서 가고 싶은 곳으로 바람이 부는구나. 나는 오랜 습관과 여자 특유의
> 직감으로 월급봉투의 풍향을 직감했다. 직감은 적중했다. '이 참에 에미차 바꾸
> 도록 해라. 이건 내 마지막 월급에 퇴직금 일부를 보탰다.'……〈중략〉…… 옆
> 에서 지켜보던 손주녀석들은 우리 할아버지 최고라며 기립박수를 보냈다. 나는
> 속으로만 혼자서 외치고 있었다. '며느리 사랑은 시아버지'라는 말이 하나두 그
> 르지 않구나. 하지만 마지막 월급봉투라면 나도 하구 싶은 사연이 참으로 많은
> 데…… 하면서도 내 속마음을 들킬까봐 애를 태웠다."
>
> ―「마지막 월급봉투」에서

자칫 잘못하면 감상에 빠지거나 갈등을 초래할 만한 일을 슬기롭게 넘긴
장면이다. 그 슬기로움은 감정의 절제력으로, 한국 여인의 아름다움을 풍겨
준다. 감추었으나 드러나고, 드러냈으나 세속적이지 아니한 아름다움이다.
여기에서 우리는 너그러움과 은근함으로 솔직함을 감싸 안음으로써 한국적
여인의 표정을 잃지 않는 씨의 개성을 엿볼 수 있다.

60이 다 된 연륜에 백일장에 참가하여 마지막 도전이라 생각했다든가(「내
生의 마지막 도전」) 이순耳順의 허허들판에 앉아 이삭을 주워 모으며 나는 일상
의 챗바퀴에서 탈출을 시도했다(「50이 될 때까지」)는 얘기들을 주저하지 않고
솔직히 털어 놓는다. 씨의 솔직함은 아주 표현하기를 꺼려하는 사소한 표현

에서도 나타난다. 산욕의 비릿한 냄새(초경)의 경험(「무심천의 목화밭」)이라든가 누두든지 꺼려하는 건망증에 관한 경험(「옛날 영화의 한 장면」)이나 죽음을 연습해야 한다는 친구의 말이 시도 때도 없이 귓전을 맴돈다(「예감」)는 일종의 스스로 금기하고 싶은 사건들을 아무렇지도 않게 표현하고 있다.

실제로 건망증에 관한 글을 쓴 다음에는 여러 독자들로부터 격려의 전화와 편지를 받았다고 한다. 일테면 씨에 대한 연민의 정으로 보낸 전화와 편지일 터이다. 씨에 대한 애정의 표현으로 염려하고 우려하는 마음으로 관심을 표현해 주는 것도 좋다. 그러나 씨의 글 자체에 좀더 깊은 애정을 먼저 가져 볼 일이다. 씨의 글을 자세히 살펴보면 솔직담백하게 자신과 주변을 벗겨놓고 있지만, 벗기면 벗길수록 사색의 공간이 넓고 깊게 펼쳐지고 있기 때문이다. 작가가 설치해 놓은 사색의 공간은 물론 독자가 다채롭게 뛰어 놀 무대인 셈이다.

모든 문학은 정서情緖를 표현한다. 요즈음 같이 경제나 정보나 기계를 중시하는 세상에서도 문학은 정서를 표현하기 때문에 가치롭다. 정서는 인간과 인간 사이를 감동으로 맺어주는 힘을 갖고 있다. 특히 수필은 문학의 여러 장르 가운데 가장 정서를 직접적으로 전달한다. 함축적으로 정서를 전달하는 시에 비하여 수필의 독자가 폭증하는 추세는 메마른 시대를 반증하는 현상이라 생각한다. 씨의 수필은 그리움의 정서가 도처에 배어 있다. 문학의 씨앗이라 할 수 있는 그리움이 많다고 하는 것은 문학적 자질이 풍부하다고 해도 지나치지 않다.

창틀에 앉았다가 어디론가 날아가버린 민들레 홀씨(「민들레 홀씨처럼」)가 그립고, 감꽃이 하얗게 쏟아지는 고향집 감나무(「思鄕」)가 그립다. 단발머리 팔랑이던 소녀시절에 즐겨 암송하던 하이네의 시(「5월에 핀 사랑」)가 그립고, 평생 끌고 다녔던 장독대(「장독대가 있는 풍경」)가 그립다. 집안 손님으로 왔다간 사람, 골목을 누비며 '머리칼 팔아요'하던 목소리, 옛날 영화의 한 장면, 조국을 떠난 친구, 지금은 할아버지가 된 제자, 같은 반에서 문학을 공부하던 문우들, 언니·오빠·어머니·아버지, 가난했던 시절의 김이 무럭무럭 나는 찐빵, 분가한 아들 손자 며느리, 시집간 딸·사위·외손주들이 그립다. 심지어는 늘상 같이 살고 있는 남편도 그리움의 대상으로 나타난다. 그래서 씨에게 있어서는 남편이 고정적인 이미지를 띠고 나타나는 것이 아니라 때로는 성실한 링컨 대통령과 같은 믿음직한 존재로 때로는 감쪽같이 잔치상을 준비해서 목울대를 젖게 하는 낭만적인 애인으로 바뀐다.

물론 그리움이란 씨의 전유물이 아니다. 다만 씨의 글에 특징적으로 나타난다는 것이다. 그러면 그의 글 속에서는 왜 그토록 그리움이 많이 나타나는 것일까. 그것은 그가 세상과 인간과 사물을 보는 시선이 선하고 긍정적이기 때문이 아닐까 싶다. 실제로 그는 어느 경우 어느 장소에서건 갈등하지 않는다. 대립하기 전에 포용해 버린다. 그렇다고 해서 어설프게 상황을 피하려고 하는 것이 아니라, 스스로 짐을 지는 쪽을 선택한다. 차라리 짐을 지는 편이 영혼을 가볍게 하는 것이라는 삶의 철학을 갖고 있기 때문이다. 그 짐을 여행의 체험을 통해서 떨어낸다.

세상에 대한 고운 시선은 다정다감함의 이미지를 창출하게 된다. 씨의 수필에서는 그래서 어머니의 품속 같은 따뜻함이 서려 있다. 하찮은 일에도 주책없이 눈물이 난다. 가령 이웃집 강아지가 바람이 났다거나 어느 집 처녀 총각이 청사초롱 밝힌다는 얘기만 들어도 그저 고맙고 사랑스럽다.(「5월에 핀 사랑」) 할머니라 해서 그냥 안방에 앉아있는 것이 아니라 손자 손녀와 함께 장단을 맞추며 달리기도 하고(「달리는 노래방」), 이국땅으로 팔려가는 쓸쓸하고 두렵고 차갑기만 한 이름 모를 어린아이를 품에 안는 따뜻함이 독자의 눈물샘을 자극한다.

"기내에 들어서자 아이의 울음은 더욱 처절하게 들렸다. 여기저기서 승객들이 소곤거리는 소리를 그 아이의 울음소리가 모두 삼켜버린 듯했다. 울고 있는 아이를 덥썩 가슴에 껴안았다. 다시 등을 돌려 업어도 보았다. 그래도 아이는 막무가내로 울음을 그치지 않았다. 아이를 달래려다 그만 나도 울었다. 그런 나를 멀거니 바라보던 아이는 울음을 그치고 두 팔로 내 목을 휘감았다. 마치 혈육과 같은 끈끈함이 밀착되었다."

— 「꼬리표가 붙은 아이」에서

"그날 이후 매년 음력 정월 스무사흘이면 연례행사로 임자 없는 생일상을 차렸다. 그 서른 다섯번째 임자 없는 생일상이 차려지던 날 그날은 특별했다. 돌아가신 어머님이 팔순되시는 생신날이었다. 우리 부부는 아침 일찍 임자 없는 생일상을 거두고 황새봉 끝자락 양지 바른 곳에 누워 계시는 어머님을 찾아 갔다. 묘소엔 효성스런 아드님의 정성이 곳곳에 살아 숨쉬고 있었다."

— 「임자 없는 生日床」에서

시집 오기 전에 세상을 떠난 시어머니 생일상을 40여 년이 가깝도록 차리는 며느리의 지극정성한 얘기이다. 오늘날처럼 근본도 없이 편의주의적으로 사는 세상에 한 번쯤 그 따뜻한 며느리의 마음을 헤아려 볼 일이다.

스쳐가고 사라져 버린 것들에 대한 그리움과 사물과 현상에 대한 따뜻하고 부드러운 시선이 씨의 문학을 이루는 한 축이라면, 끊임없이 유동하며 어디론가 떠나가고 있는 움직임이 또 한 축을 이룬다. 전자가 정적인 이미지라면 후자는 동적인 이미지라고 해야 옳겠다. 씨는 정적인 듯하면서도 매우 진취적인 정신세계를 지니고 있다. 한 곳에 머물러 정체하지 않고 움직인다. 육신도 움직이고 정신도 함께 움직인다. 그래서 씨의 작품들을 자세히 뜯어보면 어디론가 떠나는 이미지를 강하게 받게 된다. 여행체험의 글들이 다수를 차지하는 것은 결코 우연이 아니라, 씨의 생래적生來的 특성이 자연발생적으로 발현된 것일 뿐이다.

> "이순이 다 된 노부부에게도 어김없이 가을은 찾아오는가 보다. 남편은 며칠
> 전부터 함께 산이나 다녀오자고 했다. 애써 모른 체 했지만, 상강(霜降)을 지나
> 뜨락의 감이 발갛게 익어가는 모습을 보면서, 예순 번째 다시 찾아온 가을을
> 놓치고 싶지 않다는 생각이 들었다."
>
> — 「가을 나그네」에서

여행을 통하여 자연처럼 흐르는 인생을 깨닫는다. 산사의 저녁 종소리를
들으며 망상을 하고, 하늘의 뜬 구름이 가자 하면 가는 것이지 산사가 좋다
하여 머무르기를 고집하지 않는다.

이처럼 씨의 여행체험은 일상의 무게를 덜어내고 마음도 떨어내며 사랑
도 떨어내며 영혼의 무게를 가볍게 만든다. 그래서 그의 움직임은 물이 흐
르는 것과도 같다. 가령 「모노드라마」와 같은 작품은 하나의 자연스런 흐
름인 것이다. 인간과 인간 사이의 교감이 때로는 거칠고 투박하고 유치한
말잔치 같지만, 아무도 그 흐름에 끼어들거나 흐름을 바꿔놓지 못하는 강력
한 자연법의 이치가 뒷받침되고 있기 때문이다.

> "기사양반의 절제된 리듬의 언어는 그냥 지나치는 말 같아도 세상을 달관한
> 데서 나오는 자연스런 언어였다. 수원을 지나 서울 톨게이트에 이르자 그는 현
> 장 직원에게 사고 현장의 상황을 중계방송 해설자마냥 소상히 알려준다. 분당
> 아파트 숲을 뒤쪽으로 밀쳐내던 버스는 달래네 고개를 넘어 청계산을 또 밀쳐
> 내고 서초동으로 진입했다."
>
> — 「모노드라마」에서

천의무봉天衣無縫이라 했던가. 씨의 영혼이 흐르는 물과 같으니, 씨의 글
은 이와 같이 자연스럽게 흐른다. 마치 차의 행렬이 주위의 배경을 자연스
럽게 밀쳐내 듯이. 밀쳐지는 배경은 차를 탓하지 않고, 또한 차들은 배경을

나무라지 않는 자연스러움이다. 그러기에 청주에서 서울까지 내내 기사양
반이 혼자서 중얼거리는 모습을 보고「모노드라마」라는 멋진 예술을 생각
할 수 있었을 것이다. 실로 무거운 영혼을 지닌 상태로는 짜증섞인 기사의
말을 이렇게 한 구절도 놓치지 않고 재미있게 기록을 할 수 없는 일이다.

> "뭐니뭐니해도 나는 여행할 때가 가장 기쁘다. 여행 중에는 일상의 남루를
> 훨훨 벗고, 미움도 벗고 증오도 벗고 사랑까지 벗어던지고 나비인 양 훨훨 하얀
> 영혼으로 날아다닐 수 있기 때문이다."
>
> ―「기쁨」에서

우리는 언제나 어디서나 무엇인가를 붙잡으려고 한다. 집착하고 또한 머
무르려 한다. 머물러서 이루고 가지려 한다. 욕망欲望 때문이다. 그렇다 보
니 때로는 미워해서는 아니 될 사람을 미워하고, 배반해서는 아니 될 사람
을 배반하기도 한다. 삶의 두께가 영혼을 무겁게 한다. 그러나 씨의 작품을
읽고 있노라면, 덩달아 나 자신도 영혼의 무게가 가벼워지는 느낌을 받는
다. 삶의 목적이 무언가를 이루는 것이 아니라 영혼의 무게를 가벼이 하는
것임을 깨닫게 한다. 그래서 나는 씨의 작품들과 은밀한 대화 끝에 '흔들리
는 영혼들에게 바치는 노래'라는 제목을 생각해 냈다.

이 글을 쓰는 이는 수필가 김진수 씨가「숨은 나」를 묶어 냄으로써 스스
로 많은 짐을 덜었으리라 본다. 삶의 무게도 가벼워지고 그만큼 영혼의 무
게도 가벼워졌으며 사심 없이 사물을 바라볼 수 있는 거울을 지니게 되었을
것이라 여겨진다. 3년여 집중적인 산고 끝에 얻은 가벼운 영혼으로 새롭게
시작되는 두 번째 수필집에서는 자신을 발견해 가는 글들을 발표해서 독자
들에게 또 다른 기쁨을 주길 기대해 본다. 尾

화해와 폭력의 모티프
- 윤석원론-

5 1 날카로운 현실 인식

작가 윤석원이 우리 앞에 또 한권의 소설집을 내놓았다. 20세기
전후의 우리 사회를 시대적 배경으로 삼은 이 두 번째 소설집 「남자가 사는
법」엔 모두 열 한편의 단편이 실려 있다. 날카로운 현실 인식의 바탕 위에
서 씌어진 작품들이기 때문에 예사롭지 않은 감동의 폭발력을 내재하고 있
다. 바흐찐의 말을 빌리면, 소설은 성장하는 장르로써 현실과의 접촉력이
가장 강한 장르라고 한다. 현실과의 접촉영역은 현실의 결핍된 부분이며,
현실의 결핍된 부분은 그 정체성이 무너진 부분이다. 그 지점에서 열 한
편의 단편들은 한결같이 이야기가 시작된다.

그의 첫 번째 작품집 「환생유혹」은 장편이었다. 신神을 끌어내리고 이성
理性을 떠받들다 마침내 세기말의 우울과 절망을 겪으며 혼돈에 처한 인류
의 모습을 꿰뚫고 나온 장편이었다. 20세기말 파산된 인간세계를 구원할
길을 모색하였다는 점에서 「환생유혹」은 세기말의 중심적 담론이 되기에
충분한 작품이었다.

두 번째 소설집에 나오는 인물들은 모두 현실에서 뿌리 뽑힌 사람들이다.
낙원에서 추방당하는 아담이거나, 아담이 해야 할 무거운 노동을 대신해야
하는 이브이다. 현실은 차갑고 황량하며, 어둡고 무거우며, 비좁고 막막하

다. 빛이 들어오지 않는 지하실 방, 정체길의 만원 버스, 느릿느릿 달리는 폭발할 것 같은 기차, 담배 연기 자욱한 뮤직박스, 어항 속에 갇힌 검정 금붕어 등은 퇴로가 없는 닫힘과 막힘의 이미지들이다. 이런 이미지는 소설을 소설답게 하는 미덕이다.

이 외에도 윤석원 소설이 독자를 끌어들이는 몇 가지 미덕을 더 들면 다음과 같다. 그 첫 번째는 문체를 꼽을 수 있다. 문체는 작가의 세상 보는 눈에 따라 결정된다. 세상은 모순과 부조리로 가득 차고 폭력으로 난무하지만, 그의 눈은 근본적으로 선한 곳을 지향하고 있다. 그래서 독자가 소설을 편안하게 읽어갈 수 있는 것이다. 그의 문체는 재기발랄하여 슬프고 그악스런 이야기라 할지라도, 처연할 정도로 심각한 상황일지라도, 독자는 입가에 웃음을 띠고 읽을 수 있다. 두 번째는 호기심을 지연시키는 서술 방법이다. 그는 소설의 첫 대목에서 함부로 독자에게 정보를 제공하지 않는다. 차츰차츰 최소한의 정보들이 제공되기 때문에 독자의 궁금증은 더해져 간다. 끊임없이 호기심을 지연시키는 수법이며, 소설의 끝까지 독자가 눈을 떼지 못하게 하는 소설쓰기의 전략인 셈이다. 세 번째는 방언구사의 능력이다.

"느그 누나 생기기까진 밸 탈 없이 알콩달콩 잘 살아씨야. 그런디 느그 고모가 죽은 뒤에 느그 아부지는 반미치기가 되았다. 그래갖고 맬겁시 느그 할메, 느그 하나씨를 밤낮으로 찾아더라. 그러더니 생때 같은 느그 큰아부지들까지 몰살시킨 그 원수덜이 다시 들어와 두 눈 뻔히 뜨고 살때부텀은 참말로 느그 아부지는 미치고 말어씨야. 허구헌날 술독에 빠져 원수덜 죽인다고 날뛰면서 집안살림 절단내고, 분에 못이겨서 꼽사춤을 추다가 울다가 허는 것도 하루이틀이제 그 지랄을 어떠케 동네 어른덜이 다 볼 수 있었것냐. 그런께 꼬리섬으로 이사를 헌 거시었시야. 어떤 주댕이덜은 우리가 윤씨동네에서 쫓겨났다고 방정을 떨었지만 그것은 천만에 말씀이고, 그때는 우선 하나 남은 느그아부지 목숨이 다급해써야. 거그서도 느그덜 낳고 남부럽지 안케 살았을 거신디…."

—「아버지의 춤」 중에서

위 인용문에서 보는 바와같이 코끝이 찡하도록 감칠맛 나는 남도 사투리
구사는 소설 읽는 재미를 더해준다. 역동성과 리얼리티가 돋보여 살아 있는
소설의 육체를 실감케 한다. 특히 「아버지의 춤」은 시련과 역경을 넋두리
로 풀어내는 어머니의 남도 사투리가 작품 전체의 분위기를 지배하고 있다.

5_2 갈등의 모티프에서 화해의 모티프로

이 작품집 가운데 「춤」의 연작 네 편은 백미에 속한다. 「춤」,
「아버지의 춤」, 「춤, 세 번째 이야기」, 「춤추는 사람들」. 이 네 편이 연작에
해당한다. 네 편을 관통하는 인물은 꼽추 춤을 추는 아버지이며, 아버지를
중심으로 어머니와 자식들이 변주되고, 시간과 공간의 폭이 확대된다. 이
네 편의 연작에 소요되는 시간은 멀리는 6.25에서 가깝게는 5.18 광주 민중
항쟁 서울 올림픽(1988) 때까지 스토리의 시간 폭을 지닌다. 공간적으로도
아버지의 고향마을(밤골 옆동네), 꼬리섬 · 율동 마을에서부터 서울, 광주, 목
포 등 시간의 진행에 따라 확장된다. 작품 속에서 이야기되는 시간이 6.25
까지 거슬러 올라간다는 점은 주목을 요한다. 6.25의 문제가, 그때의 갈등
과 상처(투라우마)가 5.18 때나 서울 올림픽 때나 이 작품집이 발표되는 2004
까지 잊을 수 없는 과거이기 때문이다. 잊을 수 없는 과거는 현재의 삶에
깊이 개입된다. 그것은 또한 우리가 바라는 미래와 관련을 맺는다. 그 과거
를 어떻게 극복하느냐에 따라, 미래는 희망일 수도 절망일 수도 있는 것이
다. 희망을 선택하느냐 절망을 선택하느냐에 따라 작가의 윤리가 결정되며,
작품의 미적 가치가 가름된다.

"세 번째 수감되어 형량의 삼분의 일도 채우지 못하고 춘오는 목포교도소에서 병원으로 옮겨졌다. 학생들과 재야 인사들이 진상조사를 하고 대책회의를 했지만 춘오의 회복과는 전혀 무관했다. 병원으로 옮겨져야 했던 이유를 헤아릴 틈도 주지 않고 춘오는 자신의 바삭바삭한 삶을 접고 말았다. 그날 아버지는 영안실에서 꼽추 춤을 추었다. 그러나 그날 춤사위는 달랐다. 한때 그토록 무섭고 흉폭했던 춤사위가 아니었다. 자신이 휘둘렀던 몽둥이 위력에 춘오의 다리가 부러졌던 때의 아버지 모습이 아니었다. 어머니도 춤을 추었다. 그 춤을 구체적으로 표현할 수는 없었다. 하지만 원한과 애통함으로 흐느적이는 어머니 몸짓은 영안실에 있던 많은 사람들의 눈물샘을 자극하게 했었다."

－「춤추는 사람들」 중에서

"나는 나 스스로의 부대낌으로 그것(빨갱이에 대한 복수심으로 무서운 검사가 되겠다는 결심)을 포기했고, 살기 위해서 뛰어든 것이 춤추는 춘희를 감시하고 미행하고 국민의 지팡이, 경찰관이 되었다. 그런 나는 모교강당에서 축제 기간 동안에 행할 임무를 다 수행하지 못하고 학생들과 후배이자 동생인 춘희와 어울려 병신춤을 추고 말았다."②

－「춤추는 사람들」 중에서

아버지가 꼽추 춤을 추게 된 동기는 빨갱이에게 모든 것을 빼앗긴 데서 출발한다. 윤부잣집 지주의 아들이었던 아버지는 빨갱이들에 의해 가족이 무참하게 살육당하고, 가산을 송두리째 빼앗기는 처참한 그 현장에 있었다. 아이러니하게도 아버지는 어머니(아버지와 혼인약속)의 사촌(빨갱이)에 의해 살아났고 고모는 그 집 머슴인 동칠(빨갱이)이에 의해 살아났다. 고모는 그에게 맞아 꼽추가 되고 비명에 갔다. 그 원한이 아버지로 하여금 꼽추춤을 하게 하였다. 그러니까 아버지의 꼽추춤은 빨갱이에 대한 그 증오심의 외적 발현이며, 자식들은 아버지로부터 증오심을 유산으로 물려받은 셈이다. 자식들이 아버지처럼 꼽추춤을 추는 까닭이 여기에 있다. 그러나 자식들이 추는 꼽추춤은 아버지가 추는 꼽추춤과는 의미가 다르다.

인용문 ①에서 보는 바와같이 춘오(넷째아들)는 시위 현장에서 꼽추춤을 추다가 구속을 당한 인물이다. 광주 민중항쟁과 관련된 시국 사범이다. 당시 군부에서 빨갱이로 몰아갔던 시위대와 같은 선상에 놓이는 안타고니스트인 셈이다. 그렇다면 왜 춘오는 꼽추춤을 추다가 아버지에게 몽둥이로 다리가 부러질 정도로 고통을 당하였음에도 불구하고 춤추기를 그치지 않았을까. 이에 대한 의문은 인용문 ②에서도 똑같이 일어나는 의문이며, 이 의문에 대한 해답은 작가의 윤리에까지 연결되어 있다. 춘희(막내딸)가 학교 강당에서 벌이는 춤판을 감시하는 위치에 있던 맏아들 춘길은 경찰 제복을 입은 채로 그들과 함께 꼽추춤을 추고 있는 것이다.

앞에서 말한 바와 같이 춘길, 춘오, 춘희는 모두 아버지로부터 좌익에 대한 증오심을 물려받았다. 그 증오심과 함께 아버지의 춤사위도 물려받았다. 그러나 2세대인 그들의 춤은 단지 해원굿 같은 춤사위가 아니라, 사회 공동체의 정의감을 바탕으로 하고 있다는 점에서 아버지의 춤사위와는 본질적으로 다르다. 밤골(빨갱이 마을)에 가서 분탕질을 하고, 자기 집에 하숙하는 인부를 패대기치는 등 난폭했던 둘째 아들 춘식이 승려(지석스님)가 된 것과 마찬가지로, 이들 아들딸들은 과거를 객관화할 수 있는 능력을 가진 세대들이었다. 과거의 객관화는 미래를 포기하지 않는 깨어 있는 의식으로부터 나온 인식이다.

소설의 인물은 소설 속에서만 국한되는 것이 아니라, 소설을 감싸고 있는 사회 구성원의 한 공동체를 대표한다(루카치). 그러므로 작품 속의 좌익과 우익의 대립은 작품 밖의 좌익과 우익의 대립이다. 일테면 민족 내부의 반쪽씩을 차지한다. 양쪽이 서로 반목 질시하며, 반대쪽을 가해자로 규정하고, 자기자신은 피해자라고 주장하는 극단적인 흑백논리가, 우리 민족 전체의 삶을 질곡 속에 몰아 넣어 왔다. 그러한 이분법적 논리가 민족 공동체의 하나됨에 가장큰 걸림돌로 작용해 왔다. 아버지 세대(6.25 체험세대)에 극복하지 못한 반목과 질시의 대립관계를 자식 세대에는 화해의 관계로 진보할 때만, 민족 전체의 미래는 희망으로 열려져 있는 것이다.

> "아버지의 죽음 주위는 그야말로 적막했다 …… 비가 내리는 가운데 발인제는 시작되었다 …… '밤골 사람털이 지금 막 조문을 왔는디, 어쩌끄나?'난처한 표정으로 그렇게 말하고는 호상이 나를 살폈다 …… 나는 엉뚱하게도 승용차가 서 있는 곳으로 걸음을 옮겼다. 호상은 내 행동이 뜻밖이라는 듯 놀라 그 자리에 그대로 있었다. 승용차에서 나온 그들도 큼직한 우산을 펴들고, 나를 향해 걸어왔다. 그들과 나는 약속이라도 했던 것처럼 서너걸음을 사이에 두고 멈춰 섰다. 그들 중에 내 또래의 튼튼한 젊은이가 앞으로 나서며 먼저 말을 꺼냈다. '얼마나 슬픔이 크십니까?'③
>
> ─「춤추는 사람들」중에서

맏상주인 춘길이 밤골사람들(빨갱이)의 문상을 받아들이는 장면이다. 이 대목은 춤 연작의 정점이며 작가의 미학적 승리이다. 네 편 연작의 중심화자인 춘길의 냉철함이 빛나는 대목이며, 민족문학적 성격을 뚜렷이 드러낸 대목이기도 하다. 만약 그들에 대한 증오심의 벽을 허물지 못했다면 결코 받아들일 수 없는 상황이다. 그렇게 된다면 소설은 흔하디 흔한 복수극 형태로 끝나고 말았을 것이다. 그러나 맏상주 춘길은 냉정함을 잃지 않는다. 그들의 문상을 의연히 받아들임으로써 양편의 첨예한 갈등을 풀고 화해의 길로 나아갈 수 있는 길을 터놓았다. 이는 양분됐던 민족 전체가 분단모순을 극복하기 위해 나아가야 할 방향제시인 것이다.

6.25 이후 우리 소설은 6.25를 소재로 한 소설이 중심축을 이루어 왔다. 그러나 수많은 작품들이 생명력을 잃고 만 것은 6.25에 대한 작가의 편향된

시각 때문이었다. 어느 한쪽이 가해자이면 다른 한쪽은 피해자이다. 이러한
구조는 조선소설이나 개화기소설의 권선징악, 혹은 권신징구勸新懲舊와 같
은 선상에 놓이는 것과 같다. 과거를 객관하지 못하고, 미래에 대한 희망과
는 아무 상관없는 한풀이식의 독서물에 지나지 않는다. 최인훈의「광장」,
윤흥길의「장마」, 임철우의「붉은 방」, 조정래의「태백산맥」은 이같은 흑
백논리나 레드컴플렉스의 한계를 극복하고 나온 작품들이다. 윤석원의「춤
-연작 네 편」은 이 준열한 민족문학 대열에 합류하게 될 것이다.

5 3 폭력의 질- 소설적 허용

루시앙 골드만은 소설을 '타락(폭력)한 사회에서 진정한 가치를 추
구하는 타락(폭력)한 방식'이라고 정의한다. 소설은 시정의 이야기라거나 가
공의 진실fiction이라는 정의와는 논리적 편차가 있다. 그럼에도 그의 정의는
시대에 잘 맞아떨어지는 객관성을 획득한다. 시장경제 체제 하에서의 교환
가치에 지배당하는 세계의 타락성에 대립하는 소수의 개인은 진정한 가치
(사용가치)를 추구하지만, 그 방식은 타락 혹은 폭력적 대응을 하게 된다는
것이다. 즉 작중주인공은 세계와 대립 · 공통의 변증법적 관계에 놓이기 때
문에 문제적 개인The problem character이라고 한다.

「불멸을 거부하는 조급증에 관하여」,「창백한 시절」,「이사철」의 주인
공들은 모두 문제적 개인인 셈이다. 이들은 이들을 둘러싼 사회의 폭력에
맞서서 현실을 초월하려는 의지와 행동을 보인다. 그러나 주인공은 폭력적
인 사회와 대립관계를 가지나, 진정한 가치를 추구하는 방식은 역시 폭력적
이다. 대립과 공통이라는 변증법적 관계인 것이다. 이 구조에 작품을 적용
할 경우 '진정한 가치를 폭력적인 방식으로 추구한다'를 성찰적으로 받아들

여야 한다. '폭력적'이라는 수식어는 사회와 작중 주인공 모두에게 붙여져 있지만 '폭력의 질'은 사뭇 다르다. 사회 앞의 폭력이 교환가치적이라면, 작중 주인공 앞의 폭력은 사용가치적이다. 이 사용가치적인 폭력이 낭만적 거짓이며, 소설적 진실이다. 그러므로 사용가치적인 폭력은 내재화된 소설의 가치를 드러내기 위한 소설적 허용인 셈이다.

「불멸…」의 주인공은 출판사 편집부 오과장이다. 그는 앞만 보고 일을 하였으며 그 대가로 다른 동료들보다 빨리 진급하였다. 6년여 회사 생활 끝에 그런 삶에 회의를 갖게 된다. 회사와의 대립관계에 처하게 되는 순간이다. 그러나 그의 진정한 가치는 숨겨져 있다가, 정시 출퇴근 지키기 투쟁이라는 폭력적인 방식으로 나타난다. 그것은 회사의 입장으로 봤을 때는 실정법을 어긴 폭력이다. 회사의 가혹한 노동시간 요구가 폭력적이듯이 그의 5일째 계속되는 정시 출퇴근 지키기 투쟁도 폭력적이다. 그러나 전자의 폭력과 후자의 폭력은 질적 차이가 있다. 전자의 폭력이 교환가치적이고 인간의 자유와 행복 추구권을 빼앗는 폭력이라면, 후자의 폭력은 인간의 자유와 행복 추구권을 찾기 위한 사용가치적인 폭력이다.

「이사철」에서의 폭력적인 사건은 아파트 13층의 이삿짐을 내리다가 곤돌라 줄이 끊어져 이삿짐이 망가지는 장면이다. 물론 작중 주인공 한민국의 직접적인 실수는 아닐지라도 그는 이미 심리적으로 주인집 여자와 그의 남편에 대한 타락함에 첨예한 대립각을 이루고 있다. 그렇기 때문에 곤돌라 줄이 끊어졌을 때 '통쾌함'과 '해방감'을 느꼈던 것이다. 이삿짐센터 일꾼이 이삿짐을 조신하게 다루고 탈 없이 이삿짐을 옮겨야 하는 것은 실정법이다. 그 실정법을 어긴 주인공 한민국의 행위는 폭력이다. 그러나 실수로 말미암아 파생되는 문제를 피하지 않은 '정의로움'에 폭력이 내재된 소설적 진실이다.

"잘 썩은 똥 냄새만큼이나 걸쭉한 쌍소리가 낭자합니다. 벼락을 맞은 꼴을 상상하는 것으로도 그들은 고소합니다. 노름꾼들은 그 지독한 냄새보다 판돈을 챙기느라 지금 요란스럽습니다. 그들은 그 틈에 모두 밖으로 빠져나왔습니다. 노름꾼 중 누군가도 어둠 속으로 튀어나왔습니다. 그러나 도망자를 붙잡기는 역부족입니다."

― 「창백한 시절」끝부분

위 인용문은 마을의 어린 아이들(석봉, 연호, 정숙)이 점방에서 허구한날 벌이고 있는 노름판에 똥물을 퍼부은 사건을 따온 장면이다. 노름판에는 그 아이들의 아버지들도 끼어 있다. 어린 자식이 애비에게 똥물을 퍼붓는다는 것은 폭력 중의 폭력이다. 그리고 불륜이며 엄벌을 받아도 마땅한 일이다. 이런 폭력을 두고 앞에서 낭만적 거짓, 소설적 진실-일테면 소설적 허용이라고 말한 바 있다. 반복되는 얘기지만, 그 폭력은 사용가치적이며 폭력적 행위 속에 소설의 내재화된 가치가 응축되어 있다.

그 내재화된 가치(진정한 가치)를 구체화 하면 이렇다. 어머니는 작은아들을 잃고 미친사람처럼 기도하고 있는데(연호), 어머니는 몸이 아파서 오직 하느님께만 매달려 있는데(점숙), 아버지라는 사람들이 노름에만 미쳐 있다. 이제 정신 좀 차리시오. 무기력한 아버지들이 안일과 쾌락을 쫓는 동안 집안은 가난이 밀물처럼 몰려들어오고 있어요. 마을 앞의 갯펄은 사악한 자본가의 손에 넘어가버리고, 평화로운 고향산천은 모두 쓰레기더미로 변해가고 있는데 허구헌날 노름만 하고 있는 어른들 좀 정신 차리라는 강력한 발언인 셈이다.

5 4 주체의 소멸 혹은 죽음

우리 사회도 생산 중심의 초기 자본주의시대를 넘어 소비 중심의 후기자본주의시대로 돌입하였다. 소비사회는 상품화, 기계화, 과학기술, 교환가치, 시장 등이 지배하는 사회로 특징 지워진다. 이전까지만 해도 상품은 교환가치이자 사용가치를 함께 지녔었다. 그리하여 대상물과 주체와의 관계가 뚜렷이 성립하였다. 그러나 소비자본주의 시대에 이르러 대상물의 종국적 가치인 사용가치가 소멸해 버렸다. 그 결과 인간의 욕구도 자율성을 상실하고, 코드화 되어버렸다. 이념, 국가, 사회, 역사, 종교, 혈연적 유대나 과학적 진보, 인간에 대한 해방 등 모든 근대적 가치들이 무너졌다. 이성의 이름으로 존중되어 왔던 형이상학적 가치들의 부정이며, 객관세계의 총체성이 선험적으로 부정되고 있다. 이러한 해체현상을 근거로 장보드리야르는 '근대의 종언The end of modernity'을 고하였다.

윤석원의 대부분의 작품들에서 보이는 답답함과 우울한 분위기는 이성 중심의 형이상학적 가치의 붕괴와 무관치 않다. 주체는 소멸하거나 죽음에 임박해 있다. 미래는 탈출구가 없는 미로와도 같아 보인다. 주체의 소멸은 국가와 사회와 가정의 소멸을 의미한다. 특히 가정은 사회와 국가의 가장 기본적인 토대일 뿐만 아니라 지상의 마지막 낙원인지도 모른다. 그러나 오늘의 우리 가정은 무참히 무너졌다. 가족은 서로 타자(他者)의 위치에 서 있다. 「남자가 사는 법」에서처럼 아버지는 더 이상 가정의 중심이나 가정을 떠받쳐 주는 든든한 후원자가 아니다. 「오월을 사랑할수 없는 이유」의 요하처럼 아버지는 자식이 태어나기도 전에 부재한다. 간호사인 오주영이 목격하는 수많은 아이들의 아버지는 유령처럼 떠돌고 있다. 아버지가 아버지로서의 위치를 확고히 지키지 못하는 것은 알고 보면 아버지 탓이 아니라 사회의 책임이다. 사회가 아버지를 추방하고 있는 것이다.

"돈이 부족한 유학생활은 생각보다 훨씬 어려웠을 겁니다. 해서 여기저기서
빼주고 또 이리저리 돌려서 보냈던 것이 각시한테는 한푼 두푼이었겠지만, 그
사이에 나는 껍데기만 남았습니다."

― 「외기러기」 중에서

 기러기 아빠의 사연을 담은 우리 사회에서 흔히 볼 수 있는 이야기이다.
두 아이들과 함께 미국으로 간 아내, 아내는 아이들을 교육시키는 것으로
만족치 않고 자신이 박사공부까지 한단다. 있는 돈 없는 돈 다 긁어 보내고
마침내 집까지 팔아야 하는 상황으로까지 몰렸다. 가정의 아버지는 돈 대주
는 기계에 불과하다. 우주의 중심이고 공동체의 중심인 부성父性을 상실하
였다. 부성의 상실은 국가와 사회와 가정 공동체의 정체성 상실이다. 이는
이성理性의 죽음이며, 주체의 죽음이다. 이성이 사라진 공간에 감각이 자리
잡는다. 그리고 타자(외간 남자 또는 외간 여자)와의 강렬한 섹스로 채워진다.
이러한 이상적異常的인 섹스를 통해 부부 사이에서나 가족 관계에서 느끼지
못했던 순수를 발견하지만, 그 순수란 찰라적이어서, 곧바로 허무를 낳는
다. 그리고 허무는 방황을 낳는다.
 지금까지 윤석원의 두 번째 소설집에 나오는 작품들을 과거 역사의 현재
화, 문제적 개인, 주체의 소멸이라는 주제를 갖고 구체화 하였다. 이 외에도
고백체의 문체, 5월 광주 민중항쟁이 미친 영향, 뿌리 뽑힌 자의 떠도는
삶, 병든 사회와 개인의 문제 등은 다른 자리에서 논의되어야 하리라고 본
다. 아울러 불특정다수의 독자들로부터 프리즘을 통해 나오는 칠중의 광선
같은 다채로운 반응을 받기를 기대해 본다. 尾

결핍, 그 문학에의 꿈
― 이무영론 ―

　　현대인의 불행은 꿈을 상실한 데 있다. 물질의 풍요가 현대인들의 꿈을 빼앗아 갔다. 인간의 정신조차도 화폐가치로 환산되는 이 시대에 문학의 존재가치가 무엇이냐고 묻는다면, 문학은 아직도 인간의 꿈을 표현하고 있으며, 이 세상에 어느 것도 문학처럼 인간의 꿈을 진솔하게 표현하는 것은 없다고 말할 수밖에 없다. 인간 사회에서 문학이라는 것을 지워보라. 문학이 없으면 세상이 훨씬 잘 돌아갈 것 같지만, 천부당만부당한 소리다. 문학이 없는 세상은 꿈이 없는 세상이나 마찬가지다. 문학은 거울 속에 비치는 인간의 꿈이며, 상업주의와 찰나주의가 아무리 판을 친다손 치더라도 인간의 꿈인 문학을 끝내 어쩌지는 못할 것이다. 여기에 우리 문학인들의 긍지와 존재 의의가 있으며, 문학인 스스로 이러한 자긍심을 갖고 문학의 정체성을 보존하기 위하여 땀을 흘려야 할 이유가 있는 것이다.

　　꿈이란, 현실로 실현되지 않아도 좋다. 꿈을 갖고 있는 한 세상은 살만한 곳이요, 꿈을 갖고 있는 인간이야말로 이 세상에 존재할 가치가 있다. 또한 꿈이란, 크든 작든 혹은 많든 적든 문제가 될 것이 없다. 현재의 불만족한 상태를 초월하고자 하는 욕구에서 꿈이 생성되고, 그 꿈을 실현하기 위하여 인간은 한층 고상한 동물로 상승되어 가기 때문이다. 현재에 있어야 할 것

그러나 현재에는 결핍되어 있는 것이 개인에게나 집단에게나 모두 존재하며, 이 결핍된 것이 바로 꿈이며 문학적 소재가 되는 것이다. 그러므로 모든 문학작품의 공통된 소재는 꿈이 되는 셈이다.

모든 문학작품의 소재는 꿈이다,라는 이 명제의 맨 앞에 붙은 '모든'이라는 관형어는 제한된 의미로 썼음을 주목할 필요가 있다. 예컨대 식민지 시대에 침략자의 지배논리에 동조한 문학이라든가 상업주의에 영합하여 속물근성을 여지없이 드러내는 문학, 혹은 독자에게 순간적인 쾌락만을 가져다 주는 통속적인 문학 그리고 아무도 알아들을 수 없는 찻잔 속의 폭풍에 지나지 않는 문학은 이 '모든'에서 제외시켜야 한다. 이러한 문학은 인간의 꿈을 말하는 것이 아니라 인간의 꿈을 말살시키는 역할을 하고 있기 때문이다.

그렇다면 이 '모든'에 들 수 있는 문학은 무엇을 말하는가. 그것은 거칠지만 두 가지로 나누어 볼 수 있다. 그 중 하나가 개인의 꿈을 표현한 것이라면, 다른 하나는 집단의 꿈을 표현한 것이라고 할 수 있다. 현실에서 소외된 사람들은 꿈이 많다. 그들의 꿈은 아주 소박하다. 개인의 꿈이든 집단의 꿈이든 이 꿈을 표현하는 문학은 그러므로 소외자의 노래인 셈이다. 인간은 역사적 동물이어서 대체로 집단의 꿈을 표현한 작품을 놓고 시간이 지날수록 높이 평가하는 경향이 짙다. 역사는 말하지 않으나 스스로 대답한다는 의미는 이를 두고 하는 말이다. 집단의 꿈을 표현하는 사람들은 개인의 꿈을 표현하는 사람들보다 비교적 용기가 있다. 그리고 왜 문학을 해야 하며 문학이 무엇을 말해야 하는지를 알고 있다. 그렇기 때문에 문학이 개인과 집단의 꿈이며, 소외자의 노래라고 하지만 소외된 집단의 꿈을 노래할 때 개인의 꿈을 노래한 경우에 비하여 훨씬 더 도덕적 가치를 부여받는다.

말할것도 없이 이 시대에 우리 사회에서 가장 소외받고 있는 지역은 농촌이다. 산업화에 시달리고 UR(우루과이라운드)에 시달려 더이상 뜯길 것이 없다. 그러므로 오늘의 문학이 농촌에 관심을 갖는 것은 아주 자연스러운 그리고 고매한 문학정신이라 하겠다. 이러한 정신은 후대의 독자들에게 비교적 안정된 평가를 받는다. 가령 농민문학의 선구자로 인정받은 이무영을 예로 들어보자.

이무영의 문학은 크게 3단계로 구분된다. 즉 1939년의 이전과 1950년의 이후로 갈라서 초기·중기·말기로 구분하는데, 유독 농민소설을 쓴 중기에 초점을 맞추어 그의 문학을 평가하는 이유는 바로 이 시기의 문학이 그에게 있어서는 작가 개인과 집단의 꿈을 가장 절실하게 표현했다는 사실과 무관하지 않다. 즉 당대의 현실 가운데 가장 소외된 농촌이란 집단 속으로 들어가서 소외자들의 삶을 표현한 정신을 인정받은 셈이다. 이는 동시대의 문학이라고 해서 모두 동일한 중요성을 부여받은 것이 아니요, 마찬가지로 한 작가의 작품이라고 해서 모두 동일한 가치가 있는 것이 아니라는 의미를 웅변해준 예라고 할 수 있다.

이무영은 한때 이상, 박태원이 중심이 된 구인회의 일원이기도 했고, 반동 혹은 동반자라고도 불렸으며, 스타일리스트로 혹은 이념이 없는 허무주의자라는 평가를 받기도 했으나, 농민문학의 선구자라는 평가에 지금은 아무도 반기를 들지 않는다. 농민문학의 상징적 존재로서 그는 이미 한국의 문학계에 이미지화 되었다고 보아야 옳다. 한 작가가 후세의 독자들에게 뚜렷한 인상을 심어주고 그에 걸맞는 평가를 받기까지 그 작가는 고행의 길을 걸었으며, 그 고행길을 어떻게 견디어 냈느냐 하는 점이 우리의 관심이 아닐 수 없다. 그리고 그 관심은 곧바로 그 작가가 세상과 인간을 보는 눈, 즉 소외자들에 대한 꿈의 표현이 어떻게 나타났느냐에 대한 관심으로 초점화되어야 한다.

1939년 이무영은 동아일보사 기자생활을 청산하고, 가솔을 이끌고 농촌으로 들어가 1950년 한국전쟁이 발발할 때까지 왕성한 창작욕과 함께 농민문학의 거보를 내디디었다. 단편 「제1과 제1장」·「흙의 노예」·「산가」·「청개구리」 등과 장편 「농민」·「향가」 등의 일련의 대표작품들을 생산해냈으며, 농촌 체험을 바탕으로 한 「노동」·「맥령」 등의 장편을 써서 농민문학에 관한 한 양적으로나 질적으로나 선구적인 업적을 쌓았다.

그의 대표작이며 동시에 출세작이기도 한 「제1과 제1장」은 작가 개인의 꿈과 소외된 자들의 꿈을 가장 절실하게 토해내고 있다. 제목에서 암시하는 바와 같이 농민문학가로서의 새출발을 하고 있는데, 그것은 작가로서의 새출발인 동시에 또한 인생과 삶에 대한 눈뜸의 출발이라고 할 수 있다. 창백한 도회인의 인텔리가 자신의 삶의 터전을 하루 아침에 버리고 농촌으로 들어가는 것도 웬만한 용기가 아니거니와 '흙냄새의 감정'을 되찾으면서 시작되는 「제1과 제1장」은 어쩌면 오늘날 우리들 모두의 잃어버린 꿈을 상기시켜주고, 도회의 잡음에 시달리고 탐욕에 찌든 우리들의 정서를 순화시켜준다.

> "사람이란 흙내를 맡아야 하느니라. 대처 사람들이 암만 고량진미로 음식을 만든대도 시골음식처럼 구수한 맛이 없느니라. 마찬가지야. 사람이란 흙내도 맡고 된장맛도 나고 해야 구수한 맛이 나는 게지. 음식이나 사람이나 대처사람이 밝구 경우야 밝지! 허지만 사람이란 경우만 가지고 산다더냐. 일테면 말이다. 내가 네 발등을 잘못해서 밟았다고 치자꾸나, 그러면 넌 발끈할 게다. 허지만 우리 시골사람들은 잘못해 밟았나보군 하군 그만이거든. 경우로 친다면야 남의 발을 밟은 사람이 글치. 그래 이 많은 인총에 경우만 가지고 살려구 들어."
> ─ 「제1과 제1장」에서

타인의 잘못을 침소봉대하고, 타인의 불행을 나의 행복쯤으로 여기는 현대인들에게, 수택(초점인물)의 아버지가 들려주는 이 이야기는 공동체의 일원으로서 함께 살아가는 사람들의 인간적인 향취를 풍겨준다. 흙과 함께 흙의 노예로 사는 시골 사람이 아니면 도저히 상상할 수조차 없는 한국인의 토착 정서이며 원시적인 건강성이라고 해야 할 듯 싶다. '흙에 대한 감정'과 남의 잘못을 탓하지 않고 먼저 이해하는 관용의 정신은 여기에서 그치지 않고 도적에 관한 삽화에 이르러서 절정을 이룬다.

> "이 몰인정한 녀석. 내 물건 도적 안 맞았으면 그만이지 사람은 왜 친단 말이냐! 응 이 치운 겨울에 도둑질하는 사람은 여북해 하는 줄 아냐!"
>
> ─「제1과 제1장」에서

경우와 이치를 따지는 도시생활에 익숙해져 집안에 들어온 좀도둑을 수택이 잡았을 때, 수택의 아버지가 오히려 수택을 호되게 꾸짖는 장면이다. 도둑질 하는 행위보다도 도둑질할 수밖에 없는 어려운 처지를 이해해주는 아버지에게서 우리는 그의 인간에 대한 애정에 갈채를 보내며, 법과 규칙으로 화석화된 세계에 익숙해져 있는 우리들에게 놀라움을 금치 못하게 한다. 셰익스피어는 이렇게 말한 바 있다. 인간 사회에는 네 개의 질서가 있다. 그중 가장 하위의 질서가 법적 질서이고, 그 다음 단계는 윤리적 질서이며, 그 다음이 신적 질서 그리고 가장 고상한 질서는 시적 질서라는 것이다. 시적 질서는 문학의 질서요, 문학적 질서는 자연을 거역하지 않는 질서라고 볼 때, 문학을 전혀 모르는 수택의 아버지가 문학가인 아들 수택이보다도 훨씬 더 시적 질서 속에서 고상한 삶을 살고 있었던 셈이다.

연약하고 순진한 이들만을 잡아들이는 법적 질서보다도, 낡아버린 도덕과 이념을 강요하는 윤리적 질서보다도, 두려움을 주어 중생들을 따르게 하는 신적 질서보다도, 자연법에 순응하며 살아가는 시적 질서야말로 오늘날 우리들이 회복해야 할 꿈이며, 그 꿈을 실현하기 위하여 문학인들은 이제 무엇을 어떻게 해야 할 것인가를 심각하게 고려해봐야 하는 지평 위에 서 있다.

흙에 대한 감정교육을 마친 수택은 농민으로서의 자격을 얻기 위한 제2차 교육을 아버지로부터 받는다.

농촌의 산하에 대한 애정갖기, 물꼬보기, 꼴지게 지기, 김매기 등을 익혀, '광대 줄 타듯 하던 논두렁도 어느 새 평지처럼 평탄해진 것 같고, 아랫종아리에 채이는 이슬이 생기 있는 감촉을 주며……이만하면 나도 농촌 제1과는 마친 셈'이라고 자문자답을 해본다. 그리하여 이제는 동리에서 수택의 노동을 신성시하거나 동정하는 사람이 없어졌을 만큼 익숙한 농군이 되어 있다고 제자인 수택은 생각하였으나, 스승인 아버지가 볼 때는 아직도 미덥지 못한 농민이었다. 자신이 지은 볏섬을 코피를 흘리면서 자신이 지고 가게 하는 아버지와 아들은 이미 소설의 현실을 떠난 사회적 현실로 의미가 이동된다. 물론 소설의 끝자리이긴 하지만, 이 대목에 이르면 꿈으로 탈바꿈해버려서, 작품을 둘러싼 사회가 이루어야 할 꿈을 발언하고 있는 것이다. 즉 현실의 보조관념으로 표현된 작품세계 즉 현실의 꿈에 대한 의미를 유추해 볼 수 있도록 장치를 마련한 것이다. 아무리 열심히 일을 해도 농산물의 태반이 지주에게 돌아가는 소작제도의 모순을 폭로한 것이 그것이다. 그렇다고 해서 현실을 팽개치고 떠나는 것이 아니라 현실에 철저하게 순응하여 현실을 극복하는 소박한 현실주의적 태도로 결론을 맺고 있다. 이러한 글쓰기 방식을 이무영은 일관되게 유지한다. 앞에서도 말했지만, 그를 이념이 없는 허무주의자라고 야유하는 것은 이런 이유 때문이다.

그러나 지금 우리는 왜 이무영이 우리시대에 중요한 작가로 인식되는가를 반추해 보아야 한다. 무사와 안일 대신 문제가 있는 곳으로 달려가 작가

정신이 우리를 감동케 한다. 이무영의 시대에 비하면 오늘의 우리 사회는 더욱더 많은 문제를 안고 있고, 농촌은 훨씬 더 피폐해졌다. 산업화와 외세 그리고 정치인들에 의해 농촌은 사정없이 뜯기고 수도 없이 속아 와서 이제 는 더 이상 뜯길 것도 속을 것도 없어졌다. 농촌은 이제 우리 사회에서 가장 소외된 지역이 되고 말았다. 그러나 우리 문학인들은 대체로 농촌의 문제에 대하여 관심을 덜 갖는 듯하다. 오히려 거대한 문명이 갖다 주는 매커니즘 에 희롱당하거나 지배자들의 권력에 아첨한다거나 혹은 평생 시집 한 권 읽지 않는 죽은 실업가의 자서전을 써 주는 일에 문학적 재능을 소비해 왔지 않는가 생각해 볼 일이다. 1939년 이무영이 신문기자 생활을 청산하고 농촌 행을 감행하여 한국농민 문학의 선구적 업적을 남기고, 한국 문학사에 농민 문학의 선구자로 의심 없이 올려지는 것은 결코 우연이 아님을 되새겨 볼 필요가 있다. 尾

광복기 문단의 화제작 제조기
─ 홍구범론 ─

5**1** 　1945년 광복에서 1950년 한국전쟁이 발발하기까지 이 5년여의
기간은 일제의 잔재를 청산하여 정신적 상처를 극복하고, 잃었던 우리 말과
글을 되찾는 일과 이데올로기를 극복하여 새로운 국가 건설이 절실히 요청
되던 시기였다. 그러나 광복의 기쁨도 잠시, 정치는 좌·우 양측이 날카롭
게 대립하더니 마침내 한 민족을 두 국가로 갈라놓고 말았다. 문단의 경우
도 정치와 똑같이 대립과 분리의 과정을 거친다. 이런 가운데 사회는 혼란
에 빠지고 일반대중은 극도의 굶주림에 빠진다.

　홍구범은 이 기간에 여러 장르의 작품을 발표하였으나, 문학적 성취를
뚜렷하게 거둔 장르는 소설이다. 수필 「작가 일기」가 중등작문에 실릴 만
큼 작품성을 인정받았고, 당시 젊은 평론가들의 감정적인 평론 태도나 그들
의 오만불손한 인격을 지적한 평론 또한 당대 비평으로서의 가치를 지닌다.
그러나 그가 실제로 본격적으로 관심을 갖고 창작한 것은 소설이고, '화제
작 제조기'란 별칭을 얻은 것도 소설 때문이었으며, 장차 문학가로서의 큰
꿈을 지닌 것도 소설가로서의 꿈이었다.

　소설로 뚜렷한 문학적 성과를 거두었다는 말은 혼란과 굶주림에 처한

당대 사회를 형상적으로 인식하고 소설을 썼다는 의미이다. 예컨대 소설의 시대적 배경은 한말에서 광복 후까지 걸쳐 있고 공간적 배경은 도시와 농촌을 넘나들고 있지만, 중심 인물은 가난한 민중 계급이며 지식 계급이라 할지라도 굶주림에 처한 극한 상황을 배경으로 사건이 전개되는 양상을 보인다.

5 2

봉건주의, 제국주의, 자본주의의 폭력과 타락에 비판적 태도를 취하고 있는 한 그는 비판적 리얼리스트다. 그의 문단 활동에 대한 사전 지식이 없는 독자는 누구나 좌익쪽 작가의 소설이라 할 만큼 현실 비판적이다. 비판적 리얼리스트는 지배 체제의 이념에 봉사하지 않고 지배 사회의 잔혹성과 부패성에 분노심을 갖고 이를 비판하고 폭로한다. 그래서 비판적 리얼리스트의 작품은 착하고 선한 주인공과 잔혹하고 추악한 반동 인물 들 간의 대비가 극명하게 드러난다. 이러한 대비를 통하여 독자는 주인공에게는 동정심을, 반동 인물에게는 증오심을 갖게 된다.

「창고 근처 사람들」의 차순네와 입장댁이 주동 인물로서 착하고 선한 무산자 계급이라면, 그들에 대비되는 강 조합장은 반동 인물로서 음험하고 추악한 출세주의자인 부르주아 계급이다. 그는 두 젊은이를 징용에 보내고, 남아 있는 두 아낙의 노동을 착취한다. 죽음에 직면한 두 아낙에게는 쌀한 됫박 내어주지 않으나, 일본 경찰에게는 저두평신하는 기회주의적 성격을 갖는다. 가난한 농민을 착취한 대가로 그는 일제로부터 벼슬자리까지 얻는 아이러니가 이 작품을 통해 독자에게 보내는 메시지인 셈이다.

비극적인 최후를 맞는 무산자와 타락한 대가로 영화를 누리는 유산자 사이의 폭력적인 구조는 「농민」의 순만과 지주 양씨와의 관계에서도 그대로 드러난다. 양씨는 순만의 노동을 착취하고 징용에 보내고 그의 아내까지 죽인다. 광복을 맞자 순만은 양씨를 찾아가 자초지종을 묻던 끝에 양씨에 재떨이를 던진다. 양씨가 죽은 줄 알고 스스로 목숨을 끊는다. 양씨는 이미 공산주의자로 변신하여 농민들의 지도자 행세를 하고 있었다. 중일전쟁·태평양전쟁 시에는 일본 군부에 비행기를 헌납하고 도평의원의 지위까지 얻었던 양씨의 희화적인 변신이다.

광복 후의 농촌을 배경으로 삼은 「쌀과 달」의 경우도 이러한 구조적 모순은 상존한다. 일자무식 농사꾼 만삼과 숙모의 속물근성과 경찰의 폭력성이 뚜렷이 대비된다. 숙모는 쌀을 가졌고 경찰은 권력을 가졌다. 만삼이 가진 것은 오직 순수성 하나뿐이다. 이 순수성이 가진 자의 속물근성과는 폭력성에 유린당하는 비극적인 작품이다. 일제 강점기나 광복 이후에나 여전히 부르주아 사회는 부패할 수밖에 없음을 보여준다. 또한 이 작품을 통하여 그는 부르주아 사회의 탐욕과 부패를 형상적으로 인식하는 한 비판적 리얼리즘은 사회의 변화와 아무 상관없이 존속된다는 점을 극명하게 보여주었다.

「창고 근처 사람들」·「농민」·「쌀과 달」은 20년대 조명희의 「낙동강」, 30년대 이기영의 「서화」·이무영의 「제1과 제1장」 등 농민 소설의 계보를 40년대에 홍구범이 훌륭히 이어받았다고 볼 수 있다.

5 3

비판적 리얼리즘의 경향에 이어 두 번째로 드러나는 특징은 의식의 사물화 현상이다. 자본주의 시장경제 체제 하의 사회는 교환가치(물질숭배)의 지배를 받는다. 교환가치의 지배를 받는 사회는 타락하고 마침내 인간의 의식까지 물질화된다. 이때 소수의 사람들은 사용가치(진정한 가치)를 추구하나 그들은 타락한 사회로부터 소외된다.

광복 후 간도에서 이주한 귀환민 가정을 그리고 있는 「봄이 오면」은 의식의 물질화를 극명하게 보여주는 작품이다. 초점 인물 순희를 제외한 모든 인물들이 물질가치의 지배를 받는다. 오직 순희만이 진정한 가치를 추구할 뿐 순희를 둘러싼 모든 인물들은 타락하고 말았다. 학교에 보내달라는 자기 딸에게 어머니는 매질을 하고 아버지는 그런 딸을 술집에 보내려고 음모를 꾸민다. 이를 관찰하는 작중 화자는 잔꾀를 부려 물건을 판다. 부모는 물론 주변 인물들 그리고 어린 동생 순녀까지 모두 물질에 얽매어 있다. 그래서 독자는 봄이 오면 희망이 찾아오는 것이 아니라 순희의 끔찍한 희생이 두려워지는 것이다.

「구일장」은 윤리적으로 비판받아야 마땅한 작중 주인공 송진두가 도리어 애국자로 둔갑하여 어머니의 장례를 구일장으로 치른다는 희극적인 작품이다. 처음엔 화장으로 간단히 치를 작정이었으나 자위대원들의 권고와 재당숙의 의견이 더해져 3일장 5일장 9일장으로까지 확대되었다. 문제는 자신이 장례식의 주체임에도 불구하고 주변 사람들의 부추김에 못이기는 체하며 따라가는 그의 모습에서, 부지불식간에 의식이 물질화되어가는 인간의 초상을 만나게 된다. 어머니의 죽음조차도 교환가치로 환산시키는 물질화, 송진두의 자리에 오늘을 살고 있는 어느 누구의 이름을 대치시켜도 잘 어울릴 만큼 공포스런 물질화는 이미 현대인의 의식을 점령하였지 아니한가.

이야기는 하나의 계산이라는 말이 있다. 「서울길」은 모파상의 「비곗덩어리」를 연상시킨다. 모파상이 전쟁과 굶주림의 상황에서 부르주아 계층과 프롤레타리아 계층을 제비라는 마차의 좁은 공간에 배치하고 부르주아 계층의 허위의식과 프롤레타리아 계층의 순수성을 대비시켰다면, 홍구범은 광복 후의 혼란과 굶주림이라는 상황에서 여러 유형의 인물들을 트럭이라는 좁은 공간에 배치해놓고 각각 인물들의 성격을 백일하에 드러내놓는다. 화주, 화물차 운전사, 조수, 중년 부부 그리고 최치석 노인이다. 화주는 시골 쌀을 서울에 팔러 가는 장사꾼이며, 운전사와 조수는 그 쌀의 운반 책임자이며, 중년 부부는 서울로 돈 벌러 떠나는 가족이고, 최 노인은 아들을 징용에서 잃고 고학하는 손자가 위독하다는 전보를 받은 아픔을 지닌 노인이다.

「비곗덩어리」는 굶주린 상태에서 그들 앞에 놓인 음식이 인물들의 내면의식을 드러내게 하는 동기로 작용하지만, 「서울길」은 서울까지 가는 여비가 인물들의 내면의식을 드러내는 동기로 작용된다. 조수가 중년 부부와 최 노인에게 요구하는 액수는 십 리에 십 원씩이다. 최 노인은 음성에서 탔으니까 이백구십 원을 내라고 한다. 노인은 가진 돈 이백 원을 모두 털린다. 터무니없이 비싼 여비는 조수와 운전사의 술값으로 쓰인다. 조수는 숨 돌릴 만하면 노인에게 나머지 돈을 요구한다. 경안(광주)에 와서 노인을 강제로 끌어내린다. 그리고 차에 오르려는 노인을 발길로 차버린다. 노인은 지팡이로 땅을 치고 달리는 트럭에서는 조수의 노랫소리가 들린다.

조수와 운전사와 화주에게는 이미 노인을 인간으로 보는 눈이 멀어 있다. 노인에 대한 공경심은 차치하고라도 노인이 품고 있는 아픔과 급한 사정도 보이지 않는다. 사람을 사람으로 보는 것이 아니라 화폐로 인식하기 때문이다. 중년 부부가 객관적 위치에 있지만 그마저 화폐를 좇아가는 인물들이기 때문에 이처럼 난폭한 광경을 바라보고만 있을 수밖에 없는 것이다. 교환가치의 지배를 받아 물질화된 의식이 전통적인 미덕이나 도덕성을 짓뭉개버리는 황폐화된 현실을 고발한 작품이다.

「탄식」에 오면 인물의 고유명사가 사라진다. 작중 인물이 K이고 R이다. 고유명사가 사라졌다는 것은 동시대의 보편적 성격을 드러내기 위함이다. 현대인들은 개성을 상실했기 때문에 고유명사를 쓸 수 없다는 로브그리예의 누보로망을 닮아 있다. 즉 자본주의 체제 하의 인간들은 모두 교환가치의 지배를 받으며 결국 의식조차 물질화되어 공장에서 생산되는 나사처럼 획일화되었다는 의미의 다른 표현이다.

「탄식」은 R이 절친한 친구 K가 돈을 요구할 때마다 거절하지 못하다가 마침내 거절하고는 거절하는 데 얼굴 붉힌 것을 탄식한다는 골격을 담고 있다. 이러한 외형적 진술 내면에는 탄식과는 정반대의 역설적 의미가 내포되어 있다. R의 탄식 횟수에 비례하여 인간성을 상실해가는 타락해가는 모습이 점층적으로 가시화된다. 친구 사이를 연결하던 우정의 자리에 화폐가 끼어들면서 진정한 친구관계의 사슬이 끊어지는 비극성이 예리하게 드리워져 있다. 40년대 정치적 혼란과 자본주의로 이입되는 시기에 이만큼의 통찰력을 보여준 점은 홍구범의 자랑이라 할 수 있겠다.

5
4 위의 두 경향이 사회에 대한 통찰을 바탕으로 한 형상적 인식이라면, 세 번째 특징은 자아회복 혹은 타인과의 관계 회복을 형상화한 작품들이라 하겠다. 「귀거래」·「노리개」는 자아 회복을, 「폭소」·「어떤 부자」·「해방」(콩트)·「만년필」(동화)은 타인과의 관계회복을 다룬 작품이다.

소설은 지나간 것과 실현되지 않은 것을 충만하게 표현하는 이중성을 지닌 장르이다. 반성을 권장하고 미래에 대한 자유를 얻기 바라는 속성을 갖고 있다. 이러한 이중성은 소설에서 보이지 않는 원리로 작용한다. 이 원리 때문에 작가는 소설을 창작함으로써 자신을 제 2의 자아로 창조하고, 독자는 소설을 통하여 새로운 자아로 태어난다.

「귀거래」는 열세 번을 이사한 순구의 이야기이다. 열한 번은 서울에서 이사를 하고, 시골로 이사한 것이 열두 번째, 마지막 열세 번째는 다시 서울로 이사를 한다. 열한 번째까지의 서울 생활과 열세 번째 재상경이라는 겉 이야기에 열두 번째의 시골 생활이 속 이야기로 꾸며진 액자 소설이다. 열두 번째 시골로의 이사는 서울에서 물질적으로 견딜 수 없었기 때문이었지만, 열세 번째의 재상경은 마음의 갈등 때문이었다. 물질을 얻어 경제적 형편은 나아졌지만 물질화되어 가는 자신을 발견하고, 물질을 버림으로써 마음의 갈등에서 벗어나 재상경을 결행할 수 있었다.

액자 속의 인물은 쌀장수 이춘과 정신적으로 모자란 박성달이다. 화자는 이 두 인물과 관계를 가지면서도 그들을 관찰하는 위치에 있다. 이춘의 교활함과 박성달의 거짓말로 화자는 그들과 갈등 관계에 처하게 되지만, 그 갈등관계는 도리어 화자 자신의 내적 갈등을 해소하는 동기로 작용한다. 그들의 교활함과 거짓말을 반면교사로 삼고 자신을 반성하면서 새로운 인간으로 다시 태어난다. 물질과의 관계를 가졌다가 잠시 일탈했던 자아의 회복인 셈이다.

물질의 차원에서 자아를 찾는 「귀거래」와는 달리 「노리개」는 사랑의 차원에서 자아를 회복한다. 작중 주인공 남규는 사랑을 받을 줄만 알았지 사랑을 줄 줄은 몰랐다. 사랑을 받기만 할 때에는 남의 노리갯감이 될 정도로 어리석고 못된 성격의 소유자였지만, 사랑을 주어본 경험을 갖게 되었을 때 비로소 객관 사회의 구성원으로 살아갈 수 있는 심적 바탕이 마련되었다. 받는 사랑보다는 주는 사랑이 한 인간을 얼마나 성장시키는가를 보여주는 작품이다.

이에 비하여 「어떤 부자」·「해방」·「폭소」·「만년필」은 타자와의 관계 회복을 다룬 작품이다. 「어떤 부자」·「해방」은 아버지와 아들 사이의 관계 회복이며, 「만년필」은 할아버지와 손자의 관계 회복이고, 「폭소」는 부부 사이의 관계 회복을 다룬 작품이다.

분열된 자아 극복이나 타자와의 관계 회복이나 모두 자신의 정체성을 찾는다는 점이 이 유형의 작품들이 갖는 미덕이다. 갈등을 극복하고 일탈됐던 자아가 제자리를 찾기 때문이다.

자아 회복이 자신과의 화해라면, 타인과의 관계 회복은 세상과의 화해이다. 화해해야 할 대상은 언제나 가까이에 존재한다. 내부로 파고들면 자아 깊숙이 뻗어가고, 가까운 사람들은 외부로 뻗어가는 첫 관문이다. 물론 각각의 관계마다 관계 회복의 방식은 다르게 나타나지만, 화해하는 그 모든 장면은 평화롭다. 인간과 인간 사이의 평화로운 관계 회복은 아마도 작가가 꿈꾸는 세상이었는지도 모른다.

5

홍구범 소설 대부분이 아이러니적인 풍자성을 띠지만, 특히 「전설」과 「농민」은 풍자의 농도가 짙다. 풍자는 동시대 사회나 한 인간의 결함·악폐·악덕·우행 등을 비꼬고 조소하여 공격하는 어조이다.

「전설」의 황무영은 한말의 중인 계급으로 벼슬자리를 얻어 신분 상승을 꾀하는 인물이다. 벼슬자리를 얻는 일이 어렵게 되자 관군에 들어갔다가 탈출하여 다시 동학에 들어간다. 관군이 동학군을 밀어닥친 순간 민첩하게 관군으로 변신하여 살아남는다. 카멜레온처럼 상황에 따라 보호색을 달리

하는 변신의 귀재이다.

「농민」의 지주인 양씨는 중일전쟁이 일어나자 일본군에 비행기 한 대를 헌납하여 사업을 번창시키고 도평의원의 지위도 얻는다. 광복이 오자 그는 공산주의자로 변하여 자신의 쌀을 가난한 사람들에게 나눠주고 소련에게 붙어 나라가 서면 농민들이 잘 살 수 있다고 대중 연설을 하는 인물이다.

우리의 근대사는 동학·일제 식민지·광복·미군정·분단이라는 비극적 역정의 연속이었다. 작가는 반봉건·반외세·민족 통합이라는 시대적 요청에 부응하면서 꿋꿋이 견디어온 역사의 승자를 그린 것이 아니라, 오직 자신만의 안위를 목적으로 살아온 패자를 그려냈다. 이는 황무영과 양씨의 지배자에 대한 노예의식과 기회주의적 보신주의에 대한 풍자이자, 우리 근대의 역사에서 아이러니하게 등장한 인물 유형에 대한 풍자인 셈이다.

56

1950년 5월 「협동」 1월호부터 연재하기 시작하여 5월호에서 중단된 장편 소설 「길은 멀다」를 보면, 홍구범이 그간에 다진 필력을 바탕으로 본격적인 소설 쓰기를 시도한 흔적이 역력하다. 문장의 흐름이 장강의 흐름처럼 유려하게 흐른다. 서사 구조가 탄탄하고 인물의 심리 묘사가 치밀하여 소설의 리얼리티가 더욱 돋보인다. 그가 우리에게 마지막으로 들려주는 그의 목소리는 결의에 차 있다.

"이제 진녹이가 나올 장면일 것이다. 여기에 작자는 한 마디 부언을 하여두지 않으면 안 되겠다. 그것은 애지가 찾아가는 행동 진전으로부터 진녹이가 나오도록 쓰느냐, 그렇지 않으면 진녹이를 중심으로 이야기를 시작하느냐는 문제에 부닥친 것이다. 대개 이 땅의 독자들은 소설로써의 전체적인 구성보다도, 즉 이야기 줄거리는 째이든, 수많이 봉창이 나든, 이런 것은 상관없이 그저 저속한 의미에 있어 재미난 사건만을 중요시하는 때문이다. 만약 이러한 사건만을 골라 찾아 읽는 독자에겐 벌써 이 소설은 낙제인 것임을 작자도 잘 알고 있다. 이제 진녹이가 나오는 이 장면도 애지를 찾아가는 데부터 써야 독자의 구미에 맞을 것이다. 하지만 벌써 그런 독자들은 이 소설에서 눈을 돌렸을 것이며, 이렇다면 차라리 작자가 쓰고 싶은 대로 나아갈 수밖에 없다. 그러므로 해서 작자는 위선 독자들에게 진녹의 인물부터 소개하고자 한다."

장편 연재소설이지만 독자의 구미에 맞는 소설이 아닌 본격적인 소설을 쓰겠다는 일종의 선전포고인 것이다. 그의 목소리를 요약하여 전달하면 이렇다.

작중 주인공은 사랑하는 애지와 진녹이다. 두 인물이 데이트를 약속한 일요일 아침이다. 소설의 첫 부분에서 애지의 가족사 이야기를 썼으니 이제 진녹이가 애지를 찾아가는 것을 써야 흥미로울 텐데 그렇게 쓰면 흥미 중심의 소설이 된다. 독자들은 그런 소설을 원하지만 나는 그런 소설을 쓰지 않겠다, 이다.

즉 우연히 남발하는 스토리 중심 흥미 중심의 소설을 쓰지 않고, 인과관계에 의해 사건이 전개되는 플롯 중심의 예술적 가치가 있는 소설을 쓰겠다는 것이다.

이렇게 독자에게 직접 말을 건 다음, 작가는 애지가 진녹을 찾아오는 장면을 쓰지 않고 진녹의 가족사를 장황하게 전개한다. 애지의 가족사에 이어 진녹의 가족사를 서술함으로써 조선시대 신분 사회와 일제 강점기의 구조적 모순을 총체적으로 담아내고, 두 인물의 사랑이 순탄치 못할 것이라거나 혹은 왜곡된 역사에 대한 화해의 통로로 삼고자 하는 의도를 분명히 드러내고 있다.

「협동」은 문예지가 아닌 금융지였다. 금융사의 잡지가 연재소설을 요청하는 이유는 잡지에 대한 흥미를 유발시키기 위함이라는 사실을 작가가 몰랐을 리 없겠으나, 작가는 사측의 의도와는 상관없이 예술로써의 가치가 빛나는 본격적인 장편소설을 쓰고 싶었던 심경을 피력하고 있다.

5 7

지금까지 살펴본 홍구범 소설의 특징을 요약하면 다음과 같다.

첫째, 비판적 리얼리즘의 경향이다. 이러한 경향의 소설에서는 부르주아 계층의 추악성과 무산자 계급의 순수성을 극명하게 대비하고, 부르주아 계층의 추악성을 폭로하고 무산자 계급의 순수성에 동정심을 부각시켰다. 「창고 근처 사람들」·「농민」·「쌀과 달」은 비판적 리얼리즘 계열의 소설에 속하며, 2·30년대 농민소설의 계보를 40년대에 홍구범이 훌륭히 이어받았다고 할 수 있다.

둘째, 의식의 사물화 경향이다. 자본주의 시장경제 체제 하에서 인간이 교환가치의 지배를 받게 되면서 마침내 의식까지 물질화되어가는 과정을 그린 소설들이다. 「봄이 오면」·「서울길」·「탄식」 등이 여기에 해당된다. 오늘날의 독자가 읽어도 전혀 낡은 느낌이 들지 않는 문학성이 탁월한 작품들이다.

셋째, 인물의 자아 회복과 타자와의 관계 회복을 형상화한 소설이다. 이러한 소설들은 분열된 자아를 회복하여 자신의 정체성을 찾는다든가 타인과의 갈등을 해소하고 관계를 회복하는 구조를 갖는다. 이는 세계에 대한 홍구범의 갈망이고 꿈이었던 것처럼 보인다. 「귀거래」·「노리개」는 자아

회복의 내용을, 「어떤 부자」·「폭소」·「해방」·「만년필」은 타자와의 관계 회복을 담고 있다. 이 두 유형의 소설은 모두 독자에게 평화롭게 읽혀진다는 특징이 있다.

넷째, 신랄한 풍자성을 띤 소설이다. 지배자에 대한 노예근성으로 자신만의 안위를 얻기 위해 보호색을 띠는 인물들을 날카롭게 비판하고자 하는 의도로 씌어진 작품들이다. 「전설」·「농민」 등이 이에 해당하며, 여기에서부터는 본격적인 소설가로서의 면모가 드러난다.

홍구범은 2·30년대 선배 작가들의 소설을 충실히 이어받은 광복기 문단의 탁월한 신인작가였다. 질적으로나 양적으로 1940년대 후반, 즉 광복기의 빛나는 업적이었다. 발표된 작품마다 작품들의 수준의 격차를 보이지 않는다. 동시대의 작가들에 비해서도 결코 문학성이 뒤지지 않는다. 홍구범의 소설로 해서 광복기 우리 소설 문학은 더욱 풍성해졌다. 尾

찾아보기

권희돈의 약력

충남 아산 학성에서 출생하고 자랐다. 선장초등학교 졸업 후 서당에서 한학을 한 뒤 아산중학교·온양고등학교를 졸업하였다.

서울교대를 졸업한 다음, 명지대 국어국문학과에 편입하여 동 대학원 석·박사과정을 수료하였다. 이 기간 동안 초·중·고등학교 교사, 대학강사를 지냈으며, 「한국소설의 독자 연구」(석사), 「무정의 수용미학적 연구」(박사) 외 다수의 논문을 지었다.

현재 비존재 동인·한국작가회의 회원으로 문단활동 중이고, 한국문예비평학회 부회장·한국교육학회 회장을 맡고 있으며, 청주대학교에서 현대문학을 가르치고 있다.

「소설의 빈자리 채워 읽기」·「한국현대소설속의 독자체험」을 짓고, 홍구범 단편소설집 「창고근처사람들」 및 「홍구범 전집」을 엮었으며, 창작시집 「하늘눈썹」을 펴냈다.

권희돈 평론집

비움과 채움의 상상력

초판인쇄 2009년 9월 21일
초판발행 2009년 9월 30일

저자 권희돈

발 행 인 윤석원
발 행 처 도서출판 박문사
책임편집 조성희
등록번호 제2009-11호

우편주소 서울시 도봉구 창동 624-1 현대홈시티 102-1206
대표전화 (02) 992 / 3253
팩시밀리 (02) 991 / 1285
전자우편 bakmunsa@hanmail.net

ISBN 978-89-94024-08-0 93810   **정가** 26,000원